U0856735

护心
- Huxin -
完结篇
九鹭非香 著
四川文艺出版社

目

录

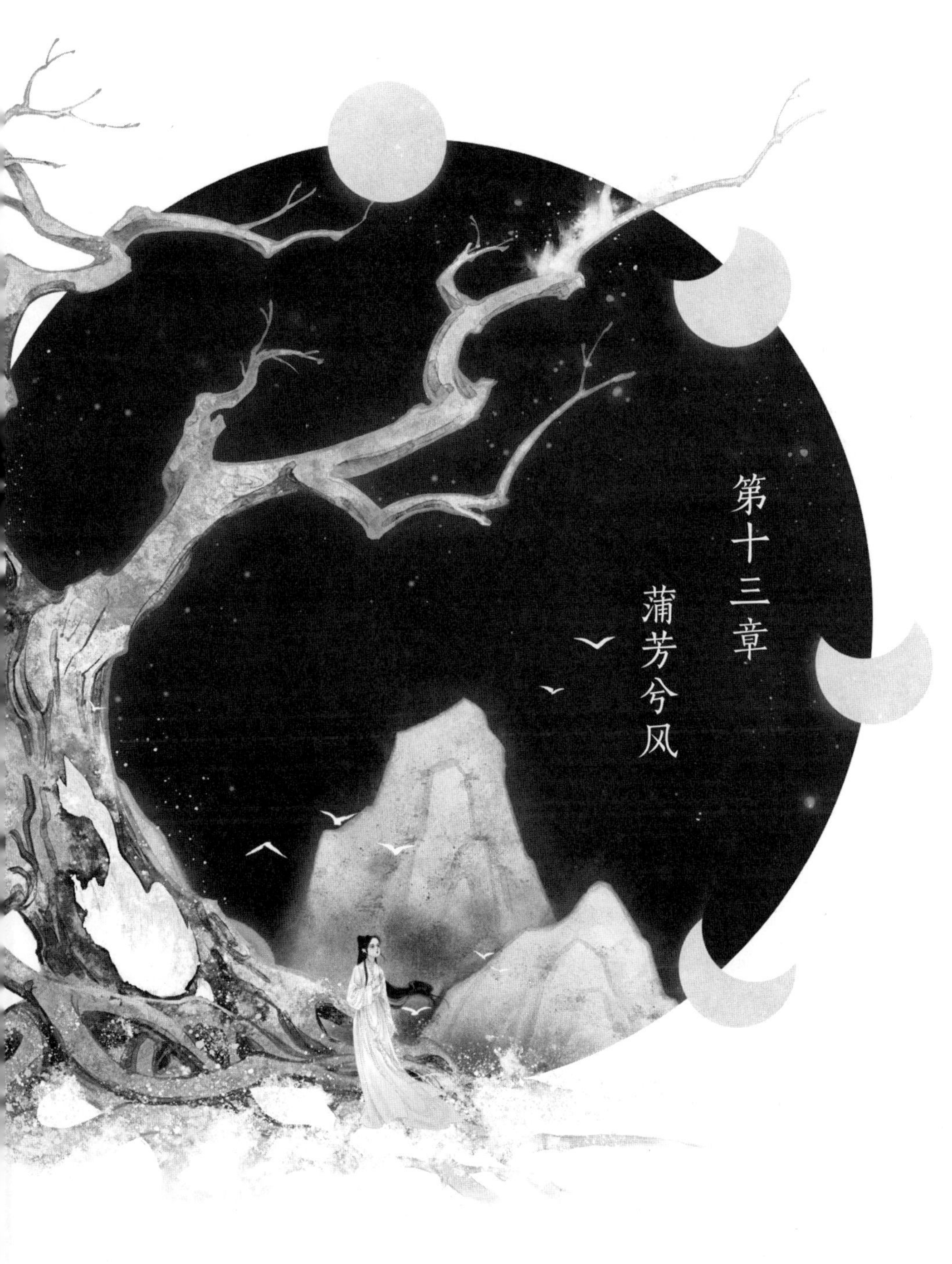

第十三章 蒲芳兮风

今日天曜与雁回要一同去面见大国主。烛离来接他们的时候，雁回十分不想去。在屋里磨蹭了许久，直到烛离忍无可忍了，守着门口望着雁回道：“再不去便要迟了，如何能让国主等候？”

雁回一脸苦相。旁边的天曜见状，开口道：“没什么好怕的。”

雁回撇嘴：“你是妖怪，你当然觉得没什么好怕的。要让你去见我们辰星山的清广真人，你怕不怕？回头见大国主出事了，这一族的妖怪，又不会有谁护着我。”

烛离闻言，像被戳了脊柱一样，脖子往上一挺：“我……”

“我会护着你。”

天曜接过了话头，满不在意地说了这话，像是在说今天天气很好一样。平淡的语气里，却带着几分令人心动的力量。

烛离被这一戗弄得愣住，看了天曜许久，忽听雁回清了清嗓子嘀咕了一句：“就你现在这三脚猫功夫……”但她的脚却是终于迈出了院子。

天曜垂眸，用余光看着雁回别别扭扭地走过来，他眉目一柔，语气却带着素日来的淡漠与正经：“国主或许知道三重山里那东西的下落。”

天曜说的东西，自然是指他的龙筋。

雁回一听便立即肃了神色：“对，他是这青丘国最有可能知道的人了。”发生在青丘边界的事，可以逃得过所有人的眼睛，但却不可能逃得过大国主的耳目。封印天曜龙筋的阵法不会是一个小阵法，青丘国主不会一无所知。

天曜瞥了雁回一眼：“走吧。”

雁回点头，一迈腿便跟着走了。

直到走到大国主所在的山峰之下时，雁回才恍然回过神来，天曜要拿龙筋，要找大国主取消息，那些和她有一个铜板的关系吗？

她一没答应过帮他的忙，二没和他有什么协议约定，她现在为什么一听到他有事，就感觉身负重责，要为他扛起天下，情不自禁、自然而然就挺身而出了？

这是什么破习惯！

雁回在心里唾弃着自己。这时一股清风倏忽自山巅而来，徐徐吹过雁回的耳边，风中自带三分清新，将雁回的神志都吹得清明了许多。

好干净的气息……

雁回愣神。比起中原，妖族盘踞的西南这块地瘴气要多太多，是哪处吹来这般干净的清风……

雁回顺着风来的方向，仰头一望，在高山之巅有一悬崖向外伸出了很长一截，悬崖尽头有一树一人静静伫立着。

“那是……”

雁回的问题刚起了个头，旁边妖族所有的人都弯腰向着那个方向恭敬地行了个礼，包括烛离在内，神情无一不谦卑肃穆。

原来，那便是青丘大国主——这个世上最厉害的九尾狐妖啊！

一个妖怪能将身上的气息修得如此至纯至净，除了自身努力以外，天分或许也是必不可少的吧。妖族千年便只有这样一人修成了这般道行……

想到此处，雁回不经意地往身边人的脸上扫了一眼。

天曜脸上神色并无波动，好似对这样的气息并不感到稀奇。

若是二十年前天曜不遭逢那般大劫，而今他又会是怎样的模样呢？他身上的气息大概也是这样纯净至极的吧，吹过他身边的风，大概也会有让人心灵洁净的力量吧，毕竟他曾经那么接近飞升……

雁回望着他的侧脸太过出神，目光炙热得让天曜无法忽略，于是天曜便也转了目光，深邃的黑色眼瞳里映进了她的身影。

他不说话，就像是昨天他喝醉了酒时那样。

沉默的对望反而让雁回多了几分尴尬，她心脏扑通又是一跳，像昨天被天曜抱住时那样，跳得让雁回都觉得莫名其妙地吓人。

“如果二十年前，我遇见的是你会怎样？”

天曜这个问题不合时宜地出现在脑海里，雁回霎时只能狼狈得像逃一样挪开黏在天曜脸上的目光：“咳咳……”她不自然地咳了几声，心里止不住地咆哮：

难道是狐媚香死灰复燃了不成！

这事不对啊！很不对啊！

雁回望着那悬崖，正巧大家都行完了礼，她急忙找了个话题打破这让她觉得诡异的沉默："那啥……你们大国主，为什么现在会站在那里？待会儿我们也要去那悬崖上见他吗？"

"国主并非现在才在那儿。"所有人都行完了礼，烛离重新领路往前面走，一边走一边道，"每日清晨，太阳升起的时候国主便会站在悬崖上思念国主夫人——我皇祖母。"

雁回"啊"了一声。

说到这青丘国主的夫人，那便又是一则在辰星山能让人津津乐道一下午的好故事。

这个在传说中凶恶得吓人的九尾狐之主，这一生不知活了多少年，但他却只娶了一位夫人，这位夫人为他诞下七个儿子、两个女儿，而最神奇的是，这位国主夫人只是一个凡人。

照理说妖怪与凡人结合之后，血中妖力是会被削弱的。但青丘国主却是个例外，或许是力量强大得已经足够冲破规则了，他的九个孩子，没有一个不如其他九尾狐，只是比起他来，他的孩子们确实有差距。

可这并不影响青丘国主深爱他的夫人。然而只要是凡人，就必定会受生老病死的困扰，几十年对妖怪来说不过弹指一挥间，却足以夺走一个凡人女子的青春、容貌甚至性命。

青丘国主想了很多办法给他的夫人续命，但到底抵不过时光如刀，一刀一刀刻在那凡人女子身上，直至她停止呼吸。

在雁回听到的版本里面，还包括青丘国主为了给他夫人续命，尝试了吃人肉、喝人血、炖婴儿等骇人听闻的方法，最后却始终没救下那人的命。辰星山的弟子在提起这事的时候总用一种解气的语气来戏说，罪大恶极、恶贯满盈的妖，活该此生孤独终老，他喜欢的、深爱的，越是求不得，便越是大快人心。

其实下山走一遭之后，雁回想想当初辰星山评论青丘国主的话，一分不差地用在素影身上，大抵也是十分合适的。

雁回望了一眼山崖之上，青丘国主依旧在树下静立。"国主夫人是葬在悬崖上的吗？"雁回有点好奇。

“皇祖母没有留下尸身。”

雁回一愣：“为什么？”

“那时我还小，并不太记得这件事了，只听父王简单提过一两句。当时皇祖母老了，已经行动困难，她深知自己命不久矣，最后一日，她饮下剧毒，让身体四肢恢复得和年轻时一样，然后穿着嫁衣，戴着面纱，在那悬崖之上为国主跳了最后一支舞。在太阳升起来的时候，她在国主面前，跳下了悬崖，她身体便被剧毒撕裂，随着阳光化成了雪花。

“我族偏居西南，天气燥热，从未下雪，但那些天，却是大雪漫山，下了十天十夜。天地之间一片缟素，像是在祭奠皇祖母。”

烛离默了一瞬，心里似有几分感慨：“从此以后，国主夜夜都在山崖上等待晨曦初升，一直守到辰时末方才离开，以示缅怀。”

雁回却不知这青丘国主身上竟还有这么一个凄美的故事。

但转念一想也对，这些事怎么会传到中原去呢？在中原仙门里，关于这些妖族的传言都是极其不好的，大概妖族对修仙门派的人，也是如此吧。所以烛离当初在心宿峰牢笼中的时候，对来救狐妖的雁回才那般戒备。

“这次被那广寒门素影所害之人乃是我小姑姑。”倏忽烛离话音一转，语带森森寒意，“夫人为国主所生最后一女，脾性容貌与国主夫人最为相似。小姑姑去中原之前还说要给我带礼物回来，没承想……”他一咬牙，话没说完，但满满的恨意却溢了出来。

雁回一默，偷瞄了天曜一眼，只见天曜也面无表情，眸色情绪难辨。

顺着山峰下的小道宛转上了山顶，山顶之上生长着巨木，青丘国的妖怪便将整个山顶连着这些巨木一同造成了一座宫殿，树与树之间各有吊桥连接，树根之下也有步道穿行而过，地下土石也筑有房间。

雁回看着这错综复杂的道路，只觉若是她一人在里面行走，走过三个岔路口就必定找不到往回的路。

一路之上不停有各种毛色的狐妖从旁边蹿出来，狐妖看起来都很小，有调皮的还会蹿到几人面前睁着水汪汪的黑眼睛盯着雁回和天曜，想来是鲜少在这儿见过外人。

雁回歪着脑袋看小狐妖，小狐妖也歪着脑袋看她，看着看着就摇着尾巴凑到了雁回脚边，然后拿脑袋蹭她。被这毛茸茸的小玩意儿这样一蹭，雁回的心登时就软了："它在和我撒娇！"

她眼睛亮亮地转头看天曜。

这头转得太突然，她恍然间看见了天曜眸中一闪而过的柔色，那眼神就好像她刚才看着小狐狸一样……

但仔细一看，天曜又只和平时一样，神色浅浅淡淡的，似乎对她的任何举动都没有兴趣，毫不关心。

"妖族瘴气重，小狐妖生存不易。"烛离一弯腰将抱住雁回脚脖子的小狐妖扯开，小狐妖气得挠烛离的脸，奈何腿短手短，怎么也够不到，烛离将它一丢，扔到了身后侍从的手里，"国主所在之地最是干净，所以便将它们都放在这里。"

国主的宫殿竟然还是妖族最大的育婴房……

小狐妖被侍从抱着却并不乖，一直伸着脑袋要靠近雁回。雁回回头瞥了一眼："我可不可以抱？"

烛离还没来得及拒绝，雁回便将小狐狸抱了过来。一到雁回怀里，小家伙就安静了，下巴往雁回胸上一放，舒服得眯了眼睛。

雁回只当是个小动物，只觉它可爱，倒是旁边看着的两个人，脸色都有点不好。

一直走到最大的一株树木树根之下，身后随行的仆从都自然而然地停住了脚步，恭敬地候在道路两侧，烛离还没开口，天曜便道："这里它不能进了。"说着一把拎起小狐狸的尾巴，只听小狐狸一声惨叫，就被天曜远远地扔了出去，栽进草丛里，半天没爬出来。

雁回一惊："摔死了？"

烛离连忙领着她往里走："小狐妖经摔，死不了。"

天曜直接将雁回手腕一拽，拖着她便进了树根之下的大门之中。

门内是一个掏空这树干做的大堂，雁回仰头一望就能看见顶上的树枝和叶子，阳光透过枝叶星星点点地落在地上，照得整个大厅有种斑驳迷离的美。

雁回惊奇，一时便忘了那小狐狸："挖空树心却让大树不死，你们是怎么做到的？"

"国主的灵气滋养了这里的所有草木。"

守护一方的大妖怪，雁回又忍不住转头看了看天曜，他以前守着的山谷，也是这样吗？

不知道为什么，她对以前的天曜，好像越来越好奇了。

天曜感受到雁回的目光，他并不知道雁回在想什么，只是一扭头，放开了雁回的手，动作比起平时的不动声色，少了几分淡定从容。

雁回也倏忽手腕一空，正是一愣之时，身边的烛离倏地向正中的王座行了个礼："国主。"

雁回心头一紧，但紧接着清风一来便消解了她心头的不安。雁回抬头望向那人，白色长发，一身微带寒意的淡漠气息将那美到极致的容貌都遮掩住了。

那般不染纤尘，甚至让雁回以为看到了传说中那已修得大乘真正飞升之后的仙家圣者。

这便是动一动就能一改天下局势的大妖怪。

青丘国主的目光在两人身上一转，然后在雁回心口微一停留："妖龙天曜，不承想你竟能冲破封印。"

他果然知道天曜的事！雁回心道，龙筋……或许不只龙筋，连天曜还剩的那颗心在哪里，都有希望知道了。

天曜面对青丘国主依旧如平时对其他人那般，他挺直背脊正视国主，不卑不亢道："不过天意成全。"

青丘国主沉凝片刻："我族正是用人之际，你重归人世，可愿为妖族所用？"

"我不愿为任何人所用。"天曜道，"不过我也要找仙门中人讨一笔血债。"

青丘国主对天曜的回答没有任何表示，只在片刻的沉默之后道："你妖气外溢，体内却极难有内息留存，身体尚未找全？"

"欠龙筋与一心未全。"天曜坦然道，既然青丘国主已经知道了他的过往，天曜也没有什么好隐瞒的，省得去解释前因后果，也不用费心思绕弯子。

"龙角先前虽已寻回，可吸纳天地灵气，然而无筋骨相配，无法聚气凝神。致使妖气无法抑制，外泄于体。前日路过青丘国界，偶然探得龙筋或被封印在三重山中。实不相瞒，此次前来，便是欲向国主问得龙筋的具体下落。"

青丘国主闻言，微一沉吟："三重山位于青丘国界，大小结界封印不计其数，足以困住你龙筋的封印注定有大法阵存在。"他眸光微敛，"三重山最大的法阵，便是结成长天剑结界的斩天阵。"

听到这个名字，雁回一怔，作为辰星山的修道者，她对于"长天剑、斩天阵”这几个字，实在再熟悉不过了。

五十年前，清广真人与青丘国主一战之后，两分天下，清广真人于三重山中以他随身宝剑长天剑为阵眼，布斩天阵于山中，以威慑众妖，从此奠定了以三重山为界的两族分割的格局。那一役后，人世得五十年和平至今。而清广真人则在战后静心归于辰星山，此后再未执剑。

被留在边界的长天剑几乎成了众多修仙者心目当中的一面军旗，它象征着当年修道者的胜利，鼓舞了不少立志修仙、除魔卫道之人坚守正义。

当年雁回在辰星山的课堂上听到这柄剑的故事时，即便年纪小，也觉得热血沸腾，为仙家道者的胜利而感到庆幸。

虽然后来仙家门派越发矫枉过正，而今雁回早发现妖即是恶的定理不对，但是长天剑在她心目当中的地位却是从未变过的。

“二十年前清广曾重临三重山边境，行事极为隐秘，并无他人知晓他所来目的。”青丘国主道，“而今想来，或许是为封印而来。”

是了，当年素影对付天曜的时候，是请了清广真人去的。

素影行事缜密，以她一人之力对付天曜或许并无十分把握，所以便请了清广真人助力。

清广真人五十年前退居辰星山后，专注于教授徒弟，少有出山，江湖仙门之事几乎不予理会，待得徒弟们长大了能独当一面，他便将山中事务也都交了出去，而今更是几乎放权给了凌霄。

二十年前正是清广真人渐渐淡出仙门管理之时，可若是素影请他出山，又是为了对付一个在中原地界守护了一谷妖怪的妖龙，从清广真人的角度，大概没有拒绝的理由吧。

这样来看，天曜的龙筋十有八九是被压在了斩天阵之中。

要取回龙筋，可真是有极大的麻烦了。

且不论那斩天阵本就不好对付，便说在现在这节骨眼上，仙、妖两族刚刚互相宣战，边界三重山必定有重兵把守，他们想要靠近斩天阵都是个问题，更别说去破阵了。

雁回愁得皱了眉头。和现在这种情况相比，之前去天香坊取个龙角，简直就像吃个小笼包那样简单。

“我若要去三重山取回龙筋，国主可愿助我一臂之力？”天曜注视着青丘国主，沉着开口。

对了，怎能忘了这茬？雁回恍悟，他们现在可是有联盟的人了，这么大个助力在这里摆着呢！

“你待如何做？”

“而今我身在边境，龙筋与我已有感应，满月之夜乃是我身体各部与我感应最为强烈之时，饶是在斩天阵中，我依旧能探得其精确所在。”

天曜说着这话，眼睛也没眨一下，雁回却不由得看了他一眼，想说满月之夜，不正是他体内最为痛苦之时吗……

但见天曜一脸坚毅，雁回便咬了唇将话咽了下去。

过了二十年这样的生活，天曜比任何人都清楚，满月之夜他的身体会承受怎样巨大的痛苦。可他依旧能狠得下心，把自己的身体也算计了进去，用其布局……

不过有什么狠不下心的呢？雁回转念想了想，若她是天曜，她大概对自己会比对谁都更狠心吧。

“而今五行封印已破其三，我已有余力控制身外龙筋，彼时我自会以龙筋在斩天阵中闹事。虽小，却足以干扰看守阵法的仙人。而你以妖族之力，在外一举破阵，我取回龙筋，妖族则得以重创三重山守军。国主以为如何？”

他一席话说完，青丘国主尚在沉默之中，一旁一直沉默旁听的烛离却倏忽开口：“不行！”烛离冒失开口后立即向青丘国主行了个礼，但神色依旧有些着急，“三重山已有那么多仙人，斩天阵又极其凶恶，如何能让我妖族的士兵随你去冒这个险！”

大厅内一时间有些沉默，顶上的树叶随外面的风轻轻摇动，晃得内里地上的树影斑驳。

“我并无十足把握能成功。”天曜直言，“不过赌这一个可能。依我所见，而今妖族或许也没有与所有仙家门派正面抗衡的能力吧。光是一个广寒门或许不足为惧，可现在主理辰星山的凌霄与广寒门的素影之间或许已经达成了某种协议。”

雁回闻言，身形微微一僵。

“在来青丘之前，我便有一猜测——即便青丘不因公主一事对广寒门宣战，不必多久，或许仙门便会主动动手，打到青丘来。”

提到此事，在场之人也是静默。

青丘国主眼睑微微一垂，睫羽轻微颤动了一分。

“无人不知青丘九尾狐一族极重血缘，然而素影却依旧如此行事，除了私欲之外，其野心，或可包天。”

言下之意，素影与凌霄，是打算打乱现在和平的局面，再起战争，让妖族连在西南也无法生存。青丘国主看着天曜的目光微微深了几许：“允你所求。”

轻浅的四个字，天曜勾了唇角，烛离则满脸不敢置信：“国主！”

没再听烛离的话，青丘国主的身影便化为一股白烟，不见了踪迹。

他一消失，别说影子，雁回连他的气息也霎时捕捉不到了。

天曜看了眼一旁有些气急败坏的烛离，并没多言，转身离开了巨木之中。

下了山峰，雁回随着天曜一路往三王爷府上走，两人一起走了老长一段路，也没有说话，各自心里都在琢磨着事情，最后还是雁回没有憋住，失神地开了口：

“我们离开中原之时，众仙家便去请清广真人出来主持大局，而时至今日，也依旧未听闻真人出关。”雁回目光怔怔地看着天曜，“细细一想，清广真人虽少有出现，然而此次彻底闭关不出则是从三个月前辰星山大会开始的，那时栖云真人也消失了踪迹……”

雁回垂下眼眸：“天曜，会不会是素影和……凌霄，囚住了清广真人……”

天曜微微侧头看了雁回一眼：“若是那般人物，自会有他的应对之计，无须你担忧。”

雁回一默，转头望天曜：“二十年前，清广真人助素影封印你，你却不恨他？”

“我此生从不惧对手，亦不怨恨战胜我的人。”天曜眸色薄凉，“我恨的，只是骗我，欺我，以险恶之心夺我性命，为图一己私利之人。”

所以他恨素影，追根到底，却也是因为以前的自己真的深爱过她吧。

雁回无法体会天曜的恨意，但他那份夹杂在心头的失望，她现在好像能体会到——她所喜欢的人，原来……并非她想象中那么美好。

天曜不再停留在这个话题之上，只一边走一边道：“离下个月圆之夜虽还有大半个月的时间，但也算紧凑，我可以教你些许法术，在我安排行事事宜之际，你或可自行修炼，以备不时之需。”

雁回脚步微顿：“你都向青丘国主要到了帮手，这次还要我去？”

听得这话，天曜脚步顿时停了下来，雁回心里已经猜出他的反应，于是在他停步之前自己也先停了下来，刚才并排走着的两人之间，已经隔了三步远的距离。

“你不去？”

雁回摇头：“先前那么一大队辰星山的大弟子随着凌霏到了那离边境如此近的小镇里，大师兄劝阻凌霏时一口一个‘办正事’，我猜也是要往边境这边赶的。若不是他们，其他辰星山的人也必定要派人驻扎在三重山之中，毕竟斩天阵是清广真人留下的东西，没有任何一个门派会比辰星山更有责任感。”

雁回垂眸：“我不想再与辰星山之人发生冲突，甚至有所牵连了。”

雁回神色中的无力与失望让天曜没有想到，这个女子在他面前，从头到尾都未露出过如此颓然的神情，她会牙尖嘴利地与人争辩，会无赖流氓得让人咬牙，也会英勇强势地保护弱者，如今这般神色，却鲜少自她眸中流出。

想来，雁回虽然没说，但对她那师父确实已经失望透顶了。

天曜一时间，竟冒出一股有些幼稚的冲动，他竟想将那凌霄捉来质问一番，你这个师父到底是怎么当的，怎么会让雁回露出这样的表情，怎么舍得……让她失望。

然而所有的冲动在天曜表情上的体现，也只是微蹙了一下眉头。他根本就没有安慰人的技巧，甚至不懂在这种时候应该说什么话，于是他便道：“破阵我需要你的心头血。”

说出口，他自己先默了一瞬。

他有些不自然地转了头，却斜着目光偷偷打量了雁回一眼，雁回没什么反应，只应了一句：“你要去的那天，我自己弄点血出来，你随身带着，别突然拿刀捅了。”

雁回说完自顾自地往前走，天曜站在她身后，沉默着。

蒲芳本是将每天给雁回针灸的事交给小童子去做的，但在那偷吃同一只鸡的夜晚之后，她便将这事又揽到了自己身上。

每次给雁回施针，蒲芳都屏退左右，连跟着学本事的小学徒也不让待着，偌大的房间里只留雁回与她二人，然后她就借着给雁回扎针的时间，将自己那一腔没地儿诉说的相思，全都倒给了她听。

雁回一开始是拒绝的。

“嗯，你去三重山采药，被巡山的道士撞见了，然后你慌不择路地逃跑，然后被小道士追上，然后和小道士打了起来，然后你们阴差阳错地滚进了一个阵法里面，然后你们在阵法里面相爱相杀，然后你们都出来了，然后他没杀你放你走了，然后……”趁着蒲芳换针的时间，雁回面无表情地说出这一席话，“你就变成了现在这样……咝！”

雁回倒抽一口冷气，只因蒲芳狠狠给她扎了一针。

“我没有其他人可说这种话了，只有找你了。”蒲芳道，“你要嫌我烦没关系，就是不要说出来，我比谁都知道我烦，但你不需要告诉我。你若实在忍不住要抱怨也没关系，就像刚才这样，我针针都给你扎狠点就是了。你要再抱怨，我心情不好或许就得给你扎出血来，你这伤出了血，我可就不保证不留疤了啊。”

看在她是一个长得还不错的姑娘的分上……雁回咬牙忍了这口气。毕竟自己的脸还要在她手上挨几天针的。

蒲芳在雁回脸上又扎下一针，随即一叹：“我又想他了……好想知道他现在在做什么，见什么样的人，说什么样的话，那些凡人的戏里都唱相思似毒，以前我不知道，现在算是彻底懂了。”

雁回翻着死鱼眼听她诉说相思，只是这句话末了，蒲芳又叹了一句，幽幽道：“真想见他。”

雁回眸光一转，落在蒲芳有些出神的脸上，她开了口：“不要做傻事。”雁回声色比素日打趣蒲芳时多了三分认真。“仙、妖两族关系紧张，三重山边界有重兵把守，日夜巡逻不断，别想着自己以前跑来跑去多少年有多熟悉地形。”雁回肃容盯了蒲芳一眼，“此时已非彼时了。”

蒲芳被雁回这一眼盯得心口一颤，就好像被雁回犀利地窥探到了内心深处的想法，她手一抖，直接给雁回扎出了血来。

雁回“咝”地抽了口冷气，翻身而起：“能不能专业一点！能不能只想着医治，别想男人了！这下出血了！留疤了！你赔钱！”

听得雁回的重点落在了最后一句上，蒲芳嘴角抽了抽：“你给一个铜板医药钱了吗？赔什么钱！再赔你一针就好了，躺着！”她将雁回一摁，手起针落，给雁回补扎了一针，手法极其干净利落，“我堂堂大医师还治不好你这点小破伤？”

“出血了，你不是说不保证不留疤吗？”

“唬你的！躺好。和我顶嘴就再给你补一针痛的。”

雁回：“……”

蒲芳把雁回摁下去，随即手指在她伤口上轻轻一抹，擦掉渗出来的血珠，忽然间她鼻尖一动：“你有跟着那妖龙学他的法术，对吧？”

“对啊，不过就学了他一点让五官变得更敏锐的法术，还有他知道的一些九尾狐的法术。”雁回瞥了蒲芳一眼，“你怎么知道的？”

“你血的气味里有龙气。”蒲芳鼻尖又动了动，“应该是跟着他学法术的缘故吧。不过也是奇怪，一般修仙者没有洗髓就跟着妖怪学妖法怕是早就走火入魔了，你却还神志清明得跟没事人一样，这血液的气息嗅起来，竟是让人感觉比起修道者那条路，你更适合入妖道一样。”

三王爷不知道雁回与天曜之间的关系，蒲芳不知道也是正常的，如今这青丘国里，除了那青丘国主，只怕是还没人看出她和天曜之间连着一块护心鳞。

“你要是再跟着妖龙学法术的话，身体里的龙气会变得更加明显的，虽然戴着无息香囊，在不流血的情况下，别人是察觉不出的。”

雁回闻言沉默了一瞬，再开口时却换了话题：“你们怎么都知道我戴的是无息香囊？”

“九尾狐一族的人为了方便行事，去中原都要戴这个东西的。”

雁回点点头，没再言语，房间一时沉默之后，蒲芳便又开始说起了小道士的事。

雁回左耳进右耳出，心里兀自琢磨着自己的事。

在青丘国待着的时间过得还算快，天曜每日忙着与九尾狐一族的人商洽满月之夜闯入斩天阵的事，每天忙得脚打后脑勺。雁回醒时，他已经离开了小院；雁回睡时，他还没从外面回来：这些天，他们连个照面也没打。

雁回也不甚在意，她对现在的生活还挺满意的，衣来伸手、饭来张口，这世上大概没有别的地方能比这儿更适合雁回混吃等死了。至于那些仙妖纷争还有辰星山，都已经是往事，她不想再想了，等脸上伤好疤落，过去的事，她是打算一页揭过的。

眨眼间九天已过，雁回脸上的伤结了一个干巴巴的痂，她拿着镜子左右看看：“然后等着这个痂掉落，就行了吧，确定不会有疤？”

蒲芳翻了个白眼一声嗤笑，递给雁回一碗黑乎乎的药：“喝了这碗药自己看。”

雁回一看汤色，便想着定是极苦，登时愁眯了眼：“能不喝吗？”

“你说呢？”

雁回一叹，到底是接过了药，一仰头直接灌了进去，药汤当然是和想象当中的一样苦，雁回一喝完正皱着脸咋舌，随后一块蜜饯便塞进了她嘴里。

甜蜜的感觉登时盖过了苦味。

雁回一愣，抬头望蒲芳，蒲芳傲娇地挑了挑眉：“平时我都是这么应付看病不乖的小妖怪的，别觉得我是特别对你好啊。”

她说着，雁回倏忽觉得脸颊边结痂处轻轻一痒，她往镜子里一看，深褐色的痂整块掉落后露出的皮肤已经完好如初，连一点暗沉的痕迹都看不见。

雁回摸着脸感觉惊讶，放了镜子连忙对蒲芳道：“我心口还有一道疤，你一并帮我除了吧。”

“你又没药钱付。”蒲芳收拾了箱子，“行了，伤给你治好了，明天我不过来了。”

雁回闻言，目光微微从镜中的自己脸上转开，落到了蒲芳后背上，蒲芳提着箱子也没多言，迈腿便离开了房间。

时至深夜，一片漆黑的小树林里，一道黑色的人影在林中疾步走过，今夜云厚，月亮在云的背后忽隐忽现，正好给了行人极好的掩护。

那人经过大树时，倏忽被一根不细的树枝击中脑袋，她“哎哟”一声痛呼，想来是被砸得不轻。

然而揉了揉脑袋之后，她依旧打算继续前行。

“这刚才落的要是刀子，你就已经被劈成两半了。”树上倏忽跃下一人，挡住蒲芳的去路。雁回抱着手臂，半倚在树干上，好整以暇地看着她，语气带着点吊儿郎当的散漫：“就你这点本事，现在去三重山送死吗？”

蒲芳一默。

雁回上前一步：“行了，别闹了，跟我回去吧。”她伸手去拽蒲芳，却被蒲芳侧身躲过：“我以为你是理解我的。”蒲芳声色委屈，“他们都不理解我，我以为至少你是理解我的。”

雁回一撇嘴，翻了个白眼：“大晚上的演什么苦情戏？你以为装装可怜我就会放你走吗？伸手，过来！”

“啧！”蒲芳一咋舌，果然不装了，“你这人怎么没点同情心！”

“我就是有同情心才拦着你的好不好！还是那句话，活着才能爱，跟我回去。”

蒲芳咬了咬牙，一副心有不甘但又无可奈何的模样，她伸出手，雁回便去抓她，可在抓住蒲芳之前，蒲芳又猛地将手往上一抬，白色粉末登时扑面而来。

雁回心道不好，掩鼻后退，然后已经有奇香的气味被她吸了进去。

不过片刻她便觉脑袋一晕，身子猛地往旁边倒去。

“没毒，就是让你睡一会儿。”蒲芳从她身上跳过去，“这条路我跑熟了，我知道，早上我就回来啊！”

倒在地上的雁回只觉眼皮似有千斤重，挣扎着闭上眼的最后一刻她看到的是蒲芳蹦蹦跳跳跑出去的背影。

这一瞬间，雁回忽然理解了她将大师兄戏弄之后，把他丢下的心情……

这臭……臭丫头。

雁回再醒过来依旧是深夜，她斜眼瞥了瞥天上月，心里估摸着和之前不过相去一个多时辰，想来是她之前退得快，并没有吸入多少药粉。

她撑着身子坐了起来，依旧觉得浑身无力，她连忙调整了一番内息，站起身来，一路寻着蒲芳的脚印而去。

看得出蒲芳着实是比较熟悉这里的，雁回一路追去，竟然没有碰到妖族的守卫。

临近边界，五十年前青丘国主与清广真人相争而留下的巨大裂缝依旧在，地底之下红色的炙热岩浆滚滚流动，像是一道大地淌着血的伤痕。在裂缝另一头，雁回看见本该漆黑的山上有火把在向一个地方聚集。

……像是在紧张应对什么异常情况。

雁回心头一紧。

她扔了无息香囊，给自己变了一张脸，小心地跳下裂缝边缘，借着地下热气纵身一飞，径直飞到了裂缝另一头，从底下爬出，被热浪灼了一身汗，衣服也沾染了尘埃。

她一爬上裂缝，刚起来站稳，便看见十丈外的一个修道者拿着剑，一脸戒备地盯着她：“又……又是何方妖孽？”

又是？

雁回心头打了个鼓，但面上还是镇定，她装作一脸慌乱的样子往修道者的方向踉跄走了几步：“仙友，这附近可还有别的仙友？”

那人上下看了雁回许久：“修……修道者？”

雁回点头：“我本是在东面负责巡逻看守边界的，可今天被一个妖怪偷袭了，我好不容易才逃出来的。”三重山如此之大，东西相隔百里，这头的人是无法第一时间知道那头的情况的，至少……负责看守的小守卫是不可能知道的。

果不其然，那人闻言大惊：“今晚东面也有妖怪偷袭吗？可有伤亡？”

雁回摇头敷衍过去：“这边呢？也有妖怪？”

“有个五尾狐妖越界，伤的人倒是不多，只是不少仙友中了毒，好在那妖怪现在被兮风道长和凌霏道长联手抓了。”

雁回心头咯噔一下。自然不是因为凌霏，她敢越界来这边，便做好了碰见辰星山任何人的准备，她惊的是兮风这个名字，这是这九天以来，雁回日日在耳边都听到的名字——蒲芳喜欢的小道士。

火把烧得啪啪作响，林间各门各派派来看守三重山的弟子都来了两三名，大家聚在一起，火把将这片天都照亮了。

雁回跟着那守山的弟子一同行到此处，混在人群当中，她借着前面人的遮挡，微微低着头站在后面。然而她所站的这个地方，已经足以看清现在的形势了。

蒲芳被困在人群中间，她双目赤红，唇间獠牙长长地长出，锋利的指甲隐约还挂着血迹。她周身妖气澎湃，胸膛剧烈起伏着，像一只被困住的兽，目光愤怒又绝望。

看样子，是在做最后的抗争了。雁回一咬牙，除了在心里骂一句臭丫头，也没办法怪她别的了。

在蒲芳面前站着的是戴着幕离的凌霏。幕离垂下来的纱幔遮住了她整张脸，夜风偶尔带起她遮脸的薄纱，雁回能清晰地看见，她脸上还有先前被天曜用风刃切出来的伤口，伤口结了痂，如网格一般爬满了她整张脸，让她看起来有些阴森可怖。

或许也正是因为这脸伤未愈，凌霏的声音比起先前少了几分高高在上的冷淡高傲，更添了三分急躁七分刻薄：

“在前来三重山之前，素影真人便传信与我，特意告知我此行须得注意打斩天阵主意的妖怪。”

雁回闻言，眸光一凛，光从凌霏这一句话里，雁回分析不出素影到底有没有给她这个妹妹说过当年的事情，但素影真人在意天曜却是实打实的事。她并没有天曜想象当中的那么坦然淡定，对于天曜的归来与复仇，她也是心有惊惶，否则怎么会给凌霏交代这样的事？

“我还道没有什么妖怪会那般不要命地冲斩天阵而来，却不承想，今夜便撞见一个。”

如此说来，斩天阵原来便在此处附近吗……

“说，你们妖族，欲探斩天阵，到底有何目的？”

雁回觉得她这句话实在愚蠢得不像一个辰星山师父辈的人该问出的话。

妖族与修道者就要开战了，妖族派人来探斩天阵，除了想要在揍你们的时候揍得更痛快一点，还能有什么目的？

只是苦了蒲芳，她的目的比这个更单纯就是了……

蒲芳果然没搭话，她赤红的目光在人群中戒备地扫了一圈之后，落在了一个男子身上。那人稍微落后凌霏几步站着，一袭低调的灰色道袍，若不是蒲芳一直盯着他，雁回是根本不会注意到这个人的。

他受着蒲芳的目光，沉默着没有说话，宛如老僧入定，不为周遭一切所动。

“呵。”场面沉默了没多久，凌霏一声冷笑，“好，不说也无妨，就地诛杀便可。”

她话音一落，身后的仙门弟子迅速结起了阵，在地上划出道道金光，金光皆停在蒲芳脚下，围成一个圈，将她囚在其中。

雁回拳心一紧，趁这杀阵还未完全结好，是时候出手救人了……

便在此时，那边蒲芳身边倏忽炸开血气，妖气更甚，竟比之前更浓了几分，蒲芳直勾勾地盯着兮风，眼角滑下一滴血泪，在她脸上爬出狰狞的痕迹：“我是来见你的，我想你了……所以我就不顾一切地来了……”

她话没说完，整场已一片哗然。

仙妖之间的禁忌只怕比师徒之间的禁忌更深。

蒲芳那双本该让人害怕的眼睛里藏着的是满满的委屈和失望，像是没有听到周围嘈杂的声音，她只盯着兮风一人：“我以真心待你，你可曾以真心待过我，哪怕只有一分？”

兮风抬了眼眸，终是开了口，然而却只是一句：“妖族之人不该来三重山。”

蒲芳嘴角一紧，旁边的凌霏一声冷笑："笑话，区区妖邪，何以配得起'真心'二字？"

蒲芳并没看她，依旧盯着兮风，唇色泛白，有些颤抖："你也是这样想的？"

区区妖邪，何以配得起真心……

多伤人的想法。

兮风只是皱了皱眉头，尚未说话，凌霏一挥手，法术直冲蒲芳而去，打在蒲芳身上。蒲芳微微退了一步，脚踩在了身后的金光之上，登时她的表情变得极为痛苦。

兮风眸光微动，却还是没有拦，蒲芳一笑，肩膀有些颤抖："我从未这般痛恨过，你修的这仙道，如此寡凉淡漠。"

她的语气在失望至极后隐隐透了些许杀气出来。

雁回心道不好，妖之所以被视为邪道，乃是他们脾性变化无常，越是修为浅的妖怪，越易被自身情绪影响而暴动。

"你要修这仙道，我便偏要乱你道行！"

言罢，她周身气息暴长，力量蛮横得竟是直接将地上金光寸寸炸开，她眼中血泪滚滚而下，竟拼了这一身精元冲破了杀阵！

她身形如风，径直冲兮风而去，路上有修道者意欲拦她，蒲芳不管不顾，一爪刺透对方的胸膛，将人如布偶一般丢弃在一边。

此时的蒲芳，宛如从地狱而来的恶鬼，浑身皆是煞气。

众人见状大骇，凌霏伸手往空中一探，握住凝聚而出的拂尘，向着蒲芳迎面一扫，蒲芳不避不躲，硬生生扛下了她这一招，挡开凌霏。凌霏却哪有这般好对付，拂尘一转，又是一记法力打向蒲芳。

蒲芳大怒，赤红得近乎泛黑的双瞳一转，死死盯住凌霏，爪间凝聚妖力竟是打算先与凌霏一战。

雁回心头一凛，心知此时蒲芳再是暴动，然而实力只怕是不及凌霏，她刚要出手，兮风却倏忽身形一动，挡在凌霏面前，生生将蒲芳攻来的一招挡住。

爪子狠狠地在兮风肩头上抓下，伤口深可见骨。

兮风却连眉头也没皱一下，反手在蒲芳肩头上重重一击，蒲芳身形往后一仰，平地大风一起，径直将她往后刮去，若是顺着此时的力道，蒲芳应当是会被刮出去老远。

雁回一怔，这个道长在帮蒲芳。

他想让她逃……

然而如意算盘成空，被兮风拦在身后的凌霏软剑倏忽出鞘，在夜色中宛如一条银蛇霎时裹住了蒲芳腰间，剑刃在蒲芳腰间划过，鲜血喷涌而出，凌霏手上动作未停，剑刃“唰唰”一转，由软如彩带登时变得硬如坚冰，只听“噗”的一声，剑尖扎入蒲芳心房。

这一系列的变化不过只在转瞬之间。

雁回没想到，在场的所有人皆没想到，凌霏的动作，竟然如此之快！

看着蒲芳的身体像被遗弃的木偶一样落在地上，兮风双瞳蓦地放大。

雁回一咬牙，运气一动，身形似闪电一般落到蒲芳身边，她拉起蒲芳的胳膊，一抬手封住了蒲芳周身穴位，将她血止住，随即一把将已绵软无力的蒲芳架在自己肩头上。遁地术一动，意欲逃跑。

耳边却听得凌霏一声冷哼：“想走？”

雁回意图在最快的时间离开，全然未防备到凌霏凭空而来的一记法术，径直打在雁回心头之上。

她顿觉内息一空，遁地术立时失败。

雁回往体内一探，只觉经脉一阵剧痛，然而强行冲破也还能使用法术，只是重新聚力，恐怕得一段时间。而现在，即便只耽搁片刻，也足够要命了。

雁回感觉到自己脸上的易容术也霎时消失，她抬头望向凌霏，在火光之中，她看不见凌霏幕离之后的脸色，但却能感受到她周身升腾起来的怨恨气息。

“雁回！”

凌霏唤着她的名字，语带怨毒。

是呀，同样是毁了容，她现在已经好了，而凌霏却还戴着幕离，无法以面容示人。

高傲如她，怎会允许自己的人生出现这样耻辱的败笔？

她们本有积怨，现在，怕是已算得上真正的仇人了。

“你现在，竟在帮妖族之人谋事。”凌霏语气森冷，“真是我仙门耻辱，今日你与这狐妖，一个也别想走。”

雁回抱着蒲芳，感受到她的气息越来越虚弱，心中急切非常，她根本不去看凌霏，只对旁边的兮风道：“她要死了。她日日念叨着你，而今终于见了你，你却要了她性命。”

兮风唇色被火光映得有些白。

“妖物而已，死有余辜。”凌霏对兮风淡淡道，“道长切莫为这妖物心软，有悖我修仙修道者大义。”

“大义？”雁回像是听到了笑话，“何为大义？”

她还欲多言，可倏忽感到心头一暖，几乎是下意识地抬头一看，只见空中一只巨大的狐妖踏风而来。雁回莫名心头一安。

天曜来了。

在众仙惊诧之际，一人自狐妖背上跃下，落在雁回身边，没给任何人看清他面容的机会。

一阵火焰迅速自他周身绕开，宛如涤荡一切的龙卷风，将修仙者们全部都扫到了一边。

火焰的中心，只有凌霏与兮风堪堪能抵挡住那一袭火焰。

天曜垂头看了雁回一眼，见她浑身皆被染了血，眉头一皱：“受伤了？”

雁回摇头：“血是蒲芳的，我只是暂时被封了经脉，无妨。”她将蒲芳扶了起来，一句话也没再多说，转身便走向那狐妖背上。

烛离也在狐妖背上，见了一身是血的雁回与蒲芳，登时大惊失色：“你们、你们……”

“蒲芳伤得重些。”雁回将蒲芳放下，烛离立马探了她的经脉，脸色更难看了几分：“怎会如此！怎会如此！我们快些回去。”

雁回回头，见天曜已转身往这边走来，那兮风道长也跟着向前走了两步，凌霏一叱：“妖族委实放肆！竟敢闯我三重山！”

天曜闻言，脚步一顿，眸色薄凉地看了她一眼。

好似想起了那日天曜所施的法术，凌霏微微退了一步。

没再纠缠，天曜踏上狐妖的背，巨大的狐妖便御风而起，上了空中，飞往青丘领地之中。

烛离照看着奄奄一息的蒲芳，雁回垂头看了看自己染着蒲芳鲜血的双手，沉默许久，问天曜：“好多天不见你了，你今天怎么想着找过来的？”

“见你没在房中，探了探你的气息，发现你到三重山了。”

天曜一开始便在她身上种了追踪的咒术，雁回一开始是没能力解，后来阴差阳错地都忘了解，一直便让它留在身上，到现在也没什么必要去解这个法术了，留着便也留着了。

雁回点了点头，想了想，又抬头问天曜："你怎么知道我不在房间的？"

天曜仰头望着远方，像没有听到一样。

只有他自己心里知道，怎么会发现不了呢？雁回睡觉不喜欢关窗，他每天夜里回去，都会透过窗户望一眼床帐之中她的睡颜。

多日未见，不过只是雁回多日未见天曜罢了。

落到青丘国界之内时，天已近黎明，烛离径直将蒲芳拉到了三王爷府上。

一则三王爷长岚常年病弱，府中药材一应俱全；二则蒲芳平日教养的医药童子也都尽数在此。

一行人未及王府，前面便已有火把照亮了路，是长岚带着府中童子在路上等着了。他眼睛看不见，但其他感官却比普通人敏锐许多，鼻尖一动便在尚且有段距离的地方闻到了血腥味。

"去给你们师父看伤。"他吩咐候在身边的医药童子，"速速带回府内。"

医药童子立马拥了上来，接过烛离扛着的蒲芳，疾步抬了回去。

人群随着蒲芳而去，雁回一直走在人群的最后面，也不凑上前，神情好似也不再着急。

天曜与她一同跟在后面，这个时候没有任何人注意雁回，只有他在看她："你不要命只身敢去救她，现在救了回来，你却不着急了？"

雁回连头也没转，只答了六个字："尽人事，听天命。"

听起来有些寡淡无情，但仔细一品，在这样的时刻最苍凉无奈的，也莫过于这六个字了。

她拼上性命，救的却是一个"可能"。天曜默了一瞬道："雁回，你有仁心。"

雁回这才瞥了天曜一眼："有仁心的是圣人，我不是，我只是有人性罢了。"

爱美色，贪财欲，会妒忌，会怨恨，也会热血，会同情，会舍命相救。对雁回来说，她觉得自己活得一点也不高尚，她只是像个俗人一样活，抛不开七情六欲，舍不下尘世浮华，她只愿做个快乐的俗人。

天曜默默地看着雁回，不再言语。

蒲芳的伤治了整整三天三夜，她带出来的那些徒弟，没一个医术比得过她，最终她的大弟子在蒲芳病榻前哭道："只有师父能救自己……"

但医者如何能医己？

终是在第四天清晨，阳光刚落入她房间的时候，蒲芳醒了，她看了看窗外的阳光，那方正映着三重山山脉的影子。蒲芳看了许久，到底是将眼睛闭上了。

片刻后，便没了气息。

三王爷长岚坐在蒲芳床榻边上，沉默了很久，最后还是让人将蒲芳葬了，葬在青草岗上。

蒲芳入葬的那日天曜与雁回也去了，青丘国入葬太简单，棺椁入土，填土埋上，立上碑便算完了。送行的人一个个走掉，最终只剩下了天曜、雁回和三王爷长岚。

“这里没有树木遮蔽阳光，只要不下雨，什么时候都能晒到太阳，风也自由，她会喜欢的。”长岚嘴角勾了一抹苦笑，“二十年前，我便也是如此，看着他们一个个离开，我以为回了青丘国，便不用再面对这样的别离，不承想时隔二十年，蒲芳……竟也要我看着下葬。”

天曜沉默不言。

长岚微微一声叹息，似嘲似骂：“把野丫头一样的她捡回来，养了这么大，眼睛没给我治好就走了……”长岚声音一顿，竟已再无法开口。他一转身，不继续在坟边停留，一言不发地离开了。

天曜陪着雁回静静站了一会儿，青草岗上的风确如长岚说的那样，东南西北都在吹，自由极了。只是将雁回的头发拉扯得有些凌乱。

“天曜。”雁回倏忽问道，“当年，素影害你，你到底是怎样的心情？”没等天曜回答，雁回便摆了手，“不不，我不该问的。你就当没听到吧。”

天曜也没有回答。

又静立了一会儿，雁回道：“你先回去吧，我再站一会儿。”

虽然有点不想走，但既然雁回下了这般明显的逐客令，天曜便也没再多言——左右，他在这里，也说不出什么安慰的话就是了。

四周再无他人，雁回望着碑后坟上的魂魄，开了口：“你不去投胎，是打算在这里站成孤魂野鬼吗？”

蒲芳的影子在风中有些摇晃，她望向雁回，有点吃惊：“你还能看到我？”

“我不想再看到你。”雁回道，“你变成这样就证明你心中尚有往事放不下，但那些事于你而言已是不该再去追的过去了。”

蒲芳垂了眼眸："我走不了。"她顿了顿，"你不骂我吗？那天你明明都那样拦我了，长岚也那样说过我了，但我还是不听。你不笑我吗？你应该说，你看，我早跟你说过，活该你自己不听……"

"说这些话能让你活过来，我就坐在你坟头日夜不停地念叨。"雁回上前两步，拂去被风刮到蒲芳碑上的野花，"我笑你没用，你笑自己也没用，你能做的，就是理理头发，拍拍衣服，昂首挺胸去下一个你该去的地方。"

然后，剩下的事，自然该交给活着的人来解决。

蒲芳听了雁回的话只是摇了摇头，并不再多言。

雁回心里知道，蒲芳既然已经变成这留于世间的鬼，那她心中牵绊自然不是自己开解一两句就能放下的，于是雁回只是静静地陪了她一会儿，便也摆手离开了。

不日，青丘国大医师身亡的消息传了出去，整个妖族一片哗然。

蒲芳身为医者，在妖族当中地位极高，她救过不少妖的命，那些妖皆将她当作救命恩人，她死于三重山仙人之手的消息一出，边界本就剑拔弩张的气氛更是紧张了。

挟带着多年被三重山边缘修道者压制的愤怒，不少妖怪自行集结成了一队，跃过边界前的深渊，踏入三重山中，与修道者们起了大大小小不少摩擦。

雁回这两天也没闲着，天曜去与妖族的人共商奇袭斩天阵之事时，雁回便也跟了去，抱着手臂在一旁旁听，看着他们训练，不发一言，晚上回来的时候便也开始调息打坐。

天曜看在眼里，也不说破，只是偶尔提点她一两句，而天曜的提点对于雁回来说胜过其他师父教上好几年。

刚过了没两天，这日天曜给其他妖怪布置了任务，每个妖怪都忙自己的事去了，他便在林子里教雁回心法，雁回不愿修心法，神色有些不耐烦："天天都修心法，我内息不弱，你只要教我招式就够了，足够厉害的，足够强大的，就行了。"

天曜淡淡瞥了她一眼："你内息够？"他语带几分嘲讽，"内息够还会在运功的时候被人打断？你若内息充足，便可直接将她的法术弹回去。"

提到这事，雁回微恼，不是没有输给别人过，但输给凌霏，她便十分不爽。"那只是我一时大意！后来调息了一阵不就好了嘛！"

“那段时间足够要你命。”

天曜话刚说完，倏忽林间渐渐弥漫开了一股杀气。雁回皱了眉头，天曜便开口道：“边界那方传来的。”

两人对视了一眼，无须多话，自寻了过去。

赶到那方的时候雁回有点惊讶，妖族这方严阵以待，为首的是面色寒凉的长岚，而对面却只有一人……

兮风。

许是刚才便已动过手了，兮风单膝跪地，唇角流着鲜血，想是伤了内脏。

“我只求见蒲芳一面。”兮风声色沙哑，“之后，随你们处置……”

“你没资格见她。”长岚的神色是雁回从未见过的冷，“若当真要见，你便去陪她吧。”说着长岚周身杀气又是一长，方才他们在林间感受到的便是这股气息……

九尾狐的愤怒。

兮风跪在地上，没有躲避，想来也是没有力气了。

然而却在这时，倏忽一道泛着阴气的透明黑影挡在了兮风面前。雁回双目一凝，立即动了身形，霎时拦在兮风身前，运足内息挡下了长岚这一击。

这一击力道之大，四周登时腾起翻飞烟尘，待尘埃落定，雁回依旧静立在兮风身前，毫发未伤。

妖族之人皆是惊骇，他们都以为雁回只是个普通的修仙弟子，不过是运气好救了烛离一命，这才来了青丘，谁都不承想，她竟有能挡下长岚一击的实力。

对于这样的结果，雁回心下也是有点诧异，她本以为，自己再怎么也得受点伤的……

她看了天曜一眼，他教她的心法，即便在不日日打坐的情况下，也在她身体里面慢慢增长啊。之前在天香坊他教她的时候便说，呼吸行走皆是修行，当时她还不信，原来只是欠缺时间的累积，等时间久了，便会有这效果啊……

而这结果显然是在天曜意料之中的，别人都在惊诧，只有他一人连眉毛也不动一下。

长岚虽然看不见，但感觉却十分敏锐，他微微侧了头，耳朵听着那边的声音。雁回立即解释道：“我不是帮他。”她看了看身边的黑影，蒲芳的面容在里面若隐若现。

“三王爷，我与蒲芳相处时日不久，但她却将心事说了不少与我听，且容我用女子心思揣度一下。若是蒲芳在场，我想，她是愿意让此人去见她的。毕竟最后，蒲芳也是望着三重山的方向的。”

雁回身后的兮风浑身一震，眸中恍惚间有隐痛滑过，痛得他久久皱着眉头，无法放松。

长岚默了许久，终究是一拂衣袖，转身离去：“我怎会不知她那脾性。”言辞中，既是无奈也是心疼。他到底还是心疼蒲芳，打算忍了怒火，放人去见她了。

雁回转身，将兮风拉了一把，然后便退开了几步：“跟我来吧。”

她引着兮风，一路走上青草岗，蒲芳的魂魄已经飘到了她自己的墓碑之后，她看着他，而兮风却只看着她的碑。

“她最后可有提及我？”

“没有。”雁回看着形容沉默的蒲芳，道，“一句话都没说。”雁回转身离开，“你好好看看她吧。”

兮风静默了一会儿，便在她坟前跪了下去：“我自幼与师父修道，谨记修道之人教诲，斩妖除魔，不行有违道义之事……我从未觉得自己做错，然而闻你死讯那时，我却恍觉，此生行了三大错事。”

“一悔不该求仙论道；二悔既入仙门，却在初遇你之后未曾下狠手杀你。”他说着，嘴角微微一动，“三悔明明动了心，却未曾在那日舍下命与道义，回护于你。”

蒲芳在碑后喉头一哽，哑然无声。

“我原想不负大义，不负真心，如今，竟是全都辜负了……”

他伸手抚上蒲芳的墓碑：“我既已什么都找不回，那现在，便不如来陪你最后一程。”

雁回走到青草岗坡下，倏忽感觉周身大风一起。她回头一望，只见岗上阳光迷眼，却在日光之中，两个黑影隔碑而立，对视许久，待得风平，两个身影却是拥在了一起，然后渐渐消失在光影之中。

雁回看得愣了一瞬，再跑上山坡之时，兮风跪在蒲芳坟前，额头轻轻靠在她的墓碑之上，已经绝了气息。

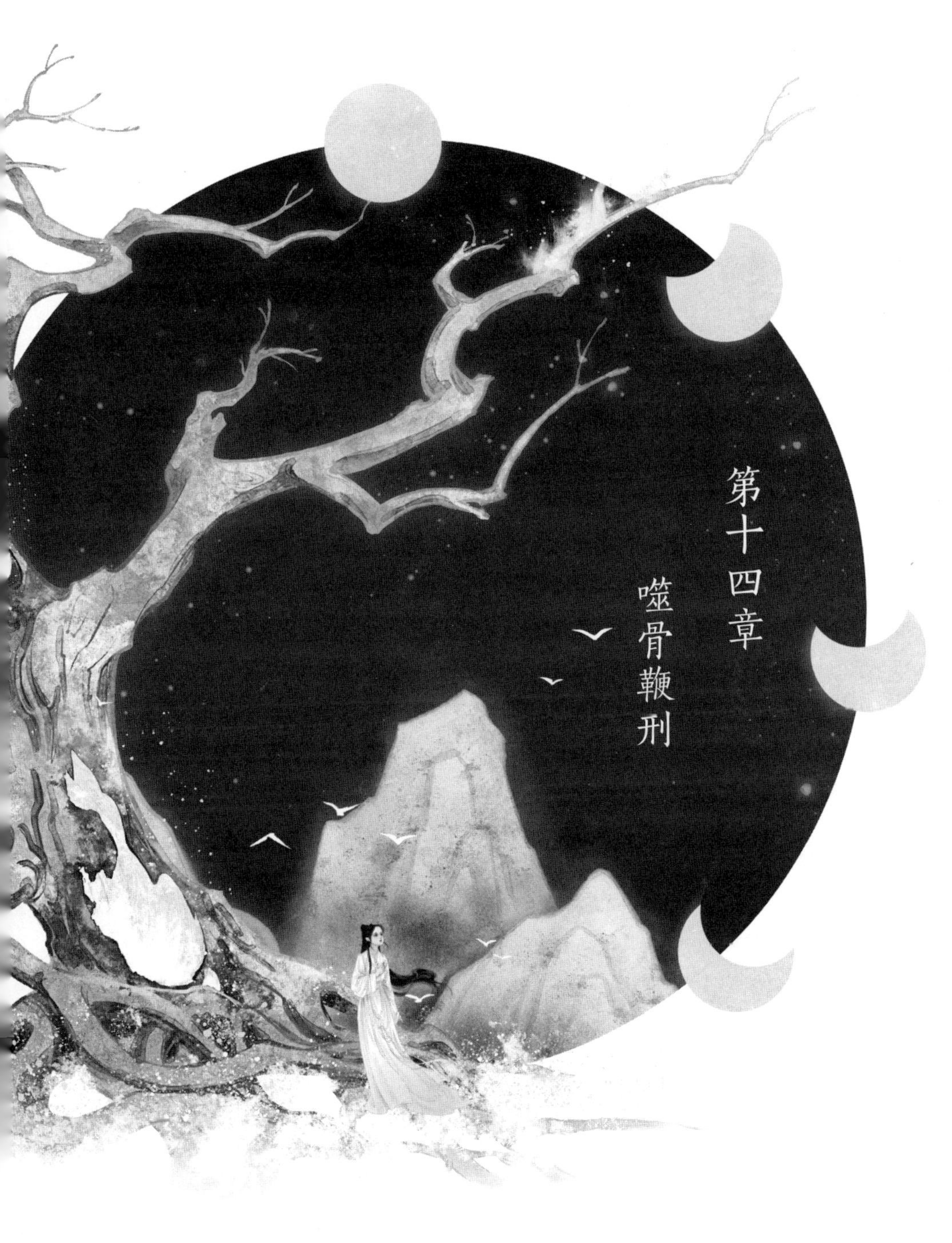

第十四章 噬骨鞭刑

雁回推门进屋，门撞出了“哐”的一声，屋中天曜正在喝茶，闻此动静微微一惊，他转眼看她，随即皱了眉头。

“你这一身泥，是干吗去了？”

“给人挖坟去了。”雁回走进屋，脸色严肃地坐到天曜对面，“你们什么时候奇袭斩天阵？”

天曜放下茶杯，正色回答：“十天后，满月之夜，龙筋会受我影响，令三重山下岩浆翻腾，彼时能引开仙门守山弟子的关注，我们子时入阵，一个时辰的时间取回龙筋，丑时破阵而出。”

“你知道龙筋在哪儿了？”

“上次去三重山带你与蒲芳回来之时，便顺道探了一番龙筋的具体方位，约莫便在那处以东一里地的方向，只是藏得有些深，或许在地底之中。”

雁回眉头微微一皱：“三重山地底皆是流动的炙热岩浆，你是说你的龙筋或许被封印在了岩浆里面？”

天曜不徐不疾地喝了口茶：“这不才是正常的吗？”提到这事他的神态已比先前自然了许多，“岩浆乃极热极火之物，将我龙筋在那处封印，岂不是方便？”

“你这龙筋要取，我帮你。”雁回这三字说得坚定，毫不犹豫。

“好。”天曜早有雁回会与他一同去的准备，所以也并不觉得诧异，让他觉得好奇的是，“为何突然便做了这个决定？”

他还以为以雁回的性子，怎么也得磨蹭到出发那日才一言不发地跟在他后面，随他一起行动。

雁回默了一瞬，语气有些凉意：“兮风道长在蒲芳坟前自绝经脉了。”

天曜亦是沉默。“自尽了？”他好似也有点不敢相信，“那个仙人？”

雁回点头："对，那个修道者。"

于是天曜便沉默了下来。

"我愿意随你入斩天阵，甚至破斩天阵，心头血也给你取，龙筋也帮你寻回，只是……"天曜难得看见雁回眸中闪过杀气，"凌霏你也要帮我把她抓来。"

天曜眉梢一挑："为何忽然要抓她？"

"她做错事了。没有她在里面掺和，蒲芳不会命尽于此，那个道士也不该为心中所谓道义束缚。"雁回道，"我要让她磕头认错。"

天曜望着她："你要她认什么错？"

"我要让她知道，妖怪是值得被真心以待的，任何人都值得被真心以待，除了心思恶毒之人，比如她。"雁回直勾勾地看着天曜，望着他漆黑眼瞳中的自己，在天曜的眼里，她的身影好像一直那么清晰。

她顿了顿，又开口道："还有她姐姐。"

天曜眸光微动。

"她们都是做了错事的人。有朝一日，我也要让素影，给你道歉。"

他几乎是有点逃避一样地垂下眼睑，看着杯中茶水，不让雁回接触到他的目光。杯中水有些震荡，一如他此时好似被搅动了的心池一样。

她竟是想要将他护在身后啊……

明明是那么不切实际又天真的想法，但听到她这句话，天曜却在杯中茶里，看到自己唇角不可抑制地隐隐勾了一下。

她想守护他。

像个英雄。

在一片长久的沉默之后，天曜却只晃了晃水杯，摇散了杯中自己的影子。他道："这十天，心法修炼须得加紧。"

十天时间眨眼即逝，满月之夜亥时三刻，青丘一行人已经潜伏在了边界森林当中。

雁回看了看天上明晃晃的圆月，再一转头，看见了身边额上渗有虚汗、唇色发紫的天曜，雁回见过天曜在满月之夜疼痛得浑身发颤的模样，所以现在便格外能体会他忍耐得有多么辛苦。

"要不，我割点血先给你喝？可能缓解一点？"她道。

天曜瞥了她一瞬，只见月光之下雁回双眸出奇地清亮，而她粉色的唇瓣看起来也带着些许诱惑，在这具身体里面，藏着可以让他轻松许多的血液和力量……

天曜转过头，闭眼调理了片刻："入三重山前不能有血腥味透出，以免被人发现。"

"那我牵着你？"

雁回伸出了手，天曜微微一怔，半晌未动，雁回等得不耐烦了，一把将他的手抓住："以前不给你碰你非要又抱又咬的，现在主动给你牵小手了，还非得磨叽，今天是看在办正事的份上才给你牵的，待会儿你不是还要运气引出龙筋的力量吗？"雁回与天曜十指相扣，声音正经了些许：

"如果有我在能让你好受一点，那你就用我就好了。我们早就是一根绳上的蚱蜢了。"

是啊，他们早就结了那么深的……缘分了。

"雁回。"天曜声音有些沉，"我说过，我想过如果二十年前遇见的是你，现在会怎样？"

雁回一怔，转头看他，心里直嘀咕：这是要怎样？在这种情况下和她表白吗？她沉默着没吭声。

天曜也转了目光："你聪慧至此，不会不明白我的意思。"他顿了顿，隐忍着身体的疼痛，"若你明白，便不该如此。毕竟我不会再像二十年前那样……"

雁回听得这话，一愣，像二十年前那样？

哪样？

不会再像二十年前那样对一个人动真心了，是吗？

雁回盯着他，皱了眉头。敢情一开始他那样强行地、不顾她意愿地、死皮赖脸地跟着她，对她做任何事情都是合情合理的。现在她稍微对他好一点，他自己把持不住动了心，就变成她的不是了？

雁回觉得自己被这个神逻辑冤枉了，是以在这样的情况下也有点恼了："我明白你的意思啊。"她依旧拽着天曜的手不松，"可我对你好是我的事，你要动心那是你的事，咱们各管各的事，你的心情你自己克服一下，别赖在我身上。"

还不会像二十年前那样喜欢一个人。雁回心头冷哼一声，谁稀罕你的好感和喜欢了。

说得好像，她会喜欢他一样……

雁回别过头不再说话，天曜便也没再开这个话题的头。

子时，月入中天。

天曜身体里撕裂的疼痛似乎达到了顶峰，他握住雁回的手越发用力。

与此同时，三重山边界下的岩浆也开始躁动翻腾。

雁回通过天曜握紧的手能感觉到他体内气息的汹涌流动，她微微一侧头，只见在苍凉月色之下，天曜的双瞳之中泛着肃杀的红光，带着三分嗜血的杀意，让人不由得感到胆寒战栗。

片刻之后，三重山下翻腾的岩浆愈加汹涌。

待得天曜眸中血光大作之际，那方岩浆倏忽烧出了一条火龙的形状，龙身跃出裂缝之上，在空中呼啸出了威武的形态。

即便隔了一段距离，但雁回仍旧感到那方传来的热力。

守山的修道者们在漆黑的山上乱成一团，从火把移动的迹象来看，他们正在从岩浆火龙奔腾的地方撤离。

“入阵。”

天曜一声令下，四周风声急动，连雁回都没有看清楚四周妖族的人是怎么行动的，只觉一个个黑影带风，从她身边穿梭而过，径直扑过了前方边界，入了三重山中。

天曜一起身，却觉自己的手还拉着另外一人，他眸光幽深地看了雁回一眼，难得说了一句：“入阵有危险，保护好自己。”

雁回还带了一点方才的情绪，她直接甩了他一个白眼：“左右也是要让你在我心头上捅刀子的，别的还怕什么？”

天曜一时间竟然觉得自己说不出第二句话了。

天曜与雁回二人五行皆为火，对于现在已经拿回了大部分身体的天曜来说，岩浆的热度已经不足以伤害他了。雁回更是不必说，在这几日与天曜修习心法的过程当中，内息又提高了些许，对付岩浆热力自是不在话下。

在先前布置好的计划当中，妖族之人各自去干扰斩天阵设在各地的阵法节点，而他与雁回则深入斩天阵中。

入了三重山，两人路过上次蒲芳被困之地，此时这里林间已经没有一个仙人了，大家皆被翻涌而起的岩浆热力逼退，暂时是没有人会扰乱他们的计划了。

雁回不过在这地方停留了片刻，便又重新迈步上前，直到在山林当中寻到一个微微冒着热气与红光的地洞入口。

“是这里吗？”雁回问天曜。

“嗯。”天曜眼眸中映着地洞之中的火光，让他一双因为动用妖力而变得闪耀红光的眼睛更加嗜血。

没有再多犹豫，两人一同跃下地洞之中。

地洞垂直向下，越往下掉，热力更甚，而雁回也感觉自己周身法力在渐渐流失。

是斩天阵的力量在发挥作用——斩闯阵者之力，以自然之力诛之。

雁回心觉不妙，在将要落地之际，一个腾翔术落下，堪堪在两人着地之前给了个柔软的支撑，让他们不至于直接摔在地上，变成一摊肉泥。

落到地上，雁回此时不得不庆幸，还好这段时间天曜让她抓紧了内息心法的修炼，要不然，这一路落下来，恐怕到半路上，她的内息便撑不住使不出法术了。

地洞之内，是一个巨大的穹顶，宛如在铜锣山小山村后面，雁回与天曜去破的那个水之阵法一样。

只是相比于那遍地冰雪的地方，此处落足生烟，每一寸土地皆如铁板一样烧心。

即便五行属火，但在这样的地方，雁回也被热浪熏得快要睁不开眼睛。

“你的龙筋呢？”

天曜望着面前奔腾的岩浆：“在里面。”

雁回看着沸腾的“嘟嘟”冒泡的岩浆傻了眼：“里面？”

天曜肯定地点头：“里面。”

“……”

能玩？

“这能下去？”

像是要印证雁回的质疑，翻腾的岩浆猛地喷出了一束极高的火焰，径直烧上穹顶，穹顶之上的泥石登时化为熔岩，随着那火焰消失，也落了些许岩浆下来。

虽然早有准备，但雁回仍为看到的这一幕感到心惊：“太热了。”雁回皱眉，

“我护身法术在此处撑着已是费力，若要进了岩浆之中，只怕是不攻自破。”

“龙筋我自行去取。”天曜眸中血色升腾，“首先要取了阵眼长天剑，破此斩天阵。”

天曜目光盯着穹顶之下正中的地方。

雁回顺着天曜的目光看去……这岩浆之中虽然时不时蹿出火柱，但只有那方有一根火柱是始终未曾消失的。

先前她被热气熏花了眼，这下仔细往那方一看才恍悟，那方立着的，哪里是火柱？那分明是被烧得通体鲜红宛若镏金的长天剑！

那便是名动天下的第一剑……

雁回尚有几分愣神，忽然之间，一股热浪竟横向切来，径直砍向她的颈项。

天曜眼睛一眯，反应极快地推了她一把，雁回晃了身形，只听“笃”的一声，热气径直撞向雁回身后的墙壁，在墙上斩出了一个闪耀着火光的裂缝。

雁回回头一看，登觉害怕，若不是天曜那一推，她的脑袋恐怕都得掉在了地上，更甚者……直接给炸没了。

此处当真凶险！

当即，雁回回神凝气，不敢再随意走神。

“它发现有人来了。”

“谁？”雁回反应了一会儿，“你说长天剑？”

没给天曜回答的时间，又是一股热浪迎面斩来，天曜一把拉过雁回，匍匐在地，热浪再次重重地撞击在背后石壁之上，石壁裂出一丈长的缝隙，碎石熔化，化作红色岩浆落了下来。

这一击，竟比方才更猛烈炙热！

而这方雁回也没时间去关注身后的石壁被撞成了什么样。被天曜拉倒在地的雁回手指根本没来得及捻起护身诀，只听“刺啦”一声，她的掌心烙在滚烫的地上，雁回一时竟闻到了烤自己的肉香……

“这什么鬼地方！”她连忙爬起来，护身诀严严实实地将自己浑身裹了一遍又一遍。

反观天曜，已经找回龙骨与龙角的他，经过这段时间的调整与修炼，好似对此处的灼热已并不在乎，甚至对于这样的灼热，他还有几分喜欢。

毕竟他的身体……冷得太久了。

忽然之间，不知是发生了什么事，洞内熔岩倏忽颜色微微一暗，汹涌喷出的火柱霎时平息。

天曜眸光一凝："他们已控制住了外围阵法。速战速决。"他一声令下，自己率先身形一掠，踏过虽然没了火柱喷涌，但依旧炙热的熔岩，径直冲向了那中间的长天剑。

雁回见状，眉目一肃，连忙跟上。待得她落到天曜身边之际，这才看见长天剑所在的地方竟然是一块在周围熔岩包裹之下，依旧完好的土地。这剑便插在土地之上，不知已独守此处多少年。

天曜徒手握上了通体烧得泛白的长天剑剑柄。

长天剑霎时剧烈震颤，像是极其排斥。

天曜不为所动，雁回能看到他的掌心霎时升起了一股烟，皮开肉绽，但他好似根本没感觉似的，周身气息翻飞，搅动了整个穹顶之中死寂的空气，一阵阵旋风平地而起，与他一并拖曳着死死插在地中的长天剑，与这阵法的力量做着抗争。

然而以天曜如今的力量要拔出长天剑似乎十分吃力。

"血。"天曜一声简短低喝。

雁回丝毫没有犹豫，手下一翻，一把匕首出现在她掌中。眉头也没皱一下，雁回便将匕首送进了自己心口处，鲜血立即顺着匕首的凹槽处流下，滴滴答答地落在长天剑剑柄之上。

霎时间，剑柄光芒大作，四周风力也更加强劲，将雁回的衣服拉扯得猎猎作响。

鲜血没入长天剑之中，不一会儿，血迹消失，长天剑剑身的光芒亦是一暗。天曜催动周身气息，使风力不减反增，那插入地底已不知多少年的长天剑就这样被天曜一点一点拔了出来。

雁回收了匕首，将它一扔，飞快地给自己止了血，然后半点没耽搁就去观察剑尖："离开地了！"

她话音未落，长天剑彻底被天曜拔了起来，剑刃离地，这柄神剑登时没了耀目的光芒，变得如同凡铁一样，被天曜周身未歇的气息一卷，"噌"的一声扎入了一面山壁之中。

阵眼已破，四周岩浆颜色更暗淡了几分，这洞内灼热的温度也霎时降低了许多。

雁回看了眼岩浆的颜色，有些开心：“没有法术压制，也不再那般炙热，这样的话我也能捻个诀护着身和你下去好好找龙筋了。”

风波平定，天曜却没急着直接跳入岩浆之中，他看了眼雁回还在微微渗出鲜血的心头，眸光微垂：“我去即可……”

他这句话还未说完，倏忽一股杀气溢满洞穴之内，天曜与雁回皆是一怔，两人刚放松了心情此时并未反应过来，雁回便见眼角一道刺目白光划过，以迅雷不及掩耳之势一击杀到天曜胸膛之中。

比起剑的速度，雁回的目光有些迟钝地转了过来，然后她便看见，天曜被那把没了光芒的长天剑一剑扎穿了胸膛，鲜血都没来得及渗出多少，天曜便被那剑有力的来势径直从这一方着脚的土地上推入了岩浆之中。

“咕咚”一声，天曜整个身体没入岩浆之中。

雁回双目惊骇地睁大，她唤着“天曜”这两个字的时候，声音都破得有些嘶哑了。她下意识地伸手要去捞他，可在指尖快要触到岩浆的时候，方才刚刚平息下来的熔岩霎时又喷出了一记火焰，将雁回逼退回去。

紧接着，那长天剑好像有意识一般，从岩浆之中自行飞出，剑身依旧闪耀，不见半点血迹，然而天曜却没了声息。

死了吗？身体被彻底熔化了吗？

一想到天曜会有这样的结果，雁回登时便感到无比心慌。

正惶然之际，长天剑上隐约凝出了一个人影的模样。身影若隐若现，但声音却那么清晰：“犯吾斩天阵者，杀无赦。”

剑灵！

雁回惊愕不已，千算万算，谁能算到这剑居然有剑灵！

它并非死物一把！它是活的！它懂思考，懂伪装，懂出其不意克敌制胜！所以它方才佯装被打了出去，所以它找到时机便给了天曜致命一击！

然而长天剑剑灵却不仅仅满足于杀掉天曜，它随即便将矛头指向雁回，二话不说，剑势如虹，径直向雁回而来。

雁回虽然方才破了心头流了不少心头血，然而血已经止住，这些日子以来她在天曜的督促之下勤修心法，此时内息充盈，只是天曜的失踪让她心头牵挂，是以她草草以手中匕首接了长天剑两记杀招。

形势颓败。

雁回心里清楚，与人对战最忌心有不安，若这样下去，她被长天剑捅个透心凉也是迟早的事。

她强迫自己稳住心神，打算与长天剑剑灵好好一战。因为她知道，只有胜，她才可能有机会将天曜从岩浆里面捞出来。

哪怕只是具骨头，她也要知道，这个和她走了这么长一段路，历经过这么多生与死的妖龙，到底是不是死在了这里。

雁回眸光凝神，面露杀气，目光如鹰隼一般直勾勾地盯着长天剑剑灵。天曜先前教她令五感变得聪慧的心法她用上了，以前在辰星山学的剑法招数她也摆了出来。

妖术与仙术同时使用，虽然是第一次，但雁回并没有觉得有任何不适。

长天剑哪怕只有一丝一毫的挪动，雁回也能看得清楚。

忽然间，长天剑一击杀向雁回，便似刚才刺穿天曜时那样，速度极快，来势汹汹，雁回手中匕首那么短，对付长剑本是不利，但匕首在她手中却像是能玩出花来一样，她以匕首侧身挡住剑刃。

剑刃与匕首之间摩擦出火花，雁回一个太极阴阳手，顺势将力道一倒，来势汹涌的长天剑登时变成了她匕首上的玩偶，三两下一转被她握在了手中。

剑柄上立即闪出火花，给雁回剧烈的灼痛感。

方才天曜……竟是忍耐着这种灼痛将长天剑拔出来的吗……

雁回一咬牙，愣是没有松手，浑身的护身诀似乎都捻在手上了一样，她握着长天剑，直到剑灵放弃了在她手中挣扎。

雁回握住它之后，别的都没说，先在地上狠狠敲了两下以示泄愤：“还有什么花样？你来啊！”

长天剑上忽隐忽现的剑灵被雁回这往地上敲的招数打得有点愣神，待缓过神来，似觉得极为耻辱：“你这宵小之辈！”

它刚骂了一声，雁回又将它狠狠敲了两下，只是这次敲完，剑灵还没说话，穹顶右方倏忽传来“咚”的一声，是一道机关石门被打开了，紧接着一连串仙门守山弟子用棉布掩着口鼻鱼贯进了这里。

走在中间的，便是让雁回一见就寒了目光的凌霏。

“呵，雁回。”那边也是一声冷笑，“竟然又是你。”

当真是仇人见面，分外眼红。

雁回握着长天剑没有说话。

倒是旁边的仙门弟子有的眼尖，看到了雁回手中的剑：“她！她破了斩天阵！她要盗取长天剑！”

雁回目光寒冷，盯着那喊话的弟子：“舌头长的人死得快，你师父没教过你吗？”她面容森森，看得那本未经历多少世事的仙门弟子微微往后一退。

凌霏一把将退了一步的弟子从自己面前推开：“你这叛徒，先前私通妖族，而后又闯三重山欲救妖孽，如今，竟是来帮妖族的人盗取长天剑了吗？”

雁回皱了眉头：“话我只解释一次，长天剑，我从来没有动盗取的念头，是谁的，它依旧是谁的。”

“背叛者的满口假话，”凌霏说得有几分咬牙切齿，“真是听着便也让人觉得恶心！今日，我便要让你为此前做过的恶事付出代价！”

言罢，凌霏根本不给任何人反应的时间，手抓拂尘一把扫向雁回。

雁回握着长天剑一舞：“该为恶事付出代价的是你，还有你那姐姐。”她已不是一个月前在小客栈里，被凌霏出其不意的软剑毁掉脸的人了。

雁回此时正巧五感十分灵敏，几乎不用看凌霏，一手抬剑，硬生生地接下了凌霏的拂尘。随即拂尘消失，凌霏立即抽了腰间软剑，径直与雁回近身斗在一起。

两人争斗，谁也没有吝惜力气，将四周砖石打得纷纷掉落在岩浆之中。

然而待得尘埃落定，众仙家弟子定睛一看，在那中间只够立足的平台之上，凌霏竟被雁回踩在了脚下。

炙热的泥土让凌霏发出了惊呼。

雁回眸色寒冷：“烫吗？痛吗？你为难人的时候，便也该想想现在的感觉。”

凌霏恨得咬牙切齿：“你这无耻之辈！你有何资格说此话？！”

凌霏受困，众仙家弟子皆想上前去拦，然而所有人都被雁回脚踩凌霏的姿势惊得说不出话来了，怯怯地不敢上前。

雁回嘴角一勾，也是冷笑：“还你一句话，你以为我还会败在你手下吗？”

语音刚刚落下，忽然之间脚下冰雪法阵倏忽大起，寒气登时溢满整个灼热的洞穴之内。

雁回看着脚下熟悉的阵法图案，心头血霎时涌上大脑，又像在半途当中冻成了冰一样，让她整个脑袋立即处在了一片死寂当中。

这法阵……

是凌霄来了。

冰雪法阵闪烁着令人心凉的蓝光，一如雁回离开辰星山的那日。寒气自法阵之中溢出，令洞内这灼热岩浆都暗淡了几分。

雁回尚在失神之际，忽见一记蓝光自法阵之中猛地射出，径直击打在她的腹部之上，将她推得往后退了三步，在即将踏入岩浆中时，雁回才堪堪停住了脚步。

不过一眨眼的时间，方才被她制服于地的凌霏便不见了踪迹。

取而代之的是雁回再熟悉不过的气息，在鼻尖流转，雁回眯眼一望，白袍仙人揽着凌霏落在仙门弟子站着的地方。

他面容清冷，气势如旧，一别已有数月，人间已换了一个季节，然而她的师父却似一点也没变过。就像那过去的十年，时间在他的容颜上，刻不出一丝半点的痕迹。

“师兄……”凌霏望了一眼凌霄，眼眶霎时竟有几分红了起来，“你来了。”好似受了极大的委屈。

雁回闻言，一声短促的冷笑不可自抑地哼了出来。

她这声极其轻蔑的冷哼自是逃不过在场修仙人的耳朵，凌霏转头看了她一眼，眉眼倒竖，好似恨得咬牙切齿：“这雁回，几个月前便勾结妖族，私放狐妖不说，下了山，更是里里外外帮妖族行罪恶之事，而今更是来盗取长天剑，简直胆大包天。”她盯着雁回，目光阴狠，“如此余孽，师兄万不可念在往日师徒情分上，再对她心软了。”

雁回又忍不住笑了——说得好像凌霄往日念过师徒情分一样。

她这个前任师父，刚正不阿，公正无私，是整个辰星山乃至修仙界都知道的事。

雁回将手中长天剑一掷，剑尖入地三分，剑身嗡鸣，可见她掷长天剑的力量不小：“长天剑我不要。以前在辰星山，私放狐妖的是我，但我没勾结妖族。现在你说我帮妖族做事也没错，但我没想盗长天剑。”她直勾勾地望着凌霄。

师徒二人，四目相接，神色皆是凝肃。

“言尽于此，信不信由你。”

说着这句话的时候，雁回的手在背后悄悄地结印，天曜还在岩浆之中，她没时间在这里耗，她得去找他：“凌霄道长……”

雁回喊了凌霄，本打算借此转移众人注意力，哪想她这四个字字音都还没落下，凌霄倏忽便不见了身影。

雁回心道不妙，下意识地便想要躲，可她后退一步，却堪堪撞进了一个人的胸膛之中，雁回往后一望，凌霄在她身后眸色清冷地盯着她。

雁回一惊，再一次抽出先前已收回袖中的匕首，手快地向后刺去。

可她的动作却根本不及凌霄的快，或者说，凌霄早就已经猜到了她下一个动作。

在她握住袖中匕首的时候，凌霄便手一探，制住了她的手肘，不过拿捏着力道轻轻一转，像逗小孩一样，雁回便被他从后面擒住了胳膊，凌霄另一只手一击雁回手肘，雁回登时便觉得一股麻劲儿从手肘之处传来，一路传到她的指尖，让她再无力气握住匕首。

于是雁回手一松，匕首落在地上，轻轻一滑，落进了岩浆之中，登时被熔化了。

也是，论外家功夫，她怎么玩得过凌霄呢？他是她师父，十年来但凡有所精进无不是凌霄提点起来的，她要出什么招，要做什么打算，他可能比她自己更加清楚吧。

而内功心法……更是不必说。

忽然间，雁回脑中一道精光闪过——并不是这样的，她还学了别的内功心法，凌霄所不知道的！

当即她沉住了气，手臂一振，一股力道顺着手肘反推回去，击在凌霄手上。

凌霄只当雁回是要挣扎，按照应付仙家内功心法的招式去对待，哪承想那力量竟然穿透了他的抵挡，径直撞进他手臂筋骨之中，妖气盘绕了他整个小手臂。

凌霄当即松手，雁回立刻连连退开，隔着三丈的距离，踏空浮在岩浆之上。

她看着凌霄。看凌霄向来冷漠的神色被微微打破，雁回竟有一种诡异的报复快感——

你看，没有你教，我依旧可以进步很大。

她知道自己这样的心态就像一个不懂事的小孩在和大人炫耀自己学到的新

本事，想让大人惊讶，想让大人将注意力尽量多地落在她的身上。

尽管知道自己这样的心态有多幼稚，但雁回在凌霄面前或许已经很难改这稚气。

凌霄看了雁回许久，也沉默了许久，然后垂了眼眸，只看着自己的手，将妖气一点一点逼了出去。待他再一抬头时，盯向雁回的目光里更多了几分肃杀："你修了妖法。"不是疑问，是肯定。

"是又怎样？"

凌霄面色一沉："简直荒唐！"他斥她，一字一顿，语气是雁回在以前都极少听到的震怒。

"有何荒唐？"雁回不解，"我被逐出辰星山，既然不再是辰星山人，我做什么事自然与你们辰星山无关。"

凌霄唇角一紧，看着倔强的挺直背脊毫不认错的雁回，他一默，然后道："我便不该让你出辰星山。"他语气大寒，"竟放肆至此。"话音一落，凌霄双手合十，慢慢拉开，一柄似由坚冰雕琢而成的寒芒长剑出现在他手中。

那是他用来对付妖魔的剑，雁回知道。现在他要用这剑，来对付她了……

然而，雁回并没有觉得自己哪里放肆，更不知道自己错在哪里，以致凌霄要将她斩于这柄剑下。

"我是被逐出辰星山之人，我与辰星山，也与你凌霄道长再无关系。而今我的身体我想让它修什么，是由我来做主。你，还有凌霏，有什么资格对我的事情指手画脚、评头论足？"雁回立在空中，不卑不亢道，"我更不该接受来自你们的惩罚与制裁。"

凌霏在后方厉声道："妖即是恶，修妖法即是入邪道，除你乃天下大义，何须资格？"

雁回望着凌霄没有说话。

妖即是恶，你也这样想吗？

那个告诉她，即便杀，也要心怀慈悲的人，也是这样想的吗？

他大概是这样想的吧。所以他同意了贩卖狐妖，默许了以狐妖之血炼香以满足那些"贵族人"的欲求？所以他成了素影的帮手，召开辰星山的大会，杀了或许与他们意见相左的栖云真人？所以他也和素影一样，在筹备着与妖族开战，想一吞青丘，将西南版图也纳入中原的怀里？

雁回这些问题没法问出口，自然也没法等到回答，但她却等来了凌霄携着寒意与杀气的迎头一剑。

她凝了眸光，并不打算就此认命，她运起天曜教她的所有心法。大概是因为从未如此大规模地调动过身体里这样的力量，所以雁回也从来没有感受到她心脏里的那块护心鳞这般炙热地燃烧过，驻扎在她的心里，给她支持与力量。

与凌霄一战，雁回想也不用想就知道自己会输，但她没办法说服自己不去战斗，因为不去争斗，就好像她也认同了那样的价值观一样。

所以即便是输，她也要变成他们眼里嘴硬的死鸭子，永远不去承认与她自己的“正义”所违背的事。

即便全世界都站在了她的对立面。

与凌霄打了不过三招，雁回的护身诀已破，凌霄一剑直取她的心脉，然而临到头却剑势一转，反过剑柄，狠狠地击打在她的颈项边上。

然后雁回便感觉到自己的世界一片黑暗，她往前一倾，倒进了小时候带她回辰星山的那个怀抱里面。

清凉的温度如旧，只是雁回再也感觉不到其中暗藏着的温暖了。

“回辰星山。”

凌霄接住被自己打晕的雁回，淡淡下令。

凌霏见雁回只是昏迷，当即皱了眉头：“师兄，雁回行了如此多大逆不道之事，事到如今，为何还不杀她？”

凌霄抱着雁回走过凌霏身边，沉吟了片刻：“十年师徒，留她一命，此次回山我自有处罚她的方法。”

凌霏心急道：“先前将雁回逐出辰星山时本该还有一顿鞭打，那次师兄饶过了她，如今竟还要护短吗？”

凌霄脚步微微一顿，侧眸扫了凌霏一眼，凌霏接触到他的目光，微微一怔。

四周仙门弟子都在，凌霄不过默了一瞬，复而开口：“回辰星山后，我亲自执鞭，行刑九日，日日鞭打她八十一鞭，直至她周身法力尽失，筋骨仙脉尽断，此生再无法修仙，以示惩戒。我独留她一命，这在凌霏道长眼中，却也是护短？”

打散法力，抽断筋骨仙脉，致使她此生再无法修仙……

若真是那样，只怕是修什么都不能了，下半辈子走路恐怕都成问题吧。对于没修过仙的人来说，这恐怕不算什么，但对于入过仙门，曾御剑在空中自由翱翔的人来说，这无疑是再狠戾不过的惩罚了。

若是这样惩罚她，倒还不如让她死了呢……

周遭仙门弟子皆是沉默，凌霏也闭口不再言语。

凌霄便抱着雁回，一步走在前面，出了地底炎洞。

没有人跟上来，所以也没人知道，他在出炎洞之时，目光微垂，落在雁回的脸上，沉默了许久，然后对着她心口处先前因取心头血而留下的血迹，沉默无言。

雁回再醒来的时候，呼吸到的已经不再是西南之地那般浑浊的空气。

此处灵气氤氲，是她从小呼吸到大的熟悉气息。

辰星山……

雁回一下便分辨出了自己所在的地方，只是她如今身处之地四周黑暗寂静，只有一束光从天顶上照下来，落在地上，透出斑驳的影子。

雁回眯眼去看，有些被阳光晃花眼睛。也不知道自己现在到底是在辰星山的哪个地方。

她想站起来走两步，却发现自己四肢分别被四根沉重的锁链套住，一动脑袋，脖子上也有被坚硬铁块束缚的感觉。她抬手一摸，脖子上果然也锁了铁链。抬头看了看，锁住她的五根铁链皆被死死固定在洞口周边，旁边还有封印法文。

雁回试着往身体里探了探，果然，身体里内息虚无，约莫是被封住了。要提起气息飞出去只怕是不能了，好在铁链的链条长，不影响她在这地牢里来回走动。

雁回盘腿坐下，不明白事到如今凌霄带她回辰星山到底又是怎么个意图。

还有被留在三重山岩浆里面的天曜，会不会真的被熬成龙汤……

“师父！”雁回这里还在想着，头顶洞口外传来了子辰的声音，说得又急又快，“师父！此鞭刑委实过重，雁回既已不再是辰星山弟子，师父为何不放她一马？”

“谈何过重？”

听到凌霏这不徐不疾的声音，雁回挑了挑眉，这听起来，外面好似还来了不少人啊。是凌霄要拿鞭子抽她，所以还请了很多人来观礼吗？

“而今这雁回已经修了妖法，精进奇快，还一心帮妖族做事，若放纵下去，怕是为害天下。她既然曾是辰星山的人，师兄为苍生除害，有何不妥？”

听起来好像很有道理。

雁回听到子辰没了声音，本来她这个大师兄就是个不善言辞的人，哪会和人针锋相对地争执呢？

这样的时候能帮她说话，已是很不容易了。

外面不过沉默了一瞬，凌霄便开了口：“正午了，施鞭刑。”

随着他话音一落，雁回只觉四肢的铁链倏忽一紧，拉着她便往洞口而去，一直将她送了出去，然后铁链一节接一节在空中变硬，直到变成了支撑着将她吊在空中的力量。

往下一看，雁回不由得挑了眉头，竟是辰星山的师叔师伯们尽数在场，连带着各峰的大弟子都在后面排队站好了。

最前面的是凌霄和子辰、子月，以及雁回再熟悉不过的一群师兄师姐。

还真是在观礼啊……

不过当雁回看见凌霄手中的鞭子时，她霎时明白了，大家都这样站着，到底是为什么。

灭魂鞭，断其筋骨，灭其仙根，使其魂魄大伤，这辈子，都没有修道的可能，或许会直接让她成为一个废人。

这对于修仙者来说，无疑是最为严苛的惩罚了。辰星山开宗立派以来，虽然立了灭魂鞭这个规矩，却从未有人被施以这个处罚。当徒弟的再怎么错，很多师父也狠不下心。

毕竟是自己一点一点看着长大的孩子，一点一点教出来的徒弟。

而凌霄，却能下得了手。

她修妖法，在他心中竟是犯了这么不可饶恕的错吗？

凌霄捻诀，手中灭魂鞭凌空飘起，长鞭在空中一转，舞出鲜红的一道光影，而后“啪”地抽打在她身上。雁回一时只觉被抽打的地方麻成了一片，待到第二鞭快落下之际，那伤处才传来寸寸如针扎的痛感。

第二鞭落下，抽打在同一个地方，本就如针扎般疼痛的地方，这一鞭像是将那些针都抽打得穿透了她的骨头一样。

雁回不可控制地唇色一白，她咬住了唇，眼睛蓦地充血。

第三鞭，依旧是同样的地方！

雁回咬破了唇，鲜血在嘴角落下，但她却感觉不到疼痛，因为身体能感觉到的疼痛，都在被鞭子抽打的那个地方了。

九日，八十一鞭，每一日抽打的地方不同，但日日八十一鞭都会落在同一个地方。

不过打了七八鞭，下方有些弟子便看不过去了，沉默地低下了头。

子辰唇角颤抖："师父！念在多年师徒的分上，便放过雁回吧！"

凌霄不为所动，旁边凌霏眼神一斜，瞥了他一眼，嘴角微动似又要开口。子辰径直一撩衣袍跪了下去："雁回自幼孤苦，心性难免散漫，纵使有行差踏错，可也从未行害人之事，好歹也与师父十年相伴，而今便饶了她这一次吧！"

雁回已被鞭子抽得有些神志模糊了，但子辰跪在地上苦苦哀求的声音却传进了她的耳朵里。

"师父……"子辰身旁，也有其他弟子站了两步出来，"雁回虽有过错，但此刑委实过于残忍……"

有人开口，身后的弟子便也都轻声附议。

凌霄只抬头看着依旧在受鞭刑的雁回，他像是根本没听到身边的恳求一样，丝毫不为所动。

雁回死死咬住唇，即便已经将唇咬得稀烂，也没失声喊出一句痛来。

倔得像块石头。

第一日这八十一鞭雁回不知道是怎么挺过去的，她并没有昏迷，也没有闭眼，就这样睁着眼，咬着牙，硬生生受完了这八十一鞭。

待到最后一鞭落下，雁回听到自己身体某处筋骨发出断裂的声音。她不清楚到底是哪儿伤了，因为整个身体好似都已经痛得不像她的了。

行完刑，链条慢慢落下，将雁回重新放回了地牢之中。

外面的人慢慢散去。

雁回躺在地上，望着外面的天，不久便看见子辰满是担忧的脸出现在洞口，他望着下面的雁回，一言不发。

雁回却拼了最后一点力气，咧嘴笑了笑："大师兄。"她的声音沙哑至极，"谢谢你。"

然后天上便像下雨了一样，有水珠落在雁回的脸上。子辰一抹脸，道了声对不起，咬牙走开。

她这个大师兄啊，就是喜欢把责任往自己身上揽，他有什么好对不起她的呢？又不是他打的她，他能做的，也都帮她做了……

傍晚时分，雁回躺在地上，忽然闻到了一阵饭菜香，是久违的张大胖子做的大锅饭的味道。

雁回鼻尖动了两下，抬头望上洞口，只见一个人影拉着竹篮将东西一点一点送了下来，落到雁回的脑袋边上。

雁回眯着眼睛看清了那个人影，微微一愣："子月？"

子月身影一僵，没想到雁回竟然还醒着，她好似并不想让雁回发现是自己，于是咳了两声："那个，是大师兄让我来送饭，你快点吃，吃完我要走了。"

雁回微微撑起身子，往篮子里一看，有饭，有鸡腿，还是两只大鸡腿。

子月是知道她喜欢吃鸡腿的，以前吵架时，子月还经常克扣雁回的鸡腿以示惩戒。雁回现在是被罚之人，被罚之人的菜里怎么会有鸡腿，不知道子月又是怎么从张大胖子那里偷来的……

雁回笑了笑，拿出一只鸡腿吃了，又扒了两口饭菜。

其实她是没什么食欲的，但却还得强迫自己吃饭，因为不吃饭，怎么能挺得过明天那八十一鞭呢？她还不想死，就算筋骨尽断，就算再无法修仙，她也不想死。

她还有天曜……要去救呢。

待得竹篮里面的菜空了些许，雁回才看见在鸡腿旁边藏着一小瓶药，辰星山治跌打损伤的外伤药。

虽然这药对她这被鞭子抽的伤并没什么用处，但雁回还是收下了。

"我吃好了。"她说着，子月便将篮子收了回去，看见里面的药没了，子月点了点头，走的时候还嘀咕了两句："作死修什么妖法。这次我们帮你求情，如果师父肯放了你，你出去再也不要和妖怪混了，如果你还那样，就真是死有余辜了。"

雁回闻言却是笑了出来。

一笑，以前和她闹成那样的师姐竟然在这时候也会帮她求情；二笑，要让凌霄放了她，恐怕比飞升还难；三笑，子月这番说辞……

其实辰星山的弟子们都不坏，修仙修道者个个都想除魔斩妖，护苍生太平，一如兮风，一如子辰，甚至子月，他们都有温柔的一面，他们都有很好的心性，只是……

教错了。

妖也并不全是恶呀。

雁回想着这些乱七八糟的事情，迷迷糊糊地睡了过去。

半夜的时候伤口又疼得钻心，半梦半醒之间，她好似看见了天曜。天曜坐在她的身边，沉默地看着她。

“二十年前，你也是这样痛吗？”她问他，却并没有得到回答。

但雁回现在也不需要回答，她以前看见天曜在月圆之夜疼成那副样子，她觉得似乎自己已经与他感同身受了。然而现在雁回才知道，其实并没有。天曜的疼痛只有他自己知道，而她现在的痛，也只有她自己知道。

被所爱之人以最残忍的方式伤害，有多痛，只有自己才能体会得到。

她抓住他的手，轻轻握着：“好笑，这种时候，我却有点……心疼你呢。”

被她握住手的人，只是沉默。

第二日正午很快就来了，雁回尚在蒙胧之中，便被吊了起来。

与昨日一样，八十一鞭，鞭鞭打在同一个地方，而与昨日不同的是，今日别的师叔师伯皆没有来。只有凌霏在一旁看了一阵，没有看完，便也走了。

凌霄今日没有允许他门下的任何弟子跟来。

直至八十一鞭打完，雁回也没有看见子辰与子月。

铁链慢慢落下，带着她回地牢之中，降落下去之前，雁回看了凌霄一眼，但见负手而立的他嘴角有几分紧绷，雁回不由得轻声开了口：“师父。”

凌霄微微一怔，眸光凝在了雁回身上。

雁回笑了：“你也会心疼我吗？”

雁回被铁链拉着入了地牢。凌霄唇角微微一动，最终却只是垂下了眼眸，他一拂袖，山风撩起他的衣袍，他独自迈步，好似无比淡然地离开了。

深夜，雁回又梦见天曜了，他坐在她身旁一言不发地陪着她，许是晚上，又在梦中，雁回到底是有点服了软：“好痛啊！”

她说。换来了天曜微微一蹙眉。

他默了很久，然后问道：“后悔入辰星山吗？”

即便是在如此混沌的状态当中，雁回想也没想地坚定摇头：“不悔。”

这一辈子，即便自身再遭受多几百倍的疼痛，雁回也从来没有后悔过，在她还小的年纪，遇到那个白衣翩翩的仙人，牵着他的手，跟着他的脚步来到了辰星山。

那是她的恩人、亲人，也是她从小到大，说不清言不明的梦。

即便现在这个施与她一切的人已经将这一切都抽打破碎，但以前有过的感激和感动也是实实在在存在的，是凌霄成就了现在的雁回，她从不后悔遇见他，从不后悔入辰星山。

天曜唇角微微抿紧，没再说话，直到雁回沉沉睡去。

第三天，第四天，第五天，每天鞭刑都在继续，雁回的气息一天比一天虚弱，第五天晚上子月来给雁回送饭，但雁回已经连抬头的力气都没了，饭菜放在面前，她睁着眼睛能看见，却半点也动不了手去拿。

“还有四天……你这样会被打死的。”

是呀，灭魂鞭断人仙根，可从来没人知道在断仙根之前，这个人会不会被活活打死。

“大师兄已经在师父门前跪了三天了……脸都白了。可师父还是无动于衷，我们……也没办法了。”

雁回闻言，嘴角颤抖着弯了弯，凌霄……是真的狠下心肠了，他决定的事，谁也改变不了。

雁回闭上了眼，没有说话，子月看她吃不了东西，便将篮子收了回去：“以前我总觉得大师兄偏袒你，所以加倍讨厌你，可我从来都没想过要你死。这次我会帮着大师兄的，我去和他一起求求师父。”

子月是喜欢子辰的，雁回一直知道，听着子月的脚步声行远，雁回再也想不了其他，脑子混沌成一片，不久便陷入一片虚无当中。

已经受了五天鞭刑，雁回的身体极冷，也正因为这样，她从没像现在这样发现她心口那块护心鳞的滚烫。像是她身体的最后一道防线，在给予她唯一的温暖。

雁回感觉自己沉浸在一片混杂又冰冷的黑暗当中，心头却挤压出更多的温暖，慢慢融进她的四肢。

“雁回。”

她听见天曜在唤她。不同于前几日奇怪的沉默陪伴，今天听见的声音，更像是雁回所认识的那个天曜。

"雁回，不要放弃。"他的声音在脑海里盘旋，"再坚持一下。"

他的声音像一只手，托住了不停往下坠的雁回。心口的护心鳞越发炙热，热得让雁回不由自主地想，若是天曜不曾受过那般伤，他的怀抱，应该也会这么温暖吧……

雁回忽然很庆幸自己现在能识得一个名叫天曜的人，他能让她在这种时候也并不只是心怀悲戚，他能让她，还有别的事情可以去思考。

第六日正午，雁回依旧被铁链拉了出来，她连眼睛也没有睁一下，沉默地等待着疼痛降临。然而今天尚未等到鞭子落下，雁回便听到一声由远及近的急唤："师叔！凌霄师叔！"

来人又急又慌，雁回不由得微微睁开了眼往那边看去。今天来看雁回挨鞭子的人一个都没了，只有那御剑而来的辰星山弟子慌慌张张地跃下剑来，还没站稳便对凌霄道："凌霄师叔，青丘众妖进攻三重山，昨日夜里，已迈过三重山，今日继续向前挺进，边界仙门奋力抵抗，伤亡惨重！边界仙门预料其走向，全是向广寒门而去！"

凌霄闻言，眉头狠狠一蹙。

妖族先前与广寒门宣战，动手是迟早的事，只是谁都没料到，竟会这样快，更没想到，妖族竟当真会倾全族之力，进攻广寒门。

"素影门主传来急讯，着今晚于广寒门共商迎敌大计。"

广寒门离辰星山不近，若今晚要到广寒门，那现在出发御剑而去时间或恰好合适，雁回这一顿鞭子抽下来，或许得一个多时辰，到时候再去，怕是就迟了。

凌霄略一沉吟，做出了决断："着张宿峰师叔凌雷今日、明日给雁回行刑，令心宿峰凌霏监督执行，若我后日未归，则凌雷将剩余四日刑罚行至结束。"

弟子领命而去。凌霄抬头望了雁回一眼。

最终依旧是什么也没说，笼袖踏风而去。

不过片刻，凌雷与凌霏便来了。凌雷是除了凌霄辰星山内息最为浑厚的师叔之一，由他执行鞭刑，确实合适，然则凌雷心性宽厚，极少对弟子下得了狠手，所以凌霄还派了凌霏来监督执行。

凌霏与雁回有仇，凌霄不会不知道，辰星山谁都可以放过雁回，但凌霏不会。

凌霄竟是在这片刻时间里，将这些都算计了个清清楚楚……

凌雷握着鞭子看着奄奄一息的雁回，果然心有不忍，一时没有捻诀，然而依旧戴着幕离遮住脸的凌霏一直在旁边冷眼看着，见凌雷犹豫着不动手，她便冷声道了一句：“凌雷师兄，再不行刑，时间便要过了。”

凌雷到底是只有叹口气，捻诀催动鞭子向上而起。

雁回已经不用咬牙忍痛，不让自己发出哼声了，因为现在，即便张着嘴，她也再无力气哼出一声来。

第六日鞭刑行完，雁回重新落入地牢之中，只觉自己周身筋骨尽断，身体如一摊烂肉一样，连手指都无法动弹一下。

她闭着眼，又陷入了昏沉之中。

所有的疼痛都已消失，只有心口的护心鳞依旧坚持不懈地温暖着她的身体。还有脑中天曜的声音，一直在唤着她的名字：“雁回，雁回。”

她感觉到，此刻的自己，还活着。

真好……

深夜，皓月当空，月光正巧照进了雁回的地牢之中，月光在黑夜之中实在太耀眼，雁回眼睑动了动，睁开来，晃眼之间，雁回似乎看见一道黑影在自己身边晃了一下。

她一眨眼，神志清醒了一些：“天曜？”

她喊出口的声音沙哑至极，像是喉咙已经被撕碎了一样。

身边的黑影微微一顿，做出了澄清：“是我。”

听到这个声音，雁回有些愣神：“大师兄……”

子辰在雁回身旁，手里拿着一个物事，在雁回脚上的铁链上画符咒。

雁回艰难地动了动脑袋，往他手里定睛一看，这才发现子辰拿着的竟然是日日抽打她的那根灭魂鞭。雁回讶然：“怎么……”

“师父不在，凌雷师叔看这鞭子看得没那么紧，我将它偷了过来。”不等雁回问完，子辰便答道，“你身上的铁链要此鞭画咒方能解开，我让子月去开山门了，等我将你身上的铁链都解开了，便带你出去。”

他专心画着咒，都没有看雁回两眼。

但雁回知道子辰是一个怎样遵纪守德、听从师父命令的好徒弟。他向来正直，从不行半点违逆师命之事。他是凌霄的大弟子，所以便一直以身作则，从来没有哪一天有所懈怠。

而这一次，他竟然偷了师叔的鞭子，打算私放雁回。

“大师兄……”雁回眼眶微润。

她向来不怕艰难险恶，不怕冷言恶语，她只怕别人对她好，她亏欠着一直还不起。

凌霄铁了心要断雁回的仙根，即便身有要事，也不忘交代他人来继续做完这件事，而子辰就这样放了她，待得凌霄回来，他将面临什么样的责罚，雁回无法想象。

脚上的链条被子辰解开了，然而雁回依旧控制不了自己的双腿，六次灭魂鞭，已足够伤其筋断其骨了。

子辰专心地给雁回解手上的铁链，此时他脑袋离雁回更近一些了，便轻声说着：“这次离开辰星山后，便去妖族的地方吧。中原不留你，你便去那地方好好活下来。”

听到这句话，雁回默默侧了头，眼角泪水没入地上。

子辰想让她活下来，所以愿意抛弃扎根于他观念中的仙妖之别，不带有半点歧视地让她去妖族，只为让她活下来。

左手的咒画到一半，忽然之间，地牢洞口外有人影一闪，子辰与雁回皆是一惊。

子辰抬头，见凌霏站在洞口之外，一身白衣映着清冷月光，她一声冷笑：“师兄不在，我怕有人动了私念，便来巡视一圈，没承想，还真有这样胆大包天的人。”

子辰一默。

“子辰，你身为凌霄师兄第一个入门弟子，而今便是这样忤逆你师父的命令？”她道，“你现在将雁回脚上的铁链铐回去，出来，我便当今夜未曾看到过这一幕。”

子辰一垂头，继续给雁回手上的铁链画符。

雁回心头震颤：“大师兄。”

“她在三重山伤了元气，如今不一定是我对手。”子辰悄声道，“待解开枷锁，我强行带你出去。”

凌霏未听到子辰的言语，但也看出了子辰不打算听她的命令，凌霏神色大寒，她冷冷一笑：“好，那便别怪我心狠。”她说罢，身影一动，闪去了一边。

自从伤了脸之后，凌霏周身戾气越发地重，不知她会做出什么事来，雁回心头直觉不妙，她推子辰："你快出去。"

适时子辰已解开了雁回的左手，只剩下脖子和右手的铁链未解开，他哪肯出去。

雁回推他不动，她要劝，忽觉四周地面血光一闪，整个地牢之中杀气四溢。

凌霏启动了这地牢里的杀阵！雁回惊愕，她竟是要下杀手！

她本来在三重山也是想杀了雁回的……

"她要杀我，大师兄，趁阵尚未结完，你出去。"

子辰不为所动，将雁回右手铁链上的符咒画完，她手上铁链应声脱落，仅仅剩脖子上的铁链未取。

而不过这片刻耽搁的时间，地牢之中血光大作，法阵在地下旋转，光芒强烈直冲洞口之外。

雁回只觉寸寸血肉好似都要被这阵法吸干了似的，极难受。她没承想这地牢的法阵竟有如此厉害，但一转念，这是关押辰星山犯了大错的人的地牢，其中的杀阵是清广真人布下的，自然不简单。

凌霏在洞外亦是非常惊愕了，她见血光冲天，径直染红了顶上天空，她本意只是想杀了雁回，普通阵法在启动到完整之时都是有一个过程的，她本想子辰会在那段时间里出来。

但谁料这法阵竟然……

地牢之中，雁回与子辰并不知道外面情况。子辰亦是双目充血。他将雁回抱了起来，手里依旧握着灭魂鞭，在她脖子上艰难地刻画着符文，他周身结出结界，将两人护在其中。

但他的结界在杀阵法力的冲击之下已经左右晃荡，眼看着便要维持不了多久了。

子辰的心口没有龙的护心鳞，他只是个普通凡人修的仙，他的法力修为只是高于同辈之人，并不足以与这样的阵法之力相抗衡！

雁回心焦似火："你出去！"她哑着嗓子喊，"你出去！"

她话音一落，子辰的结界应声而破，登时杀气迎面席卷而来，子辰霎时七窍出血。

雁回却安然无恙，她心头护心鳞大热，她一时还以为是护心鳞在发挥作用，却发现自己周身有细小的风在围绕着她旋转，将扑向她的杀气尽数化解了。

这样温柔的风，是子辰的力量……

雁回脖子上的符咒还有两笔未画完，但子辰身体已经撑不住了，脑袋搭在雁回的肩头之上。

雁回拼尽全力撑住身体，她感觉到子辰的血顺着她的肩膀流过她的锁骨，然后一点一点浸湿她的衣裳：“大师兄……”雁回惊骇非常，声音是从未有过的颤抖，“不要启动法阵了！”

雁回在惊惶之中用尽全力冲洞口外面哑声嘶喊：“不要启动法阵了！放大师兄出去，放他出去！”

凌霏在洞外看着杀阵阵眼在微微闪烁着红光，她此时若是以法力强行打断阵眼运转，或可停止此法阵，只是……恐怕要搭上她半辈子的修为……

她犹豫不决，而此刻地牢内的子辰的手再也握不住灭魂鞭，无力地垂搭下去。

雁回脖子上的符咒，只剩下半笔未画完。

“雁回……”子辰声音低弱，“师兄没用……”

雁回摇头，哽咽难言。

因为有子辰的风一直在她周身旋转，所以雁回尚未感觉到杀阵的巨大压力，但是她的身体却止不住地战栗，像是灵魂都在发抖一样。

“……我救不了你。”

“不要救了，不要救了！是我错了。”她喊着，已是满脸的泪，“我错了，我错了，凌霏！我愿以命偿罪！你放过大师兄！求你放过大师兄！”

听着雁回像困兽一样嘶喊，凌霏微微一咬牙，她看看自己的手，又看了看法阵阵眼。而便在此刻，空中传来凌雷一声粗犷的喊：“此处为何会这样？”

其他人会发现她的。

会发现是她启动了杀阵，杀了子辰……

凌霏心底一慌，施了一个遁地术，霎时消失在此处。

凌雷落在地上时，周遭已一个人也没有了，他往洞里一望，眼睛霎时被里面漫出来的红光刺痛，好似要瞎了一样难受。

其他峰的仙人陆续赶来，人人只听得雁回宛如困兽一般的痛苦嘶喊。

子辰的身体已在雁回的怀抱里慢慢冰冷，雁回的声音已经哑得就算她已是拼尽全力嘶喊，也依旧只有她自己能听得见。

嗓子哑了，眼睛好像也快瞎了，除了周遭的红，她什么都看不见。

她那么绝望，没人帮得了她，她更帮不了自己，就只能这样，眼睁睁地看着子辰在她怀里一点一点没了气息，然后被杀阵一点一点吸干血肉，化成粉末。

雁回的双手空了。

子辰……尸骨无存。

而她还感受着子辰在她周身留下的最后的法术，到最后一刻，子辰也在保护她。

然而这包裹着她的风也慢慢缓了下来，雁回知道，以现在的身体状况，待风消失，在下一瞬间她就会像子辰一样，灰飞烟灭。

没人救子辰，也没人会来救她……

那就这样算了，不去挣扎了……雁回眸色霎时灰暗成了一片。

“雁回。”心头护心鳞慢慢开始热了起来，紧接着越来越烫，好似一块烧红的铁烙在她心口一样，让她感觉自己还是个活人。

一声龙啸自洞外天边远的地方传来。

听起来那么小，那么远，但却微微唤醒了雁回眼眸里的一点光。

下一瞬间，龙啸之声响彻天地之间，在杀阵之中，于地牢之底，雁回也感受到了那惊天动地的力量，好似能使山河震颤。

“妖龙！”

“是火龙！”

外面有仙人的惊呼，但这些声音都成了雁回耳边的杂音，慢慢被摒弃开去。她只听见在第三声龙啸之后，一股巨大的力量蓦地压向地牢之中。

洞外鲜红的阵眼“咔”地裂出一条缝隙，地牢之中红光应声而暗。

龙身由天际蓦地俯身而下，携着风，带着火，压制了阵法之力，涤荡了所有杀气。

阵眼破碎，红光消失。地牢黑暗如初，空中月色依旧。

从洞口渗透下来的苍凉月光里，天曜一身黑袍长身独立，立在雁回面前。

四目相接，雁回一身狼狈，而天曜却是丰神俊朗，宛如天上的神，又似地狱的魔。和他们初次见面时一样的视角，然而不管什么，都变了太多。

他不再瘦小，不再不安，好似重新寻回了震天撼地的力量。他现在变成了这样的人，而这样的人，在看见萎靡在地的雁回之时，却有几许心疼的神色藏不住地流溢而出。

他俯身弯腰，双手穿过雁回的手臂之下，将她抱了起来："我带你走。"

一直都是她救他。

而这次，换天曜来救她了。

天曜抱着雁回，却觉她浑身冰冷，周身半点力道也无，全靠他支撑着方能站立。

雁回是多么要强的一个人，天曜是知道的，可如今却虚弱成了这般模样。

天曜忍不住将雁回抱得紧了，将自己已经变得温暖许多的身体贴着雁回，像之前雁回给他温暖一样，用这种微不足道的体温，给她些许慰藉。

"我们走吧。"

雁回像是被这四个字点醒了一样，回过神来，嘶哑得不成样的嗓子挤出极轻的三个字："大师兄……"

若不是嘴唇就在天曜耳边，这声好似奶猫轻唤的声音，天曜怕是也不能听见。

天曜心头蓦地一紧，像是被雁回这几乎不能听闻的声音扯痛了一样。

"不要把……大师兄留在这里。"

天曜目光在地牢中一寻，却未见雁回所说的大师兄的影子，想到刚才来时这地牢中的杀气，还有雁回周身依旧围绕着的若有似无的风，天曜大致猜出发生了什么。

他默了一瞬，抱着雁回走了一步："他不在了。"

雁回的手立即握住了他的手臂："他在。"

而此时地牢之中的一众辰星山仙人却是严阵以待。地牢杀阵是谁打开的，此时对他们来说已经不重要了，有妖龙只身闯入辰星山救囚犯，才是他们面对的最紧急的事态。

有人对地牢之中的天曜喊话："何方妖孽敢私闯我辰星山？"

天曜抬头望上一望："雁回，我们要走了。"

雁回闭上眼，子辰还在不在她比谁都清楚，这里形势如何她心底也有个谱，是该走了，不能再把天曜的性命搭在这里。

是时候，将大师兄一个人留在这里了……

好似有利斧在劈砍她的心脏，她死死咬住牙，牙关紧得额上都有青筋暴出，隐忍许久，她再一睁眼，眼底深藏肃杀之气，对天曜哑声道："走。"

天曜没有半点犹豫，周身烈焰升腾而起。

雁回脖子上还铐着最后一根链条，天曜并未去管落在地上的灭魂鞭，只握住一节铁链，手上烈焰灼热一烧，铁链径直被熔断了。

没有丝毫耽搁，他周身挟带着逼人妖气，如来时一般直冲天际。

出了地牢，看着下方辰星山的仙人们，雁回抓住天曜衣袍的手微微一紧，天曜眼眸一垂，抱着雁回在空中一旋身，身形立在半空之中，周身撑开一个圆形的妖气结界，将两人包裹其中。他一只手揽住雁回的腰，将妖力送入雁回身体之中。

温热的力量涌上喉头，治疗着她干涩的喉咙，让她可以正常发出声音："凌霏。"她喊这两个字近乎咬牙切齿，明明声音不大，却好似能传遍辰星山的二十八峰。

在心宿峰上，凌霏于山崖之间听得雁回唤她名字，只觉寒气渗骨。

她往那方一望，只隐隐能看见些许闪着火光的人影在空中飘浮。她知道那边的雁回定是没有看见她，也知道雁回这时是没有能力对她做出什么事情的，但便是心底那点让她不安的心虚，在听得这个声音之后，也有几分颤抖。

因为身体极度虚弱，所以雁回眸光有些涣散，但她眼中似有一把黑色火焰在熊熊燃烧：

"今日你欠的这笔血债，总有一日，我要你血偿！凡凌霏门下弟子，我见则杀之；凡凌霏所有之物，我见则毁之。"她说得那般痛恨，几乎一字一顿，"从今往后，我雁回，与辰星山，誓不两立。"

嘶哑的声音中暗藏的森冷杀气令在场仙人尽数静默。

雁回话音一落，天曜手心一转，一柄长剑立在他的身边。

有仙人定睛一看，登时惊呼："是长天剑！"

"这妖龙盗取了三重山的长天剑！"

天曜眉梢一挑，神色倨傲："我本对你们这所谓神剑不感兴趣，然则你们既已误会，那我便成全你们的误会。"言罢，他手心烈焰一闪而过，挟带着比三重山里的岩浆更高的温度，握住长天剑剑柄。

只见神剑颤抖，低鸣似哭。

待得剑身被烧得通体赤红，天曜一把将长天剑掷下，剑身在空中登时炸裂成了几块废铁，有辰星山的仙人躲避不及，还被长天剑的碎屑割破了衣裳皮肤。

仙人们惊骇不已，有人则对天曜此挑衅之举愤怒难言，大喝一声便要来战。

天曜全然不理，身形一晃，化为火龙，行如长风，登时便向天际之间飞去，速度奇快，令辰星山的仙人想追也追赶不得。

雁回趴在天曜的龙背之上，他周身的火焰方才明明能将长天剑熔化，但是此刻裹在雁回周身，却连她的头发也烧不着，只温暖得好似棉被一样将她裹在其中，把她冰冷的身体一点一点慢慢焐热。这样的感觉，就好像是天曜从来不曾说出口的温柔。

她闭上眼，不管天曜要带她去哪儿，只疲惫地睡了过去，没力气再去多想任何东西了。

雁回再醒过来的时候已不知是第几日的正午，窗外阳光正亮，投进屋子里来，照得正坐在雁回床边的这个人身影有些模糊。

雁回眯了眯眼。

“忍下痛。”那人说着，“马上就取下来了。”

雁回尚未反应过来，倏忽脖子一烫，“咔嗒”一声，束缚了她脖子这么多天的铁链终于被取了下来。

雁回没什么反应，给她取下铁链的天曜却皱了眉头：“有疤痕留在脖子上了。”他伸手摸了摸，靠天曜手指按压的力度，雁回大致感觉出来自己脖子上的伤疤约莫是两条凹进去的细线，大抵是铁链戴得太久，磨破了她脖子上的皮肉。天曜道，“铁上有锈，颜色也深，我问问青丘还有何人可除此伤疤。”

“留着吧。”雁回声音喑哑，“这道疤让它留着。”

像一条系在脖子上的耻辱带，让她记着，她还要找人讨一笔血债呢。

这样重要的证据，就留着吧，这也是她欠子辰的。

雁回所思所想天曜怎会不知道？他只沉默地听了，未置可否。

他懂雁回，所以他知道，对雁回来说，最难背负的不是她自己的伤，而是欠别人的人情。更何况，这一次雁回欠下的，是她再也还不了的人情……

天曜素来不知如何安慰人，而且现在的雁回大概是无论怎么安慰，都安慰不过来吧。他沉默地陪了雁回许久，最终只说出了一句：“好好休息。”

“天曜。”

在他转身离开之际，雁回却唤住了他。

天曜回头，只见雁回双眸虚无地盯着空中的一个地方，隔了好久才转过眼来看他：“谢谢你来救我。”

天曜嘴角动了动，还没来得及接话，雁回便问道："我现在筋骨尽断了吗？"

"尚未。"

"能接好吗？"

"有点困难，但并非完全无可能。"

雁回盯着他，眸光像是擦亮的银枪，闪烁着寒光："接好筋骨，我要入妖道。"

这是天曜第一次看见雁回露出这样的目光，在离开辰星山后，每件事雁回都是抱着一种可做可不做的态度来面对的，所以外人看来，难免散漫，难免痞气。但这一次，天曜在雁回的眼睛里看到了志在必得的决心，还有……

仇恨。

这样的眼神他那么熟悉。

那是他在铜锣山时，每次午夜梦回之后，他在镜子里看见的自己的眼神。

那是想杀了某个人以泄心头之愤的仇恨，是沉淀在骨子里的仇恨，不用歇斯底里，不会宣之于口，只是一直铭记于心。

天曜看了雁回许久，点了头："好。"

没有半句问话，也没有一点推托。

她要重接筋骨，他帮。她要修炼妖术，他教。

雁回转回了头，闭上眼睛，又一次道："谢谢。"

天曜没有应答，正要退出房间，烛离带着几个医药童子从院外急匆匆地赶来，迈步便进了雁回的房间："雁回？"

医药童子围到了雁回床边，手脚麻利地开始给雁回治伤。

雁回没回答烛离，烛离便心急地望着天曜："今天前线换下来的士兵伤者更多，我好不容易才叫了几个医药童子过来，这是来迟了还是怎么了，雁回为何还没醒？"

听闻这话，雁回哑着嗓音开了口："妖族攻下广寒门了吗？"

听她问出这句话，烛离吓了一跳，他转头看雁回："你醒了？有哪里不适？"

"妖族攻下广寒门了？"雁回只专注于自己的问题。

烛离只好答道："哪有这般简单，广寒门离三重山虽近，但中间也隔着大大小小好几十个修仙门派，这次迈过三重山不过是妖族的先驱部队，探测如今仙门到底有多少实力。昨日夜里，先遣部队便已慢慢后撤了。"

雁回闭上眼睛。

广寒门危机已去，各仙门主管掌门都会陆陆续续地离开广寒门。

凌霄……

也该回辰星山了。

她这个冷面的师父，会生气吗？会难过吗？他的大弟子，她的大师兄，死了啊！

凌霄是回了辰星山，他在给雁回施以鞭刑的山头之上站了许久。

这里地中还留有长天剑的碎片，碎片入地太深，有的因为太热已经和石头融为一体，没有人能捡得起来。

凌霄便在这一片狼藉的山头之上，听人复述完当夜的事。子月跪在地牢旁边静静地抹着眼泪，凌霄负手而立，只在最后问了一句：

“妖龙杀了子辰，你们亲眼见了？”

禀报的弟子一愣，随即道：“凌霏师叔……是这样说的。”

凌霄默了一瞬：“那雁回，是如何说的？”

“这……她被妖龙救走。她的话……或许……”

凌霄没将话听完，衣袍一拂，身形霎时消失在山巅之上，光华流转，不过片刻便落在了心宿峰山头之上，周遭弟子根本都还没来得及看见凌霄的身影，他便径直落在心宿峰大殿门口，未以手叩门，他周身气息暴长，登时以极大之力撞开了两扇大门。

凌霏正盘腿在殿中打坐，忽见凌霄前来，登时惊得浑身一抖，内息险些紊乱。

“师兄……”

凌霄额上青筋浮动，好似已怒到极致，但最终，他盯着凌霏许久，直到凌霏不得不微微垂了目光，他方才道：“私启杀阵，毒害弟子性命，心肠险恶歹毒至斯……”语至最后，凌霄似有几分切齿之意。

迎着凌霏不敢置信的目光，凌霄道：“辰星山请不起你这尊大佛，改日，你便自行回你广寒门，求素影真人庇护吧。”

言下之意，竟是要将她赶出辰星山！

凌霏惊愕难言，上前欲问凌霄，但凌霄身形已消失在了心宿峰上，好似不想听见她任何声音。

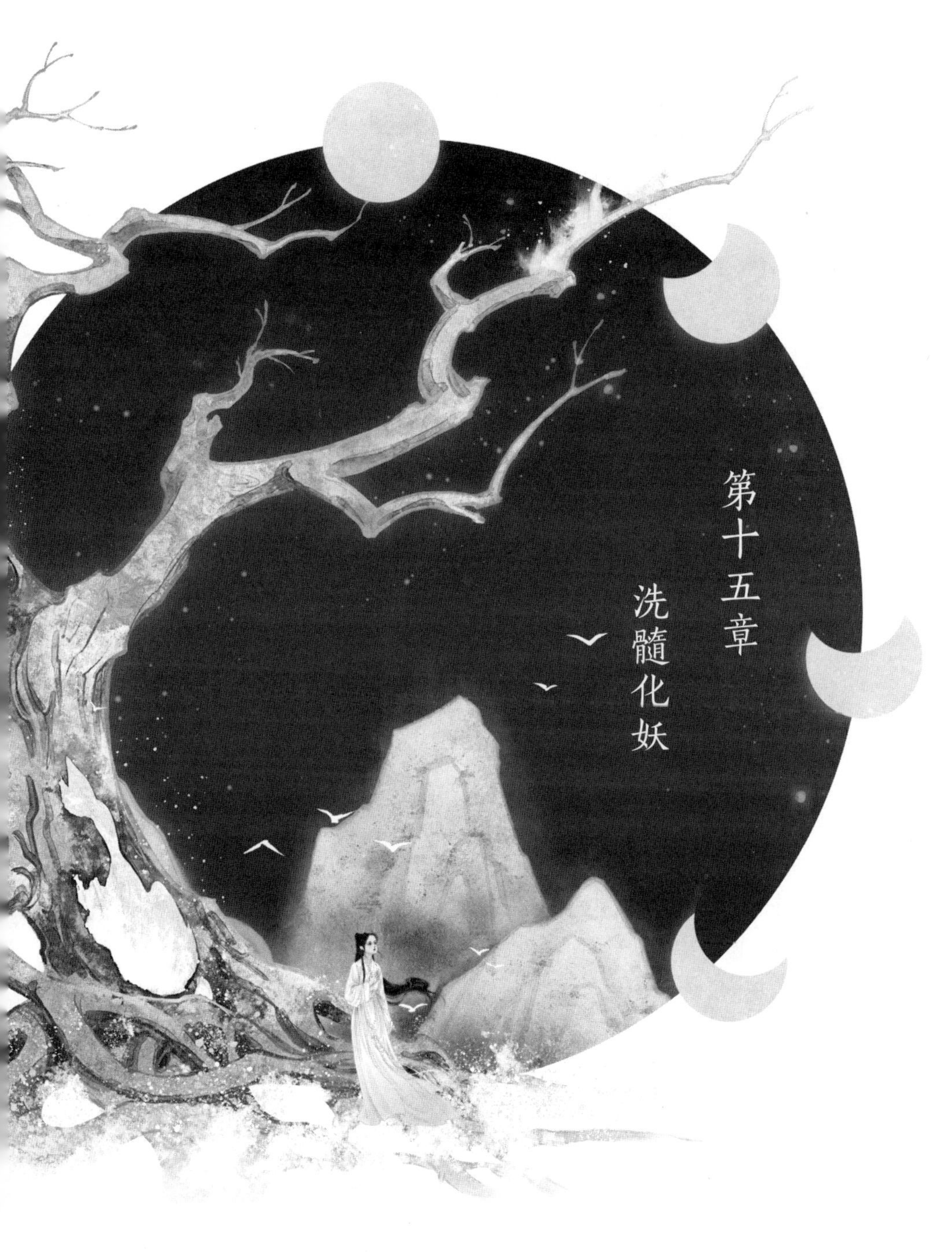

第十五章 洗髓化妖

医药童子给雁回看了伤，趁着童子未走，雁回问道：“我要洗髓入妖道，如今这身体，可能承受？”

她这话一出口，守在旁边的烛离登时一惊：“这时候洗髓入妖道？你……”

为首的医药童子看起来年纪虽小，声音也稚嫩，但他说起话来却头头是道，有理有据：“姑娘的筋骨断了大半，照理说这样的状况我们是不建议姑娘修道的，不管是修仙或者入妖道，对你自身而言都是极大的负担。”

雁回态度坚定：“还能入吗？”

医药童子见状，只得点了点头：“若姑娘坚持现在入妖道也不是不可，对洗髓而言，现在反而是最好的时候。筋骨断裂，姑娘的仙根也断了大半，如今最是容易将仙根去掉，待去了仙根，姑娘修炼妖族心法，便可直接存妖族内丹于体内了，到时候再接好筋骨，姑娘便算是入了我妖道，成了妖了。”

“好。”雁回没有半分犹豫，“妖族何处可洗髓？”

“在青丘再往西南丛林间走，有水从黑山而出是为黑河，其水可以洗髓。”

童子答完，见雁回没了问题便退了出去。

烛离在医药童子走后不赞同地行至雁回身边：“从青丘再往西南走，人烟更少，瘴气更重，你这身体，当真能支撑得住？”他道，“你便不能缓缓，等身体好些了再考虑洗髓？”

雁回摇头，倔得好似听不进任何言语。

烛离往天曜那方望了一眼，意图让天曜来劝劝，可天曜只是沉默地在一旁站着，那姿态便说明了他不会对雁回的决定有任何反对。

烛离无奈，只得一叹，道：“往西南走，妖怪甚多，我这里有九尾狐一族的象征之物，你将它戴在身上，别的妖怪便不会来骚扰你。只是现今正值青丘用人之际，我无法派谁去送你……”

雁回摇头：“不用了，多谢。”

天曜此时开了口：“待你能起床动身之时，我陪你去。”

“也不用。”雁回闭着眼睛几乎是想也没想就拒绝了，“我一个人去。”她道，“既然没有别的妖怪干扰，这一路便让我自己走吧。”

她想要一个人待一段时间，不让任何人打扰。

烛离愁得直皱眉。

出了房门，烛离便一股脑地问天曜：“在辰星山，到底发生了什么事？雁回怎会如此？你不会当真让她一个人去黑河吧？”

“吵死了。”天曜头也不回地往院外走，“把去黑河的路线告诉我。”

烛离气得咬牙：“一个两个话都不说清楚，就知道让我给办事，我是来伺候你们的吗？！”但转念想雁回方才那灰白的脸色，也就默了下来。

她本是那样洒脱放肆的一个女子，如今却萎靡至此，真是……

让人心疼。

五日后，雁回能自行活动了。她向医药童子要了去黑河的图，谁也没告诉便自行出发了。

在路上林间，雁回信手折了一根树枝，她看着手中的树枝许久，随即向空中一扔，像以前那样御剑而起，然而树枝是踩上去了，可不过飞了两三丈，她便落了下去，脚下一个踉跄，便摔在地上。

跌得狼狈，雁回爬起来拍了拍身上的土，然后捡起地上的树枝看了看，却是“呵”的一声笑了出来，三分自嘲、三分无奈还有四分苍凉，衬得她眉宇之间好似沧桑了几分。

原来时间啊，就是这样爬上人的眼角，刻上人的脸颊。

御剑而飞对她来说，本来只是像吃饭那样简单。而现在，她吃饭的手，却被剁了。

雁回捏着树枝，一路用它挡开荆棘与野草，徒步往她要去的地方走去。

走了一天未到黑河，雁回便在路上拣了块平坦的地儿休息，也是巧，这块地儿似乎前夜有妖怪在这里短暂休憩过，有柴零星搭着，旁边还放了几个没吃完的野果子。

雁回也没嫌弃，捡起来洗洗擦擦便放进了嘴里。点了火，将衣服一裹，雁回就地一倒就睡了过去。

就目前的身体状况来说，雁回今天这一路已是走得极累，但她还是睡得不深沉，梦里有很多嘈杂的声音，让她的脑子喧嚣成一片，而一道人影在喧嚣之中慢慢地向她走来。雁回识得，那是子辰的身影，但是他走了很久，却始终走不到她的身边。

于是雁回便迈出脚步，奋力地往他那边跑："大师兄！你还在是不是？我只是做了个噩梦对不对？"

整个晚上，她都在往那个人影那方奔跑，但是永远都跑不到。她看着他就在那里，却怎么都触碰不到。

阳光照在眼睛上，划破了黑暗，人影消失，雁回醒来，看了摇晃的树叶好一会儿，才反应过来，原来是她的一场梦。

幻想着什么事情都还没有发生的美梦。

她眯眼适应了刺目的阳光许久，这才灭了身边的火堆，拍拍衣服，继续上路。

安静平淡得好像并不感到失落与心痛。

一段对御剑来说并不远的距离，雁回走了三天，这三天她还算是幸运，一路都能容易地吃到落下来的果子，找到适合装水的竹筒，拾到容易燃烧的干柴。

除了每天晚上睡不踏实以外，雁回感觉自己好像很适合在野外生存，因为她的运气总是格外好。

第三日傍晚，雁回算了算时间，今夜虽然可以赶到黑河边上，却没力气洗髓了，不如在这有树洞的地方好好休息一晚上，明天养足了精神，也好应对洗髓之痛。

她本想清理一下树洞，却发现并没有什么好清理的，树洞也很干净，里面还有些许不知是动物还是妖怪留下的干草，歪歪倒倒地散放着，雁回不过铺了下，便能睡了。

这天夜里，雁回的梦依旧嘈杂，或许是连续积累了几天的疲惫，这夜她梦里的声音尤其大，以至于从来听不清自己梦中言语的雁回将这些声音都听清楚了。

然后她便惊出了一身冷汗。

声音，是她的声音。

是她那日在辰星山地牢之间的嘶喊，一声接一声，一遍接一遍，凄厉又可饰。雁回看着子辰若隐若现的身影，她才发现，子辰并没有向她走来，而是背对着离她而去，在子辰走去的那个方向有红光冲天，好似漫天血色。

心头知道那方有什么，雁回在自己声声凄厉的嘶喊中迈腿向子辰跑去，她想去拽住他，她想唤他别去，别靠近那里，就让该待在红光里的人，自己待在那里好了，不要救她，不用管她，不要搭上自己的性命。

该死的……

明明是她呀。

“雁回。”

一声呵斥连带着猛地一晃，将雁回从梦境中唤醒。

周遭有虫鸣与夜风刮过树叶的沙沙声，一切都那么安静，雁回几乎能听到自己如鼓擂动的心跳。她眸色涣散，毫无焦距地四处乱扫了一会儿，这才将目光定在了身边人的脸上。

那人还握着她的肩膀，双手捏得那么紧，就和他现在的眉头一样，锁得死死的。

“天曜……”

雁回失神地唤了一声。语气当中并无肯定，全是怀疑，像是依旧分不清梦境与现实一样。

这是天曜将雁回从辰星山带回来之后，他第一次看见她这般慌张无措的神色，满头虚汗，身体颤抖，那些被她压抑在心底的情绪，在此刻都来不及掩饰，毫无遁形地暴露出来。

天曜心头一紧：“我在。”

得到回答，雁回似乎心稳了许多。她借着天曜的力量坐了起来。见她挺直了背脊，似乎不再需要他双手的支撑，天曜心中虽有不愿，但到底还是将她的肩头松开了。

雁回捂着脸稍稍冷静了一下：“你怎么在这儿？”再一开口，声音好似与平时又没有什么不同。她顿了顿，好似忽然想通了一样。

“难怪，我这一路走得这般顺利……”

天曜以为雁回会斥责他，毕竟雁回说一不二的脾气他是了解的，稍微替自己解释了一下：“虽有烛离给了九尾狐一族的标志，但是妖族中不听九尾狐一族命令的妖怪还是不少的，你如今的状况，实在不适合一人徒步跋涉……”

“我知道。”雁回没有一句怪罪，她点了点头，“谢谢你肯这样陪着我。”

给她空间还有尊重，不只这些，还要不露痕迹，天曜定是花了不少心思。雁回不傻，她能想象得到。默了一瞬，她又道：“谢谢。”

天曜嘴角一动，微微转了目光：“不用言谢。”天曜好似有些不适应，于是他一边说着一边往树洞外面走，待得站到了树洞外面，背过雁回，他才道，“我也有许多感谢，未曾与你说过。”

雁回微怔。

天曜微微侧过头，看见了雁回呆滞的神色，月色将他侧脸的线条勾勒得近乎完美，他嘴角轻轻动了动：“你大概不知道，于我而言，你都做了一些什么样的事。”

救他，护他，像他的盾，又似他的剑。

而至今，雁回也一无所觉。

天曜在树洞外，背着雁回坐下，脊背挺直，目不斜视：“你明日要洗髓，好好睡吧。”

翌日清晨，雁回与天曜终于到了黑山。

但见一条蜿蜒小溪自山间流出，溪水清澈见底，并不像它的名字听起来那般浑浊。

雁回蹲下试着用手触碰溪水，刚将指尖放进去，便觉得指尖一痛，像被割破了口一样，身体之中的仙力随着溪水流动而去。

“是这里。”雁回抽回手，站起身来，转头望天曜，“我现在身体之中仙力不多，医药童子说或许在河中沐浴三个时辰便可洗髓完毕。你在这里等我吗？”

天曜点头。

然后雁回便盯着他。与雁回对视了许久，天曜眉梢微微一挑：“怎么了？”

“我要脱光了进去。”

天曜闻言，眸光微动，背过身走到一旁树后，他抱着手臂，静静等待。而今天曜只余龙心未找回，他的听力比之前灵敏了不知多少，只需听得雁回窸窸窣窣脱衣服的声音，便能辨别出来她现在是在脱什么衣服了。

他这方越是安静，天曜便觉得心头越是有些念头在蠢蠢欲动，他放远目光望着长空，但待听到雁回“哗啦啦”的入水声时，天曜几乎是控制不住地将听力放到了那个方向。

身体入水，雁回不知是被微凉的水还是被水中力量刺激得发出轻轻一哼。

这声低吟让天曜不由自主地侧了侧目光。但在转过头之前，到底是恍过神来了，他猛地转正脑袋，想不通如今的自己怎么会变得……

像偷窥人家姑娘洗澡的小贼一样猥琐……

正在天曜内心戏份非常精彩之际，那方忽地传来雁回一声低呼，紧接着“咕咚”一声，天曜一愣，再仔细一听，那方竟再无动静。

天曜这才猛地回头，之前在黑河河岸之上摆着雁回褪下的衣裳，但那河中哪还有雁回的身影？

天曜急急往前赶了几步，行至小河边，不过这么片刻的时间天曜便再感觉不到雁回的气息所在了。

天曜眉头狠狠一皱，俯身以手探入水中，也是感觉指尖一痛，紧接着自身内息不随自己控制地被水流吸食而走，顺着漂远了。

天曜试着探了一会儿，并未急着将手抽回来，便是停留的这片刻，又一股力量拽住了天曜的指尖，将他往下拉了拉。

这黑河河水当中不只有洗髓之力，而且有别的力量潜藏其中。天曜目光紧紧盯着河水，只见河水清澈见底，似乎没有一点杂质，他伸入水中的手也并没有碰见其他的东西。

但这股将他往下拉的力量，天曜却越来越明显地感受到了。

雁回便是被这股力量拉下去的吗？

若想寻回雁回，随着这股力道下去，或许是最快捷同时也是最危险的办法。天曜凝了目光，几乎想也未想，一瞬间便随着水底拉拽他的力量，“咕咚”一声下了水去。

天曜身影落下去之后，黑河河水依旧清澈流淌，河底并无人影，就像是刚才这里什么都没发生过一样。

入了黑河的天曜顺着拉拽他的力量而去，立即便陷入了一片黑暗当中，清澈的河水不见，只余黑暗在周身徘徊。

慢慢地，黑暗当中升腾起了许多细小的尘埃，越来越多，铺天盖地，然后瞬间凝聚成了他身边的树、脚下的土地，还有眼前的人。

看着近在眼前的这张脸，天曜是有点失神的。

素影静静地看着他，声音带着她天生的清冷：“怎么了？”

天曜左右一看，周遭场景那么熟悉，这里竟是他二十年前所待的那个山谷。他居于山谷半壁之上，时不时会到谷中妖怪的聚居处与他们研讨一番修行方法。可是遇见素影之后，他便鲜少再回山谷之中了。

天曜盯着四周的景色看了许久，而后才回过头来，望着素影。

素影慢慢走向他："为何这样看着我？明日虽然我便要回广寒门，但我不会离开你的。"

对，二十年前，素影离开他回广寒门布阵之前便是这样与他说的，素影走上前来，轻轻抱住天曜："十日之后，你一定要记得来广寒门迎娶我啊。"

那是天曜第一次将所爱之人拥在怀中，当年他只觉自己心中爱意满满都快溢了出来，幸福得不像是个修行了千年的妖龙，只像是一个快要娶到媳妇的傻小子。

那般当年……

"娶你，然后由你将我分尸剥鳞，给你心爱之人，制成一副长生不死的铠甲吗？"

怀中素影并没有受到惊吓，她只抬头望着天曜，恍似不解："你在说什么？我心爱之人，不就是你吗？"

天曜冷冷一笑："区区幻术，便想魅惑我心，意图让我耽于往昔？"他手中烈焰灼烧，擒住素影的脸，竟生生将素影的头直接整个烧掉。立刻，素影的身形便在天曜手中化为灰烬，他一拊手，烈焰径直将灰烬也灼烧干净，"只可惜，你选错了人。"

四周再次恢复了黑暗，不见丝毫动静，这一次连尘埃都没有再出现。

天曜在黑暗当中踏行了两步，便觉天上月亮明晃晃地亮，他微微一侧头，身后一棵树挡住了他，而在他身前，雁回的身影背着月光，执剑护在他身前，微微侧过头的脸颊还是那般地帅气。

天曜心头一窒，目光便这样凝在了雁回的背影之上。

"我护着你。"

雁回说着，天曜目光不由自主地柔了下来。她身前的黑暗好似藏着无尽的阴谋与算计，但她没有半分退缩，勇敢地面对了一切。

天曜上前，走到雁回身后，雁回微微侧头看他："留在我身边，不要乱走。"

"不行。"天曜道，"我要去救你。"

雁回一愣，转过头看天曜："救我什么？"

天曜抬起了手，或许因为知道是幻觉，所以便忘了将心头情绪隐藏，他拍了拍她的头："把你从悲伤当中救出来。"

在雁回尚未回答他之际，天曜微微垂了目光，未再开口说一句话，手中烈焰再次烧起，径直将面前雁回的身形打破。

看着雁回的脸在自己面前破碎，即便清楚地知道这只是幻觉，天曜还是觉得心头一紧，似有痛感。

在雁回身影彻底消失之后，天曜肃了目光，周身杀气膨胀开来，炙热的气息自他脚下散出，他每踏出一步，黑暗的环境当中便是一阵剧烈震颤。

每一步落下便是一圈烈焰将黑暗涤荡。

"出来。"他声音极冷，好似藏着千刀，能直接扎中黑暗之中暗藏的那些害人心思，"躲着，便休怪我不客气。"

话音一落，他脚下一步踏出，比先前更厉害几倍的烈焰"呼啦"一下将四周黑暗尽数灼烧。

下一瞬间，四周大亮，只是幻阵的气息依旧存在。

天曜看了看头顶上蓝色的天，还有几只春燕自天上飞过。

这个幻境之中仙气缭绕，空中时不时有人御剑飞过，极目望去，二十七座山峰各自独立，算上他脚下这一座，共二十八座山峰。

辰星山，天曜只为救雁回来过一次，但他已经将这个地方记了下来。

"雁回！别跑！"一个青年吼着从天曜身边跑过，跑上前去，一把抓住了一个站在那里一身灰衣，与周遭格格不入的女子，"你怎么又与子月发生了争执！她是师姐，你应该尊重她的！"

灰衣女子转过身，果然是雁回，她望着面前的青年人，愣愣地看了许久："大师兄。"

好似没有发现自己与身边环境不一样似的，雁回呆呆地看着子辰道："我梦见……你为了救我，被害死了……"

青年子辰轻斥："说什么胡话！这次别想从我这里混过去，你糊弄我，下次让师父知道了，看他治不治你！"

雁回摇了摇头："师父是不在乎我的。"

子辰眉头一皱："昨日你说剑练得不顺手，今日师父便给你配了把新的，你却如何说师父不在乎你？你倒是越练越恍惚了！每天都开始胡思乱想。”

雁回一直盯着子辰，最后却是点了点头：“对，是我胡思乱想的，都做了好一些乱七八糟的梦。”她说着，微微笑了出来，“我待会儿便去给子月师姐认错，回头你再和我比剑，师父给了我新的剑，我还没用顺手。”

子辰点头，雁回便跟在他身后与他一起走，嘴角竟挂着笑。

天曜见状，眉头紧蹙，他犹豫着跟着雁回走了许久的距离，看她跟着子辰走了一段路，最后到底是忍无可忍，上前拉住了雁回。

雁回回头，嘴角的笑意尚未来得及收敛，她看着天曜，一副好似根本不认识他的模样。

直到天曜肃容盯了她许久，雁回才恍似想起了什么，脸上的笑慢慢落了下去。

“放手。”雁回道，“我要跟大师兄走。”

“你知道这是幻觉。”

“放手。”

天曜没有理会，依旧紧紧将她抓住：“你不能再跟着他走了，你会越来越沉迷于幻觉之中，时间越久，越是走不出去。”

雁回摇头，声音微微有几分颤抖：“放手……”

“我不会放开你的。”天曜的目光擒住雁回，那般坚定，“遇见你的那个时候，便注定了，在此后的任何一刻，我都不会放开你。”

“让我待在这里吧。”雁回声音微微带了哭腔，这是她离开辰星山之后，第一次哭了出来，“这里很好，幻觉也好，让我待在这里。让一切都还是原来的样子。”她试图挣脱天曜。

“雁回，”天曜依旧不放手，即便捏痛了雁回，也丝毫不放松，“这是假的。”

“假的又如何？”雁回终于大声喊了出来，“假的又如何！”

她挣扎得极为厉害，天曜眸光一沉，一用力，将雁回锁进了自己怀抱中，任由她在他怀里又踢又打，好似觉得不解恨，又用牙咬天曜的脖子。

雁回没有吝惜力气，咬得天曜颈间一片血肉模糊，但天曜也沉默着没喊一声痛。

这些痛算什么？哪抵得上他们心里曾经被穿透得千疮百孔的伤？

但都会好的。

天曜抱住雁回，拍着她的后脑勺，轻声安抚，极尽温柔："雁回，都会好的。"

渐渐地，雁回的动作缓了下来，她不再踢打天曜，牙也慢慢松开了天曜的脖子，鲜血染红了雁回的嘴唇，让她唇瓣显得格外鲜艳。

雁回的呼吸粗重得让天曜颈项处的皮肤都有几分触感，而且与刚才被雁回撕咬的疼痛相比，这样若有似无的触感好像更让天曜难受，他微微推开了雁回一点。

"清醒了？"

雁回半晌没有回应，天曜都以为她睡着了。雁回苦笑一声："为什么偏不让我沉迷在这幻境之中呢？至少这里没有那么多的人心险恶。尽管我知道那是假的……"

天曜默了一瞬，开了口："你不是还要给你师兄报仇吗？"

雁回眸光微微一凉。

是啊，这是如今最能让她坚持入妖道、修妖法的原因了。

她要凌霏为她的所作所为付出代价。

"报什么仇呀？真是一点都不美好。"便在此时，空中倏忽传来一道清脆的童声，"何必成天想一些打打杀杀的东西？幻境里面都是美好的东西，多好呀！待在这里什么都伤害不了你们，永远充满阳光，永远让你们保持愉悦，为什么非要想着出去呢？"

天曜神情蓦地肃了下来，眸光一冷，挥手便是一记火光凝成的鞭向传来声音的那方抽去。

"啊！"火焰长鞭猛地击中一团黑雾，只听得一声小孩的惊声尖叫，下一瞬间，幻境立时破开，四周辰星山的景色如被烧着的画一样，呼啦啦地化成灰烬，随即被风带走。

幻境之外，是一个四周泛着幽蓝色光芒的石柱宫殿，宫殿空旷，往上一望却是一片黑暗，看不到顶。

而在天曜火焰长鞭击中的地方，有一个穿得破破烂烂的小女孩捂着手臂倒在阶梯上，一脸要哭不哭的模样盯着天曜与雁回："你们坏！我给你们造了那么多幻境，你们都不满意，还要打我！大坏蛋！"

天曜眼眸一眯，忽听身旁的雁回道："是幻妖。"

天曜一转眼，但见雁回眼角边虽然还有泪痕未干，但她的目光已将悲戚和绝望驱逐出去；尽管心头依旧有难过的情绪存在，但在危险和敌人面前，她还是神志清明的。

这大概就是雁回坚强的地方。

“烧了她头发。”雁回对天曜道。

天曜也不问为什么，一记火球就扔了过去，那本来还捂着手臂躺在地上装可怜的小女孩立即一弹而起，反身就往宫殿王座后面跑。

她跑得极快，几乎是身影一晃就躲到王座后面去了，即便是天曜的火球也只打在了那石头王座之上。

小女孩从座椅背后抓着她自己的头发，小心翼翼地探了个头出来，然后恶狠狠地盯着雁回：“老女人，居然敢踩我痛脚。”

雁回也不理她，只对天曜道：“幻妖的灵力全部都在头发上，烧掉她头发，她就无法为非作歹了。”

“什么为非作歹！”小幻妖非常生气，“我明明让你进入了那么甜美的幻境里面，你们看到的东西都是曾经你们生命里十分美好的时刻，你居然说我是为非作歹！我明明是让你们重回过去，重温美好旧时光的好不好！”

“废话还多。”雁回道，“舌头也拔了。”

小幻妖一咬牙，在王座背后不知道拧了什么机关，雁回脚下石砖忽然一空，眼看着雁回便要掉进黑乎乎的通道里面，天曜手臂一揽，将雁回抓住往旁边一推，雁回被推到一边，没有落下去，天曜动作不停，随手甩了一记火球出去。

小幻妖再次把脑袋缩在王座之下，只是这次她没想到，火球砸在王座之上，却没有消失，而是登时爆炸开来，燃出一大片火焰，将整个王座包围住。

连带着将躲在后面的她也给烧了。

火烧上头发，小幻妖连声尖叫，跟烧了屁股的鸡一样从王座后面跑了出来，一路拍着自己的头发。冲过来的方向正巧是雁回所在的方向。

雁回眼见一身带火的小幻妖冲了过来，往旁边一避，哪想小幻妖却是直勾勾地向她扑来：“老女人！我今天就和你同归于尽！”

雁回身上本就没多少内息，先前还在黑河水里过了一遍，身上的修为更是少得可怜，即便她五行属火，可在这样的情况下被天曜的火一烧她也是讨不到好处的。

是以天曜见状，手中响指一打，小幻妖身上的火应声而灭。

而此时小幻妖也已经扑到了雁回身上。

幻妖个头虽然小，但力气却不小，一下就将雁回扑到了地上："老女人！看我不抓花你的脸！"

两人打了一个滚，雁回听得这话，终于怒了："叫一遍我忍你，叫三遍真是天王老子也忍不了你，今天我非扒了你的头发，教你好好做一次妖不可！"

雁回一把抓住小幻妖的头发，小幻妖也不甘示弱地抓住了雁回的头发，两人就地滚在了一起，徒手对打，没有动用半点法术，招式毫无章法，真的好似两个小孩在地上翻来翻去地疯打。

天曜见状已经呆了，他看了好一会儿，竟是抱起手臂来，静观结果。

最后，雁回大概也觉得和一个小屁孩这样打下去太有损自己形象了，她一把推在小幻妖胸膛上，想借此推开她，但哪想小幻妖被她这一推，登时勃然大怒："老女人居然还敢摸我酥胸！"

雁回真是一口老血堵在了喉头之间："你胸在哪儿！平得跟背一样，老娘正反面都还没分清！"

小幻妖闻言更是怒火冲天，伸手便要去掐雁回的脖子。

但见她的动作对雁回有了威胁，天曜眼睛一眯，正要动手，雁回却仗着手长的优势，一下掐住了小幻妖的脖子，却不想小拇指一下穿过了幻妖脖子上挂着的一枚戒指。

"啊！"

小幻妖一声惊叫。

雁回也没管那么多，直到小幻妖手上的力道松开了，雁回捏住她的脖子，直接将她甩了出去。力道很大，竟将小幻妖脖子上的项链给崩断了，那戒指就戴在了雁回的小拇指上。

雁回刚打了一场史上最没水准的架，心头窝火，爬起来就撸袖子。

那边被丢出去的小幻妖半空中一个翻身，稳稳地落下地来，恶狠狠地盯着雁回，几乎是咬牙切齿道："混账东西！竟敢动我的戒指！"她说了这话，话音还没落，她的神情便开始变得十分奇怪，周身也如抽筋般地发抖。

雁回看了看自己小拇指上的戒指："还你就是。"她说着，伸手要去摘戒指，小幻妖倏忽神色大变："给我住手！"她大喊！声音几乎要掀了屋顶，"给我好好戴着！"

雁回被唬得一抖："号什么！"

小幻妖咬了咬牙："戒指……不能褪。"

"凭什么？"雁回看了看这朴素至极的戒指，"我不稀罕你的东西，还给你。"

"不要还我！"她连忙制止，随即犹豫再三，终究咬牙道，"那是我认主的戒指，我幻妖一族，此生只认一主，若被主人遗弃，唯有死路一条……"

雁回一愣，转头与天曜对视一眼，然后反应了一会儿："那我现在是你主子了？"

小幻妖咬牙不回答。

雁回道："跪下叫我美人主子。"

小幻妖咬着下嘴唇不吭声。

雁回伸手要褪戒指。

小幻妖立即跪下，几乎五体投地："刚才冒犯了，美人主子，小的错了。"

雁回见状，嘴角一弯，笑了出来，她转头看天曜，本是想让天曜看看这小幻妖服软的模样，但没想到一转头却看见了天曜看着她微笑的神情。

就好像一直在看着她，盯着她，由着她玩，随便她闹，一脸的……

宠溺。

雁回在心里打了个突，感觉自己大概是生了什么毛病，天曜这样的妖怪，受过伤，经过事，哪还会用这样的眼光来看她呢？

他们最好，不过是盟友关系罢了。

雁回抛开这个问题不再研究，只走上前两步问依旧跪在地上的小幻妖道："这是什么地方？你为何在这儿，又为何要害我们，有什么图谋？"

小幻妖似乎觉得丢死人了，脑袋也不抬，就趴在地上，声音闷闷地道："幻妖能有什么图谋啊？我幻妖一族都是以情绪为食，偶尔给人制造幻觉让人沉迷其中，然后吃掉人们因为看见幻境中的场景而产生的情绪，那便是我们果腹之物。

"这里是我们幻妖王宫，以前在上面，五十年前仙妖大战，三重山边缘撕出了一条大缝，致使大地移动，向西南推挤，直至黑河边缘。我幻妖一族常年在黑河之底生活，大地让黑河变得狭窄，挤压了我幻妖一族的生活地点，各种问题接踵而至，最后全族搬迁，我不愿意走，便留了下来，一直到现在。"

"五十年前？"雁回皱眉，"妖怪即便长得慢也不至于像你这样，五十年依旧保持小孩身体……”

“这有什么？”小幻妖打断她的话，“我们幻妖进食多就长得快，进食少就长得慢，我这几十年待在黑河里，什么都没吃到，当然长得慢。”

雁回挑了眉：“所以好不容易逮着我，就开始准备把我当食物了？”

“是的，不过我绝对没有欺软怕硬的做法，那边那个那么厉害的，我一样打算吃他的情绪来着，只是咱们幻妖吃东西有个人的偏好，有的幻妖给人制造恐惧，有的则使人悲伤，每个幻妖各自口味偏好不同，所以给人制造的幻境也各不相同。而我喜欢吃欢快愉悦的情绪，只可惜，他的情绪欢乐太少，所以都没办法困住他。”

天曜也被施了幻术？

雁回一时有点好奇：“你让他看见什么了？”

“不是我让他看见的，我喜欢吃欢乐的情绪，所以在幻境里面，你们看见的都是你们曾经生活里面最美好的时候，你看你的师兄，他看见……”

“这个幻境还不破，你是打算让我亲自打破吗？”没等小幻妖将话说完，天曜倏忽打断了她。而这句话也成功地将雁回的注意力转移了过去。

“如今此处竟然还是幻境？”雁回一怔，眯眼看向小幻妖，“你还打算算计我们？”

小幻妖闻言，有些恼怒也有些委屈：“你都戴上我的戒指了，我还能对你做什么不成！”她顿了顿，眼眸微微往下一垂，神色有几分暗淡，“这只是我施加给自己的幻境……”

天曜毫不留情：“破开。”对于陌生人，他始终保持着警惕心，内心依旧多疑。

小幻妖咬了咬牙，瞪着天曜，恨道：“好啊！解开就解开，是你自己让我解开的！”

言罢，她一挥衣袖，周遭闪烁着幽蓝色石柱的宫殿立即开始震荡，光芒慢慢隐去，地板上干净光滑的石板开始龟裂，碎石遍地可见，石柱残缺，只有头顶的黑色依旧是迷蒙的黑色，一眼望上去难免令人产生一点眩晕感。

此处虽然是黑河之底，却没有水，待幻境全部退去，雁回倏忽还觉得周身有点凉。

雁回眼睛还望着头顶上的黑色，忽听小幻妖一声略带讥讽的嗤笑，紧接着一块大袍子便劈头盖脸地落在了雁回身上。

雁回把袍子从脸上抓下来，但听天曜背着她，声音有几分紧张沙哑，说了句："穿好。"

雁回垂头一看，这才发现……妈呀……

她正光溜溜地站着呢！

雁回脸颊一红，急急忙忙把天曜的袍子往身上一套，裹住了身子。

小幻妖在旁边笑了出来："你转什么头啊，别扭个什么劲儿啊，不是你让我把幻境撤掉的吗？"

天曜拳头一紧，眸光一斜，一记火球直接向小幻妖砸了去，小幻妖连忙躲开，火球在地上砸了个坑。小幻妖连连惊叫："我是照着你的话做的，你恼羞成怒，打你自己呀，怪我干甚！"

天曜低斥："给我闭嘴。"

雁回裹好衣裳，斜眼看天曜，但见他耳根还泛着几分红晕，想来的确是恼羞成怒了。

这样的天曜，雁回倒还是……第一次见到。

小幻妖蹿到雁回身边，躲着天曜，拽了拽雁回的手臂："你是我主人了，也得护好我的。我死了，戒指会把你的小拇指给截断的。"

听得这话，雁回一惊，哪还去管天曜羞不羞，她转头瞪小幻妖："这什么规矩？"

"我平时给你做事，你当然也要承担保护我的责任啊！我们幻妖一族除了布置幻境食人情绪，其实没有太多妖力，和其他妖怪相比，我们很难自保的，所以才会想要依附于强大的妖怪。你要是保护不好我，被戒指截断小拇指，就是你的代价。"

雁回："……你有何用？"

小幻妖想了想："可以施加幻境，让你做个好梦。"

雁回动手要将戒指褪掉："那你现在就去死吧，我要保护我的小拇指。"

小幻妖被吓得不行，连忙将她的手摁住："我可以每天晚上让你看见你大师兄的！"

雁回褪戒指的手顿住。

"你思念谁我就能让你见谁，你今夜想做什么梦我就让你做什么梦。"小幻妖正经地看着雁回，"我叫幻小烟，请叫我造梦者。"

雁回默了许久，垂眸看她：“你还有别的本事吗？”

“等我强大起来了，我可以入人心给人制造幻觉，窜改人的记忆，捏造虚假的幻觉……这些我都可以做到的。只是我这几十年都没什么食物可以吃，所以力量微薄，现在还做不到而已。”

雁回奇怪，扫了眼四周破败的宫殿：“五十年前黑河底便是如此光景。你没有食物，也不会死？”

幻小烟好似有些窘迫地挠了挠头：“会呀，这几十年都饿着呢，所以我只好给自己捏了个幻境，让幻妖王宫还是以前的样子，这几十年我靠着食用自己的情绪为生。”

雁回闻言一默。

那幻小烟也默了默，不过片刻，又生气地瞪着天曜，指着他的鼻子骂道：“我就待在自己的幻境里才会稍微开心一点，你这种刻薄多疑的人连我最后一点乐趣都要剥夺！坏人！”

天曜像是没听见一样看别的地方，沉默了一会儿，才开了口：“既然如此，为何不离开此地，去黑河之外生活？”

“五十年前那场地动让我爹娘都被埋在了这里，我在这里给他们守灵。”幻小烟指了指雁回手上的戒指，“不过现在你既然做了我的主人，如果你非要离开，我是没办法继续留在这里的。”

雁回看了看自己的手：“抱歉，我确实必须离开此处。”

幻小烟噘了噘嘴：“我知道呀，你们心里面的事我都看见了。”

此言一出，三人一时沉默了下来，破败宫殿里只听见头顶黑黝黝的空间里传来水流流动的声音。

最终还是天曜打破了沉默，他问雁回：“你身上的修为洗干净了？”

“还有些许残余吧。”雁回道，“不过也就是到黑河水里再走一遭的事。”

天曜点头：“如此，出了此处，入一次黑河再上岸，便该差不了多少了。”

雁回应了，望向头顶上好似无尽的黑暗中：“外面，不知已有多少阴谋诡计在等着你我了。”

隔着三重山，百里之外，凌霏站在素影身前，戴着幕离的她让人看不清面容，但她一身气息却极阴沉。素影坐于主位之上，与周遭巍峨大殿不符的是，她手中拿着一条青色披风，正在上面细致地绣着花。

相较于凌霏沉郁的气息，素影却好似淡然许多："杀了凌霄的大弟子，此事确实是你做得过分了。"素影头也没抬道，"如今咱们与妖族势同水火，正是用人之际，子辰这样诚心修道、胸怀正义之人，太难得了。"

凌霏拳心一紧，微微咬牙："我也不承想那阵法……竟如此厉害，我也……没来得及反应。"

素影这才抬头睨了凌霏一眼："清广真人布的阵，你道是好对付的？"

凌霏默了一瞬，恨道："只可惜仍是未杀得了那雁回。"她咬牙，"谁料到，竟有那般厉害的妖龙会来救她。"

语音一落，素影手微微一抖，针尖扎破她的指腹，红色的血液落在了青色披风之上，没让凌霏瞧出端倪，素影默不作声地将血一抹。稀奇的是，那本落在披风上的血却未浸入布料之中，而是直接被素影抹掉了，披风上一点痕迹都看不出来。

"哦？"素影接着绣花，"妖龙有多厉害？"

"硬生生破掉了那冲天杀阵，熔掉了长天剑。"凌霏默了一瞬道，"好在未在辰星山多做停留。"

素影放下了披风，眸光微带寒意，琢磨了一番，道："既然你回来了，便在门中多修行些时日吧。广寒门乃三大仙门中离青丘最近之地，先前妖族跃过三重山，试探来攻，虽未入得了我门，但现在不得不加强提防。广寒山下的山门结界需要人守，你便先帮我守着山门，他日修仙界若有动作，至少我少几分后顾之忧。"

凌霏点头。

"你先去收拾收拾，回头便去山门结界阵眼处守着吧，结界不破，那方也是最安全的地方。"

凌霏依言退了下去，素影独自在堂上坐了许久，倏忽敲了两下椅边扶手，一阵烟雾落地，雾中人单膝跪地，恭敬唤道："门主。"

"去查。"素影眸色冰冷，眼底好似有寒冰凝聚，"那辰星山雁回，到底是个什么来历？与妖龙天曜又有什么牵扯？"

"是。"

雾中人霎时消失，大殿之中，空无一人，素影一直挺直的背脊这才微微放松了下来，有几分弯曲，她望着手中的披风，沉默不言。

凌霏收拾好东西打算去广寒山门的时候，无意间路过庭院湖边，广寒门四季冰封，院中湖水常年结冰，岸边也盖着薄薄白雪，一个书生打扮的人立在岸边亭中，适时素影正给他披上方才在绣的那件青色披风。

书生连头都没转一下。

素影也没有多言，只浅浅道了句："广寒门不比其他地方，你伤尚未愈，注意身体。"

书生全当未曾听到一般，只定定地看着面前的湖，素影与他站了一会儿便走了。

自己姐姐迷恋这书生的事，凌霏不是不知道。她叹了口气，也打算离开之际，却见那书生半点不在乎地一把抓了肩上披风，"唰"的一声扔在了冰湖之上，转身便离开了亭子。

凌霏一怔，上前望了望那书生的背影，然后翻身下冰湖，将那披风捡了起来，阳光一照，她好似看见青色披风之上有鳞片的纹路闪过，但仔细一看，却又什么都没有。

带着幻小烟上了岸，雁回便又自行入了黑河当中，将自己残余的修为清洗干净。

黑河水静静地流淌，雁回睁着眼睛，看着自己的修为顺水而去。十年修行，所有的勤奋努力在此刻都化作烟云，雁回眸光却是半分闪动也未曾有。

洗髓其实是很痛的，而且会给身体带来不少负担，但她愣是一声也没吭。

以前她总是惊叹天曜为何那般善于隐忍，不管是情绪也好，疼痛也罢，他总能将所有事情藏在心中，沉默不发。而现在，雁回却觉得，原来忍耐竟是件如此自然而然的事情。

因为无可奈何，所以只好隐忍。

她知道，她现在在心上放一把刀，日日切割心尖之肉，是为了拿去饲养猛虎，待有朝一日，终究能养大心头老虎，驱其食人。

她身上的修为并无多少，在黑河当中未待多久，一身修为便清洗干净了，从此她便再不是仙门中人，她将修妖术，入妖道，走一条她从未走过的路。

法术尽去，雁回浑身无力，一时间竟然连爬上岸边也做不到。

岸上幻小烟一直紧紧关注着河中动静，看着时间差不多雁回也没有上来，她正要开口，旁边一道身影已经一头扎入了黑河之中，不过片刻，便破水而出。

天曜怀中抱着的雁回已经晕死过去。

天曜将雁回抱了许久，他只是静静地看着雁回并未说话，旁边的幻小烟有点着急。

幻妖一族常年依附强大的妖怪为生，所以他们对强大的妖怪有一种天生的敏锐感觉，打从见到天曜的第一面起幻小烟就知道天曜不好对付，之前在幻境里便算了，现在实实在在与他待在一块儿，幻小烟总难免发怵。

可天曜实在将雁回看得太久了，幻小烟一时没忍住，便小声问了句："她还好吗？"

"不好。"天曜说着，将雁回额上湿答答的头发捋了捋，"不过我会让她好起来的。"

幻小烟闻言一愣，摸了摸鼻子。看天曜终于将雁回抱起来往回走了，她便沉默乖巧地跟在了后面，不再多言。

雁回再醒过来的时候，已经是第二天了，她躺在烛离给她安置的小院子里。

幻小烟守在她身边，雁回一睁眼，她便凑了过来："你醒啦，还要睡吗？你先告诉我你想梦见什么，我给你施幻术呀。"

雁回扭过头，声音带着初醒的沙哑："不用急着献殷勤。暂时不杀你。"

幻小烟撇了撇嘴："我是饿了呀，你不给我情绪吃，我肚子饿着的。"像是想到了什么，幻小烟眼睛一亮，"你不是讨厌那个什么凌霏吗？我让你做梦，在梦里虐杀她一万遍呀。你应该会很爽吧？！"

雁回眉头一蹙："别让我梦见她。"

幻小烟还待言语，旁边的天曜便插了进来，将话题带开："你仙力已被尽数洗去，但是被打断的筋骨依旧未愈，若要修炼妖法，还需重接筋骨。"

雁回点头："我知道。"

"先前医药童子与我指了青丘界内一处冰泉，可接断筋碎骨，待明日你精神好点，我领你过去。"

雁回努力撑起身子，幻小烟在旁边连忙喊着："哎哎不行啊！"她一边拦一边阻止道，"你得休息！"

雁回躲开了她，自己下了床："现在便去。"

天曜却只是沉默地一步踏上前来，在雁回下床快摔倒之际，伸出了手，稳稳地抓住她的手臂，给雁回站立的力量。

雁回抬头看了天曜一眼，不等她问，天曜便面不改色道："我知道拦不住你。"他拉着雁回的胳膊，将她的手臂搁在自己肩膀上。

"上来。我背你去。"

左右拦不住，不如直接来帮她……

雁回爬上天曜的背，双手圈住他的脖子，脑袋放在他肩膀上，轻轻叹了一声："天曜。"

"嗯？"

"你本该是多么温柔的人。"

天曜微微一怔，没有说话。

幻小烟屁颠屁颠地跟在两人身后："哎呀，你就直说他对你真好，真让你心动就行了嘛，还什么本该多么温柔……"

雁回斜着眼瞥了幻小烟一眼，幻小烟脚步顿住，雁回嫌弃她："别跟着，自己玩去。"

幻小烟只好自己摸了摸鼻子，"哦"了一声，然后蹦跶着去了另一边："还嫌弃我，我自己找吃的去了。"

她一走，雁回便叹了声气："跟突然生了个熊孩子一样不省心。"

"有个人在你身边插科打诨，也蛮好的。"

天曜这淡淡的一声落入雁回耳朵里，雁回一怔，然后点了点头："你这样一说，倒也是。"

冷泉在青丘国主居住的山峰背面，天曜走了条小道，路程倒是不远。将雁回放进冷泉之中，天曜便退到周遭树丛中静静守着。

冷泉水冰而不刺骨，泉水之力一点一点浸透皮肤，治疗她断裂的筋骨，她坐着无聊便望着天与天曜搭了几句话："青丘没让你为他们做什么事吗？"

"我龙心尚未寻回，也做不了太多别的事。"

提到这事，雁回才想起来，天曜身体还没完全找回呢："那龙心如今有线索了吗？"

"有。"

雁回好奇，侧耳去听。

“在广寒门。”

雁回一愣：“当真？怎么探到的？”

“我身体其余部分已经寻回，可探知龙心所在，无须其他线索。”

雁回默了一瞬，眉头微皱：“在广寒门……也就是说，素影亲自看着你的龙心？”这下要取，少不了和素影直接冲突，以天曜现在之力，怕是困难，而她修妖法也不知何日才有所成，也助不了天曜多少，所以收回龙心，还得等……

“广寒门现今山门前有巨大的护山结界。龙心便在阵眼之中。素影以我心成此结界，护她广寒生灵。”天曜说这话的时候，语气已无之前提及素影之时那般咬牙切齿的痛恨，像是在平淡地述说一件事情，不带感情，但志在必得，“破了结界，找到阵眼，龙心便可收回。”

收了龙心，天曜便变得完整了……不，还有……

“龙鳞呢？”雁回侧过了头，看着坐在树后的天曜背影，“龙鳞你不拿回去吗？”

天曜默了一瞬：“素影拿走的，我要她一点不少地还回来。”

“那护心鳞呢？”

天曜没有作声，隔了一会儿才道：“那块鳞甲要与不要，于我而言，并无差别。”

雁回伸手捂住心口，感受着自己心脏依旧强健地跳动着，她似自语道：“你送了我一条命。”

天曜闻言，在树后微微侧过头，看着雁回的背影，并未言语。

正是沉默之际，忽然远处传来“啪嗒啪嗒”的脚步声，天曜放远目光一看，见得来人，并未警戒起来。

片刻，幻小烟跑了过来，气喘吁吁道：“雁主子，他们捉了一个说是要来暗杀你的女人！”

她说这话，让雁回一愣。天曜微微眯了眼，雁回从冷泉当中踏了出来：“什么女人？”

“一个辰星山来的修道者，好像叫子月，说是你师姐。私闯边界的时候就被发现了，没有别的人跟来，好像是她独自闯过来的。”

雁回怔然，好半天也未能回过神来。

在烛离府上大堂，雁回见到了来暗杀她的子月。她一身狼狈，头发凌乱地散着，她被妖族的人逼迫着跪在地上，雁回从她身后走到身前。子月抬头看了她一眼，又见她身边跟着天曜，登时眼圈一红，牙一咬，作势便要向雁回扑去，却被身边的护卫生生押住。

“雁回！”她不甘，尖声大叫，“你这扫把星！”雁回听着她这句骂，脸上神色未有半点反应，“都是因为你！大师兄才会死！大师兄是为救你而死的！你凭什么还活着？！”

雁回不反驳。

“你这样的人！你知不知道救你这样的人，让大师兄蒙受了多大的耻辱？你又让辰星山受了多大的耻辱？”

雁回终是眸光一动，蹲下身来，直勾勾地盯着子月的眼睛：“耻辱？很好，从我断了筋骨离开辰星山的那天开始，我便不仅要成为辰星山的耻辱，我还要变成刻在他们脸上的羞愧。”

她的话听得愤怒的子月也是一番怔然。

雁回道：“子辰是怎么死的，凌霏比谁都清楚。”她牙齿紧咬，每一字里，好似都努力隐忍着情绪，“我有错，错在而今未杀得了凌霏。”

子月愣住。

雁回站起身来，衣袖拂过子月的脸，她转头望烛离：“放了她，让她回辰星山。”她侧过头，眸光森寒，盯着子月，“让她把这些话，一五一十地告诉辰星山的每一个人。”

包括她那师父。

是夜，夜色如水。

妖族侍卫们押走子月之后，雁回便一直坐在房间里发呆。直到天色晚去，雁回才洗漱后上床。

她本以为自己是睡不着的，但闭上眼睛后，却昏昏沉沉地沉入了一片黑暗当中。

她做了梦，梦见子辰就在黑暗当中的不远处静静地看着她，不说话也不动，像她才入门的时候，和子辰玩过的木头人游戏一样。

“大师兄，”她道，“我此后不认师门，但永远认你是我的大师兄。”雁回也站在原地不动，只遥遥地望着他，“我会为你报仇的。”

子辰看着她，眸中似藏有忧虑。

时间没过多久，雁回便从这梦中清醒了过来。

她看着床榻上的雕花，再难入睡，身体里的伤也开始火灼火燎般地痛起来，雁回索性不再睡了，坐起身，披上外衣，便寻着白日里天曜带她走过的路，往冷泉那方而去。

冰冷的泉水能治疗她的伤，也能让她在躁动当中静下心来。

夜里冷泉四周无人，雁回索性脱了全部衣衫下了水去。冰凉的泉水霎时安抚了她身上的疼痛。

然而站着太累，她在边上寻找着可以让她坐一坐的地方，没找多久，她便摸到一条细长光滑的条状物，好似落入泉中的树枝，她坐了上去，向着月色长舒一口气。

雁回就这样背靠着岸，慢慢闭上了眼睛，这一次，她睡眠轻浅，却没再做梦。

翌日天刚破晓，第一缕阳光穿过林间树叶落在雁回脸上时，雁回皱了皱眉头，随即清醒过来，一夜无梦，这是她好久以来睡过的最安稳的一觉。

看来这冷泉，不仅有治愈身体的功效，还能安抚心神呀。

“主人主人，雁主人！”远处传来幻小烟的呼唤，“烛离小哥在院子里到处找你，你在不在呀？”

雁回神志一清：“我在，站那儿别动，我马上过去。”

她翻身上岸，抓了衣服先披上，然后一边用手拧头发，一边往幻小烟声音传来的那个地方而去。雁回没有回头，所以没看见在她离开之后，冷泉泉水微微起了一点波澜。

见了幻小烟，雁回问道：“你怎么知道我在这儿？”

“你是我主人啊，身上有我的戒指呢，你的方位我大概都能感觉得到。”幻小烟在雁回身边蹦蹦跳跳地走着，一副很开心的样子，“昨天晚上我偷偷给好多妖怪布置了幻境，他们在梦里都玩得好开心，我吃得好饱。”

“让人家醒过来了吗？”

幻小烟撇嘴：“醒了呀，我和他们约好的，晚上再给他们布置幻境，让他们做个好梦。他们都好喜欢我的幻境。”幻小烟扭头瞅她，“主人你当真不要？”

“我睡个好觉就行了，不想做梦。”两人一边聊一边走到了烛离府前，她倏忽想到什么，转头问幻小烟，“你昨日可是也给我施了幻术？”

幻小烟一愣："没有啊，主人你梦到什么了？那个凌霏？凌霄？还是你大师兄？"

雁回张了张嘴，正待说话，便见天曜缓步走来，只是他今日走路的姿势有点奇怪，雁回挑了眉头："你腿怎么了？"

幻小烟也在旁边睁大眼睛问："这是被谁打瘸了呀？"

天曜瞥了幻小烟一眼。

幻小烟接收到天曜的眼神，默默退到雁回身后："主人，他眼中有杀气……"

"无妨。"天曜不理幻小烟，只望着别处道，"昨日打坐太久，腿脚有些许僵硬。"言罢，他便自行入了烛离府中。

幻小烟见天曜走远了两步，凑在雁回耳边打小报告，道："主子，他这不过是找了个托词搪塞你呢。"

雁回岂会不知道这个道理？以前在铜锣山的时候，见天曜整天整夜打坐，从未听他喊过腿脚酸麻，这一听便是个骗人的话嘛。

不过天曜不想说的事情，即便是撬开他的嘴，他大概也不会吐出一个字来。于是雁回便也随他去了："先去见烛离吧。"

大堂之中，烛离正拿了本书在细细看着，听见脚步声，他一抬头，见天曜、雁回一并来了，便将书递给了雁回："这些天我一直托人寻找人如何修妖道的入门秘籍。然而这情况委实太少，找了这么久，这才在王宫藏书阁角落里寻出一本来。你先拿去看看，待筋骨接好，便可直接修习了。"

雁回接过书，看到封面上"妖赋"二字，她刚道了声："多谢。"天曜便将雁回手中的书拿了过去，他翻得很快，但眼神却越看越亮，不一会儿便翻到了最后一页，然后皱了眉头："残卷？"

烛离也是一愣："有残缺吗？"他接过最后一页翻了翻，"不应该啊，写到九重了，理当是写完了。"

天曜道："普通功法九重为至高，此卷功法造诣高深，每一重功法之间环环相扣，循序渐进，若照此推论而下，可延伸至十一重。著此卷者必有大成，修为必定极深，不会写到此处戛然而止。"

他这话一出，在场的人都听得呆了。

烛离有点愣神："不过翻一翻，你便能看出这么多名堂了？"

天曜轻浅地带过："曾经对功法著写有所研究。"他拿了书放到雁回手中，

"此书虽是残卷，然而前九重功法已是精妙非常，对你而言，大有益处，待得筋骨接好，我与你一同研究，你自好好修行，即便从现在开始也将有所大成。"

雁回点头，随即静静地望着天曜，看了许久，直到天曜问她："怎么了？"

雁回才别过头，转了目光："没什么。"

她只是觉得，天曜也像是一本读不完的书……

是夜，空中无月，漫天繁星璀璨非常，星光洒在林间，让夜比往日更加静谧。

雁回褪了衣裳，寻着昨天入冷泉的位置，但奇怪的是她却没在那个位置找到那根树枝了。雁回也没多想，沿着泉水岸边一点一点寻摸，意图找到供她坐卧的树枝。

她所求无他，不过是一夜好眠而已。

绕了半圈，脚底到底是踩到了一个东西，这东西位置有点矮，她若要坐下去，只怕是没法呼吸了。夜里雁回是看不见水里的东西的，她琢磨了一番，索性憋了一口气，一头沉了下去，想看看能不能将那东西抱起来，安插在边上。

可当她手伸下去，摸到那东西，用力一握的时候，却忽然发现，下面的东西竟然动了！

弧度虽小，但它的的确确是动了！像是颤抖了一下！

这东西是活的！

雁回惊骇，立马浮上水面，大口换了气，翻身便爬上了岸，动作飞快地爬到自己衣服旁边，立即将自己裹了起来。

"何方妖孽！"雁回大喝，"出来！"

水下没有动静，雁回随手抓了一块大石头扔进水底，石头砸出了"咚"的一声，伴随着雁回的呵斥："出来！"夜的沉静终究被彻底打破。

没一会儿，泉水中终于冒了两个泡出来，紧接着光华一闪，熟悉的男子身影自水中显现。

看见天曜，雁回脸皮一紧，想着刚才自己赤身裸体在水中泡着，还拿脚去踩了他身体的不知哪个部位，饶是雁回脸皮再厚，此时也不得不烧红了脸，她有几分恼羞成怒："你为什么会在水里？"

天曜披散着头发，一身宽袖大袍子都湿湿地贴在身上，他自水中踏出，脚步带着水声，在安静的夜里显得有些诡异而诱惑。"我让你每日下午来沐浴。"

天曜反问，“你为什么晚上来了？”

听了他这话，雁回只觉一股火气冲上脑袋：“你还怨我？我来了你就不知道出来和我说一声吗？”说完这个，她恍似想起了什么，“等等，”她盯着天曜，惊骇地睁大眼睛，“听你这语气，我昨日晚上来的时候……难不成你也在？”

天曜扭头，看看天，看看地，看看冷泉中被波澜揉碎的满天繁星。

雁回瞪着天曜许久，见他这一副默认的态度，随即怒了：“你昨天为什么不出来？！”难怪她今天找不到坐的了，原来是那坐的……跑了。

天曜眸光一转，终是扫了雁回一眼：“我昨日欲出泉，你便已经开始褪衣衫了。”天曜道，“你当真想经历那般尴尬的一刻？”

哦！原来还是在为她的心情考虑！

雁回气得咬牙切齿：“好！你昨天不出来就算了！今天为什么还在这儿？你是等着看还是怎么着啊？真的不是故意的吗？”

天曜看着怒气冲冲的雁回，看了许久，然后上下打量了她一番，随即随意道：“左右也不是什么大事。你很早之前，不就见过我沐浴吗？”

是了，在铜锣山的时候，天曜在院子里洗澡，雁回是见过的。

对他们两人而言，这好像并不是什么了不起的大事呢。但是，为什么他这句话，就是让雁回感觉到一种她许久没有过的情绪，那情绪简直是一把令人又羞又恼的火，从脚掌心一路蹿到了天灵盖，快将她脑袋都烧穿了。

她身上只穿了件外衣，将腰带往腰上粗犷一系，随即便迈向天曜：“你过来。”她开始撸袖子，“我和你谈谈。”

天曜不动，等着雁回走到他面前，然后雁回一抬头，“唰”地扒了他衣服，上衣落下，全靠天曜腰间的腰带系得紧，将下半身的衣物保住了。

雁回“啪”地拍了他的胸膛一巴掌，摸了一把天曜胸前凸起的肌肉。她满意地点了点头。

“你也别穿衣服了，就光着和我聊吧，反正也不是什么大事。”

雁回抬头，等着天曜的反应，等了一会儿，却听“呵”的一声，竟是天曜笑了出来。

雁回一怔，天曜便当真这样光着上半身，在漫天繁星之下，对她笑了出来，道：“这才是我认识的雁回。”

趁着雁回愣神之际，天曜与她错身而过，淡淡道：“昨天我化为原形蜷在水底，你坐在我的尾巴上，我埋着头，什么也没看到。”

所以他把尾巴一动不动地翘了一晚上，撑着她，让她睡觉吗……

难怪第二天，腿酸……

见雁回不接，天曜抓过雁回的手，将衣服交到她手上，然后自己转身去了树林之中，躲在树背后，拉上刚被雁回扒下的上衣：“你沐浴吧，我先回了。”

天曜走远了一段距离，而后才回过头，他捂着被雁回摸过的胸膛，胸膛之上热热麻麻的一片，胸腔之中，即便空空荡荡了那么多年，但此刻他却好像有心脏在猛烈跳动的幻觉。

他红了耳根，深吸一口气，然后仰望夜空，缓慢地舒了出来。

他对雁回……

他垂头，感受着胸膛上那根本不受他控制的温热感觉。以前不是没有认知，只是，现在他却是那么清清楚楚地意识到。

他对雁回……动情了啊。

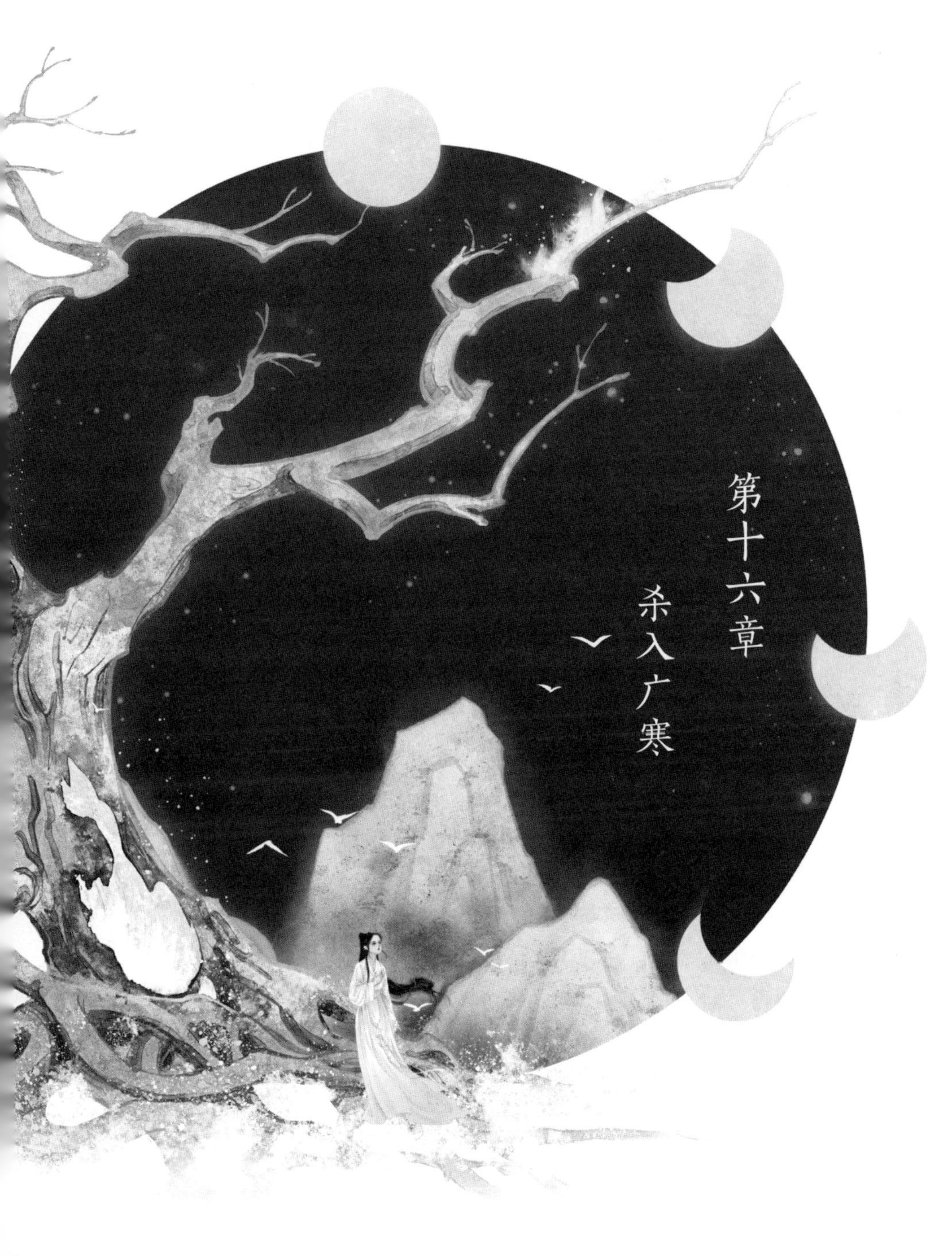

第十六章 杀入广寒

此后雁回每天夜里来冷泉，都未再见过天曜。

过了几天，雁回虽未完全将筋骨接好，但比起之前的情况已好了许多，她估摸着或许再过十日，筋骨便能完全接起来了。那冷泉水着实有奇效。

这些天幻小烟撒欢一样在青丘地界到处窜，四处结交妖怪朋友，好似要将前几十年缺憾的交友之乐都找回来一样。每天幻小烟也在闲暇时，给雁回带来许多小道消息。

比如说，她如今能借这冷泉来治愈身上的伤，其实并不是那么简单的。

据幻小烟说，这冷泉以前是青丘国国主为了给他那人类夫人续命，特意寻的一处极具灵气之地，施以阵法，聚至纯至净的无根水而成，在国主夫人还在的时候，这冷泉只有国主夫人沐浴，后来国主夫人去了，便只有九尾狐一族受了重伤的人可以以此泉水来进行调理。

而雁回之所以能进去，是因为那千年妖龙不知道和青丘国主做了什么交换，她才可以去的。

是天曜，为她寻来的转圜之机。

知道这件事后，雁回便想寻到天曜与他好好聊聊，是道谢，也是想快些开始与天曜研究那《妖赋》。只有让自己强大起来，她才可以为人报仇，也为自己报恩。

可这些天雁回不管在哪儿都碰不着天曜。

雁回刻意去找了他两次也不见人，雁回算是懂了，天曜这是在躲着她呢。以他们俩现在这悬殊的修为差距，天曜要躲她，雁回就算是长了透视眼也找不到。

雁回觉得好笑，难不成这千年妖龙，还因为她上次扒了他衣服在害羞不成？他当时不是表现得蛮淡定的吗，现在躲着到底是为了个甚？

想不明白，雁回本着怕麻烦的心思，也就懒得去管他了，反正……

他总是要出现的。

反正，天曜是不会离开青丘的，他也是不会离开她的。雁回摸了摸胸口，她可是有他的护心鳞呢。或许她现在内心里对谁都不信，但她相信天曜。

是日，雁回正在屋里拿着《妖赋》研究，奈何里面许多词语生涩，有的心法与之前雁回修仙所用心法根本就是背道而驰，她看了半天，看得含含糊糊，这本以人身修妖道的书，没有天曜，她或许还真无法练成。

她正愁着，幻小烟倏忽从窗户闯入。幻小烟在她那个幻妖王宫里自由自在惯了，去哪里从来都不管正门在哪里，只要方便她进去就行。她没规矩，雁回也不管她，只换了个姿势看书："别吵我，我看书呢。"

"主人你这几天不是要找那个天曜吗？"

雁回闻言，手里的书没放，耳朵却立了起来。

"我刚瞅见他啦。"

雁回默了一会儿，到底是转过了头："在哪儿？"

幻小烟却问她："你不是要看书吗？我不吵你啦，我接着讨饼吃去了。"

雁回翻身而起，一把揪住了幻小烟的后领，将她拉了一圈，转了过来，雁回本来想接着问，但瞅见幻小烟手里拿着的饼，雁回愣了愣："这是什么？"

"月饼啊，主人你没见过？"

雁回当然见过，只是中原的月饼和青丘的月饼形状有点不一样罢了。

雁回有几分愣神地问："今日是秋月祭？"

幻小烟点头："对呀。"

雁回一个激灵就翻身下了床："现在什么时辰了？"没等幻小烟回答，雁回自己跑到窗户边看了看外面已经开始擦黑的天色，然后一边穿鞋一边急急地问，"你刚说在哪儿看见天曜的？"

幻小烟被忽然激动起来的雁回弄得一愣一愣的："就你平日去冷泉的那条路上啊……"

话音都没落，雁回便拉门出去，急慌慌地往冷泉那边跑去。

今日秋月祭，乃是一年之中月亮最大最圆的时候，每个满月之夜天曜那般痛苦，今日只怕是要承受更多的疼痛，他虽然现在已经找回了身体的那么多部分，可痛苦好像也并没有减少多少。

雁回跑到林中的时候，圆月已经在东边山头上冒了一个头出来。

妖族中许多妖怪对月光也有特别的反应，有的会变得格外安静，而有的则会变得尤其狂躁。是以在这一夜的森林当中，即便是雁回走熟悉了的路，也生出了与平日不太相同的气氛。

月色让树林变得朦胧，快到冷泉之际，雁回一心向前，她隐隐约约看到那方有一个巨大的动物在地上翻滚着，正在心神尽数投在那方之际，忽然之间，斜刺里一股大力冲来，雁回毫无防备，径直被扑倒在地。

来者一身扎人的毛，嘴里尽是瘆人的血腥之味，恶臭扑鼻，雁回都未来得及看清扑向她的妖怪到底是什么物种，它便对着雁回的脖子咬来。

温热的牙齿都已经触碰到了雁回的皮肤，电光石火之间，一声龙啸好似自天边而来。

雁回只觉周身一轻，压着她的妖怪霎时不见了踪影，旁边传来动物哀嚎惨叫的声音。

雁回往旁边爬了两步，离开了距原地一丈远的距离，这才转头一看，大树被月光照出了阴影，在那黑色的阴影当中，全然无妖力的交锋，只听到粗犷的撞击声，便真如动物最原始的争斗一样，不过片刻，那方便彻底没了动静。

雁回如今没有法力傍身，她眯着眼睛努力想看清那黑暗之中的情况，却依旧一无所获。

她撑着背后的树，站起身来："天曜？"她试着唤了一声。

没有动静。她定了定心神，往前走了一步，便是她这一动，那方倏忽风起，龙身霎时腾空而起，冲入天际。雁回抬头只见那龙飞上了天，在巨大月亮的光芒之中被剪出了一个影子。

但那龙并未遨游多久，便挣扎着从天上落了下来，看得出来，天曜在奋力挣扎，意图努力平稳自己的身体，但好像太痛了，他根本控制不住。

只听"砰"的一声，天曜落入前方的冷泉之中，水花四溅，周遭一片狼藉。

雁回拔腿便往冷泉那方跑。

待她跑到冷泉旁边，天曜已经挣扎着从水里翻了上来，明亮的月光照遍他的全身，雁回睁着眼睛，看着他遍体鳞伤，惊骇得说不出话来。

这是龙吗？

他的鳞甲尽数被剥，每一片曾经有鳞甲的地方便是一个伤口，有的地方甚至伤得深可见白骨，从头到尾，他身上没有哪一块地方是好的，伤口太密集，甚至让人不可控制地感觉到头皮发麻的恐惧。

雁回这才知道当初天曜轻描淡写地说出来的剜心削骨是多么令人惊骇的手法。

他在地上挣扎着，似乎痛不欲生。

“天曜……”

雁回唤了声他的名字，往前进了一步。

这一声恍似将天曜唤醒了似的，他一转头，猛地对雁回一声嘶吼，像是在恐吓她，让她不要靠近，不要过去。他紧紧盯着雁回，尾巴往前蜷，好似想借尾巴挡住他满是伤痕的身体。

雁回咬牙，坚定了目光：“我的血不是可以让你好受一点吗？”她向前走了两步，伸出手腕，“来。”

天曜往后退，雁回便向前。

长长的龙须在空中挥舞，舞出的弧度好像是在拒绝雁回的靠近。

雁回一狠心，一口咬破手腕，伤口不深，但足以让血液渗出，血腥味溢出，一时将周遭的空气都染上了这股味道。

天曜好似有些躁动。

雁回继续上前。

天曜终于忍无可忍，一声龙啸，扑向雁回，雁回不躲不避，风声先呼啸至她的身边，撩起她的青丝与衣袍。

天曜扑至雁回面前，却只是用龙角将她一直往后推，直到雁回后背抵上了一株大树，天曜才不再推她。他往后退，意欲离开。

雁回毫不犹豫伸手一把就将他的龙角拽住：“喝我的血。”她说，语气近乎命令，“如果这样可以让你轻松，那就选择这样快捷方便的方式。我不痛，也不会有多大损失。”

天曜甩头，雁回拽着龙角不松手。

天曜猛地挣一下，挣不脱，他一张口，巨大的嘴冲着雁回发出长啸声，声音将大地都震动了。他的尾巴在地上胡乱拍着，似乎在对雁回生气，又似乎是因为疼痛而控制不了自己的身体。

雁回不管不顾，趁着天曜张嘴，便将手腕的血抹在了他舌头上。

她的血似乎对天曜有着极大的诱惑，毕竟是可以在极痛当中缓解他疼痛的药，对谁来说，这都是诱惑。

天曜尾巴甩动，径直打断了旁边一株粗壮的树木。龙头往前一送，锋利的牙齿便停在了雁回的颈边。

“这里不行。”雁回没动，她只是冷静地说着，“咬脖子就死了，不可以咬这里。”隔得这么近，于是雁回也听到了天曜喉咙里发出的声音，他体内似乎也在进行着剧烈的挣扎。

最后，牙齿到底是离开了雁回的颈项，他的鼻尖触在雁回胸膛之上。他喉咙里发出“咕咕”的声音，像是动物在警戒的时候发出的低吼，又像是在受伤后寻求安慰的撒娇。

雁回将手腕拼命塞进天曜的牙缝里，将血抹在他的牙齿上。

天曜挣扎，她抱住天曜的头，几乎用尽全力，血一点一点地渗进他的口中。血液带来的暖意也一点一点地渗进他的身体里面。

月上中天，然而天曜渐渐地安静了下来。

雁回背靠着树，天曜的脑袋抵着雁回，那么威武的身形，却像是宠物一样安静，他俩立在夜里，好似能立成一幅画。

不知过了多久，月亮渐渐隐入了黑云之中。

天曜浑身渐渐瘫软在地，他周身光华一转，变为人形。

刚化为人形，他便直接往地上倒去，雁回连忙抱住他的腰，撑住他的身体，触手才发现，天曜这是……全然光着身体呢。

想来也是……之前那次他从冷泉出来，是法术还在，神志清醒，当然知道给自己变身衣服来穿，但现在他昏迷不醒，神志全无，哪能知道给自己穿衣服……

雁回垂头看了光溜溜的他一眼。

“我也算是找回来了。”她说着，艰难地褪下自己的外衣，给天曜披了上去。然后便滑坐在地上，让天曜枕着她的腿静静睡觉。

她望着透着月光的云长舒一口气，折腾了这么大半天，对于没有法术的她来说，也是极大的消耗啊。

不过总算是把这一晚给熬过去了。

雁回垂头看了看在她腿上睡得像个孩子的天曜，摸了摸他汗湿了的鬓发，想着他刚才那满是伤痕的身体，不由得呢喃道：“所以，你来冷泉也是为了疗伤吗？”

“……不想被看见……”

雁回一愣，没听清天曜这句像是在说梦话一样的嘀咕：“什么？”

“不想被你看见，那么丑陋的我。”

这句呢喃，不知为何，忽然之间像是变成带着倒刺的长鞭，抽得雁回的心蓦然一痛，一股涩意哽在她喉头。

所以，之前她来冷泉，而他却躲着不肯出来，竟是有这样的思虑藏在心中吗？

他翘着尾巴支撑着她的身体，让她得一夜好眠，而他却把头埋在水底，心里却藏着这样近乎自卑的心思吗？

雁回摸了摸天曜的脸颊：“真正丑陋的，从来不是你。”雁回道，“是伤你至此的那颗人心。”

夜幕退去，拂晓之际，天曜慢慢睁开了眼睛。

远处有鸟鸣之声传入耳朵，十分清新，好似能洗净一夜的深沉与黑暗。他脸上有痒痒的感觉传来，伸手轻轻一抹，却是拈住了一缕青丝。

顺着这长发往上一看，他这才看见雁回光洁的下巴。清晨带着暖意的阳光洒在她的脸上，让她整个人看起来有一种让人安心的温暖。

她背靠在树上，头微微向后仰，嘴巴张开，均匀地呼吸着，代表着她正沉睡在安静的梦中。天曜一怔，坐起了身来，他左右一望，发现自己竟这样枕着雁回的腿睡了一宿。

他起身的动静惊醒了雁回，雁回手先在空中抓了一下，几乎是下意识地拽住了他的手掌：“怎么了？又痛了？”

天曜看了看雁回的手，又抬头静静地看着她。

天曜盯了睡眼蒙眬的雁回许久，雁回这才回过神来：“天亮了吗？”她揉了揉眼睛，“可算是折腾完了。”

她伸了个懒腰，想站起身来，可刚一动腿，便闷哼了一声，紧接着便抱住腿没再说话。天曜见她这模样，只默默地转了身，背对着她蹲下：“上来吧。”

雁回看了看他宽阔的背，怔了怔，倒也没和他客气，径直爬上了他的背，圈住了他的脖子。雁回手腕绕过天曜脖子的时候，天曜不经意地看见了她手腕上干涸的血迹，还有被雁回自己咬得乱七八糟的伤口。

他喉头一哽，没有言语。

将雁回背稳了，天曜便迈着沉稳的脚步，慢慢往回走去。

雁回趴在他已变得足够宽厚的肩头上，不由得有些失神道："昨晚秋月祭……"话开了个头，她还在琢磨要如何说才能不触碰到天曜的伤口，天曜便接了话头：

"吓到了？"

"那倒没有。"雁回道，"只是……你每年的这个时候，都会如此吗？"

"以前更难看一些。"

雁回闻言，竟一时再难开口，她默了许久，从后面摸了摸天曜的脑袋："会好的，等找到龙心就好了。很快了。"

她手掌在他的头上轻抚而过，比这千年以来天曜沐浴过的任何一场春风都温柔。

于是他便在她根本谈不上安慰的安慰之下垂下了眼睑，柔软了目光。

虽是秋意已起，但内心却无半分寒凉。

天曜背着雁回走到烛离府前的时候，正巧遇上穿得比平时都要正式许多的烛离。但见天曜将雁回背着回来了，本急匆匆往外赶的烛离倏忽顿了脚步："这是怎么了？"他问，"昨夜秋月祭不见你俩人影，现在竟然背着回来？雁回你伤更重了吗？"

雁回面不改色地撒谎："昨晚打坐久了，腿麻。"

听得这句话，天曜神色不由得僵了一瞬，耳根处不由自主地起了几分燥热。他轻咳一声，扫了烛离一眼，难得主动开口询问烛离："你这身打扮是为何？"

这一问倒是精准地岔开了话题，雁回也上上下下打量了他一通："你们九尾狐一族这是也学了那凡人的模样开始上朝了？"

"青丘哪有朝会？"烛离瞥了她一眼，"今日我皇姐回青丘了，我们都得去见她。"

雁回挑眉："你皇姐？"

"我大皇叔的女儿，这些年一直在中原。对了，今日王宫有晚宴……"他正说着，远处传来了吹号的声音，烛离身后的老仆催道："小祖宗，要迟啦！"

"知道了。"烛离道，"我先走了。晚宴记得来啊！"言罢，未来得及再看两人一眼，他便火急火燎地带着他的老仆赶了过去。

雁回琢磨了一番，烛离大皇叔的女儿，不就是他们妖族太子的女儿吗？这样身份的人，这些年为什么一直在中原？而且竟然还没被发现，想来必定是极有手段的一人。

而现在像这样一直待在中原的人都回青丘了，想来，上一次妖族迈过三重山必定是给修仙者带来了不小的冲击，中原的局势，很是不太平啊……

待得到了房中，天曜刚将雁回放到床上，雁回眼一斜，便瞅见了昨日自己急着出门，随手扔在床上的《妖赋》。她眼睛一亮，都未等天曜直起腰来，便一把将他的胳膊拽住，拽得死死的，像怕他跑了一样。

天曜一抬眸，便见雁回拿了《妖赋》，目光灼灼地盯着他："说好的教我修炼这本心法呢？"

天曜默了一瞬："筋骨都接好了吗？"

"未完全好，不过可以开始练气了。"

天曜一反手便握住了雁回的胳膊，简单捏了两下，随即点头："是可以开始练气了，明日……"

"不，现在便开始。"雁回径直打断了他的话，"我一刻也等不了了。"

"好。"

天曜接过《妖赋》，翻了第一页，沉心研读一番后，便问道："你可看过此书了？"

"看过了。"

"哪儿不懂？"

两人你一言我一语地讨论，渐忘时辰，直到天色暗了下来，幻小烟破窗而入，蹦跶进来，大声唤道："吃饭啦，烛离叫你俩吃饭去啦！"

适时雁回正在床上打坐，气息刚在身体里运行完一整个周期，她睁开眼睛，并未理幻小烟，只对天曜道："我感觉经脉逆行，这可是对的？"

"你之所以感觉经脉逆行，是以曾经修仙的标准来判断的，而今你要做的，是把以前的一切尽数忘光。"

雁回一怔，却在此时不适宜地想起了过去十年凌霄指导她修仙道之时的点点滴滴，她失神了一瞬，在幻小烟喊着"主人你不饿吗？"的声音中，被迫回神。

"饿。"雁回站起身来，"走，去见见他们九尾狐一族的宴会。"

自打上次见过青丘国主之后，这是雁回第二次来到青丘国主所在的这座山峰之上。

与之前空灵缥缈的气息不同，今晚在这些巨木之间更多了几分喜庆的意味，小狐狸们嘴里衔着红果子，有的在洞里吃得开心，有的推着果子到处滚。

雁回与天曜被人一路领着入了青丘国国主所在的巨木王宫之中。

门扉打开，巨木之中依旧空旷，只是内里树壁之上依次向上排了许多位置，直至顶端。雁回仰头，但见巨木之内，树壁之上每隔三丈便有法术勾勒出的透明平台，供妖族歌女舞女在上歌舞，供在场各妖族之人观赏。

越是往上，歌舞越是精湛，直至顶端，便只有九尾狐一族的人方能涉足。

领路人带着雁回与天曜绕着巨木内盘旋而上的过道一直往顶层走，路过每一层，所有的妖怪都以好奇的目光打量着他俩，更多的是在看天曜。

千年妖龙，若不遭劫数，或许是能与青丘国国主相媲美的人物，在弱肉强食的妖族中，谁人不对他感兴趣？

天曜目不斜视，只自顾自地迈步向前走，像是将谁也没有放在眼里。

雁回却在他身后左右探看，她走路不专心，一时不察，到底是不慎绊了脚，往前摔之时，天曜比雁回身后跟随的幻小烟出手更快，扶住了她。

明明……他一个眼神都没落在她身上的样子。

快到顶上，仆从礼貌地领走了幻小烟，让她去下层玩乐，雁回与天曜踏上了最高层的平台。

一步迈上最高层，视野登时开阔，整个青丘包括远处的三重山也尽数纳于眼底，头顶的星星像是伸手就可以摘到一样那么近。

掌握这妖族权力的所有九尾狐尽数到场。天曜只对坐在主位上的青丘国国主点头示意，随即不管还有谁盯着他，便当看不见一样，走到一边，在空着的位置上坐下。

而雁回本是想跟着他走到一边，但当她目光落在青丘国国主身边那人的身上时，却彻底愣住了。那人与青丘国爱穿白衣的九尾狐不一样，她一袭红袍艳丽夺目，绝色容颜美得直教人心荡魂移。

“弦……”雁回不敢置信地呢喃出声，“弦歌？”

她这一声虽轻，但在场的都是何等人物，自然是将她脱口而出的这个名字听在了耳朵里。众人皆颇有兴趣地打量着两人，青丘国的大皇子声音浑厚，打破了沉寂：“倒是巧了，小女竟与雁回姑娘是旧识？”他笑道，“弦歌，不与为父说说，你是如何识得这雁回姑娘的？”

弦歌……

她竟然是这青丘国储君之女，是烛离的皇姐，是那个一直待在中原，极有手段的女子……

雁回一时愣神。

却见弦歌就地坐着，轻浅一笑，眉眼勾人："雁回姑娘当初女扮男装，在中原调戏小女来着，这调戏着调戏着，便也就调戏得熟悉起来了。"

她这话一出，在场的人都笑了起来。

弦歌望着雁回似叹似笑："早日我便听说雁回来了青丘，我想此次回来或许能遇见，却不料竟是在这种境况之下……雁回，"她唤她，笑容有点无奈，"你这般惊讶，可是怨我在中原瞒了你真相？"

听得她的问话，雁回默了一瞬，随即便摇头："没什么好怨的，你又不曾害过我。"

不仅没有害过她还帮了她不少的忙。

得了她这句答，弦歌笑了笑，遥遥敬了雁回一杯酒："雁回总是心怀广阔的。"饮了酒，她便不再多言，在这样的场合里，实在也不便再多言。

雁回便默默地走到天曜身侧坐下。

她脑子里不停地回想着过去，其实想想也是，以前觉得弦歌神秘的地方，如今冠上了这个身份，倒也理所当然了——她为什么能那么轻易地给天曜一个无息香囊，又为什么会美得这般惊心动魄？

一切都只因，她是九尾狐妖啊。

晚宴进行了一半，青丘国国主放下手中玉杯，杯与盏轻轻相触，发出清脆的"叮咚"之声。声音虽小，却传遍了整个巨木之内。所有人都停下杯盏，望向他。

月亮爬到巨木树梢之上，恰好照在青丘国主的背后，像是上天给他戴上的王冠，耀眼高贵得让人无法直视。

"青丘久不开宴，今次却是在战乱之际，行此宴会，余心无奈，亦觉惭愧。"青丘国主自谦的一句话，下方立即便有妖族之人摇头称不敢。

青丘国主继续道："五十年前妖族与修仙者一战，致使南北两分，我族与中原暂守和平，余私以为西南之地虽偏矣，却可避免战乱，延续我族血脉，遂认为此处不失为我族休养生息之清修地。然则而今，中原众仙不愿见我族在此西南之隅休养壮大，处处挤压，杀我族人，手段残忍，其心恶毒至极。"

青丘国主语气一直淡漠至极，然而言至此处却有透骨杀气直入人心。

雁回想到素影对待那炼制狐媚香的手法，心头为这杀气胆寒之际，同时也不由得生了几分愤慨。

那高高在上的素影仙人二十年前如此对天曜，二十年后也如此对其他妖怪，她只怕从未将妖的命当作一条命来看吧，所以手起刀落，才能残忍得这么干脆。

巨木下方坐着的妖怪们更是早就对中原修道者们憋了一肚子的火，此时拍桌子骂的，气得砸了杯子的，大有人在。

坐在首位的大皇子应声站了起来，对青丘国主一鞠躬，随即一转身，对下方众妖道："我族将士五十年未曾战过，却也并非不再能战。"他话音一顿，语意铿锵，"谁家好儿郎愿与我踏过三重山，剑指中原？"

下方附和声登时震耳欲聋。

相比于下方热血沸腾的妖怪们，最上层的九尾狐一族的掌权者则显得冷静许多，天曜也只在角落里默不作声地饮着杯中酒。

雁回冷眼看着这一切，心里算是明白，这个打着迎接郡主回青丘名号的宴会，不过是个妖族的誓师大会罢了。

振奋士气招揽人心。

妖族对中原的大规模进攻，只怕是近在眼前了。

雁回满耳听着妖怪们血气冲天地喊着"复仇"二字，内心五味杂陈，她修了十年的仙，现在却被命运推着坐在了妖族的誓师大会现场。

人生遭遇，当真是无法预料。

她一抬眸，望见了远处一袭红衣的弦歌，察觉到有人看自己，弦歌的目光便也落在了雁回身上，两相注视，弦歌对雁回轻浅一笑，摇了摇手中杯子，雁回便也拿起了酒杯，一仰头，一干而尽。

酒足饭饱，歌舞停歇，待到青丘国主隐了身形，妖族中人便各自退去，九尾狐的王爷们各自打了招呼，也要离去。

雁回这边刚站起身来，弦歌便走到了她的身边："聊聊？"

雁回瞥了她一眼："当然。"她转头叮嘱了天曜一句，"回头帮我看着幻小烟一点啊，她性子野，别等她喝多了闯了祸事，明天有人找我告状就麻烦了。"

天曜张了张嘴，那边弦歌已一把挽了雁回的胳膊，道了句："走吧。"便在这顶层平台上消失了踪影。

天曜伸出的手便只揽了一手清风回来，他握了握拳头，没道理地对这初回青丘的弦歌感到几丝愤怒。

或者说……

嫉妒。

这么正大光明又轻而易举地，就把人抢走了……

而这方走远了的雁回倒是没有去在意天曜的心情。弦歌带着雁回落在了粗壮的树枝之上后，却笑了出来：“有人可要恼我了。”

雁回转头：“谁恼你？”

弦歌笑而不答，只摸了两壶酒出来：“坐下聊吧。”

一人一壶酒，坐在树上，望着月亮，弦歌宽大的红衣袍垂落下去，随着夜风衣袂荡漾，舞得好不勾人心魄。

雁回转头，看见弦歌仰头饮了一口酒，不由得问道：“你以前不是不喝酒只喝茶吗？怎么一回青丘就开始喝酒了？”

弦歌转头，望着雁回笑：“雁回啊雁回，以前不是不爱喝，而是不能喝呀。”她道，“其实我是嗜酒之人，奈何饮酒过多，怕被识出破绽，这才无可奈何以茶代酒，骗骗嘴罢了。”

雁回便也转头饮了口酒：“那凤千朔呢？以前那么喜欢，也只是装装样子，回了青丘，就不再喜欢了吗？”

弦歌唇边的笑容一僵，渐渐隐了下去：“我乃青丘安插在中原的暗线。”弦歌道，“九尾狐一族血脉渊源极深，除了本族之人，其他妖怪皆无法取得我九尾狐一族最大的信任，所以机密要事，自是由有血缘关系之人来做。我是被投放在中原的棋子，隐入七绝门，探得中原消息，再施以手段，将情报送回青丘。”弦歌说着，嘴角勾勒出了略带讽刺的一笑，“我在中原数载，植根七绝门，让多疑如凤千朔也视我为心腹。可我在中原的一切都是假的。”

“身份、来历，甚至身上的气息。”弦歌道，“可唯有这颗心，动了情，我想让它是假的，偏偏只有它成了真。”

雁回一默：“为何现在你回来了？青丘与中原即将开战，正是需要情报之际，弦歌你明明可以以这个名义，多在中原待一段时间的。”

若是那般深爱，即便多留一天，对弦歌来说也像是偷吧。

弦歌摇了摇头：“妖族前次迈过三重山一路杀向广寒门，中原仙门未曾得到任何情报。凌霄找来七绝门，斥责凤千朔办事不力，我也是那时才知道，凤千朔的七绝门，竟是一直与凌霄有所接触。”

雁回闻言，也是一愣。

凤千朔是凌霄布在中原的棋？

仔细一想，当年凤千朔的叔父凤铭在七绝门中大权紧握，却一直未曾除掉凤千朔，以前江湖众人皆认为有七绝门门中长老为凤千朔保驾护航，再加之凤千朔聪慧过人，善于韬光养晦这才逃过一劫，而今看来，凌霄也悄悄在背后扶持了他一把吗？

凌霄插手七绝门的事，是为了获得七绝门的情报？

雁回在辰星山从未听人提过此事，凌霄更是对这些事闭口不谈，他悄悄行动，到底意欲何为？

雁回是越来越看不懂她以前那个师父了。

“而后凌霄径直插手七绝门门中之事，我再难将中原情报传入青丘，父亲怕我身份暴露遭中原仙人所害，九封疾书将我召回青丘。我再无理由拒绝……”

雁回闻言默了一瞬：“凤千朔放你走了？”

弦歌苦笑：“自是不能放我走的。我知道七绝门太多事，知晓中原太多情报，不管出于哪种考虑，他都是不会轻易放我离开的。”

“那你……”

“假死。”弦歌仰头饮了口酒，说到这两个字，声色难免多了几分怅然，“从此以后，在凤千朔的世界里，他门里的弦歌，便成了一个彻彻底底的死人了。”

雁回沉默，这简简单单的一句话，听起来那么容易又简单的事情，对于弦歌来说，只怕做得无比困难吧。

要自己把自己在所爱的人心里杀死，彻底退出他的生命，不能再出现在他的生活里。

她虽然还活着，但对凤千朔来说，她已经是一段过去的记忆了。

雁回叹了一声，弦歌倒是笑了笑：“不过在我‘死去’的时候，看见凤千朔那张永远笑着的脸露出了不一样的神色，我还是蛮自豪的。”她道，“知道他对我动过情，这便够了。他那时在乎的神色，足以让我用余生来酿一壶喝不完的酒了。”

雁回沉默了许久，除了一口饮尽壶中的酒，便再也无话可说了。

弦歌转头看雁回，盯了她许久：“雁回近来性子却是沉稳安静了许多。以前要是听到我这样说，非得奓起来不可。必定得推着我，赶着我，让我不要磨叽，如果不能在一起，就尽快忘掉他，然后潇潇洒洒过自己的生活。”

雁回转眼瞥了弦歌一眼：“我以前会这样说？”

弦歌将雁回的手拉到自己肩膀上：“你还会搭着我的肩，像个小流氓痞子一样这样对我说。”

雁回想了想，倒也笑了，手没从弦歌肩上拿开，就着抱着她肩头的姿势，找回了两分痞气，感叹道：“这人世间的事嘛，总是无常。谁没个被磨掉刺头的时候？我也是明白了，有些事，咱们是真的无可奈何。就算我再有个性，你脸长得再漂亮，那些事，在我们现在所处的阶段是真的无法逃避也无法解决。就像你现在忘不了凤千朔，而我杀不了凌霏一样。”

弦歌转头看雁回，见得雁回勾唇笑了笑：“现在，我们除了做好自己能做好的事，然后好好忍耐，其余的，别无他法，这或许是一种磨难教会我的小聪明或教训吧。”

弦歌拍了拍雁回搭在她肩头上的手：“你大师兄的事，我隐约了解了个大概。江湖上传言，是你与天曜在地牢里联手杀了子辰。”

雁回嘴边痞气的笑散了两分，眼中渗出了几许寒光。

“可我知道，你不会这样做。”

雁回冷了容颜：“凌霏现在什么情况，你可有了解过？”

“被凌霄逐出了辰星山，回广寒门了。”

“好嘛，这姐妹俩凑得好。”雁回一笑，“找人算账不用跑两个地方了。”

弦歌闻言默了一瞬：“不过我想，凌霄约莫是有别的想法的。”她顿了顿道，“当初凌霄来七绝门斥责凤千朔，言辞之间听得出，几个月前你被赶出辰星山时，他一直派人看着你。你在永州城之时他特地嘱咐了凤千朔看紧你，想来对你并非不管不顾的……”

“那又如何？”没等弦歌将话说完，雁回便已打断了她，她盯着远方，声音难得地毫无情绪，“大师兄都已经死了。”

这夜告别了弦歌，雁回独自去了冷泉。

昨夜化为龙身的天曜在此处闹腾得太厉害，树木摧折，泥土翻飞，今日周边环境依旧是一片狼藉，然而冷泉当中泉水已经变得清澈透明，与往日没什么两样。

雁回蹲在泉水旁边，看着水中自己的倒影，脑海中反反复复尽是弦歌方才告诉她的那些话。话音扰得她心乱，她一只手划破水中自己的倒影，连外衣也未脱，一头扎进了冷泉之中。

她憋着一口气拼命地游着，脑海当中寸寸皆是凌霄当初在辰星山教她仙术道法时的影子。十年来的每一个寒暑秋冬，皆有凌霄的陪伴，雁回不停地在水里游着，像是要耗光自己所有的体力一样。

十载以来的林林种种走马灯一样在她脑海中来去，她紧紧地闭上眼睛，让自己沉在冷泉水底，直到窒息让她感觉到了胸腔刺痛，才一下蹿出水面，猛地大口呼气。

突如其来的新鲜空气让她眼前有一瞬发黑。

她脑袋浮在水面上，然后放松身体，整个人便如一片枯叶一样漂在水面。

漫天繁星耀眼夺目，雁回闭上了眼睛，努力放空自己，也许是太累，没多久，她的世界便当真如此沉静下来，很快陷入一片黑暗之中，没一会儿，她便在黑暗中看见一缕黑影在她眼前静静伫立。

这次她看清了那人影之后，却并没有追赶，她只遥遥地站在这方，与他相望："大师兄。"她说着，声色极静，"你这笔仇，我迟早会给你报。"

她说完这话，那方静静伫立的人却好似皱了眉头，满脸担忧。

她不明白他在忧心什么，直到她感觉自己身体猛地一晃，倏忽惊醒。

她睁开眼睛，见自己已经陷在了一个温暖的怀抱里。

天曜眉头皱得死紧，他抿着唇未说话，倒弄得雁回有几分紧张："怎么了？"

"我以为……"几乎是脱口而出，天曜才察觉到自己语气有点急了，他猛地收住口，转过了头，将雁回放开，自己站起身，拍了拍衣裳，缓了语气道，"没事。"

雁回看看冷泉，又转头看了看天曜一脸别扭的样子，猜测道："你以为我自寻短见了？"

天曜转头离开："无大碍便好。"

"我不会做那种事的。"雁回并不在乎天曜此刻背对着自己，她望着夜空道，"被你从辰星山救回来的那天我没有这样做，之后就都不会这样做。我留着这条命，还有更重要的事情要做。"

天曜脚步一顿，微微回头瞥了眼雁回。

却见雁回笑了笑，她走上前来，望着天曜，语气轻松了些许："倒是天曜，你是一直跟着我的吗？"

天曜轻咳一声："你继续沐浴吧，尽早将筋骨接好……"他说着便迈腿要躲，衣袖却被雁回轻轻拽住。天曜微微一怔，转头看雁回。

"虽然你和我说过不用言谢。"她说这话的时候，一双眼眸盯着他，清澈得宛如能装进繁星千万，"不过我还是不得不说，多感谢这样的时候，能有你在。"

天曜眼眸里似也被她这句话点了星。

雁回松开手，潇洒地摆了摆："你回吧，我接着泡。"

看着雁回入了冷泉，天曜这才回神，默不作声地转身离开，走入漆黑的森林，沐浴星光，天曜手指紧握——

其实，那明明应该是他说的话啊。

多感谢，能遇见一个名叫"雁回"的人。多幸运，能遇见这样一个人……

弦歌回了青丘，每日并无什么事可做，雁回晚间在冷泉沐浴，早上与天曜一同研究《妖赋》心法，每日到了下午临近傍晚之时才有空与弦歌吃顿饭，闲聊几句。

这日两人正吃着晚饭，幻小烟又从窗户跳了进来，一进屋，看见一大桌子菜，眼睛都亮了："我也要吃！我今天都饿了一天了！"她伸手就往菜碗里抓。

雁回眉梢一挑，"啪"地一筷子打在她手上。

雁回斜眼看着被打疼了、一脸要哭不哭的幻小烟并无半分怜悯："我盼了一整天等来的饭，你要敢给我抓了，我就褪下你的戒指。"

幻小烟咬牙，委屈道："我也饿一天没吃饭了呀，这不是有点晕了吗。"

两人说话之际，弦歌已在一旁让人另外拿了一副碗筷过来，笑道："你养的这小幻妖倒是真性情，我看着喜欢，想来今天是真饿极了，你便别为难她了，让她一同吃吧。"

雁回哼了一声："我一天没吃是练功去了，这家伙一天不吃，难道是谁将她嘴缝上了不成？定是玩得没有边了……"

"才没有玩呢！"幻小烟已经包了一嘴饭，一边嚼一边道，"我听人讲故事去了。"

弦歌笑道："什么故事听人讲了一天？"

幻小烟火速扒完了一碗饭，然后睁着大眼睛望着弦歌："郡主大人，听说中原有个男子被你迷得神魂颠倒了，现在你回了青丘，他以为你死了，每天过得浑浑噩噩的，什么体面都没了。"

弦歌闻言，神色登时僵住。

雁回"啪"地放了碗，斥道："皮痒了！吃饭的时候你胡说八道什么呢！"

"我没胡说八道！他们都传开了！"

"谁传开了？"

弦歌摇头，止住雁回："让她说，他们还说什么了？"

幻小烟摸了摸鼻子："他们今天聊了好久呢，从郡主大人去中原后，好长一串故事，然后说到郡主大人你这回青丘了，那个男子抱着你的'尸体'已经几天几夜了，愣是没让人碰，不让人把你那身躯下葬，也不让人靠近他，说他要护着你。你那身躯都腐臭了，他也没让人安葬，谁劝都不听，疯疯癫癫的，好似痴狂了。"幻小烟道，"听说那人还有百来房的小妾呢，全部都不理会了。"

雁回闻言，转头看弦歌，只见素来笑容惑人的弦歌却也像痴了一般，双目愣怔，失神地望着远方，唇角抿紧，没有一丝弧度。

这顿晚饭到底只有幻小烟一个人吃了个大饱。

待得侍从们收拾完桌子离开之后，雁回才问道："听闻凤千朔这样做，弦歌心里可有触动？"

弦歌像是被雁回这句话唤醒了似的，她笑了笑，笑容难免讽刺又苍凉："触动，说没有自是假的。可有触动又有何用？"她垂了眼眸，"七绝门乃情报组织，也通暗杀生意，做这样的事，凤千朔最恨的一是背叛，二是欺骗。而我恰恰做了他最恨的两件事。如此……还不如让他真当我死了好呢。这样，我还是用最好的模样留在他心中的。至少日后，他想起我来，不会觉得我是那般的……面目可憎。"

雁回默了一瞬，随即一笑，拍了拍弦歌的肩："弦歌不痛不痛，你还有我呢。"

弦歌闻言一笑，声色却难免有几分苦涩："我不痛。我怕他痛。"

雁回的手放在弦歌肩上，轻轻又拍了两下，良久才道："总会好的。"

不管是身体上的伤，还是心里的伤，只要不死，时间总能使它愈合。

青丘妖族之中气氛已经越来越紧张了，所有人都知道大战在即，各自都打着自己的算盘。雁回不管他人如何想，每天闭关专心修炼。

天曜不失为一个出色的指导者，在他的教导下，雁回的修为进步可谓突飞猛进。

再次御上剑，雁回以妖族心法催动长剑，一飞冲天，在高空之中遨游了好一会儿，才落了地。稳妥地落在天曜面前，她脸上带着健康的红晕，目光闪亮，盯着天曜："我又能飞了！"

见她那么高兴，天曜便也不由自主地弯了唇角："以前你会的，以后都能会。"

雁回知道。但现在到底是时间太短，她现在的修为还远远比不上之前，但这般修炼下去，或许不过一年，超过过去十年的修行也说不定。

晚间用膳，弦歌看了雁回一眼，淡淡提了一句："你容貌好似艳丽了许多。"

雁回一怔，待得晚上在冷泉边上一照，她这才发现，自己的眉眼在修炼妖术的这十几天里，有了些许细微的变化，确实好似……

妖艳了些许。

她这个身体……好似的确更适合修炼妖法啊。

雁回潜心修炼，天曜也没闲着，每日雁回打坐之时，他便也调内息，没有龙心，他的法术发挥极不稳定。既然如今龙心在广寒门，那他便要做好在这种情况下与素影直接冲突的准备。

天曜心里的忧虑其实藏得极深，他比谁都清楚，以他如今之力，若无他人相帮，要与素影相抗，怕是……极难。

而便在此时，三重山边界传来一则消息，砸得整个青丘措手不及。

广寒门的素影竟亲率数百名仙人，踏过三重山，杀入青丘境地，在三重山西南方向，与妖族守军开战。妖族守军被打了个猝不及防，连连败退。

更令人惊骇的是，只要是素影抓住的妖族败兵，尽数剖取内丹，弃尸荒野。

九尾狐一族震怒非常，立即派了两位王爷入前线督军，青丘缺人手，自打回青丘便一直空闲的弦歌此时也领到了任务，要与两个皇叔一同上前线，抵挡广寒门突袭。

雁回从烛离嘴里听到这消息的时候，正担忧弦歌的安全，旁边的天曜一叩桌子："确定前线是素影亲自率仙人前来？"

烛离一蹙眉，有几分恼了："真当我青丘如此无用不成？若不是素影在，我族将士何至于节节败退，还被其取了内丹！"他说着，愤怒地拍了桌子，"那广寒门素影着实恶毒至极！若叫她落入我手中……"

没等烛离将狠话说完，天曜便径直打断了他："青丘可还能遣出人手？"

烛离一愣："你要干吗？"

天曜眸中寒光闪烁："入广寒门，取龙心。"

天曜此言一出，雁回与烛离皆是一愣。天曜眸色微凉，语气却极为坚定：

“素影若当真前来青丘进攻，还率了数百名仙人，中原修仙者虽多，精于仙术的人却不一定多，素影此次前来必定领的皆是好手，否则闯入妖族本营，饶是她能力再强，也挡不住己方损失惨重。而素影在前突袭，三重山边界为防妖界报复，必定也会派不少人马看守。以此推算三重山至中原一带则内里空虚。其他仙门不会不派人守着自家山门，而广寒门二十年前起便有护山结界笼罩，看守门人想必也不会太过重视。”

天曜道：“此时约莫是夺回龙心的最好时机。”

烛离听得一愣一愣的，好似还没完全理解天曜的话。

而雁回对天曜却是极了解，他话还没说完，雁回便在心里领悟过来，随即她眉头一皱，顾虑道：“会不会是素影有什么阴谋？”她斟酌道，“广寒门算是三大仙门当中离三重山最近的一个，素影身份如此高，她不好好坐守山门，指点江山，此刻却领了人来青丘突袭，怎么想都有些不合理。”

天曜便望着烛离：“这便要看他们的消息到底是不是千真万确的了。”

这话烛离倒是听懂了，他立马跳了起来往外面跑：“我这便去再核实核实消息！”他跑到门口想了一下，“若此事当真，而今青丘抽不出人手，我便同你们一起去广寒门，帮你们的忙。”

看烛离跑了出去，雁回转头看天曜：“若真是素影来了青丘，我们便当真要带烛离一起去广寒门？”

天曜摇头：“他修为不够，带着碍事，如今广寒门虽无素影在，可以我现在之力，护你一人差不多矣，再多一人，就是负担。”

雁回一愣：“那怎么甩掉他？”

天曜看了雁回一眼：“他追不上我们。”

雁回一默，不过片刻烛离又急慌慌地跑了回来，走到门口就开始说：“消息确实为真，此次素影着实来得蹊跷，他们此次突袭不像是要进攻我妖族，却好似更在乎抢我妖族人内丹……”

话未说完，天曜将雁回腰一揽，烛离只见面前白光一闪，听得风声呼啸，转眼之间刚还站在面前的两人便没了踪影。

烛离神情一愣，呆呆地立了片刻，终是回过神来，两步追到屋外，只看见天上白光飞过的尾巴。

烛离气得跺脚：“混账！本王好心帮你们忙！竟敢甩了本王！”

飞远的天曜与雁回自是听不到他的骂声。他俩甚至都没有心思去管被抛下的烛离是怎样的心情，雁回只沉思道："素影为妖族人内丹而来……"她眉头紧蹙，"天曜，你可还记得之前在天香坊，那些妖怪也是尽数被剖了内丹的？"

天曜应了一声。

"将狐妖们交给凡人看管，从他们的角度来看，为防止妖怪作乱，剖了内丹着实是合情合理的做法，但当时可疑的便是那些妖怪的内丹，最后都不知所终了。"

狐妖们是说妖怪内丹都被运送去了辰星山，捕捉狐妖早在雁回未被逐出山门之前便开始了，可雁回在辰星山的时候却从未见过那些内丹的踪迹。

"素影这次又来青丘剖取妖怪内丹，他们要那么多内丹……"雁回咬牙，"难不成想拿回去修成邪修吗？"

"素影既然在此时来做此事，那便有必行此事的理由。"天曜道，"现在虽不知他们意欲何为，但总有暴露的一天。而我所能做的，便是在那之前，做好应对一切的准备。"

揽住雁回腰间的手臂沉稳有力，即便在万丈高空之中，也没有丝毫颤抖，沉着得让人心安。

时至此刻，雁回突然想到之前天曜对她说过的一句话，如果二十年前，他遇到的是她，会怎样。

她此前从未对这个"如果"有任何猜测，但现在她却想到，如果二十年前，天曜能遇见她，如果天曜遇见的是她……

那她必定不会辜负那样温柔的天曜。

这些话雁回自是不会说出口的，她只问天曜："封印龙心的结界还是如之前几个结界一般，以我血破开便可吗？"要把天曜的心变成以前的样子估计是再也不能了，那她现在唯一能做的，便是帮天曜的身体变成以前的样子。

上天入地，无所不能。

"先得破开广寒门护山结界你我才可入山，彼时结界若破，广寒门中留守仙人必定倾巢而出，我们如今既无助力，你而今修为也弱，到了广寒门，你且记得寸步不离地跟着我，我们尽快找到龙心，速战速决。"

"好。"

雁回一声应下，天曜周身风动，行得更快，不过眨眼之间便过了三重山，没有片刻雁回便遥遥能看见山头常年覆盖着白雪的广寒山了。

广寒山前一层金光结界自山脚而起，笼罩着整座山峰，山峰巍峨，结界光华辉煌，令人望而生畏。

天曜眸光一凝，于广寒山前蓦地俯身而下，猛地落于山脚，落地的力道致使尘埃翻腾，大地好似一抖。

他松了手，雁回自觉地退到了他身后。

金光结界之前，天曜只手覆盖其上，妖气立即与结界产生了摩擦，气流渐渐变大，令天曜与雁回的衣袍头发凌乱翻飞，天曜眸中光华一盛，周身气息更是暴长，他周身气流好似化为一柄利剑，直直地刺向结界，一点一点切入金光之中。

结界发出刺耳的撕裂声，广寒门中人似发现了异样，有零星两个小仙在结界之中御剑探看，见此情景，登时慌乱地往山中跑去报信。

天曜眼睛也没斜一下，只大气一拂衣袖，妖气凝为的长剑霎时刺穿结界，被撕了一个口的金光结界在几声脆响之后，瞬间崩塌。

雁回仰头，望见金光结界破碎之后落了漫天的金色碎片，便像是一场铺天盖地的金色大雪。

天曜便在这金光飞舞当中回头看雁回，他身后是越来越多聚集起来的广寒门仙人。

广寒门身为三大仙门之一，修仙者众多，不过片刻便黑压压地在空中排了一片，好似说书人口中的那十万天兵天将，祭着法器，前来收服他们这两个妖魔鬼怪。

敌众我寡之下，他们两人形单影只，好似与整个世界对立的异者。

“怕吗？”感受着身后重重压力与杀气，天曜难得地询问她的感受。

雁回唇角一斜，久违地露出了带着小虎牙的笑容，她眸中有光，语带三分天生便有的轻狂：“‘怕’字怎么写？”

见雁回如此，天曜便也弯了嘴角：“我也不知道。”

他一把抓了雁回的手，将她护在自己身后，迎着无数双修仙人敌视的目光，迈步向广寒山中而去。

天曜已不再需要特别去探查自己龙心的气息了，只呼吸之间他便能感觉到，龙心的气息一直从山脚的某处溢出来，像是一条无形的线，引着他往那方而去。空荡了二十年的胸腔在此刻似乎又开始滚烫起来，他越往前走，脚步便越发快了起来。

天上的广寒门仙人中终于站出了一位目前广寒门的最高领导者："何方妖孽，竟敢私闯我广寒门！"

雁回闻言，抬头一望，广寒门她不熟，但这常跟随在素影身边的梦云仙姑她却是认识的，在修道者当中，她也算是极有辈分的人了。

天曜根本不理会她的质问。

梦云仙姑见状，拂尘出袖，一声大喝："列阵！"她话音一落，广寒门众仙人立即列出了巨大的阵法，围绕在天曜的上空。

阵法列好杀气便笼罩在天曜与雁回的头顶，雁回眉头一蹙："杀阵。"

天曜颇为不屑地哼了一声："雕虫小技。"他话音一落，五指张开，衣袖一拂，澎湃妖气汹涌而出，他头也没抬的这一击却并非乱打，而是径直向着空中那阵法正中而去。

梦云仙姑双目一睁，飞身扑去欲拦下天曜这一击，却未承想径直被天曜这一击生生撞飞，她身体随着这力道一起击打在阵眼中心的那人身上，那人自空中摔落而下，百人杀阵应声而破。

在修道这条路上便是如此，力量悬殊，则毫无对抗的可能性，上一层次的人对付下一个层次的人便如同捏死一只蚂蚁一样简单，一百个人，也不过是一百只蚂蚁罢了，花点时间，却并不费力。

天曜本是站在这世界顶端的人，先前落魄，而今再也不是之前那样了。

只待取回龙心……

天曜脚步停在山脚一座祠堂之前。

他眯眼看着守在祠堂门前的人，眸色寒凉。雁回被他的背脊挡住了目光，待得她探出头往前一看，看见那人，霎时浑身一僵，随即目光几乎立即溢出了杀气。

"凌霏。"她喊这两个字，好似咬牙切齿。

那人依旧戴着幕离，身上穿的也依旧是辰星山的那身衣裳，好似并不认为凌霄会那般将她驱逐，很自信自己还有回辰星山做那心宿峰峰主的一天。

她不过是在等凌霄消了气，不过是在广寒门避一避风头罢了！

她依旧活得这么好，没受到半点处罚，于是当风吹起她的幕离，凌霏看着雁回的那双眼睛里面，依旧没有半分愧疚或者闪避，她甚至带着厌恶，带着恨意。

在害死子辰之后，凌霏还是活得这么……

理直气壮。

雁回冷笑："急着来倒是忘了弦歌与我说过她也是在这里的。"语至末尾，已经没了温度。

雁回心里清楚，她现在虽然在修妖的道路上走得飞快，但相比凌霏，依旧差得很远……

"雁回？"凌霏亦是冷笑，仇人见面，总是少不了咬牙切齿，"投靠妖族苟且偷生，行此低贱之事，而今却是和这妖龙想要乱我广寒山吗？"她祭出拂尘，"不自量力。"

听着她的声音，子辰那晚在自己怀里停止呼吸的画面一点一点地在雁回脑海里浮现。

她赤红着双目盯着凌霏，握着天曜的手用力得让天曜感觉到疼痛。

天曜转头看了雁回一眼："雁回。"

雁回没有挪开眼睛，她死死地盯着凌霏，似乎恨不能扑上去将她撕碎。

"你先前没做到的，今天，我帮你一并讨回来。"

雁回眸光微颤，那方凌霏一声冷哼："狂妄，你道我如之前那般半分未变，会做你手下败将吗？"她拂尘一挥，身后的祠堂立即又出现了一个结界，结界遮住祠堂，她对空一喝，"助我广寒诛妖阵！"

天空之中的广寒门仙人身法立即变换，摆出了与方才完全不同的阵法，阵法在天空之中画出了六瓣雪花的模样，霎时之间，阵法之中，漫天大雪纷飞。

天曜看着这阵法的形状，眸色更凉了三分。

他一勾唇，冷笑："二十年，终是再见此阵法。"

雁回闻言，不得不回神。

二十年？

二十年前清广真人助素影压制天曜，用的便是……这个阵法？清广真人，将这阵法，交给了广寒门的人？

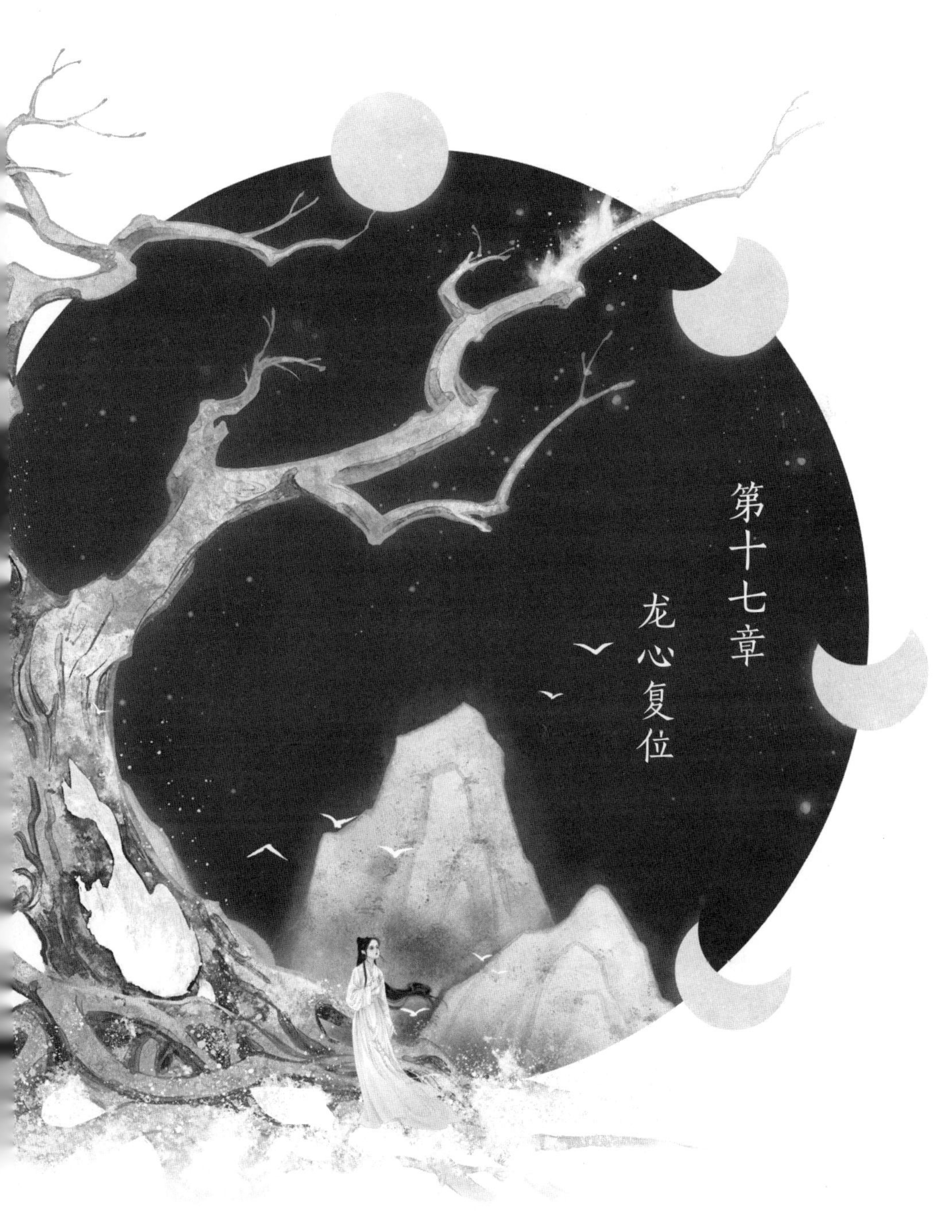

第十七章 龙心复位

不过片刻，天上广寒门众仙结出的阵法里传来了阵阵杀气，伴随着越发凛冽的寒风，吹得雁回皮肉生疼。

天曜望着阵法片刻，眸光微垂：“雁回。”他轻声一唤，雁回立时转头看他，却见天曜脸色有几分不对劲，他道，“此阵于我而言有压制之效果。”

雁回闻言，眉头一蹙。

天曜瞥了她一眼：“我龙心在那方祠堂之中，我会撕开祠堂结界，挡住外间仙人，你趁机进入祠堂，取出龙心。”他道，“而今你既然修的妖道，即便龙心上再有封印，以你之力，也理当能破开。”

这话……什么意思？

雁回还没来得及细想，天曜便低声道：“准备好。”

此情此景哪容得雁回再去询问其他，她连忙将心头问题全都压下，凝神屏气，戒备地盯着那方也是蓄势待发的凌霏。待天曜一声“走”字一出口，雁回立即如箭一般直冲凌霏而去。

天曜紧随其后，他俩之间早有默契。在只有这几句沟通的情况下，雁回与天曜想也没想便做了对方想让自己做的事。

雁回佯攻凌霏，凌霏与雁回本就有仇，见她攻来，登时赤红了眼与她争斗了几招，天曜趁此机会行至祠堂结界旁边，天上广寒门众仙施阵的人无法脱身，没有参与施加阵法的人多半是修为不够的仙者，待得他们反应过来俯身下来要拦天曜之时，天曜已经将祠堂结界撕了个洞。

结界破开的一瞬间，雁回毫不恋战，二话没说，一招闪过凌霏的攻击，身形一侧便闪进了结界之中。

天曜紧接着顶上了雁回方才所在的位置，拦住了要去追雁回的凌霏。

他广袖一拂，凌霏只觉一股热浪扑面而来，她本是修的水系法术，五行当中，本就与火相克，面对满面杀气一身烈焰的天曜，凌霏觉得棘手至极。

天曜周身烈焰在手中慢慢凝聚，直至凝成了一把宛如比太阳更炙热的长剑，他持长剑拦于祠堂结界之前，不掷一言，可休想迈过他靠近祠堂一步的信号，却是那么清晰地传递到了每个人的心中。

凌霏方才与雁回交手便知道——这个丫头，修了妖法，进展惊人，但到底是时间太短，比起她先前修仙之时，现在的修为差得远了。先前雁回修仙的时候堪堪能与她斗个平手，现在更不是她的对手，方才不过是凭着突袭再加之三分小聪明与她打了个平手，时间若再久一点，她定能将雁回撕得连渣也不剩！

而且照雁回这修妖的进度来看，最好是能趁现在斩草除根，省得他日祸害无穷……

凌霏阴沉了目光，她盯着天曜，手中拂尘法器慢慢聚力。

她姐姐素影从小便疼她，知道广寒门心法修炼辛苦，便极少教她，只有这广寒诛妖阵，是素影千叮万嘱要凌霏好好学的。

自打二十年前广寒门有了护山结界之后，所有入门弟子必学的便是这广寒诛妖阵，此阵之大，杀气浓郁，修为稍有跟不上的弟子便无法摆此阵法。

而学成之后，在这阵法当中，凌霏水系的法术便可发挥到极致。

凌霏拂尘一扫，漫天飘飘洒洒的雪花登时化为锋利短箭，箭尖锋利，反射出的光芒几乎耀眼，成千上万支冰箭在此时都径直对准了天曜。

天曜见状，却并无异色，连眉梢也未挑一下，只勾了勾唇："第一重。却是半分未变。"

凌霏闻言，心下虽有惊异，面上却没表现出来，她拂尘一动，漫天冰箭登时向着天曜簌簌而去。天曜周身气息一动，烈焰烧成火龙，在他周身一舞，将天上冰箭尽数融化为水，滴滴答答落在地上，好似下了一场倾盆大雨。

凌霏眉头紧皱，术法再动，她身后刚才积累起来的皑皑白雪化作雪龙与天曜周身的火焰战成一团。

争斗撞击，巨响不绝于耳，而天曜却立在那争斗中间，身形半分未动。

凌霏急了，拂尘就地一扫，地上白雪被扫出了冰剑的形状，它们自行飞了起来加入前方战场，每柄剑都将天曜当作目标，逼得他不得不出剑抵挡。

其实天曜对这样的一幕依旧觉得很熟悉，因为在二十年前，他便是在这样的争斗当中，为了救落入“险境”的素影，扑上前去抱住了她，然后被她用剑，刺穿了腹部。

那是他浑身最柔软的地方，是只放心让所爱之人靠近的地方。

素影刺穿了他。

可现在没什么可以刺穿天曜的了，因为他并没有任何想保护的东西了。

他打碎冰剑，周身气息暴长，清扫周边所有冰雪，驱逐包裹着他的寒冷，他看向凌霏，然而却是一惊，凌霏竟在方才他不过挪开眼的那一瞬间，在原地消失了踪影。

心头陡然升起一股不祥的预感，他胸腔好似被什么抓紧了一样，转头一看，在他身后，凌霏解开祠堂结界，已经踏了进去……

雁回在里面……

如今的她在凌霏面前没能力自保！

意识到这一点，天曜五脏六腑便像是被狠狠捅了一剑似的，他眸中杀气暴长，手中长剑在一声低喝当中径直向凌霏刺去，挟带着熊熊烈焰与刺人的杀气。

剑直中凌霏肩头，凌霏一声闷哼，被天曜刺来的剑打在地上。

但见天曜宛如地狱修罗一般向她踏来，凌霏骇得肝胆俱裂，手慌张地在旁边一拍，结界再次合上。

天曜被拦在结界之外。

透着结界，被打翻在地的凌霏看见了外面天曜好似能将她撕碎的眼神，不由得胆寒。

天曜将手放在结界之上，似乎意图再次撕开祠堂结界。

而此时空中梦云仙姑领着就近的其他门派搬来的救兵急急赶来，在空中对天曜施以干涉，扰乱了天曜撕裂祠堂结界的动作。

天曜怒极，一双黑瞳之中隐隐有赤红烈焰在眼底燃烧。

凌霏趁此爬起身来，她捂住流血的肩头，挣扎着往祠堂深处走去。她知道，现在她即便有一只手不能用，也能捏死雁回，并且不用花费太多力气。

她一定要在此处，将雁回……毒杀！不让雁回有将那夜子辰之死的真相说出去的机会。只要雁回死了，就算外面那妖龙知道真相，也没关系了。

因为妖怪的话，谁都不会信。

雁回此时已经行至祠堂深处。她而今修为不够，自是不知道外面到底发生了何事，只觉这结界之中气息变动了一瞬，想来约莫是结界又开了一次，但却不知晓是谁破了结界，更不知道有无人进来，到底是谁进来。

若是天曜倒还好，若是别的什么仙人……

雁回加快了往祠堂深处前行的步伐。

这间祠堂从外面看是建在地面之上的，然而越往里走光线越暗，有阶梯带着雁回不停地往下，此处好似挖在了地底。

祠堂之中不是没有岔路，但雁回心头若有似无的直觉带着她向左向右走，行到如今这地界，连雁回也能感觉到龙心气息的存在了。

许是天曜来了让这龙心也有异动吧。雁回顺着气息而去，最终抵达一处石室，室内正中以一石柱托着一物。

与雁回先前想了无数遍的龙心不同，那物体在一片红色的烈焰当中燃烧旋转着，让人看不清它真正的形状。

这便是……

天曜的心。

遗失了二十年的心。

雁回上前，手在触碰到龙心之前，便被一道力量挡住，这龙心之上果然还有封印。

想起天曜先前与她说的那句话。她现在修的妖道，所以，即便龙心上有封印她也能解开，那意思就是，之前天曜每个身体的封印，其实雁回也是能解开的，只是她先前修仙，所以不行。

雁回掏出小刀，打算先抛开这些问题，取了心头血，破了封印，拿了龙心再说。

哪想刀刃刚刺痛她的胸膛，血尚未淌出来一滴，身后倏忽传来一股杀气。

雁回瞳孔一缩，即便现在修为不够，但多年来与人对战的经验却还是有的，她连忙侧身一躲，就地一滚，将本来打算用来取血的小刀收进了袖笼之中，她戒备地匍匐于地，目光灼灼地盯着来人，随时准备迎接来人的攻势。

凌霏头上的幕离早就掉了，一脸难看的伤痕爬了满脸，让她面容显得狰狞。她肩头已留了许多血，让她脸色白成一片，但她看见雁回还是冷冷地笑了出来，形容可怖：“雁回……”她唤着，“这次你休想再有人来救你。”

从凌霏嘴里提及“救”这个字，便好似那辰星山上的噬魂鞭抽在了雁回心尖上一样，让她疼得心脏都是一紧。

雁回咬牙："凌霏，你到底是多没良心，今日还能将这话说得如此轻松。"

凌霏一笑："自然轻松。"她手中拂尘一扫，"杀了你，我便没什么可畏惧的了。"

寒冷的仙气直冲雁回面门而来，雁回狼狈躲开，闪身至那供着龙心的石柱之后。

台上龙心必须取！雁回知道，时间拖得越久，对她和天曜越是不利，而此时她以未受伤的身体对付凌霏已是吃力至极，若再放了心头血，只怕最后龙心是从封印当中取了出来，但恐怕没有将龙心交给天曜的机会了。

雁回一边躲避着凌霏，一边仔细想着对策。

忽然之间，当凌霏一记仙力猛地击打在龙心之上，龙心封印一颤，立时将凌霏的仙力如数反弹，凌霏一怔，躲避不及，竟是被自己的仙力猛地击打在身后石壁之上。

雁回见状，眸光一亮，她心底沉下计谋，随即轻蔑讽刺地嗤笑一声："凌霏，在辰星山修道多少年，装得再是清高，端了再高的架子，也依旧遮掩不了你的愚钝资质呀。"

凌霏听闻这声嗤笑，双目一红，恶狠狠地盯着雁回。

凌霏相比她姐姐素影，简直逊色了十万八千里不止，她存在于这世间的标签是素影的妹妹、广寒门与辰星山交好的标志，而从来不是辰星山心宿峰峰主凌霏。她自我的存在价值那么微弱，相比素影这轮当空皓月，她只不过是陪衬的一颗小星。

这是她的隐痛，辰星山的人都知道，只是无人敢说。

"你爱慕凌霄那么多年，可你有什么资格让凌霄喜欢呢？"雁回斜着嘴笑着，露出小虎牙，显得那么邪恶，"你如今这么想杀我，不过是因为，凌霄本来就不喜欢你，若是从我口中知道你害死大师兄的所有真相，只怕不提喜欢，他会恨你也说不定吧？而你在这修道界那仅有的一点名声，只怕也是毁了。"

"闭嘴！"

凌霏一声呵斥，猛地又是一记打向雁回，雁回连忙往旁边一躲，仙力与她擦肩而过，打在雁回身后的墙上，雁回审视了这一番仙力的力道，她这次更靠近龙心站了站，对凌霏道："就算没人指责你，但大家也不过是看在素影的面子上罢了，你有那样一个姐姐，所以即便你做了个废物，也依旧有人愿意把你往天上捧着。”雁回眯着眼睛，轻蔑地看她，“而你，到底算个什么？”

“闭嘴！”凌霏怒极攻心，一记仙力猛地向雁回打来，雁回往龙心处又躲了躲，然而这次凌霏已经气疯了，仙力一记接一记地往雁回身上砸，根本连周遭看也不看一下。

雁回趁机往龙心背后一躲，凌霏三记法力几乎是看也未看一眼打在了龙心之上，随即仙力尽数反弹了回去。

凌霏愤怒之中错愕不及，来不及躲，生生中了自己三记寒凉法力。她倒在地上，喉头一口血闷出。

雁回见状，立即从龙心背后站了出来，她手中妖力凝聚，此时一掌劈下，或可了结凌霏性命，然而此刻，雁回看见凌霏那一身破败不堪的辰星山道袍却是手下一顿。

雁回会杀了凌霏，她那么清楚自己的心思，她一定要杀了凌霏。不是为自己，也要为大师兄杀了这懦弱又歹毒之人。

她这一顿，过去十年在辰星山的光景在她脑海中走马灯一般跑过，她现在杀了凌霏，那一切，便真的再也回不去了——她是个货真价实的入了妖道、杀了同门、欺师灭祖、大逆罔上之人。

她就亲手把过去那十年的自己，彻底……杀死了。

她不会后悔，却觉得可惜。

便是在雁回这愣神的一个瞬间，地上一身是血、满身狼狈的凌霏倏地一扑而起，她死死抓住雁回的肩，将她推到托起龙心的石柱之上，雁回的后背狠狠地撞在柱上。

凌霏声色尖厉：“你以为我会这样成为你手下败将吗？你以为我会这样死在你手下吗？”她神色癫狂，好似疯了一般，“你做梦！”

她喊着，只手抽了她腰间的软剑。

雁回眸光一缩。她周身聚力要挣脱凌霏，然而此时凌霏确实拼尽了所有修为将雁回制住，根本没有给雁回挣扎的机会，一剑刺穿了雁回的胸膛。

雁回只觉心口一凉，疼痛尚未传入大脑，而身后的石柱和她站立的大地却开始猛地颤抖。

凌霏好似连这些颤抖也没有感受到一样，她睁着眼睛盯着雁回：“你死了。”

她说，“你死了，谁都不知道是我害死子辰了。我依旧还能回辰星山，依旧是心宿峰的峰主！”

雁回的身体无力地滑落到地上。

她看着几近癫狂的凌霏，想到对天曜做出那样事情的素影。她想，在这对姐妹的身体里面，或许都有一种近乎病态的执念吧。

害人……害己。

软剑自胸膛之中拔出，雁回只觉心口一凉，身体之中血气翻飞，令她难受至极。

雁回抬起手，凌霏见状，以为她意图凝聚法力捂住伤口用以止血。凌霏目光一狠，哪肯给雁回恢复的机会，她再次一剑刺下，雁回避无可避，眼看着剑尖要再次没入她胸膛之中，身后一股巨大的力量传来，抵挡住凌霏的剑尖，将她的动作凝固在空中。凌霏的剑尖再无法前进一分。

她不甘地嘶喊着，想要将剑再次送入雁回心脏之中，她满是伤疤的脸上表情狰狞。

然而不管她如何拼尽自己周身法力，那剑却依旧不能前进分毫。

凌霏随即大怒：“何人阻我？”她一抬头，却见得那石柱之上的龙心烈焰大炙。一层一层，烧得整个石室一片火红。

大地摇晃，地里有沉闷的轰隆之声传来，天顶开始裂出裂痕，碎石掉落，凌霏不知发生了何事，被大地摇晃的力量推得往后退了一步。

雁回坐卧于地，四肢皆无力，唯觉那被凌霏刺穿的心依旧灼热跳动，她见凌霏退后，眸光一凝，趁此机会一抹心头的血，拼着最后的力气，手掌带着血迹“啪”地一巴掌拍在赤焰灼烧的龙心之上。

心头血没入龙心金光之中。龙心霎时震颤，“轰隆”之声自地底传来。雁回只觉心头有一股诡异的力量在涌动，好似在冲撞她的四肢百骸。

而那方的凌霏并未管身边这些异样，她知道绝对不能让雁回活着从这里走出去，见雁回站起身来，凌霏不管不顾再次提剑上前要杀雁回。

她一声厉喝，剑逆着龙心散发出的火焰力量，猛地往雁回身上砍去，而便在此时龙心倏地爆出一阵刺目光芒，几乎能刺瞎凌霏的眼睛，她的动作便也在这光芒之中顿了下来，待得光芒消失，她顿觉心头一凉。

紧接着尖锐的刺痛传来。

她垂头一看，雁回手中拿着一柄小刀，径直刺穿了她的胸膛，她身体里的血顺着刀刃滴滴答答地落在了地上。

“雁回……”她喊着这两个字，咬牙切齿，极致不甘，“你竟敢……”

雁回盯着她，一双眼睛里尽是森森寒气：“这是还你的。”

“唰”的一声，小刀从凌霏胸膛之中取出，雁回也没了力气，往后退了一步，摔坐于地上。

龙心光芒更炙，天顶之上碎石掉落得越发多了。

凌霏一身是血，她撑着身子站着，向前迈了一步，举着剑固执地往雁回身上比画：“我要杀了你……”

她一步踏上前来，此时头顶一块大石压下，径直向凌霏脑袋砸去，凌霏身体一软，往雁回身上倒去，雁回避无可避也无力再避，就这样被生生压在了凌霏身下，巨石落下层层叠叠，将两人都埋其中。

所有落在龙心之上的石头皆被龙心之上的烈焰灼为灰烬。

不消片刻，整个石室轰然坍塌！

地表之上，祠堂结界登时消失，正一力抗衡天上众仙的天曜分心回头一望，只见背后祠堂在这一瞬间化为灰烬。

胸膛之中灼热非常，即便隔得很远，天曜也依旧看见了一抹闪耀如太阳一般的金光自尘埃之中升腾而起。

众仙于空中也是讶异地看着广寒山脚下的这一幕，只见那坍塌祠堂之中飞出的金光瞬间向着天曜而去。众人不明究竟，竟然无人去拦，有仙者甚至认为那金光乃是广寒门仙门秘宝，在金光撞上天曜身体之际，有仙者发出一声欢呼，紧接着，众仙便发现不对，沉默下来……

因为，那下方妖龙，并未消失在金光之中，而是那金光消失了……

寒凉了二十年的胸膛在这一瞬间终于重新温热了起来，心跳声再次真真切切地出现在了他的身体里。温热的血液充盈了四肢，冰凉的身体从内至外都变得温暖。

然而此时天曜却并没有为找回龙心生出太多的激动，甚至连感慨也没有生出多少，他回头一望，在身后一片废墟的祠堂之中，再没有人从里面走出来。

“雁回……”他呢喃出这个名字，不管天上还有与他敌对的数百仙人，一扭头，迈步踏上废墟。

找回龙心，世间万物均在他感受之中，然而即便现在感觉如此灵敏，天曜也只隐隐探到了雁回几分虚弱的气息。

在这层层掩埋的废墟之下……

天曜知道雁回要强的脾气，知道她做起事来不管不顾的秉性，他能想象得到，在凌霏的追杀之下，要取心头血破开龙心的封印，雁回或许是……以命相搏。

而他，又未曾帮得了她，又未曾救得了她。

明明，雁回是为了他赌上了性命，可他却……

才找回心，天曜第一次用这颗心感受到的，却是这般乱极又至痛的情绪。

他俯下身，一时竟忘记了现在的自己已可动用他曾经所会的大部分妖术。他以手搬开废墟上的砖石，直到发现这样挖掘不知何年何日才能挖完，才驱动周身气息，以火焰燃烧出旋转的形状，带动周身空气，卷出了巨大的风，将地上泥石砖瓦尽数卷到了天上。

空中仙人见状，皆是不解，被当作救兵请来的其他门派掌门问梦云："这妖龙意欲何为？"

梦云眉头一蹙："不管他要做什么，打断他！"

她此话一出，天上诛妖阵剧烈波动，漫天飞雪下得更大，铺天盖地而来，压制了天曜的火焰，火焰卷出的风渐小，空中被卷飞的泥沙砖石簌簌落下，天曜眸中似有火焰炽热燃烧。

"阻我者死。"

他一侧头，眸中血色似烈焰，周身气息一动，之前遍地尺厚的白雪被尽数融化成了雪水，哗哗地向着低处而去。天上广寒门仙人未停止阵法。

天曜催动法力，找回的龙心在胸腔中猛一跳动，他黑色眼眸深处烧出一点火焰。

登时之间天地一静，飞雪停歇，白云止步，而便在这极静当中，一股无形的热浪挟带着众仙从未感受过的炙热温度，径直冲撞在由数百仙人凝成的法阵之上。

列阵之人无不感到浑身灼痛，有仙者想要顽抗，但很快皮肤便被这看不见的热浪灼烧出了水泡。终是有仙人扛不住这灼热之力，当场眩晕，只听得空中"轰"的一声。

广寒诛妖阵应声而破，数百名列阵仙人宛如被撕碎的白纸一样自空中落下。

而其余门派仙人亦没能幸免，所有仙者除了修为高深的几位掌门之外，无不被烧得皮开肉绽，哀号连天。

梦云与其他门派掌门见状皆是惊骇。

“你我怕是不敌妖龙，为今之计还是不与其争斗为妙！”有掌门如此说着，梦云只得点头：“我们先退去三重山，那处有仙族重兵把守。”

空中几人自是想象不到，他们的话竟能被此时的天曜听在耳里，天曜周身气息再一动，热浪登时冲开，将还立在空中的几人生生推开，数十里广寒山地白雪尽退。

梦云爬起身来之时已分不清自己到底被这热浪撞到了什么地方，耳边只有天曜好似从天际传来的森寒之声：“告诉素影，”他说着，只让梦云不由自主地遍体生寒，“二十年前的账，天曜，他日必找她算清。”

耳边再无其他声音传来，梦云连忙御剑而起，只简单辨别了一个方向，便立即飞远了去。

广寒山脚终于安静了下来，四周再无仙人吵闹打扰。

天曜立在废墟之上，手一挥，祠堂废墟尽数被灼为灰烬，废墟下方是坍塌的泥石。

天曜不能确定雁回具体被埋在哪个深度，便以火卷着风，清理着沙石。终于，天曜鼻尖嗅到了一丝血的气味，不是其他，是雁回血的气味。

他在高兴找到雁回之余，心口一紧，好似被扎了一针般涩疼。

没时间再想其他，天曜俯下身去，以手搬开泥石，一层一层，终于看到了下方的衣裳。天曜连忙将石头尽数搬开，却见凌霏压在雁回的身体之上。

见此情景，天曜只觉眼前一黑，他本还抱着希望：万一凌霏并未找到雁回，万一雁回在凌霏之前破开封印，万一这祠堂的坍塌只是因为雁回打破了龙心封印……

可现在她们俩遇见了，这意味着，雁回在破开龙心封印之前受了多大的罪。

他根本不想用手触碰凌霏的尸身，只以火一卷，凌霏登时便被卷出土堆，弃在一边，泥土滚下，将她的身体掩了一半。

而此时天曜终于看见被埋在下方的雁回。看见此时的雁回，天曜喉头一哽，心头酸、涩、痛、慌一一溢了出来。

她心口上的伤口未曾干涸，还有血水渗出，她受的伤不轻，鼻尖的呼吸几乎快使人感受不到了……

天曜的手放在雁回心口之上，法力入了她心，他能明确地感受到那心脏的温度还有那块护心鳞，及雁回心脏之中藏着的若有似无的力量……

天曜的眼眸在雁回心口上停留了不过一瞬，登时便挪开了。

法力注入雁回心口当中，血很快止住，而皮肉之伤却不是天曜的法术能愈合得了的。

天曜的手离开她的胸膛，雁回一声呛咳，睁开了眼睛，她眸中神色带着迷蒙，待看清楚了天曜的脸，雁回轻咳一声，呛出喉咙里的尘埃，她咧嘴一笑，嗓音有几分沙哑："你完整了，天曜。"

天曜喉间情绪涌动，一时竟堵住了喉。他沉默地看了雁回许久："对。"

雁回笑得眯起了眼，尽管她嘴角还带着血迹，可也并不能掩盖她笑容的明媚："多亏了我啊。"

天曜将雁回从土石中抱了出来，一时却没有松手，他一只手托住雁回的头，将她揉在自己颈窝："对。多亏了你。"

多亏这世上有雁回，让他刚找回心便体会到什么叫惊慌失措，什么叫怦然心动，什么叫失而复得。

找到了雁回，广寒门再无让天曜多待片刻的理由，他正打算抱着雁回离开，倏忽鼻尖一动，身形微顿。

雁回察觉天曜的异样，微微睁开疲惫的眼睛："怎么了？"

天曜转头望向身后巍峨的广寒山："有龙鳞气息。"他回身，找回了龙心，根本无须再动身，只微微动了气息，龙气便顺着广寒山蜿蜒而去，不消片刻，一件白色披风似被隐形的力量牵引而来，停留在天曜身前，悬空飘浮。

雁回抬眼一瞥，皱眉不解："这是龙鳞？"

"被素影施加了法术罢了。"天曜心念一动，白色披风便落在了雁回身上。

雁回问："你不把你的龙鳞……"雁回琢磨了一下用词，"穿上？"

"你先盖着，龙鳞与你心口护心鳞相作用，对你的伤有好处，别的到了青丘再说。"

听天曜说得坚定，雁回便也不再多言。

然而他这话音一落，旁边便出现一阵窸窸窣窣的响，只见一个凡人跌跌撞撞、满身狼狈地从一块大石背后爬了出来："你们是青丘的妖？"

来人脸上虽沾了污渍，却不影响他净白的肤色，他向天曜走来，因为太急，一步拐了脚，可他没叫痛，爬起来又急切地看着天曜："你们是从青丘来的？"尽管如此，他声色依旧温润。

天曜未看那人一眼，显然是早发现了他躲在旁边，却毫不在意罢了。

他脚下气息凝聚，眼看着要腾空而去，雁回却在他怀里拽了拽他衣襟："此人有蹊跷，他明明是个凡人，却在这般环境之中毫发无伤。"

即便雁回没看见天曜具体做了什么事，但见这满天仙人尽数消失，广寒山山脚一片狼藉，她也能猜到，天曜弄出的动静不小，而这一个走路还会拐脚的凡人却在这样的环境当中毫发无伤。

"自是无伤。"天曜声色微凉，"他身上带着素影结的那般厉害的结界。"

雁回闻言一愣，素影结的结界……

她一转头，再上下打量了男子一眼，见他一身衣衫虽然脏了，但却并不是普通凡人所能穿着的衣料，而那一身书生气息依旧是掩盖不住。

这莫不是……素影喜欢的那个凡人书生？素影便是为了这人，剥了天曜的龙鳞，将天曜身体封印在了四方……

雁回不由得再将目光转到天曜脸上，对着一个间接造成他而今命运的人，天曜却好似并不想再多看一眼，不想接触，也没有迁怒。

眼见天曜并不想搭理他，书生连忙上前，一时竟全然不顾眼前的这两个妖会不会伤害他的性命。

"我名陆慕生，我方才听闻你们提到青丘，你们是青丘的人？你们是云曦的族人吗？"

听到这个名字，雁回眉梢一动，云曦便是那青丘国被素影杀害的九尾狐公主。据说云曦到中原之后与这书生相爱，却不料书生竟成了素影要找的人，最后云曦还被素影杀害，取内丹抽精血，用以炼制狐媚香……

虽然那狐媚香到最后也没有炼成……

"我并非青丘中人。"天曜对书生态度冷淡，说完便又起意要走，而那陆慕生却连忙上前，不管不顾地一把抓了天曜的手臂，天曜抱着雁回，双手皆不得空，一时也没将陆慕生甩开："不管你们是不是青丘的人，方才我听闻你们要往青丘走，敢问侠士若是方便，可否带上小生？"

“不方便。”天曜答得冷漠，手臂上的气息一震，轻而易举便将这陆慕生推开，天曜脚下妖气一起，摔坐在一旁的书生见状连声大喊：

“小生乃一介凡人，绝无阴谋，只想离开此困境之地，还望公子成全！”陆慕生见无论说什么天曜也毫无所动，他咬了咬牙，似极为不甘愿般吐露道，“实不相瞒，这广寒门掌门素影对在下心怀爱慕，可称执着，公子虽是妖族中人，但或许也听说过广寒门素影为在下所做的那些……”他顿了顿，语气当中有几分咬牙切齿。

他这方沉默，天曜那方则更加沉默。

没有人比天曜更清楚了，素影为了成全自己爱这个男子的心，都对别人做了些什么事。

“其他不再多言，公子可将小生带去青丘，或能做要挟素影之用。”陆慕生眉目微垂，透出几分难堪与哀戚，“小生愿做青丘之棋子，也不愿在这广寒门中多待片刻……还望公子……成全。”他说得艰难至极，语至最后，天曜依旧毫无反应，陆慕生心生绝望，只道这个妖怪绝对不会带他走了。

天曜果然脚下御风，腾空而起，风声带动陆慕生的头发与衣袍，陆慕生垂着头，似生无可恋，然而便在此时，一道大风卷起，径直将他卷至空中。

凡人书生眼一花，再睁眼时已经飞到了天上，他被风抓着，紧紧跟在天曜的身后。

“从今日起，好好做一颗棋子。”

天曜的声音从前面轻浅地飘来，陆慕生闻言，没再说话。

他要说的方才便已经说完了，句句肺腑，毫无虚假，只剩些许自己的心情没有吐露：他那么想离开广寒山，是因为素影；而他离开广寒山之后那么想去青丘，是因为云曦。

因为那是生她养她的地方。他想去看看她的家乡，尽管……云曦已经不在了。

找回了龙心，天曜行的速度比之前更加快，路过三重山边界，他根本不屑像来时那般提升高度以躲避修道者们的截杀，他径直在三重山上空呼啸而过，所有的仙人都能看得见他，然而却无一人能追赶得上他，只能眼睁睁地看着妖龙从这属于中原的地方，毫发无损地回到青丘。

天曜刚一落地，烛离闻讯而来，跟着他一起追来的还有神色慌张的幻小烟。

还没走近，幻小烟便开始在远处叽叽喳喳地喊：“主人啊！主人啊！你怎么啦？”

她是幻灵，戒指在雁回身上，在雁回重伤之际幻小烟比谁都更先感觉到雁回气息微弱，然而距离太远，她根本不知道雁回那方发生了什么事，也找不到雁回，急得团团转了老久。

天曜将雁回抱回她屋中，放在床榻之上，幻小烟第一时间便扑了上去：“你不会死吧？你不会死吧？”

她太过吵闹，将睡着的雁回吵得睁了眼睛：“被你吵死了。”她声音沙哑，但却比之前好上许多，龙鳞制成的披风盖在她身上，果然对她心口的伤大有裨益。

幻小烟舒了一口气：“不死就好了，幻妖的主人死了会很晦气的，我才出幻妖王宫，快活日子还在后头呢，我可不想你死了接下来我就倒霉一生啊。”

雁回听闻此言真是一口气堵在了胸口，此情此景又揍不了她，真是憋得胸痛。

好在下一瞬间幻小烟便被天曜拎了后领看也没看直接从窗户扔了出去，帮雁回出了口恶气。

天曜将龙鳞披风微微拉开一点，看了看雁回的伤，转头对烛离道：“叫医师来。”

“早叫了。”烛离没好气道，“知道你俩必定又是弄得一身伤回来！说了让我与你们一道去，还想方设法甩掉我！当真混……”

“将此人安置好。”都不听烛离将话说完，天曜便又给他安排了一个任务。

话被打断，烛离心头一气，本想叱天曜两句，但转头一看他们带回来的人，皱了眉头：“你带一个凡人书生回青丘是要作甚？本王照顾你们两个已经是屈尊，却还想让本王照顾这个凡人吗？！”说到最后，烛离有些生气。

天曜瞥了他一眼，轻描淡写道：“这是陆慕生。”

烛离听得好笑：“陆慕生是谁？陆慕生值得本王伺候吗？！陆……”烛离一顿，转头看陆慕生，“你是……”

陆慕生站在一边一言未发。

然后便见烛离惊愕地瞪大了眼，又转头看了一眼天曜：“确定？”

天曜手摁在雁回心头伤口之上，以法力缓和雁回身体上的疼痛，他专心致志，并没回答烛离的问题，于是陆慕生便向烛离鞠了个躬：“小生陆慕生。”

烛离便以惊愕的目光看着他，愣了好半晌，随即眉目一肃："你跟我来。"

陆慕生一愣，转头看了看天曜，天曜便头也没回地对他道："你不是要做青丘的棋子吗？他们会成全你。"

陆慕生闻言，这才与烛离一同走了出去。

房间一时安静下来。

雁回眯着眼睛躺了一会儿，随即微微睁开眼，看着依旧坐在她床边往她伤口里注入法力的天曜："伤口已经好多了，没必要再用法力疗伤了。"

"等医师来了便好。"

雁回静静地看了天曜一会儿，随即笑道："我现在到底是帮你找回身体的恩人，待遇就是不同了，最开始你捅我胸膛放我心头血的时候，可是连眼睛也未曾眨一下，哪敢想伤后你还会给我疗伤啊。"

雁回这话带着三分揶揄，天曜却听得下颌一紧，他微微抿了下唇："当时是力所不能及。现在……"

"现在如何？"

医师进了门，天曜便没再说下去。

现在，他会倾其所有保护她。

即便未来狂风骤雨，他也不会让雁回再受这般苦楚。

青丘的医师来看雁回之时，雁回胸口上的伤愈合的情况让医师惊讶不已，只说了句："这伤自己都快要好了。"便简单给雁回开了两服安神的药离开了。

雁回心知是天曜的龙鳞和他的法力起了作用，难怪素影想要天曜的龙鳞铠甲给陆慕生穿上，透心之伤都能恢复得如此快，对凡人而言，这着实是保命的利器了。

医师走后，天曜静静地陪在雁回身边守着，没有离开，雁回一时也没有睡意，只睁着眼睛看着天曜，相对无言，气氛难免有些僵硬，雁回想了想便问道："那陆慕生……你想如何处置？"

天曜淡淡瞥了雁回一眼："那是他们九尾狐一族的事。"

雁回闻言，不由得一愣，她观察了一会儿天曜的表情道："你对他，似乎并没什么恨意？"

"我与素影之间的恩怨虽是因他而起，但若要了结却是与他无关。我对这个凡人，谈不上恨意，不过是不太想见他罢了。"

“不过看现在这陆慕生的样子，心里对素影应当是恨得厉害，竟心甘情愿到青丘，哪怕只是做一枚棋子。”雁回默了一瞬，“素影害了那么多妖，杀了那么多人，费尽心机，可她依旧没过上她想过的那种生活……”

“你这样一说……”天曜搭了句话，“听起来倒也让人挺开心的。”

雁回瞅了天曜一眼，没再多言。

夜晚之时，雁回昏昏沉沉地坠入梦里，四周混沌黑暗，她隐隐看见前方有一点灰色的光芒在轻轻晃动。她踏上前去，定睛一看终是将那人看清楚了。

黑发执剑，依旧是辰星山的那身衣衫，他如同每一次雁回看见他时一样，挺直背脊立在彼方。

“大师兄。”看清了那人的脸，雁回站定脚步，就这样隔得远远地看着他，不再追逐也不再慌张。她静静看了他一会儿，又勾起嘴角微微一笑，神色轻松。“大师兄，你看，我为你报仇了。”她说，“我杀了凌霏，你可以安心走了。”

子辰只在彼方望着她，神色似有几分哀戚。

雁回见状，唇角的笑容微微有几分僵硬。“你不开心吗？”她问，“为什么呢？你的仇我报了，那日辰星山中的恨与不甘我也了结了，我断了过去十年与辰星山的缘，斩了修仙的路途，我甚至都听了你的话，来了青丘，到这妖族中开始生活……”她说着，笑了笑，“我可是很少听你的话呢。”

可她嘴角硬生生扯出来的笑容，便在子辰依旧紧蹙的眉头当中又隐了下去。

“可你为什么不开心呢？不替你自己感到开心，也不替我感到开心吗？”

子辰没有回答她，但身影却在混沌的黑暗当中越来越淡，直至雁回清醒，她似乎在脑海中听到了一句若有似无的叹息，但睁开眼，房间还是她的房间，四周东西依旧未变过。

周遭事物的真实衬得刚才那个梦更加虚假。可即便知道是假的，雁回也依旧无法再入眠。

窗外月色正好，雁回心烦意乱，索性不再在屋里待着，披了件外衣，便去了冷泉。

快到冷泉之际，雁回察觉到有一股龙气在那方盘踞，她没有刻意躲避，只坦然走上前去。她能感觉到天曜，天曜肯定老早就感觉到她的存在了，既然天曜没躲，那她更没有躲的必要。

踏到冷泉边，雁回并没见到天曜的影子，她唤了一声：“天曜。”冷泉中才有水波一动，紧接着龙脊顶开水面，覆着青鳞的龙背露了出来，有的鳞片依旧翻飞，显得狰狞，但那些伤口却被鳞片遮住，没再看见了。

长长的龙身在水中一动，脊背落下，天曜的头才从水中抬了出来。

上次秋月祭之夜场面太过混乱，雁回现在的记忆力只剩下了血和泥，她虽然喂过天曜喝血，但却还没真正好好看过他这原身龙头。

目如点睛，龙须飞舞，龙角挺拔，当真如传说中一般威武。

“你怎么来了？”龙没有张口，但声音却传到了雁回心里。

“睡不着就来逛逛。”雁回歪着脑袋看了他一会儿，指尖轻轻动了动，好奇道，“我忽然想摸摸你。”

听得这话，天曜仰着的那威武的龙头在空中僵了一瞬，似有了好一场内心挣扎，随即才俯下头来，将自己送到雁回身前，闭上了眼睛。

雁回果然没客气，抬手就摸在了他头上，柔软的指尖从龙角之间开始，一直滑到他鼻子上，末尾俏皮地画了个圈。雁回被自己的动作逗笑了，她笑声一出，天曜便睁开了眼睛。

雁回又摸了摸他的龙角：“上次摸得太慌乱，都没体会到触感，这下是体会到了，你脑袋可真硬啊。”她说着，手又滑到天曜的龙须之上，她拽着龙须捏了捏，又从根部一下捋到了末端，“你这龙须化成人形的时候怎么就不见了？摸起来手感还不错。”

天曜龙须一动，躲开了雁回的手：“你在冷泉中沐浴吧，我先走了。”

他说着要起，雁回连忙摆手：“待着待着，你那一身鳞片才找回来，得好好泡泡这泉水吧。我就过来坐坐，又不脱衣服的，你羞什么呀。”雁回拍了拍他的头，“放心，我不趁机占你便宜。”

天曜：“……”

于是龙身便沉入水中，只将脑袋搭在岸边，雁回坐在他旁边，脱了鞋袜将脚泡进了冷泉水里。

已是秋夜，林中虫鸣比起夏日已少了许多，夜里格外安静，雁回的脚在水中玩了几下水，混着“哗哗”水声，雁回望着夜空叹道：“回头一想，咱俩好似一起走过了不少路，不过这样安安静静坐在一起的时候，好像还挺少的。”

谁说不是呢，他们走的这一路，时时刻刻皆是生死游戏，他们对彼此有超过任何人的默契，但这些默契却从来不是因为他们之间聊得多，好似他们天生就那样了解彼此。

天曜没有答话，泉水之中的龙尾却在他没有察觉的情况下，跟着雁回晃腿的速度在水里一摇一摆，节奏舒缓愉悦。

“天曜你有想过，要是有一天，你报了仇，杀了素影之后，你要做什么吗？”

龙尾在水中晃动的速度缓了下来，随即停止，沉默了许久，声音才出现在雁回心中：“未曾想过。”

雁回仰天长叹一声：“我今天又梦见大师兄了。他就站在混沌当中遥遥地看着我，不动也不笑，我告诉他我杀了凌霏，可是他好像并没有表现出特别开心的样子。”

天曜安慰雁回：“那只是个梦罢了。”

雁回默了一瞬，她摸了摸自己的心：“天曜你可还记得，你的护心鳞将我从鬼门关拉回，于是我能看见鬼魂的事吗？”雁回道，“我从来不做没有意义的梦的。即便第一次是，第二次也不会是，第三次更不会。”雁回垂了眼眸，“大师兄走得并不安心。他对我杀了凌霏，入了妖道，抛弃过去十年修仙路的做法，大概是很不赞同吧。”

“所以，你现在后悔杀了凌霏吗？”

雁回默了一瞬：“你可知，我在与凌霏对峙之时，有一次机会，我本可手起刀落，将她斩杀。但我却犹豫了一瞬。”雁回自嘲似的笑了笑，“看着她那身辰星山的衣衫，我才发现，即便走到如今这一步，要让我彻底割舍我那过去的十年，我竟是有些许舍不得的。这情绪就像那些凡人所说的近乡情怯吧，虽然意味差了许多，但大概这个词是最合适不过的了。

“而便是那一瞬，让我的心口破了一个洞。在那样你死我活的情况下，新仇旧恨，我杀了凌霏，毫无半分后悔。素影在修道界名声在外，不管凌霏做错了什么，只要她是她妹妹，素影便会包庇她，所以修道界没有谁能惩治凌霏，让她以命偿命，因此这件事必须由我来做。当时我手中刀刃刺透凌霏胸膛的时候，我头一次知道‘解恨’这两个字有多么舒爽。

“大仇得报或许就是这样的感觉吧。那般解恨，然而解恨之后，我对凌霏的仇恨也就此完结了。这世上少了一个我恨的人，可在这之前，这世上也已经少了一个我爱的人。我无论做什么都救不回他……”雁回仰头，长叹一声，声带苦笑，“大师兄成了我心头一块疤，我治愈不了他。”

听罢雁回这一番话，天曜沉默了许久：“雁回。”他唤她，声音专注，雁回走出自己的情绪，转头看着天曜。

“你的疤，我帮你治。”

铿锵有力的七个字，将雁回震得愣住。一时间林间静谧得让人心惊。

“如果你说真正的报仇不是杀掉他人而是治愈自己，那你的伤，我帮你医治。”

雁回怔怔地看了天曜许久，随即拍了拍天曜的脑袋，笑道：“你理解错了，我的意思是，真正的报仇是，杀了仇人，然后治愈自己。”

因为做错了事的人，总要得到处罚，如果没有人能制裁那人，那雁回便自己来。

“不过你要治愈我心头的疤我还是蛮期待的呢。”雁回想了想，“不过我既然说了不占你便宜，那你的伤，以后也就交给我好了。”雁回摸着天曜的脑袋，“放心，我会努力治好你的。”

她最后这话说得像是玩笑话，但天曜却在她的抚摩中轻轻闭上了眼。

其实不用努力的。

随便治一治糊弄两下也是可以的。

因为，她早就已让他的伤口，愈合好多了……

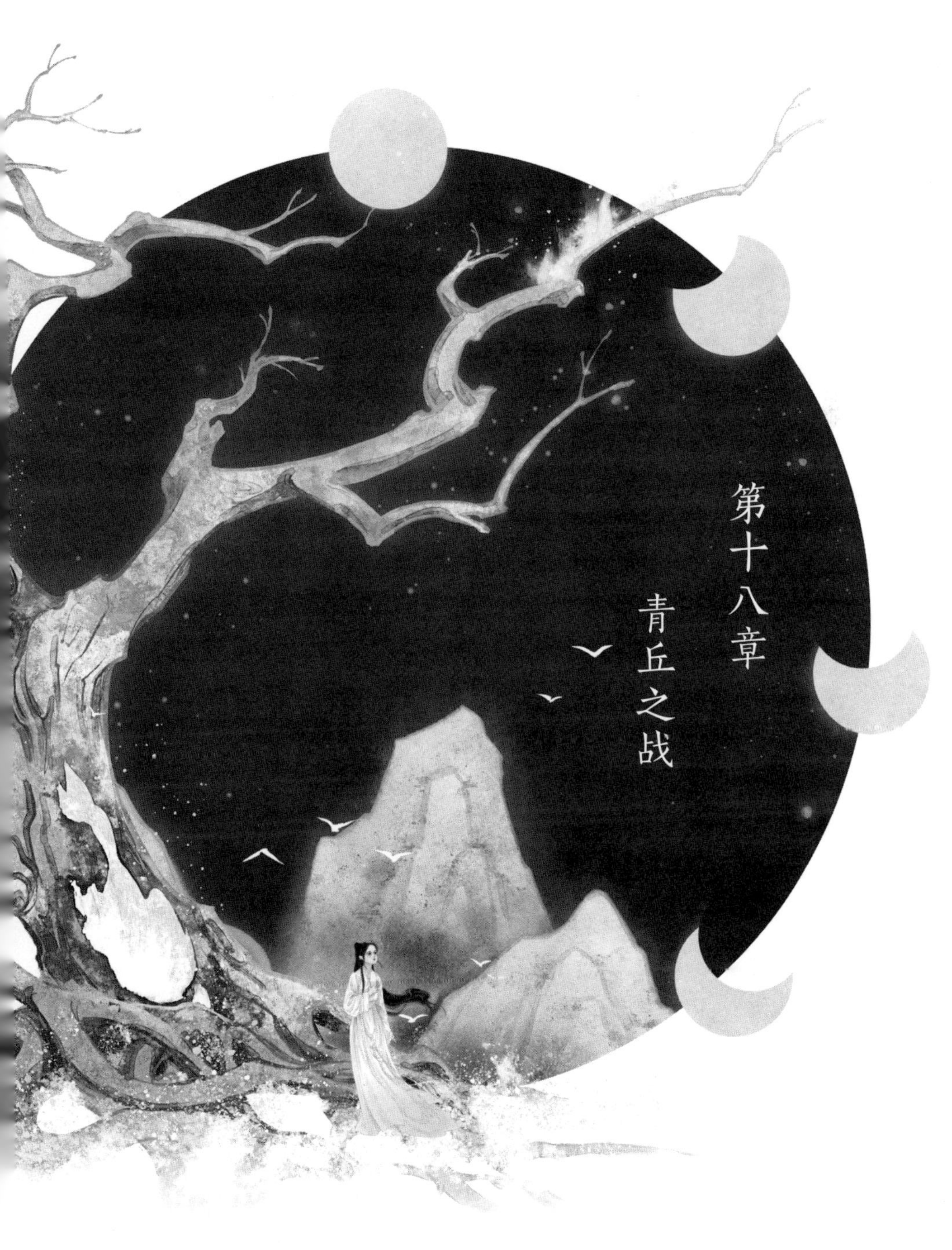

第十八章 青丘之战

翌日一早，青丘国主召天曜去王宫，烛离来传话时说国主交代，让雁回也同去。

雁回闻言一愣：“我？”她现在虽入了妖道，但法术仍未修得精深，青丘国主唤她去见是什么意思？难道青丘国当真缺人缺到连她也不放过了吗？

天曜闻言也蹙了眉：“她伤未好。”

烛离点头：“国主知道，所以着飞狐来接了。”他话音刚落，一道光影划过，一只五尾白狐落在雁回床榻旁边，弯了前腿，匍匐于地，等待雁回坐上它的后背。

雁回见状一默，坐了上去。

一行人到了青丘王宫，却只有雁回与天曜进了巨木之中的宫殿，烛离乖乖守在宫殿之外。

青丘国主如之前一般依旧坐在殿堂之后，只手轻轻撑着脸颊，静静垂着眼眸，不知是在沉思还是在小憩。弄得雁回一时也不知是开口好还是不开口好。

在这样清冷得几近于仙人的大妖怪面前，不只是雁回，只怕极少有人会不显得局促吧。

而天曜，或许便是这极少人当中的一个：“国主。”他打了声招呼，喊的虽是这两个字，但却与平时与其他人打招呼并没什么两样。

青丘国主这才睁开眼睛，目光扫了天曜一眼，随即便落在雁回身上，将她打量了一番。这一眼看得雁回觉得甚是奇怪，明明先前，她与天曜一起来，青丘国主都没怎么打量她这个“闲人”。

“烛离给了你《妖赋》，而今修得了几重？”

青丘国主开口却先问的雁回，雁回有些不明所以，但还是答道：“已经到第二重了，勤加修炼，隔几日或许能到第三重。”

“你进展倒是快，难得之材。”

能得到青丘国主的夸奖，雁回有几分受宠若惊，不过话既然说到这份上，雁回打算顺竿爬一下：“敢问国主，烛离说那《妖赋》是在王宫藏书阁里发现的，而现在《妖赋》只到第九重便截止，后面未完的功法，国主可知存在何处？”

青丘国主沉默了片刻：“《妖赋》修炼至第九重足矣。再多，于你而言，并非好事。”

雁回怔神，听他这话的意思，明明是知道《妖赋》接下来有几重功法，且知道功法具体内容的，但他却这般说……

“你的身体已经找完整了吗？”青丘国主目光挪开，转到了天曜身上，同时也将话题带开了去。

而问的这个问题，在雁回看来似乎已经很显而易见，雁回奇怪青丘国主怎么会看不透天曜身体完整与否，而更奇怪的则是天曜也是默了一瞬。

“已经完整了。”天曜这般回答。

青丘国主听了，站起身来，缓步向天曜走近：“中原传来消息，说你血洗广寒门？”

雁回闻言，有几分错愕，她转头看天曜。雁回不知道当时广寒门具体发生了什么，但光是从那日她被天曜从泥土之中挖出来时，广寒门的寂静无声便能推测出来，广寒门的情况必定好不到哪里去。

但她却没想到竟然是……“血洗”二字？

“呵。”天曜闻言勾了唇，一声淡淡冷笑，“那便算血洗？中原仙人口中的杀戮都太容易夸张了。”天曜淡淡道，“他们死不了多少人。”

青丘国主的眼眸似天生带着寒光，他眸中寒光微微一凝，即便他不是盯着雁回，可也看得雁回心底微微一寒，手脚一凉，青丘国主声色薄凉道：“千年妖龙之力，便仅是如此？”

雁回一愣，青丘国主这是什么意思？

天曜刚找回龙心，以一己之力压制了广寒门所有守山弟子，这本已是惊世骇俗之举，而在青丘国主眼里看来，却是——不过如此？

然而被如此质问，天曜却没有答话。

这两人的一问一答弄得雁回一头雾水，雁回不由得对青丘国主道：“天曜刚找回龙心，身体之中法力未复……”

“雁回。”天曜先打断了她的话，他转头看她，“你先在外面等我。”

这还是……天曜第一次对她提这样的要求。从来他们两人之间都是信息共享的，她知道的事情天曜一定知道，而天曜知道的，她便也一定知道，这就是为什么他们那么了解彼此，她那么信任天曜的理由。

而现在，雁回却恍然发现，原来，天曜或许还有什么事瞒着她。

不能告诉她的秘密……

雁回只望了天曜一眼，也并未纠结太久，道了声“好”便一扭头出了门。

烛离也不知忙什么去了，没守在王宫门口，雁回等了一会儿，闲得无聊便在道路交错的王宫外闲闲散步。

心口上的伤没好，她走一会儿歇一会儿，也不记路，就这样漫无目的地走着。有时有小狐妖从她身边跑过，雁回便好玩地摸上一把。本想随便逛逛，雁回心里还是在不由自主地想，天曜会瞒她什么事。

从刚才那番话来看，青丘国主无非是说天曜其实并没有把身体完全找回，但除了她心口的这块护心鳞以外，还有什么漏下了呢？

难道说，她心里的这块护心鳞是天曜身体上必不可少的一样东西吗？必要到会影响他的法力发挥？

雁回想了一会儿，毫无结果，毕竟关于龙的身体的事，天曜既然想要瞒她，那她便很难从其他地方知道些什么了。

不过想归想，猜归猜，雁回始终还是相信，天曜不会害她的。

至少在方才青丘国主问他身体有没有找完整的时候，他的回答是找完整了。

他并不想拿回雁回身体里的这块护心鳞。

一边想一边走，雁回不知不觉竟走到了一座小宅子前。

雁回望着这王宫巨木林深处的宅子有几分愣神，她左右看了看，青丘王宫的山头上所有的妖怪都住在树洞里，连青丘国主雁回也没看见他去过别的地方，这里为什么会有一座宅子，难道……这是青丘国主住的地方？

“不要过去啦。”雁回心头还在猜测，便有白色的小狐妖蹿到她脚边，有的不会说话的狐妖咬住了她的衣摆，有的就拦在了她的身前，奶声奶气地说，“前面是云曦公主的院子，国主不喜欢别人进公主院子的。”

雁回愣神，这就是那被素影杀害的九尾狐公主的宅子？

看来青丘国主当真是很疼爱这个小女儿啊，别的王爷都打发去了山下，只留女儿在山上住着，陪伴自己，结果现在……

雁回抬眼往院子里一看，却见一个男子身形在院门口一晃而过。

定睛一看，那竟是昨日被烛离带走的陆慕生。

“你怎么会在这儿？”雁回脱口问出。

那方拿了扫帚正在扫门前落叶的陆慕生闻声抬头，见了雁回微微一怔：“姑娘？”他目光似有些困惑地在雁回心口处一扫而过，“你的伤可好了？”

“没什么大碍了。”

陆慕生点头笑了笑：“这便好，你们妖族人的身体受了伤倒是都好得快。”

“我不是妖族人。”雁回顿了顿，正色看着陆慕生，“个把月前，我也还是个修仙的人。”

陆慕生闻言一怔，他看着雁回静待下言。雁回想了想：“不过那些都不重要了，我现在也是个妖。与你一样，比起中原，我更想待在青丘。”雁回指了指陆慕生身后的宅子，“青丘国主让你住在这里的吗？”

“是我求国主让我待在这里的。”陆慕生也回头看了看院子，唇角挂着浅浅的笑，“这是云曦以前住的地方，想着她曾在这里笑，在这里闹，我便不想再离开这个地方了。她以前与我说过，若是以后能再回青丘，便要在她的院子里种花种草，因为以前她都太贪玩了，根本没时间打理自己的院子，现在我终于可以帮她打理了。”

雁回能看得出，这个书生大概是真的很爱那九尾狐公主吧，因为他提到“云曦”两个字的时候，眼神是那么闪闪发亮。

而此刻他的眼神越是闪亮，雁回便能想象得出，待在广寒门的陆慕生，有多么颓败。

雁回忽然想到在她与天曜一起去天香坊取龙角的时候，她用天曜教她的法术窥探素影的行踪却被素影发现，而那时是有奴仆来向素影禀报有关陆慕生企图自尽的消息，素影这才离开。

说来，他也算是用生命间接救了她与天曜一命呢。

因为那时的天曜若被素影发现，这之后的事，都不可能再发生了。

而这陆慕生在素影的掌控下明明恨得生不如死，却偏偏又求死不得，想来，他也是一个可怜之人。

“真是要谢国主宽厚了。”陆慕生道，“我本做好了此生都再见不到与云曦相关的事物的准备了。”他轻笑，“谢谢你与那位公子将我从中原带到这里。”

雁回只有沉默。隔了半晌，她才道：“你是制约素影的一个巨大因素……青丘，不会一直放任你在这里为云曦公主打扫院落的。”

“我知道。”陆慕生转身继续清扫墙角枯叶，“做青丘的棋子对付素影，我求之不得。自从得知云曦被那般残忍地……”他是一介书生，从未握过刀枪，手指净白，但此刻握着扫帚，却用力得关节泛白，“陆慕生在那时便死了，从此之后过的皆是非人的日子，而今能入得青丘，即便只是做一枚棋子，也觉是偷来的性命。

“青丘要利用我，尽可利用。我这条命，便是送与青丘又有何妨？”他声音之中，皆是浓得化不开的恨意，“我只求让素影……不得好死。”

天曜在广寒门取回了龙心，但前线的妖族与素影带领的仙人争斗摩擦依旧在继续，素影挖了不知道多少妖的内丹。是日傍晚，那方终于传来了消息：素影接到了中原传来的消息，广寒门被偷袭，这才收手撤退，连夜赶回广寒门。

但随着这个消息一同被使者带回来的，还有另一个消息——

被派去前线的九尾狐储君之女弦歌，在战场上被素影抓走了。

然后便没了弦歌的消息，没人知道素影有没有杀掉弦歌，有没有剖取弦歌的内丹，因为没人看见弦歌的尸体，素影也暂时没有放出丝毫关于弦歌的消息，便这样悄无声息地捉了她。

听到这个消息的第一瞬间，雁回便想，素影定是知道天曜将陆慕生带来了青丘，于是她才做了这样的事来制衡青丘吧。

九尾狐几位王爷太厉害捉不了，于是便捉了弦歌，极重血缘关系的九尾狐必定不会置弦歌于不顾。

素影这一步走得不可谓不聪明。

雁回从烛离那里知道消息的时候，天曜也在旁边听着，他侧眸看雁回：“你可想去救弦歌？”

“想。”雁回坚定地吐了这个字，紧接着便摇头，“可我不能去。”她转头看天曜，“你现在不一定能战得过素影，对吧？”

天曜默认了。

雁回又瞥了眼在一旁皱着眉头不说话的烛离：“九尾狐们也尚未表态，对吧？”

烛离闻言，立即道：“我自是想奋不顾身将皇姐救回来，但是……”烛离一顿，眼眸微垂，“国主并未有所表示。”

说到底，还是如雁回所说，九尾狐一族在保持沉默。

雁回道：“而现在只要陆慕生在我们手里，素影便不敢对弦歌怎样。”她垂了眼眸，“为今之计，只有等，且看素影要玩什么把戏，我们只需以静制动。”

听雁回说话之时天曜未曾发言，直至此时，天曜才轻轻叩了两下桌面：“你倒是成长不少。不再那般冲动。”

雁回勾唇，笑容略有几分涩：“若这便是成长，那我情愿此生，上天从未给过我成长的机会。”

天曜不再开口，雁回望了望远方，心道，素影既然捉了弦歌，那极大可能便是要用弦歌来换陆慕生，而对青丘而言，陆慕生是可以制衡素影，但或许并没有自己的子孙来得重要，弦歌或许能安然无恙地回来吧。

夜深时分，月色正明，素影立于广寒山脚已化为废墟的祠堂之上。

凌霏的尸首被白布裹上停放在她身前，素影拉开凌霏面上的白布，这是她回广寒门后第一次见到凌霏，但见凌霏一脸狰狞的伤口，一身狼狈，心口斑斑血迹，还睁着眼睛。在她未闭上的眼睛里面，素影看到了那么多的不甘与仇恨。

梦云仙姑静立在素影身旁，但见素影拈着白布的指尖有些许颤抖，梦云垂着头沉痛道：“……当时凌霏真人入祠堂结界中时，我本也想跟去，欲助她一臂之力，奈何妖龙守在结界入口处，我等近身不得……”梦云神色哀戚，“真人……且莫太过伤心了。”

素影默了许久：“莫太过伤心？”她重复呢喃了一句梦云的话，声色似带着寒气，“我一生寡极亲缘，父母早早仙去，唯有素娥乃我至亲，我以为修得至高仙法，便可护她一生安然无虞，却如今……”她声色一顿，“你却让我如何不要伤心。”

“我此次离开广寒门，不过几日光景，门中半数门徒经脉重损，或再不能修仙，慕生被妖龙带走，生死未卜，而我妹妹遭此劫难死不瞑目！”

语至最后，素影似天生寒凉的声音已带了几分沙哑颤抖，暴风雪在她眼底堆积，杀意浓郁：“那叛仙的雁回、恶贯满盈的妖龙，还有那青丘之妖……”她唇齿咬紧，有几分切骨之意，“我要他们血债血偿。”

话音未落，梦云只觉一阵狂风卷着素影，霎时便将素影带去了天际，化为一道月白的光，向着青丘方向而去。

猜到痛极大怒的素影要做什么，梦云连忙在后追赶：“真人！不可冲动！”可尚且有伤在身的梦云哪里追得上素影的脚步，眼看着素影身影的白光消失在视线里，梦云一转头回了广寒门，立即传召了弟子：“快！快去辰星山请凌霄道长前来！门主她哀恸至极，只身去了青丘！”

身在青丘的雁回正在为弦歌被捉的事情夜不成寐，她习惯性地走到冷泉边，也是习惯一般地遇见了化作龙身在冷泉之中沐浴的天曜。

天曜脑袋搭在岸上，听见雁回的脚步声由远及近而来，只在她走近的时候睁了一只眼睛瞥了她一下，随即又习以为常地闭上了。

龙头往旁边挪了挪，他搁置龙头的那块地被他的下巴焐热了，雁回习惯靠着他的脑袋坐下。秋夜寒意瘆人，可雁回坐下也不觉得冷。

“天曜。”

“嗯。”

“若是青丘不愿用陆慕生去换弦歌。”雁回一顿，“你说素影会杀了弦歌吗？”

“不知道。”

“你说我成长了。”雁回道，“可脑袋一空下来，我便会忍不住想，素影大概会像杀其他妖怪一样，先杀了弦歌，然后再剖了她的内丹……一想到这个，我便快要坐不住了。”雁回深呼吸一口，然后望着夜空道，“不过坐不住，我也无可奈何。”

天曜沉默着。

“不想这个了。左右现在也想不出个什么结果来。”雁回拍了拍脑袋，沉默地望着天空静静坐了一会儿，倏忽脑中闪过了一个问题，转头看天曜，“天曜。”

她声色比平时正经了几分：“说来，你的内丹呢？”

闭眼的天曜倏忽睁开了眼睛，龙头微微一动，他盯住了雁回。

“妖都有内丹，你也不例外吧。”雁回望着他，“可我为何，从未听你提起过你的内丹呢？”

天曜没有答话。

便在这相望沉默之际，天空之中传来一道慑人寒气，周遭气温骤降，林间草木霎时结霜凋零，宛如瞬间步入了冬季，林中野兽慌张奔走发出声声哀嚎。

冷泉之中的天曜身形一变，霎时化为人形。

天空之中有白光划来，天曜眉头狠狠一蹙，连话都没有机会说，他伸手要拉雁回躲向一边，可劈头盖脸的便是一阵冰针簌簌而下，天曜只堪堪在周身撑出了一道火光结界将冰针尽数熔解，可或许真是法力不够，不消片刻，天曜撑出来的火光结界开始在冰针密集的攻击之下变得稀薄。

有的地方甚至出现了破洞，眼看着结界告破。

天曜身形一闪，径直将雁回抱进怀里，以身做盾，用他的脊梁挡住了所有刺来的针尖。

天曜的怀抱不再像以前那般瘦弱，他臂膀有力，胸膛宽阔，怀抱里是烫人的温暖，雁回被他护在怀里，一时之间竟忘记了所有事情。

她不是看不清这情势，她知道冰针来得多急多猛，所以她知道，即便是找回了所有身体的天曜，现在也依旧是用命在护着她。

所有冰针在离天曜背脊三寸之处尽数被灼化为水，落在地上，愣是没有一根针刺中天曜的背脊。

天际上的白光已经落下，立在茂密的树林之上，素影看着相拥而立的两人，面色如霜，见冰针未伤得了天曜二人，手上动作根本没有停歇，又是一记法力送上天空之中，天上积云密布，一道天雷挟带着撼天动地之势，自九重天上落下，狠狠地击打在天曜与雁回身上。

天曜积聚法力，所有的力量都护在雁回身上，而他不承想这一下震耳欲聋的雷击之后，两人连喘气的时间都没有，斜刺里一道寒剑带着刺目光芒向他两人中间恶狠狠地刺来。

天曜只好放开了雁回。

素影眼睛都未眨一下，身形一转，对准雁回便一剑砍去，作势要将雁回劈成两半。

而在剑尖落在雁回身上之前，只听得一声龙啸，青龙之尾猛地击打在素影身上，素影生生遭化为原形的天曜这一击，被这大力打入树林之中，不知撞断了多少棵树才堪堪停了下来。

巨大的青龙护在雁回身前。

树林之中尘埃落定，而素影却毫发未伤地顶着清亮月光从那方狼藉之中现出，她面有寒霜，眸带杀气，整个人恍似那天界下来斩妖除魔的清冷的仙，冷得让人心肺皆冻。

两方对峙。

雁回心里明白，方才那几下攻击，对素影来说或许根本不算什么，而天曜已经被逼得化了原形。

形势再明显不过，现在的天曜果然还不是素影的对手。

“妖龙天曜。”素影手中三尺寒剑一振，“以你如今之力，休想阻我杀此害我至亲之人。”

然而虽然形势如此，天曜却丝毫不慌乱，他只将雁回卷在自己龙尾守护的范围之内，盯着素影，声色浑厚道：“青丘国境内，你便是广寒门门主又如何？”

他话音一落，四方妖火大亮，不过片刻，九尾狐一族的王爷尽数到场，而天空之上，九尾狐妖的妖力倾盆而下，给在场之人尽数施加了震慑。

雁回抬头一望，竟是青丘国主亲自来了。

她转头看孤立于众妖之间神色依旧清冷的素影。

雁回此刻不合时宜地想，此人到底是怎样的一个人。雁回从未想过素影会为了她妹妹凌霏的死，怒极而只身独闯青丘，不过一转念，雁回便又想通了。

这是一个为了救自己所爱之人，愿魅惑天曜，然后将他拆筋剥骨之人，她是一个为了得到爱人的心，无所不用其极的人，她对自己所爱之人倾尽所有的好，甚至不管自己爱的人到底怎么想。

她爱得那么自私又偏执，她修的是冰雪法术，然而心却是炼狱熔岩，为了自己的爱，她可以摧毁一切。

这样的人，最可怕，也最可悲。

狐火烧亮了青丘整片夜空，掩盖了月色，山间树林之中无人说话，但气氛却格外凝重。

青丘国主于上空中冷声问道：“你便是素影？”

素影一抬眼眸，望向天空之中，青丘国主周身的光华耀眼得刺目，而素影却未眨双目，只盯着他道：“是又如何？”

她四字一落，空中似有巨大的力狠狠压了下来，雁回现今虽已修妖，但如今她的修为与在场之人相比实在弱了不少，当即便觉得胸闷气虚，连哼都未曾哼一声，便腿脚一软，被这气压压得径直往地上倒去。

天曜龙身一转，再次化为人形，毫不犹豫地将雁回抱在怀里，双手捂住她的耳朵，给她温暖的同时也帮雁回挡住了不少压力。

素影一身仙法瞬间得到了压制，她周身立即推出了一个寒芒结界，将自己护在其中。

“只身来我青丘，你还想全身而退？”青丘国主声色冷冽，“不知死活。”

青丘国主言罢，天曜立时抱着雁回往后一跳沉入冷泉之中。在他与雁回的身影完全没入冷泉泉水之际，一道白光自青丘国主袖中拂下，落在地上，宛如清风拂地，遍野草木尽数折腰。

素影眸光大寒，周身护体结界光芒暴长，与青丘国主的力量相抗，巨大仙力与妖力的冲击在空气中擦出灼目的光芒，只听得“轰隆”一声巨响，草木尽毁，万顷树林瞬间灰飞烟灭，化为一片荒芜之地。

强大力量的撞击便是如此，宛如有动天撼地之力。

光芒与巨响之后，四周再次恢复寂静，素影所立之地沉下去一个大坑，土石龟裂，她立于中心之地，背脊挺得宛如一根刺一般笔直，只是唇色比之方才难掩苍白。

“我既敢来，便已想到全部后果。”素影开口，她转了目光，盯住天曜与雁回藏身的冷泉，“无论后果如何，我皆不会放过此人。”

她说着，冷泉岸边猛地覆上一层白霜，根根冰晶在泉水之中凝结。

天曜护住雁回，被逼破水而出，刚出水的一瞬间，巨大的仙气便铺天盖地而来，直取天曜与雁回首级。

便在这仙气飞去之际，斜刺里猛地横来两人，衣袖轻抚，将素影凛冽杀气尽数化去，来人正是青丘的两位王爷，他们挡在天曜身前，望着素影冷笑：“当真欺我青丘无人？”

见此情势，天曜怀中的雁回心道，素影先前杀了云曦公主，在场王爷以及青丘国主无不对她恨之入骨，今夜她只怕是要为了自己的一时偏激而付出惨痛的代价了……

可她心头这个念头尚未落实，天空边际一道仙气急速往这边而来。

若是别人，雁回不一定能感觉得到，但这气息她实在太熟悉不过，在天曜怀里一转头，她望向那方，没有片刻，白衣广袖的仙人便御剑而来，转瞬便落至素影身旁。

雁回目光落在那人身上，怔了好久的神。

凌霄……

竟是他来了，而且还是只身前来，身侧无人跟随。不过想来也是，除了他们这样能力的人，还有谁能不受干扰这么快越过三重山，深入青丘之中。

素影转头看了他一眼，眸光微动，似有几分动容："素影冲动行事，凌霄何必跟随我来……受我拖累。"

是呀，这样的情景，凌霄竟然赶来了……

为了救素影。

"素影真人不需客气。"凌霄说的话是这样，但这句话本身便在与素影客气，他没寒暄太多，眸光在空中一转，看清形势。

空中除了青丘国主和几位王爷，便只有天曜与雁回了，毫无意外，凌霄很快便看到了雁回，他的目光只在雁回身上一顿，下一瞬间便挪开了去，像看到一个无关紧要的陌生人一般。

雁回握住天曜手臂的手一紧，天曜垂头看她，只见雁回唇瓣不由自主地颤抖，不知是周身寒凉，还是心绪激动。

天曜眸光一垂，只催动法力，让自己的怀抱更暖一些，让雁回颤抖得更轻一些。

"九尾狐储君之女弦歌在先前战斗之中被俘。"凌霄眸色薄凉，开口没有一句废话直奔主题，行事风格依旧是他以前的模样，但雁回听他的话却只觉得周身寒凉更甚，"我来之前已着人将其看住，若一个时辰内，我与素影真人未出现在中原境内，则我手下之人，将剖其内丹，剜其心，放其血，以其尸身示与天下。"

他话音一落，青丘众位王爷皆是一默，气氛有几分躁动，有人望向储君，有人则看向青丘国主。

就这样放素影走，没有人会甘心，可弦歌性命着实被捏在对方手里……

凌霄说完这话，扶了素影，未再多开口说一句，转身便又御剑要走。

雁回终是未忍住激动心绪，冲口而出："以青丘九尾狐重血缘亲情相要挟，这便是你凌霄真人所谓的仙道正义？"

听闻雁回此言，凌霄身形微顿。

素影眸光一转，轻轻瞥了凌霄一眼，却见凌霄神色未有半分波动，连看也未看雁回一眼，御剑已起，腾在了空中。见两人要走，雁回牙关一紧，那方青丘王爷们还没拦，素影却自己摆了下手，让凌霄停了下来。

“慢着。”她回身，看着青丘国主，“我欲以你九尾狐妖弦歌一命换取被掳来青丘的陆慕生，青丘国主应是不应？”

场面一时沉默，众王爷虽是心头激愤非常，却没人敢冲动出言，全部在静待青丘国主开口。

此情此景别说九尾狐一族的人，便是雁回也有几分暗恨与不甘。

许久之后，空中终是传来青丘国主的声音：“三日后，三重山前换人。”

言下之意，便是放任他们今日离开，随后还要将陆慕生交给素影，以换取弦歌生机。

素影点头，再没说别的话，这才随凌霄御剑而去，他们身形渐远，只在空中划出一道渐渐消失的光芒。

储君在青丘国主面前一跪，面色极是沉痛愧疚：“儿臣有罪！令青丘蒙羞！”

青丘国主望了下方冷泉一眼，手一挥，冷泉之处被妖力撞击摧折的草木便枯木逢春一般，又从地里长出了新芽，树枝也以惊人的速度重新长了起来，冷泉之水光华潋滟，好似刚才那剧烈的冲突根本没有发生过一样。

“什么也抵不过我九尾一族的血脉。”青丘国主声音浅淡，对储君并没有丝毫责备，身影便消失在夜空之中。

紧接着几位王爷简单问过天曜与雁回，便相继离开。

天曜这才抱着雁回，重新落在冷泉边。

雁回垂头静静站了许久，在天曜以为她会沉默着不再说话之时，雁回倏忽一声干笑，又冷又涩：“天曜，你知道我以前有多么仰慕凌霄吗……他是我在千千万万人当中能看见的唯一。”

天曜听得这话，毫无防备地，只觉心头一紧，分明没有任何攻击，但那抽搐的地方却一直有隐痛传来，随着一声声心跳，撞击他的胸膛，刺痛他胸腔的每一个角落。

他沉默地听着，隐忍着这样的疼痛，一如他以前隐忍过的所有疼痛一样，按下不发，像是毫无所觉。

“在大师兄遭受那般痛苦也要护着我的时候，我几乎是跪在地上渴求，希望他能来救救大师兄，救救我，救救我心里对他仅剩的那几分期待，然而他没来。

“可今天，他不远千里而来，不计手段地救走了素影……”雁回冷笑，“天曜，原来我曾经仰慕的人，竟然可以让我失望到这个份上。”

天曜看着垂着头的雁回，手臂不由自主地抬了起来，他轻轻挨到雁回的后背，雁回的头便抵在他肩头之上。

“你不要再仰慕他了。”天曜道，“甚至不要回忆仰慕过他这件事。”

雁回苦笑：“那是我过去十年几乎全部的回忆，你要我怎么不想起？”

“以后你生命里还有许多的十年。”

雁回摇头：“可都不会再有那样一个人了。”

“有我。”

冲口而出的两个字惊愣了两个人。

雁回抬头望向天曜，只见天曜双目睁大，像是被他自己说的话吓到了一样，而在天曜的黑瞳之中，雁回看见自己的表情，也是那般错愕。

“天曜……”雁回微微往后退一步，“你……”

眸中的慌乱不过出现了一瞬，天曜便立即镇定下来，沉着道：“由我来给你找。由我来教你，如何忘掉过去十年的记忆。”

雁回怔愣的眼神便平和下来，她眨巴着眼睛看了天曜许久，心头本不太舒爽的情绪霎时便纾解了许多，拍了拍天曜的肩膀：“好，我看你现在撞见素影也没有以前那么大的恨意了，想来对于放宽心这件事，你还是有点自己的门道的。那这事便也算在你帮我治愈我的伤口的疗程里面。”

雁回笑了笑：“闹了这么大一通，先回去睡了吧。”她转身离开。

天曜在雁回身后默默看了许久，不知为何，此刻却忽然有一种沮丧得想叹气的冲动……

素影夜袭青丘的消息很快便传得天下皆知，雁回醒来的时候烛离府里的小妖已经就昨夜的事情窃窃私语传出了好几个版本。

其中不乏辰星山的凌霄爱慕素影真人多年，见素影真人落难舍身来救的言语。雁回听了只默不作声地吃着嘴里的东西。

睡了一晚，雁回冷静之后心里也想得明白，凌霄来救素影真人其实并没有什么过错，他以弦歌的生命相要挟，那是因为在他眼里弦歌是妖，是与他敌对之人，而素影是整个修仙界的象征，为了救素影的命，他这样做自是无可厚非。

雁回昨天之所以那么接受不了，一则是因为弦歌是她这些年为数不多的挚友，凌霄要杀弦歌，她自是气愤非常。二则，是因为失望……

失望于凌霄赶得及来救素影，而当时却没来得及回辰星山救下大师兄。

她这是迁怒，雁回知道，她能理智地分析自己的情绪，但却控制不住地迁怒于凌霄。

心里正想着，雁回一口吃进嘴里的东西却有奇异的触感，口中一热，一句话倏忽在她脑海里浮现：凤千朔于东南三里密林处请姑娘一叙。

雁回眉梢一挑，这竟是凤千朔传来的消息。他在青丘竟然也安插了死忠的探子，在这种情况下也能给她传信！这七绝堂当真是不简单。

但雁回转念一想，凤千朔是凌霄一手扶持起来的，他帮凌霄做事，凌霄这些年来，不知也掌握了多少江湖消息。这次见她……雁回一垂眸，回忆起先前听幻小烟说，凤千朔在中原以为弦歌死了，抱着她的“尸身”疯疯癫癫不让人碰。那他这次前来……

雁回将筷子一放，起身便出门去，刚踏出门便碰见了天曜。

他看雁回一副要出门而且不打算叫上他的样子，眉眼微微一动：“今日不修炼功法？”

雁回眼珠子一转：“今天要去冷泉沐浴，我打算先调理一下身体，你别跟来了。”雁回说完就走，也没看天曜一眼。

天曜瞥了她背影一眼道：“嘴里法术的气息尚未完全消散呢，路上别与他人说话。”

“啧！”雁回一回头，只得撇嘴道，“跟着吧，别被发现啊。”

这次见雁回扭头离开，天曜便在她身后轻轻勾了嘴角。

是啊，他就是想跟着她。

行至凤千朔说的地方，雁回站定，不消片刻，前方粗壮树木背后便出来一个穿着斗篷的男子，见了雁回，他嘴角习惯性地一勾，只是现在的笑容相比于之前的风情万种，少了几分风轻云淡，多了几分忧虑沉重。

“雁姑娘，多日不见，别来无恙？”

“有恙，已经好了。”雁回简短地应答了一声便直奔主题，“直说吧，你所来为何事？”

凤千朔眉眼一沉：“为弦歌之事。”

雁回一听，背脊更加挺直了些许。

“素影与九尾狐的约定我已知晓，三日之后，弦歌会与陆慕生交换，回到青丘，彼时我想让雁姑娘帮我一个忙。”凤千朔道，“姑娘肯是不肯？”

“你先说，要我帮什么忙？”

“我想让弦歌回到中原，在我的庇护之下度过余生。”

雁回一听，沉默了片刻，捏着下巴一边沉思一边道：“凤堂主，我不妨与你直说，在天香坊一事当中，你是帮过我的忙，对我来说也算有恩，但比起弦歌，你并不是我的朋友。我是弦歌的朋友，考虑事情自然是站在她的角度上。三日后弦歌与陆慕生交换，回到青丘，这对弦歌来说，好像并没有什么坏处。而你让我三日后帮你，把弦歌交到你的手里，让她回到你七绝门中，这对弦歌来说，似乎也并没有什么好处。”雁回盯着凤千朔，“还请凤堂主告诉我一下，我为何要帮你？”

“因为弦歌，已经做过背叛青丘九尾狐一族之事。”凤千朔眸中寒光凝结成一柄剑，让人望而竟有几分生寒，“再回青丘，于她而言，绝无好下场。”

雁回闻言愕然了许久：“弦歌……”她急得上前一步，“弦歌何时行了背叛青丘之事？”

“九尾狐公主云曦在中原失踪，随即被素影杀害，此消息七绝堂早已知晓，而九尾狐烛离入中原寻找云曦之事，七绝堂也接到了消息。忘语楼乃是我七绝堂之中最重要的情报机构之一，弦歌身为忘语楼的掌门人，除了我身上的消息，其他事情，尽数经过弦歌之手，这样的事情她不会不知道。

“弦歌若不是九尾狐一族之人，这样的事情知而隐瞒，不将其公之于众，以免拂了修道者的面子，这自是无可厚非，然而弦歌生为九尾狐妖，极重血缘的她却没有将此消息传回青丘，甚至在烛离与他老仆去七绝堂门下查找消息之后也未曾将云曦的事情透露半分。”

随着凤千朔的话，雁回的双眸越睁越大。

是的，她怎么想漏了这一层。

当初她与天曜遇到烛离的时候，烛离可不就是在那靠近边境的小镇七绝堂门里查找消息吗？弦歌隐而不报，虽然彼时云曦已经被素影所害，性命救不回来，但至少可以将这个消息早些传回青丘让众妖知晓啊。

她却什么都没做……

为什么……

雁回望向凤千朔，忽地明白了。弦歌原来竟那么爱凤千朔吗？竟为了可以多在他身边待一段时间，敢悖逆自己的身份，将这样惊世的消息掩盖下来。

若不是云曦公主之死被捅了出来，青丘与修道界之间便不会那么快变成这样势不两立的局面，至少表面上，还是可以保持和平。弦歌也不会被储君以数道急令召回……

弦歌她……

看着雁回怔愣不言，凤千朔眸中光芒微微暗淡，他垂下眼眸："想来不必我多说，你也知道弦歌做的事意味着什么。"

对，雁回知道，这意味着，弦歌爱上了一个帮修道者做事的凡人，并且隐瞒了与自己有血缘关系的姑姑的死。

她背叛了青丘，背叛了九尾狐一族。

血缘的背叛，这或许是九尾狐一族最不能忍受的事了吧。

"这下你还能说，留在青丘，对弦歌没什么坏处吗？"凤千朔道，"若青丘之人都是傻子，此事他们不知晓，待在青丘自是对弦歌没有坏处。但雁姑娘，你可知，这次素影迈过三重山突袭妖族边境，为何九尾狐一族派了两个王爷与弦歌一同上前线战场？青丘护犊，小狐妖皆是在青丘国主的庇护之下长大的，你可听说过青丘国的世子与郡主，谁被派去了要面对素影这样的仙人的地方？"

雁回愣神摇头。

"没有。"凤千朔声色一寒，"九尾狐妖们对弦歌生疑了。更别说此次青丘国主为了换回弦歌，竟放走了重重包围内的素影与凌霄……"

难怪！

难怪那日弦歌的接风宴上气氛那么奇怪，难怪弦歌回青丘之后，在别人忙得脚打后脑勺的时候，她却无所事事。难怪昨天素影与凌霄走了之后，储君会那般沉痛地与青丘国主说"儿臣有罪"。

青丘所有的王爷都将弦歌当作了叛徒，青丘国主为了换回一个"叛徒"竟丢失了斩杀两个修仙界执牛耳般人物的机会！

雁回惊骇难言，此时将这些小得不能再小的细节连起来，才明白过来，原来这一切，竟有这样的原因藏在背后。

"雁姑娘，你若是弦歌的朋友，便该在这种时候出手帮帮她，不能让她再回青丘了。再回来，即便留一条命，她后半生，可能安好？"

雁回沉默了许久，终是咬了咬牙："你呢？让弦歌与你回去，你可能让弦歌后半生安好？”

凤千朔盯着雁回看了片刻，倏忽一笑：“雁姑娘可知我此生最讨厌何事？”

“弦歌与我说过，你最讨厌背叛。”

“是啊，然而，在得知弦歌是九尾狐妖，她是青丘派来潜伏在中原的探子的时候，我心里却是那般欣喜若狂，她还活着，对我来说便是最好的消息。”

雁回默了一瞬：“你若截走弦歌，素影不会放过你，青丘亦不会放过你，你又能如何在之后的日子里护弦歌安好？”

凤千朔眸中精光一闪而过：“这便需要雁姑娘的帮助了。言尽于此，雁姑娘，现在可愿在两日后，助我一臂之力？”

雁回盯着他：“你会把你那一百房小妾给清理妥当吗？”

凤千朔失笑：“那不过是这些年来，为了在我那已死的叔父眼皮子底下发展势力而铺下的棋子。”

听得此话，雁回基本已经答应了，她头点了一半，倏忽又想到一事：“要我救弦歌我自是愿意，不过，现在是你来求我，我要你再答应我一事，两日后我才尽心尽力帮你的忙。”

“哦？”凤千朔挑眉，“雁姑娘不妨直言。”

“我知道你在帮凌霄做事。”雁回道，“他到底在谋划什么？你可否告诉我？”

凤千朔眸色微微深了一瞬：“此事……说来话长。”他顿了顿，“若是弦歌安然入了我府，彼时，必定将我凤千朔所知道的事，前前后后细书而来，交与雁姑娘。”

“好。一言为定。”

“驷马难追。”

秋日凉意已随秋风入体。

至青丘与素影约定之日，三重山前，在五十年前被法力撕裂的巨大深渊之上，仙力与妖力分别铺就了两条道路。仙、妖两道分立三重山两边。

雁回与天曜站在妖族众人之中，陆慕生已经被储君领着站在了前端，素影与凌霄站在对面，见了陆慕生，素影才挥了挥手，身后众仙让开一条道路，被层层枷锁束缚住的弦歌这才被带了出来。

她双手被反缚住，脚上也戴着沉重的铁链，铁链之上封印之力随着她每一次迈步而闪烁。

见她如此，妖族中人不时发出愤愤不平之声，弦歌再有不是，可身份还是妖族的郡主，而今却被修道者们以这样囚禁的模样带出，实在让人不得不气愤。

“广寒门素影。”储君扬声道，“你所要之人在此，还不速速将弦歌身上枷锁拆去？”储君说着拉着陆慕生往前走了一步。素影见状，眸光微动，随即手间光华一转，只见弦歌脚上的铁链登时便没了封印法术的光华流转。

“换人吧。”素影扬声道。

于是九尾狐储君便对陆慕生道：“去吧。”

陆慕生默不作声地向着仙力架好的桥上走去，他垂着眉眼，让人看不清神色表情。

弦歌也同时向着妖族的桥上走来，两人同时踏到桥的中间，然而便在所有人的目光都集中于此的时候，谁都没有注意到在素影的身后有一个女修仙者，其手中法力悄悄凝聚。

她在人群的背后，倏地动手，一记法力猛地击打在弦歌脚下的妖力之桥上。

那桥便应声一抖，弦歌身形一个踉跄，险些摔倒在桥上。

素影眸光一凛，向身后众多修仙者望去，而妖族这方雁回见状则大声呵斥道：“广寒门素影竟然想出尔反尔！”妖族见弦歌摔倒，本是大惊，又听得雁回这般一喊，本就对修道者们愤恨至极的妖怪登时便吵闹翻天。

雁回冷哼：“想要换人却又不想放人，世间哪有这般轻松的事！”她身形一动，催动身体中的妖力，飞身上前便要去将陆慕生抓回来。

那方素影本是想将偷袭弦歌之人立即抓出，可见雁回这动作当即眉目一凉，话也未曾来得及说，劈手对雁回便是一阵仙力杀来。

雁回是无法抵挡素影的仙力的，她也没有抵挡，只拼死上前将陆慕生抓住，往回一拖。与此同时，深渊之下的岩浆不知在谁的法力催动之下猛地烧了起来，“轰”的一声，灼热的岩浆撞断了仙力铸就而成的桥，同时帮雁回挡住了素影甩来的这记杀气。

雁回看也没看这情势一眼，只埋头拽着陆慕生便往青丘这方跑。她不用飞，不用法术，只用脚带着陆慕生踉踉跄跄地跑着，好似是被素影方才那一击击中了身体，受了伤，使不出法力一样。

素影见陆慕生被雁回带走，哪肯放过，当即飞身前来便要抓雁回。

天曜同时出手，在空中与素影短暂交接。素影恨得咬牙切齿：“妖龙休乱我事！”天曜闻言只冷冷一笑：“乱的便是你的事。”

素影面色愤恨，可一击之下却未拿得了天曜。

雁回向着妖族储君大喊：“快将弦歌带回来！”

不等她声音落下，妖族储君已经出手。而这方素影在与天曜短暂相抗之后，见储君出手，回头一声呵斥：“凌霄！”

也不用素影吩咐，凌霄早便看出其中门道，欲将弦歌重新捉回。

此时两方人物交上了手，下方那些积攒了多年怨恨的妖怪更是按捺不住常年在修道者那里受的憋屈气，一声震天怒吼之后，妖族之人猛地扑向三重山的另外一边，仙人们被迫应战。

两方登时交战乱成一团。

而在这一片混乱当中，摔倒在地的弦歌在挣扎着要起身之际，旁边倏忽伸来一只胳膊，近乎强势地将弦歌的腰搂住。

弦歌惊骇，但下一瞬间便认出了这手臂的主人是谁。她几乎不敢置信地转头一看，来者穿着黑色的大袍子，宽大的帽子将整个脸都遮挡住了，他一身气息混杂，一会儿似妖一会儿似仙。

战斗中的所有人不管是仙是妖都无法在这混乱的情况中辨别出来者是谁。

弦歌望着他声色沙哑，似乎将所有的哭泣都压抑在了喉头：“你……”

“我来救你。”

一句话，四个字，那么简洁，却轻而易举让弦歌红了眼眶。

混乱的战场之中二人并没温存多久，凌霄冷着面色一记仙力朝弦歌打去，而仙力在靠近弦歌之时却被一记妖力撞破。

九尾狐储君立在弦歌身前，他宽厚的背脊挡在弦歌身前，在战场纷杂的嘶喊之中，他一声沉重的“走”字是那么低沉，让人几乎听不见。

弦歌转头一望，但见这个从小护着自己长大的父亲，站在她的身前，在纷乱的战场之中像从前一样，给她最安全的依靠。

弦歌张了张嘴，喊出口的“父亲”二字是从来未有的沉痛。

可并没有任由弦歌将这个宽厚的背影看许久，凤千朔将弦歌一把打横抱起，斗篷裹住弦歌，霎时便在这战场之中消失了踪影，去向不知哪里的远方。

九尾一族的储君一眼也没有看背后，只是握着大刀的手渐渐收紧，因为他知道，这个女儿从此恐怕是山长水远，此生再难相见了。

凌霄一记法力打了过来，储君大刀一挥，轻而易举扛住，青丘国储君冷笑："辰星山现在的掌舵者，实力便是如此？你为修道界卖力，也卖得不是那么全心全意嘛！"

听储君说完这话，凌霄眸光微微一斜，往旁边一瞥，看见了带着陆慕生在战乱之中东躲西藏、奋力避开素影的雁回。他掌心微微一紧，随即强迫自己挪开目光，望着储君冷哼一声道：

"青丘国九尾狐一族的储君，对背叛自己族人的女儿，也很是心软嘛。"

储君眸光一凝，一声低喝，便又向凌霄斩杀而来。两人再次战成一团，只是这次凌霄且战且退，慢慢往雁回的方向靠近……

即便隔着这么远，凌霄也看得出来，雁回施展的那些妖术心法，他虽有七分陌生，但其他三分他一看便知，那必定是妖龙教她的，虽淡，他也能明显地感觉到。

而他能感觉到，素影也必定……

他心里这想法还未完全落地，那方与天曜争斗的素影却看着天曜一声冷哼："我道你如今为何孱弱至此，原来是竟还未将内丹取回嘛，为何？是借此女养丹？"

她这话说得声音不小，雁回在地上护着陆慕生往青丘深处逃，也听见了这句话。雁回闻言身形不由得一顿，向空中看去，只见得天曜好似为素影的这句话动了怒。

他手中法印一动，身后三重山下深渊之中的岩浆应声而起，凝结成一条火龙径直冲素影而来。

素影一声冷哼："没有内丹也妄想与我相斗！"她话音一落，只听得空中几声清脆的响声，天曜唤来的熔岩之龙霎时被冻结成冰，在空中便破碎了簌簌落下。

眼见素影法力一动便要朝天曜下杀手，与此同时雁回听见凌霄那方传来一声法力撞击的巨响，她目光往那方一瞥，却没见弦歌的身影，雁回知道风千朔已成功将弦歌带走了。

弦歌不在，雁回立即心生一计，她对陆慕生道了一声得罪，立时手中抽出匕首比画在陆慕生的脖子上，在树林中站定："素影！"雁回大喝，"你再敢动手，我便要了这书生性命。"

此言一出，素影果然身形一顿，往下一看，雁回的匕首已经轻轻割破了陆慕生的脖子，鲜红的血顺着陆慕生的颈项流下，染红了他的衣襟。

见到这个场景，素影不知为何却是身形一颤，停住了手。

雁回道："你说他是你爱人的转世，你找他找得很辛苦吧？"雁回一笑，"不知道这次我杀了他，下个二十年，你还有没有运气能找到这个人的转世。"

素影手心微微一颤。

"离开青丘。"雁回道，"今日的事便当没有发生过。否则……"雁回撇了撇嘴，好似很无所谓地将陆慕生脖子上的伤口拉得更开了一些，"你就帮他收尸吧。"

素影眸色猛地阴沉了下去，她牙齿咬得死紧。

在空中沉默了许久之后："我退。"素影道，"不要伤害他。"

她说完，却没想到引起了陆慕生的一声冷笑，他望着空中的素影，神色极尽讽刺。素影只当没看见他这个神色，默默往后退。

眼看着身影便要离开青丘国境。

雁回心下刚松一口气。

握住匕首的手微微一放松，便在这电光石火之间，雁回所站的脚底下忽然冰雪法阵大作，雁回一愣，只听得空中天曜带着惊慌的一声："躲开！"

陆慕生此时却猛地反应过来，径直拿他自己的脖子去撞雁回的刀刃。

雁回来不及往回撤，眼看着陆慕生脖子上的刀口便要切破他的气管，斜刺里倏地伸出一只手来，将雁回的匕首生生握住，鲜血自那掌心中流出，落在地上。

战斗至今无人可伤的素影竟在这时为了救陆慕生，被雁回的匕首割破了手掌。

"你又想自寻短见吗？"素影道，"不要用伤害你自己的方式伤害我。"

陆慕生冷讽："只要能让你受伤，我什么方式都愿意。"

素影唇角一动，神色似有哀痛。

雁回看着近在咫尺的素影，怔然之间，听见旁边有猛烈撞击的声音传来，她往旁边一看，却见遇事淡然的天曜在以法力蛮横地撞击着素影法阵的边缘，那拦住他靠近雁回的边缘。

冰雪法阵倏忽光芒大作，雁回整个人霎时陷入其中。

阵外的天曜愕然惊慌的神情也随之消失……

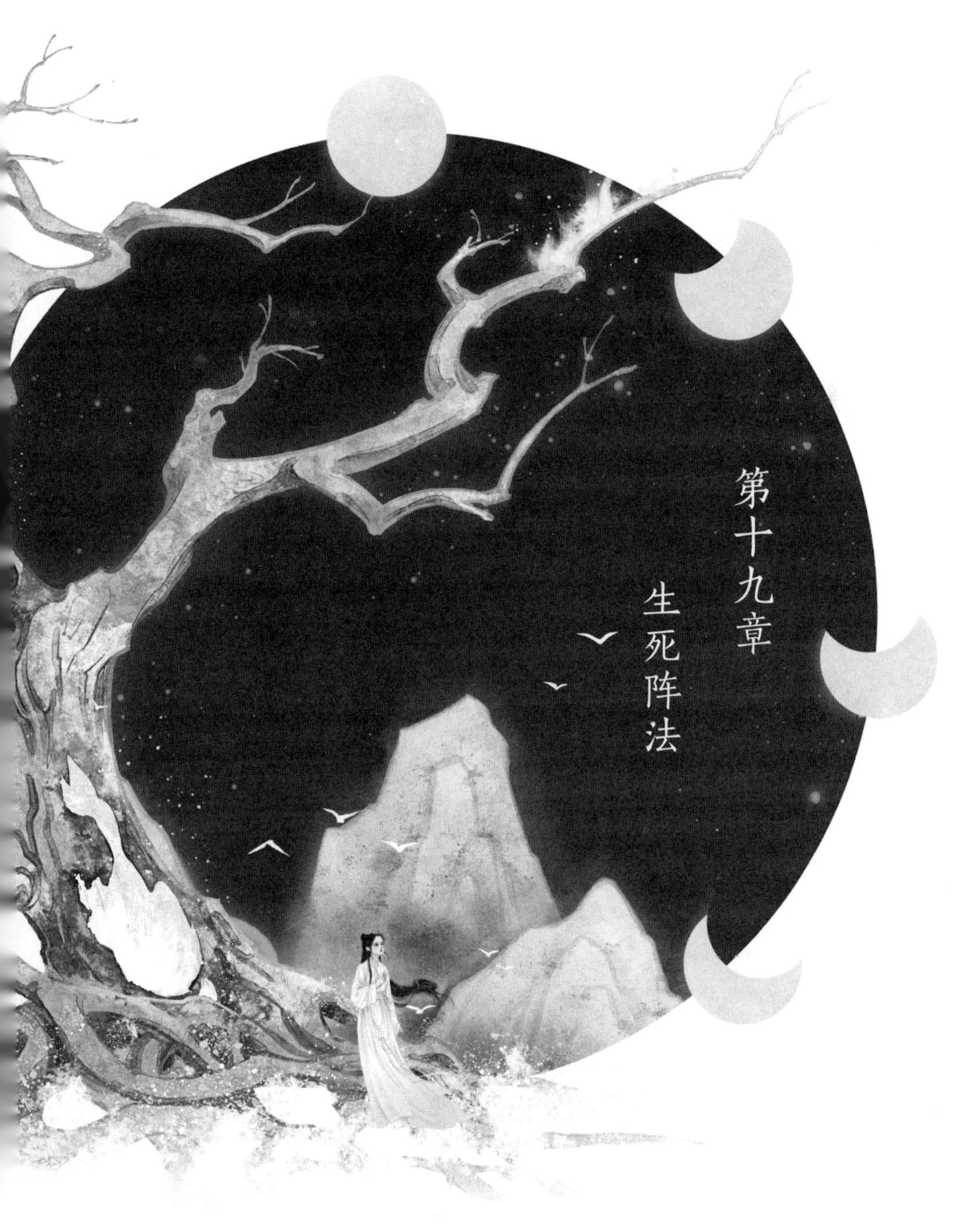

第十九章 生死阵法

雁回醒来的时候，已是深夜。空气中若有似无的气息让雁回感到几分熟悉，这是……辰星山的气息……

雁回睁开眼，看见透过树影的星空，她感觉余光处有火光，转头一看，但见素影正半跪在地，手掌捂在横躺在地的陆慕生脖子上，层层寒霜之气自她指缝中溢出，想来是在给陆慕生疗伤。

昏迷之前的事情在脑海里渐渐清晰，她挣扎着要起身，却发现自己浑身不知被什么力量束缚着，连动动手指头都十分困难。

雁回探到自己体内内息修为还在，只是完全无法调用。她知道，必定是素影给她施加了什么封印，而她注定是解不开的。认清了现实，雁回倒也很快就坦然接受了，左右素影没趁她昏迷的时候要她性命，那现在这一时半会儿也不会杀她。

她开始思考素影现在到底要做什么，她带自己和陆慕生一起走，此处有辰星山的气息，想来是冲着辰星山来的，此处离辰星山不过几十里的路程，那为什么不直接赶到辰星山而要在这半路当中停下来呢？

雁回又往陆慕生那方看了看，霎时便明白了，陆慕生此时紧闭双眼，额上冷汗不断，映着火光，双唇泛白，一脸土色。看来，是陆慕生的身体出了毛病。

雁回记得当时她只是给陆慕生割了个皮外伤，让他流了点血，虽然之后陆慕生自己撞上刀刃的那力道不弱，但最后到底是被素影给止住了。

凡人的身体……本就是这么容易毁坏的脆弱东西。

“慕生？”只听素影道，“身体可还有哪里难受？”

陆慕生迷迷糊糊地睁眼，看了眼四周，但见素影的手正放在他脖子上，他抬了抬手，推着素影的胳膊，即便那么绵软无力，也依旧想挡开她：“滚。”

素影眼眸微垂，好似没听见陆慕生的话一样：“你该一直穿着我给你的披风，虽不能护你受伤，但至少能帮你抵御病魔。”

雁回闻言，想着那一件披风的由来，心下微微一痛，面上却是一声冷笑：“素影真人慷他人之慨倒是大方，只可惜那披风永远也不可能再穿在他的身上。”

素影一门心思扑在陆慕生身上，并未注意到身后雁回已醒，此时雁回发声，她眸光才冷冷地往后一瞥。

雁回接着道：“天曜既然找回了他的龙鳞，那龙鳞便不会再落在你手上。”

素影望了雁回一眼：“我会让他再交出来。”

雁回眯了眼睛，声色一厉：“你休想再害天曜一次。”

以前是天曜被素影所迷，而这一次，雁回心想，她会护着天曜，一定会将他护得好好的。

好似听出雁回语言背后深藏于心的情绪，素影回头，盯着雁回，眼睛一眯，一声冷笑：“对妖龙动了真心，倒是好笑。”

陆慕生现在虽在迷糊中，但两人的对话他却听在耳中，心里清楚，他拽住素影的手：“那披风……也是……你抢来的？是那龙的……鳞？”

即便被陆慕生这样质问，素影也只是淡淡道：“那不过是只妖怪。剥他鳞为你续命，何错之有？”

这样淡漠的语调听得雁回心口一紧，紧接着一股怒火由胸中烧起，可还没由得她说话，那方好似垂死边缘的陆慕生猛地站了起来，大声喝道：“妖又如何？！”他狠狠推了素影一把，“你给我滚！我不稀罕你这高高在上的仙人来救！”语罢，他再也控制不住自己的身体，重重地摔在了地上。

素影虽未被陆慕生推动，但脸色好似被陆慕生打了一个巴掌一样难看。

“我是云曦的夫……”陆慕生倒在地上，眼神涣散，像是在喃喃自语般说着，“我也是妖族的人。”

素影就这样静静地看着他，静静地听他说：“你杀了我吧，我也是妖。”

素影默了许久，在雁回以为她不会再说话的时候，素影却伸出了手，去触碰陆慕生的颈项，她声色有几分沙哑：“你病了，别这么说话。”

陆慕生已经无法再挪动手臂，但是他却侧过了脸躲开素影的触碰，那对素影发自内心的厌恶不加掩饰地出现在他的脸上。

素影的手终于僵在了空中，最后默默收了回去，没有再说话。

夜静了下来。

陆慕生的气息虽然依旧急促但渐渐开始变得规律，想来是睡着了，雁回瞅着这架势，今晚估计是不会挪地方了。她只闲来瞥了素影背影一眼，便也闭上了眼睛兀自睡去。

雁回一点也不觉得被这样辜负心意的素影可怜，她只觉得她这是咎由自取。

翌日清晨，雁回醒了，睁眼的时候正巧看见陆慕生坐了起来，他的伤好似已经好了，其中恐怕不少是素影法力的功劳，他动了动手指，然后一抬头，望向另一方倚树而眠的素影。

他看了素影许久，不知在想什么，随即便站了起来。

雁回眨巴了一下眼，身体依旧动不了，她不知道陆慕生要做什么，但见他蓦地快步走到素影跟前，雁回张了张嘴，还没说话，陆慕生便已经一把抽出了素影放在身侧的寒剑。

他要做什么若是雁回现在都还看不出来，那她这辈子便是白活了。

同样地，若是素影被人拔了剑还未醒，她这辈子大概也是白活了。而她现在还闭着眼睡着，唯一的可能便是她在装睡，她想知道陆慕生要在她睡着的时候做什么……

几乎是毫不犹豫地，陆慕生牙一咬，以他这书生的绵弱之力，一剑捅进了素影的心房。

“噗”的一声，鲜血流出，染得素影胸膛一片鲜红。

见自己一剑刺中，陆慕生眼眸一亮，他将剑往里面更用力地推了一下，这一下，让素影身形微微颤了一下，她睁开了眼睛，眸中清亮，但眼底深处却是让人望不尽的伤痛。

陆慕生愣神。

素影苦笑：“你是不是在惊讶，为什么我的血竟然还会是红的。”她道，“在你看来，我的心该是黑色的对吧？”

陆慕生一咬牙，猛地将剑拔了出来，素影牙关紧咬，像是痛到极致一样。见素影只是坐在地上并未有其他举动，陆慕生一转身便要来搀扶躺在地上动弹不得的雁回：

“雁姑娘，我伤了她，我带你走。”

雁回没有应声，因为她知道，要逃离素影哪有那么简单。这个世上大概也只有陆慕生才能这么轻而易举地将剑送入素影的胸膛，拔出，然后全身而退。

“你便如此想逃离我？！”素影再也忍耐不住了，她声音蓦地高了起来，音色尖厉，恍似能刺破人的耳膜，“你曾说愿与我岁月共白头，你曾在你掌心写下过我的名字，你说要永远握在手里记在心里！”

素影说得哀戚，而陆慕生面无表情，雁回更是在一旁没忍住脱口而出一句：“这书生前世做的这些爱恋中的酸臭味举动怎么如此俗气……”

素影此时完全陷入自己的世界当中，她站起身猛地扑上前来拽住陆慕生，连声问他：“你都忘了吗？你都忘了吗？你曾与我许下那般多的海誓山盟，你曾说会用生命的所有余韵记住我，可你……”素影声色哽咽，她捂着流血的伤口，像是在乞求一样，“你怎么会变成这样？你怎么就不能像以前那般对我？”

陆慕生连眼神也没有落到素影身上：“我不是你喜欢的那个人，也不是喜欢你的人。”

雁回补了一句：“你说的那个人已经死了。”

“胡说！”这句话像是素影心里的那根刺，“给我闭嘴！”她手一挥，一股巨大的法力登时压在雁回的身上，雁回一时觉得胸闷气短再难呼吸，无法开口说话。

而陆慕生却依旧淡漠道：“她说得没错。”陆慕生一字一顿道，“你说的那个人，那个将军，已经在战场上被人斩了首级。”

闻得此言，即便胸闷难言，雁回也是一怔。

江湖上人们只知晓素影之前爱上了一个凡人，而那凡人最终老死了，却没想到那人竟然……是在战场上被斩了首级吗……那既然死得这般干脆，素影还来骗天曜，要他的龙鳞做铠甲作甚……

雁回还未想明白，又听陆慕生道：“二十年前在你离开广寒门行踪未定之时，那人便在战场上被人杀死了。”

二十年前……行踪未定……雁回一琢磨，恍悟，难不成，那段时间正巧是素影在骗取天曜信任的时候？所以正在素影一心骗取天曜龙鳞，为那个将军做一身龙鳞铠甲的时候，他却在那段时间里被人斩了首级吗？

想来也是，若是有素影护着，哪个凡人能杀得了她要护的人。

可这造化……偏生如此弄人。

雁回心下正想着，那边素影却是目光亮亮地望着陆慕生：“前世的事，你可是有想起来？我为你寻的灵珠，可是有让你回忆起前世的事来？”

陆慕生眉头一蹙：“不过偶尔有几个梦境而已……”

素影以手覆盖自己的心口，止住了血，她神色好似微微有些镇定了下来：“你现在会这样对我，不过是没想起以前的事而已。”她道，“待你想起来了，便会好了。”

素影恢复了情绪：“我们去辰星山吧。”

素影带着雁回与陆慕生入了辰星山，走过辰星山山门，雁回本以为自己会五味杂陈，但在路过的时候才发现，其实也并没有什么更多的怀念了。

她对这里，已经没什么多余想法了。

辰星山有弟子前来与素影接洽，几人正说着，雁回身边的陆慕生倏忽问了她一句：“素影之前，为了我可是对天曜做过许多伤天害理之事？”

雁回默了一瞬：“何止伤天害理。”她这一句话半似回答半似感慨，“可与你没甚关系。她将天曜分尸封印于四方，只为给那前世将军做一副保他长生不死的龙鳞铠甲。”

陆慕生的唇倏地抿紧，神色陡然一寒，还未来得及说别的话，前面的素影已吩咐人到后面来将雁回带去地牢之中，而陆慕生则被领去了其他地方。

雁回往后一看，素影跟在她身后走着，面色是一如既往地清冷淡漠。

心宿峰地牢内，雁回被关进牢笼，吊起了双手挂在半空中。

素影入了牢笼之中，挥手屏退了辰星山的弟子们。牢笼之中一片黑暗，唯有雁回背后墙壁上的小铁窗透漏了几许光芒出来。光芒将雁回的影子拉长，素影一步踏在雁回的影子上。

雁回一笑：“素影真人这是要动用私刑？”

素影面无表情：“你让妖龙获得重生，害死素娥，背叛修仙界，这些罪名已够你死一万次，对你做什么都算不得私刑。”

“天曜本该是现在的模样，修仙界也应当被背叛，而你妹妹凌霏真人也该死至极，我做的事件件合情合理，凭什么你说我该死，我便该死？”

“即便没有上面任何原因，心怀妖龙护心鳞与内丹，你就该死。二十年前你便是将死之人，这条命是你偷得的，是时候还回去了。”

没等雁回开口，素影手中光华一转，一柄由寒冰凝成的匕首出现在她的手中，她靠近雁回，匕首之刃比在雁回心口之上。

雁回面色未改，声色沉着：“你如今剖了护心鳞也凑不齐龙鳞铠甲了。”

她话音未落，素影便是一笑：“你不用与我说这么多拖延时间。”她道，“你以为妖龙会赶来救你吗？他在你身上种下的那一点追踪术早就被我抹去，没人知道你被我带来了辰星山。”

听得这话，雁回心头才是一沉。

“而且，即便不为护心鳞，你心头那颗内丹我也绝不会将它留给你……”

“咚！”一声沉重的闷响，地牢之中倏地涌进新鲜的空气，素影眉头一蹙，也未回头看一眼，手中匕首就着雁回的心口扎下。

刃口入心之前，被一道力量猛地握住。

同样是冰雪寒气，挡在了雁回面前。

来人推开刃尖刀口，斩断雁回手上枷锁，将她抱在了怀中。

这个带着清霜之意的怀抱雁回已有许久未曾感受到，来者将她紧紧抱在胸口，贴着他的胸膛，不让任何人靠近。

雁回听着素影在她身后质问着：“凌霄你为了此女可是要不顾大计？”

凌霄并没有回答，只一挥手径直对素影出手，法力在狭窄的地牢之中冲撞出巨大的声音，雁回什么都没来得及看见，只觉瞬间之后，自己脚下冰雪法阵大作。

雁回感觉自己被越拉越远，不知过了多久，周遭转换的场景才慢慢静止了下来。

抱着自己的人松开手，雁回退开两步，这才看清周遭环境。

陌生的草木溪流，不知是在这世间的哪一片隐秘树林之中。在她的面前的是唇色微微泛白的凌霄，他望着雁回开口道：“你竟当真敢去洗髓，修炼妖族法术？”他声音带着几分沙哑，然而听在雁回耳朵里只觉尖锐难听，讽刺至极。

“不然呢？”雁回冷笑，“我该心甘情愿地被你打了鞭子，然后变成一个废人吗？”

凌霄眸光微敛：“妖族法术修行过快……”

“所以凌霄道长是又要打我这大逆不道之人九九八十一鞭吗？”雁回反问，“还是直接杀了我这个不肖之徒？”

凌霄转开目光，不再看满脸讽刺的雁回：“离开中原，也别去西南青丘，时至如今仙、妖两族大战在即，海外仙岛与世无争，你便去那方避难吧。”

雁回听了只觉不能理解："凌霄道长，我如今，与你却是什么关系，值得你来关心我这条苟活之命？"

凌霄薄唇微抿："无甚关系，不过念在曾经师徒……"

"不了。"雁回道，"'曾经师徒'四字太重，雁回担当不起。你还是忘了过去十年之事，你要我做紧要关头逃命之人，雁回也不会做。便当你没说过此话。在青丘之国，还有我要护的人，我愿与他共对接下来的任何血雨腥风及所有艰险苦难。"

凌霄听得雁回此言，垂下的眼眸倏忽一抬："海外仙岛你必须去。"

"呵……"雁回一时竟没止住自己脱口而出的冷笑，"荒谬，我为何必须去？因为你的命令？"

凌霄沉着眼眸没再说话，手中却已经凝聚起了仙力，雁回见凌霄竟是说不通要开始直接动手了！她愣了一瞬，想调集自己身体内的法力反抗，却发现素影给她身体内下的封印还在，她一时之间完全无法使用法力。

"海外仙岛便是我将你绑了，你也必须去。"凌霄伸手来抓她，雁回连连后退。凌霄踏步上前，步步紧逼。

雁回眉头紧蹙："我不愿去什么海外仙岛，我对一人承诺过以后会护着他，我既说出了这样的话，便没打算食言。"雁回直勾勾地盯着凌霄，"不像以前的你那样。"

明明说好了以后让辰星山变成她的家，最后却将她赶了出去；明明说了不让她再受颠沛流离之苦，可现在看看，是他一手制造了她的颠沛流离。

凌霄闻言，面色一白，唇角有几分轻微颤抖，许久之后他才道："那妖龙天曜对你并不如你想象那般好。他做的一切只不过为了你胸膛里的他那颗内丹！"

"为了内丹又如何？！"雁回直言反驳，"至少天曜比谁都在乎我，至少他现在没想过要将这内丹拿回去。或许他也曾对我有所隐瞒、阴谋连连，想将我利用完毕之后像棋子一样弃掉。但现在他什么都没对我做。"

雁回并不是看不清形势的人，当初青丘国主在问天曜是否将身体收集完毕之时，或许便是看出来了，天曜的内丹并未找回，然而那时天曜说的是找回来了，那便是不打算再动雁回心里的东西了。

"天曜如何对我，我自己心里有数，不劳你凌霄真人操心。"雁回顿了顿，"倒是真人你，却还会在乎自己的徒弟吗？"

雁回望着凌霄止不住唇边讽刺的笑："事到如今，真人你做这举动，却又是为何？"

凌霄默了一瞬："今日，你必须与我走。"

他上前，脚下踏出一步便是一道法术，风雪贴着地面束缚住雁回的双脚让她再动弹不得。凌霄上前抓她，雁回无法躲避，当即想也没想，一掌便击在凌霄肩头之上。

凌霄一声闷哼。

身形一顿，雁回这才看见在他那身辰星山的白色衣物之下，竟然有红色的血迹从内至外慢慢渗出。

是……方才带她离开的时候被素影所伤吗……

雁回手上动作一顿，忽听一声清脆的大喊自她手掌之间传了出来："主人莫要慌，我来带你走！"

伴随着幻小烟的这一声大喝，雁回只觉脚上一轻，凌霄束缚住她双脚的法术破裂，而自己的身体变得轻盈了许多，她感觉自己被一股若有似无的力量缠绕着飞到了空中。渐渐地，她再也看不见树林中那捂着肩头尚未缓过神来的凌霄。

不知行了多远的距离，幻小烟这才在雁回身边探出了头来，化为人形，领着雁回在空中飞："老天爷，吓死我了，这可真是一波三折起死回生啊！"

雁回没心思去纠正她的用词不准确，脑海里纷纷杂杂想着凌霄的伤，然后转头问了幻小烟一句："你什么时候跟着来的？"

"主人呀，你这次活着可得亏了我呀。"幻小烟很骄傲地道，"上次你和那妖龙天曜私底下悄悄去了广寒门，后来不是差点变成尸体回来了吗，后来我就留心看着你啦，这次你上战场我就睡在戒指里悄悄跟着你，你被素影抓了被凌霄抓了，我都一路跟随，只是一直找不到时机将你救出来而已。现在可好了，你看我多聪明，只要稍微有一点点缝隙，我就能帮你，你不夸夸我吗？"

雁回点头："要夸你。"她道，"多亏有你。"

要不然，她若是被凌霄带去了什么海外仙岛，那得有多亏欠天曜才是……

雁回被幻小烟卷着一路仓皇赶回了青丘，过三重山时，幻小烟与烛离青丘的人取得联系，烛离派人来接，不日两人便回到了青丘。

刚落地，烛离便上前来接，雁回只看了他一眼便问："天曜呢？"

烛离面色一肃："先前不知你被素影掳去了何方，天曜心急，便寻去了广寒山了……”

雁回闻言，只觉心口一凉，她被凌霄带走，素影在辰星山既无事，而广寒山先前被天曜所扰，想必百废待兴，有一大堆事情需要她这个掌门去处理，她必定会带着陆慕生回广寒山，若彼时天曜与素影撞上……

雁回心头一紧：“我要去找天曜。”

烛离拦她：“你那修为在素影面前算什么，我爹与三皇叔已经找过去了。”

青丘动了两位王爷，即便三王爷现在眼睛不便，但在功法修为上也有相当的造诣，有他们俩在，就算是斗不过素影，但要将天曜带回也还是一件可能的事。

怕就怕……在他们到达广寒山之前，天曜便与素影撞上了……

而事实上，雁回的担心成了真，天曜确实是在青丘的王爷们到之前便在广寒山上撞上了素影，或说，他在素影回广寒山的那一刻，便寻到了她。

一想到雁回可能在素影手上生死不明，天曜再也按捺不住。

雁回救了他那么多次，为他做了那么多事，可每次在雁回受苦之时，他好像都是赶不及，救不了，帮不到……

天曜立于风雪山头之上，看见素影的白色仙光自天际边缘划来，他衣袖一挥，法力径直撞上天上那道仙光，素影接招，礼尚往来地回了一记仙力。

而她的身影也自空中落下，停在了另外一边。

陆慕生被她护在身后，素影沉着面容，冷冷地看着天曜，随即一笑，满是讽刺：“妖龙天曜，不自量力前来我广寒送死？”

没见她身后有雁回，天曜沉凝了目光：“雁回呢？”

素影眸色极淡，眼下眸光一转，好似毫不在乎地道：“杀了。”

这两个字落入天曜耳里，乍一听他竟然一时未曾反应过来这两个字所代表的含义。直到这两字在他心里回荡了许久，他才慢慢理解透了，紧随而来的便是难以言喻的痛楚将他那颗才寻回来不久的龙心擒住，好似有钝刀子将他心口最柔软的地方狠狠磨破，皮开肉绽，鲜血淋漓。

一时之间心头的疼痛只教天曜恨不得从来没将这颗心找回来过。

痛得好似胜过了每个月的月圆之夜。

他双目失神，望着素影。

素影身后的陆慕生也是一副极不敢置信的模样，瞪着她。

素影却只冷漠道：“我剜了她的心，取了你的护心鳞与内丹，将她弃尸荒野，你别想再找到她了。”

一时间，这段时日与雁回一起走过的所有画面纷纷涌上心头，想着雁回曾站在他身前迎着月色为他挡住了所有杀气；想着雁回在幻妖王宫之时在他怀里号啕大哭；想着中秋祭，雁回抱着他，给他喂血，在树下以膝为枕，守着他睡了一整夜……

他想着几天前，雁回还坐在他身边，与他一起泡着冷泉，在泉水里玩水，她还会笑，还会叫他天曜，还会说从今以后要代替护心鳞护着他的心。

而今……

天曜一时间竟觉得自己周身都没了力气，然而浑身脱力之后，只觉有一股难以言喻的哀恸在心口之间烧成了熊熊怒火，他一抬头，望向素影，双目间已是赤红一片，看起来可怖骇人。

“想杀了我吗？”素影神色轻蔑，“二十年前你做不到，现在也依旧如此。”

没等她话音落下，天曜便不管不顾地攻击上去，妖力澎湃携着撼天动地之势，全然没有防守，一心一意地向素影攻去。

他攻得那般猛烈，即便浑身破绽，素影一时之间却也未能找到机会攻得了天曜，而她另一只手还要护着陆慕生，是以动起手来难免拘束。

但天曜想伤她也是十分困难。

最终却是陆慕生在素影身后一声大喝：“杀我！”

天曜闻言毫不推拒，二话没说，手中攻击抬手便冲陆慕生而去。素影回头望了陆慕生一眼，眸中三分怒七分痛，但却也不得不回身将陆慕生护着。

一时间动作竟然有了破绽。

天曜反应极快，明明一个招数向着陆慕生而去，半路当中猛地转换方向击向素影。然而，现在到底是素影的修为比天曜高深许多，没有内丹，天曜的动作还是慢了三分，素影识破他的招数，想着此时没有人再能攻击陆慕生，便疏忽了对陆慕生的保护。

她当即一转身，就着天曜的力道反手便是一掌猛地向天曜没有护心鳞守护的心口处击打而去。眼看着天曜避无可避……

哪承想却在这时，素影身后的陆慕生猛地往前一蹿，扑向天曜，素影这一掌收势未及，径直打在陆慕生的后背之上！

“嘭”的一声，是身体之内器官爆裂的声音，陆慕生猛地摔在天曜身上，七窍顿时血流如注，让他整张脸看起来极为可怖。

这事便发生在电光石火之间，素影没反应过来，便是连天曜也没反应过来，他接着陆慕生，怔怔地看着这浑身已经瘫软如泥的书生。

素影看着自己的手，周身仙气如云烟一般消散，在天曜面前竟一时忘了防御："不……"

天曜看着陆慕生，听得他的言语，也呆怔在了原地："为我续命的披风……是你的鳞……她为了我，害你。"陆慕生说得断断续续，气息沙哑至极，声音小得让人几乎听闻不到。

"现在我做你的鳞，我不用她来施舍恩情……"陆慕生喘了两口大气，却是出气多进气少，鲜血从他眼睛、耳朵里流出来，血流如注，"亏欠你的，我还清了。"

"不……不……"素影颤抖着迈上前来，要抓住陆慕生。

忽然之间，陆慕生却像是能看见身后向他而来的素影一样，他不知是哪儿来的力气，推着天曜往前走了三步，躲开了素影的拉扯。

"烧了我。"陆慕生道，"什么也不要给她留下。"

他紧紧盯着天曜，天曜忽地反应过来，在素影施加法术之前，他手中烈焰一起，登时将陆慕生包围其中。

"不！"素影抬手，欲施加法术将天曜的火扑灭，然而此时天曜却在旁边猛地甩了记法力过去，径直将素影撞开，素影被推打得生生退出十丈远。

等她反应过来要救陆慕生的时候已经来不及了。

陆慕生已经携着如一身晚霞似的烈焰站在了山崖之上。

天曜的火焰能灼得连百年的大妖怪都忍受不了，而陆慕生不过是一介软弱书生，此时却在火焰当中并无任何痛苦的神色，他只是望着天，嘴角带着笑，在落下山崖之前，天曜听到了他喉咙里发出的最后声音。

"云曦，我终于能来陪你了。"

带着火光的身影坠落山崖，在风声呼啸当中，陆慕生的身体彻底被火焰灼烧成为灰烬，顺着山间呼啸的大风，不知被吹撒去了何方。

素影追着陆慕生的灰烬而去，她清冷的神情不复存在，面上全是崩溃一般的颤抖："不，不要，回来，你回来！"

她走到山崖之上伸手去捞，然而除了广寒山常年呼啸的寒风，陆慕生的灰烬竟连一点也未曾落到她的手心之中。

“我找了你那么多年！我找了你那么久！”素影痛得心肝俱碎，“啊！”她发出像动物受伤一样的哀号，“啊！”

天地之间，除了她的痛苦嘶喊，似已再无他物。

然而悲痛之后，素影在悬崖边上蓦地回头，眸光恶狠狠地盯向天曜：“你杀了他！”她说着，好似要将天曜吃入腹中，“你杀了他！”

若认真算来，即便天曜不给陆慕生那一把火，陆慕生受了素影那一击已经活不成了，但天曜此时却毫不犹豫地认了：“我杀了他又如何？”

他盯着素影，眸中杀气未歇，对他来说，现在素影的手上也染着雁回的鲜血，即便他现在可以将二十年前的恩怨放过，但雁回的……他也一定要讨回来。

素影周身仙气缠绕而起，风雪被卷在她身侧，狂风拉扯着她的头发，好似将她变成了一个痛失所爱的疯子，清冷不复，高贵不再，她眼里只写满浓浓的怨恨与杀意。

天曜身侧也是烈焰灼烧。

风雪与赤焰在两人周围扩出一个巨大范围的圆圈，交接的地方产生剧烈碰撞，是两人倾尽修为的碰撞。要补上二十年前他们两人之间那场未来得及的生死之斗。

但天曜如今内丹未拿回，不过片刻便有些许后继无力之相，火焰灼烧的范围渐渐缩小。

眼看着天曜的火圈要被四周呼啸的风雪所吞噬，天边倏忽划来两道光影，猛地刺破素影的风雪，闯入其中的两人，一人结印挡住素影的气息，一人扶住天曜。

二人没说一句话，默契地一人带着天曜似箭一般蹿出素影卷出的风雪之中，而另一人则猛地收手，身形极快地跟上前者，速战速决将天曜带离了广寒山。

风雪之中，只余素影孤立其中，她没有追，只是仰望着漫天鹅毛大雪，静默不言。

她唯一的亲人死了，唯一的爱人死了。

现在，除了这一身功法，她什么都没有了。

七王爷往后看了一眼，见素影并未追上来，霎时舒了一口气：“这广寒门的素影，何时修得如此厉害的功法？要不是拼了全身修为，今次怕是无法安然而退了。”

三王爷扛着天曜，他虽然眼睛看不见，但感觉却胜过他人：“那不是修为厉害，只怕她也是拼了全身修为吧。”三王爷耳朵往天曜的方向听了听，“你与她都谈了些什么？”

天曜被人扛在背上，只垂着头，双目无神地看着脚下穿梭的白云。

“雁回没了。”

他说这四个字的时候，好似不是在说雁回，而是说的他自己。

那么绝望，藏着那么深的哀恸。

两位王爷闻言一默，他们也不知道雁回的情况，便也不再说话。

一路赶回青丘，刚一落地，四周便有人围了上来，天曜垂着头看着地，一副生无可恋的样子，便在此时，远处传来一道他再熟悉不过的呼喊：“天曜！”

天曜耳朵一动，瞬间竖了起来，一抬头，看着破开人群向他跑来的雁回。

一时间雁回身上便像是点了火一样，将他眼底深处的黑暗都尽数照亮了。除了雁回，他几乎看不见任何人。

“天曜，你撞见素影了？打起来了吗？受伤了吗？”

雁回一边向他小步跑来，一边急切地问着。

天曜一直默不作声地看着她，直到雁回跑到他身前三步远的距离，他才一个大步跨上前去，将雁回手一拉，用力将雁回拉进怀里，随即抱住她的腰，扶住她的后脑勺，不给雁回任何抵抗和说“不”的机会，他几乎是急不可耐地一口吻在了雁回的嘴唇上。

舔遍她的嘴唇，不容反抗地侵入她的口腔，带着像是要将雁回嚼碎吞进肚子里的力道，在大庭广众，众目睽睽之下，紧紧相拥，用力深吻。

放不开。

天曜心想，他大概再也没办法将雁回放开了。

他是那么超出自己想象地，在乎她，爱慕她，需要她……

一吻至深，天曜几乎勒得雁回快要窒息，直到雁回忍受不了开始推拒天曜，他才从自己的世界当中走出来，离开了雁回的唇，让她用力呼吸空气，可手却依旧不愿意将她放开。

他想抱着她，感受她起伏的胸腔，快速的心跳，他想确认，雁回还活着，真真实实活在他身边。

好不容易缓过神来，雁回抬头，愣愣地望着天曜。

四目相接，两人都静默无言。

最终到底是旁边的烛离上前来打破诡异的寂静：“大……大庭广众！”烛离声音有几分抖，“还不放开！”

雁回陡然回神，连忙将天曜抱住她的双手一摁，要从他怀里逃出去，可天曜却又是一个用力，将雁回重新带进怀抱里，让她的胸膛贴着自己的胸膛，让她脑袋搭在自己的肩膀之上。

“你还活着。”天曜道，“你还安好。”

雁回听得愣神，也为他这过于依赖的举动愣怔：“我……是活着，也安好。”她动了动脖子，“可你……”没让她把话说完，天曜将她抱得更紧了些，像哄小孩一样拍了拍她的后脑勺。

“没事了。”

他好似长舒了一口气，这三个字也不知是说给雁回还是他自己听的。

雁回便在他这三个字当中沉默了下来，不再问其他事，也伸手拍了拍天曜的后背。

是夜，时值深秋，夜里已是极凉，雁回却觉得身体里有一些她不明白的躁动，尤其是唇上一直火热热地烧成一片。她脑海中不停地回忆起白天的时候天曜那突如其来的一吻。

心里跳动的感觉熟悉得像是当初在永州城吃了狐媚香一样。

幻小烟幽幽飘到雁回身边：“主人呀。”她在雁回耳边轻轻唤了一声，雁回却被猛地吓了一跳：“怎么了？”

“你这模样看起来像是春天的小猫小狗啊。”

雁回脸色蓦地一红，她轻咳一声，在床上坐正身子：“咳，这两天太混乱，都还没有好好谢谢你帮了我大忙。”雁回上下看了幻小烟一眼，“我发现你是不是长大了一些？”

“当然呀。”幻小烟骄傲地在空中转了一个圈，“你才发现我长大了啊。自从出了幻妖王宫啊，我就在忙着给青丘的人制造各种幻境啊，他们睡不好的人都让我去帮忙的，我吃了他们的情绪也就成长得很快呀，现在就算要给比我厉害百倍的妖怪施幻术也不是不可能的呢！”

雁回更细地打量了她一下，好像也确实是这样一回事呢，之前看起来明明是个小孩的模样，现在已经长成个豆蔻少女了。

“不过主人，刚我们的话还没说完呢……”显然，幻小烟对自己身上的话题并不感兴趣，她又转头将话题带了回去，“今天那天曜吻你的感觉……”她动了动眉毛，装出一副很懂的样子，“很爽吧？”

雁回瞥了幻小烟一眼，幻小烟以为雁回要斥责自己了，哪想雁回却琢磨了一番，摸着嘴唇回味了一下：“是蛮爽的……”

“……”幻小烟道，“主人你这么不矜持实在超出我的预料，让我都不知道怎么接话了。”

雁回笑了笑：“不过，抛开这些身体感觉不说，我心里尚有些不敢置信呢。”

“有什么不敢置信的，都实实在在发生过了。”

雁回沉默了一瞬：“我本以为天曜此生再不会喜欢上任何一个女人。毕竟以前受过那样的伤……”

幻小烟转了转眼珠子：“主人你可能不知道，之前你们到幻妖王宫来的时候，我也给天曜施加了幻术的，让他看到了心里最难忘的两个时刻，一个可能是二十年前另一个女人对他立下海誓山盟的时候，但那个时候天曜心里的波动却是极为苦涩与愤恨的。后来他又看见了另一个时候，是关于你的。”

雁回一愣：“我？”

“他看见你在月色之下，执剑站在他身前。再见那场面的时候，天曜的心头情绪依旧澎湃。”幻小烟挠了挠头，“我想，或许天曜此生最美好的，是在穷途末路时遇见了你。”

在穷途末路时……

遇见了她。

雁回的胸膛在这凉夜之中变暖了。

原来，她竟在一个人心中有这么重要的位置啊。原来，她竟是这样被人需要着。她本以为自己颓然无用的一生竟对另一个人有这么不可替代的意义。

光是想一想，她便觉得。

太好了。

幸好这世上，有一个人名叫天曜。

一时间，雁回竟有些按捺不住心头的激动，她立即穿上了鞋，连外衣也未穿便跑出了门，幻小烟被雁回这突如其来的动作弄得莫名其妙，只跟在后面喊："主人！你要去哪儿啊？"

"我要去找天曜！我想见他。"

幻小烟闻言，只得停住了脚步，摇头感慨："青春啊。"可她转头一看，却见院中柱子背后，烛离垂头丧气地站在那里，阴影挡住了他的身影，让人几乎看不见他。

幻小烟摸着下巴想了想，然后上前拍了拍烛离的肩："小世子。"她明媚地冲烛离笑着，"你想在梦里和我主人好吗？我可以让你做梦哟，你只要晚上给我吃掉你的情绪就行啦。"

"不要了。"烛离拍开幻小烟的手，"这样挺好的。"

他一转身，回了自己的院子。

幻小烟看着他落寞的背影，想了想又追了上去："可你现在看起来是一副被打了的落水狗的样子啊。"

"我没有。"

"喏，你走路都拖着脚后跟呢，有气无力，形容颓败的。"

"闭嘴。"

"我闭嘴了你就开心了吗？"

"闭嘴就好了。"

"……"幻小烟再次开口，"我刚闭了片刻，现在你开心了吗？"

烛离几乎要翻死鱼眼了："你在逗我吗？"

幻小烟眨巴着眼睛非常干脆道："对呀。"

"……"烛离手里凝聚了妖力，"你过来，我们谈谈。"

"坏人！看你心情不好我才逗你的！我逗你你为什么还要打我？我不服！"

"不服来战！"

"战就战！"

这方院子里打成什么样，走远了的雁回自然是不知道的，她一门心思往冷泉那方奔去。

冷泉之中的天曜正以龙身沐浴，听得雁回的脚步声前来，他在冷泉之中微微仰起了头，却没有变回人形。

"天曜。"雁回在他面前站定，有些微微气喘。龙头探到雁回面前，好似在询问她有什么事。

可雁回还在喘气，就一把抱住了天曜的脑袋，天曜一惊，眼睛蓦地睁大。

雁回抱着他道："你喜欢我吧！"

天曜水中的尾巴一翘。

雁回将脸埋在他头上："你做我的人吧！"

话音一落，天曜愣了一瞬，紧接着便周身光华一转，立即在冷泉边化成人形。他望着雁回，克制的目光里隐隐透出的亮光泄露了他习惯隐藏的心思。

雁回一步上前："你做我的人吧！我也喜欢你的！"

天曜眸中光芒收敛下来，他只静静地看着雁回，一时之间竟看得雁回有几分不确定起来："以前你问我，如果二十年前你遇到的是我会怎样，那时候你便对我动了心思，我是知道的，可那时候我没有，但最近我越来越多地在思考这个问题，如果二十年前你遇见的是我，我会怎么样？"

雁回定定地看着天曜："别的我不敢说，可二十年前你若是遇见的是我，你只要以真心待我，我便愿将真心全部交予你，不欺骗，不辜负。"

其实，对于天曜来说，最美好的是在穷途末路时遇见雁回。那对雁回来说，最美好的大概是在一无所有的时候，还有天曜。

不知从什么时候开始，他们成了彼此心里无可取代的存在。

冷泉中揉碎的星光被天曜装进了眸里，他依旧没有说话。

雁回等了一会儿，耐心耗尽，终是一步踏上前去，钩住天曜的脖子便对着他的嘴唇一咬，烙下深深的压印后索性开始耍流氓了："我不管，我亲也亲了你了，抱也抱了你了，你的身子我该看的不该看的也都看过了。反正你的清白被我毁了。说，从我。"

话语至此，天曜终于没有绷住脸，头一低，眼一弯，笑了出来。

"真不愧是雁回。"

雁回勾着他的脖子，直勾勾地盯着他："少与我打哈哈，今日你不从我，我就不让你走了。"

天曜失笑，笑了许久终是点头："从。"他重复了一遍，"我从了你了。"

雁回这才笑了出来，佯装严肃的脸立时柔软下来："你可不能后悔了啊。"

天曜垂头看她："这大概是，我要对你说的话。"

雁回虽是与天曜表白了，然而在修道者与妖族剑拔弩张的情况之下却来不及有更多的发展，两人的相处与之前也并无两样，雁回更加努力地修炼功法，因为听闻天曜烧了陆慕生之后，她知道素影必定怀恨在心，迟早会来找天曜寻仇。

雁回只是不解：“为何她要骗你，已经将我杀了？”

天曜道：“不过是想让我放弃找你的心思罢了。她或许未承想，凌霄会放你离开，任你回到青丘吧。”

至于凌霄为何要让雁回离开仙妖纷争，而素影又为何不想让天曜找到雁回，两人便不再细说了。

天曜未将内丹之事与雁回详细交代，雁回也没有仔细去问，两人之间自有默契，不言破却极信任。

相比于妖族这边为战事紧锣密鼓的安排，三重山另一边似乎一团乱。

自素影只身闯入青丘之后，江湖传言陆慕生莫名惨死，而素影真人几近癫狂，不寻人复仇，也不筹备战事了，只独自待在广寒门中，闭关不出。

修道界另外一个领头者辰星山的凌霄真人更是仙踪难觅，全然无人知晓他到底去了何方，辰星山上下竟无一人能觅得他影踪。

中原三大仙门，栖云真人与凌霄真人不知所终，素影真人闭关不出，一时之间修道者们群龙无首。在妖族主动进攻三重山之后几乎节节败退，而这时又传来中原之中的辰星山被妖族之人偷袭的消息。

二十八峰有两座山峰被争斗之力生生削为平地，而辰星山弟子全然不知是什么妖怪所为。

中原修道者们大惊，毕竟辰星山位于中原腹地，若是连辰星山都能被妖族偷袭，那中原还有什么地方是安全的……

得到这个消息的妖族也是怔然。

青丘国主不亲自做主战事，平日里青丘的行动皆是储君领着几位王爷一同商议再行动的，而直到辰星山被偷袭之后，储君在会上一问，是何人组织此事的，众王爷竟无一人知道。储君还特意派人来问了天曜，得到的答案自然也是否定的。

此事颇为奇怪，但左右是发生在中原的事情，隔了两日便也没人再管了。青丘的人自是希望中原仙门越乱越好。

可就在两天之后，辰星山再次出了一个消息让青丘的人不得不在意——

清广真人，出山了。

此消息一出，修道者们先前被扰乱的军心顿时安定，青丘众妖俱是怔愣。

雁回听烛离与她说这话的时候愣是呆了许久没回过神来。

清广真人出山了？怎么可能……

若是按照她以前的推论，凌霄与素影一直主持这中原仙门与妖族之间争斗之事，清广真人则一直闭关不出，可能是被凌霄与素影囚禁，而现在，清广真人却出来了……

难道是因为素影痛失陆慕生之后疏忽了，还是凌霄那方出了什么问题？

雁回没想明白，她本以为清广真人出山之后，会重拾五十年间的和平局面，压下仙妖纷争，毕竟如今这和平是五十年前清广真人与青丘国主一战之后好不容易得来的。

而事实却并不如雁回所料。

清广出山之后立即邀请各仙门掌门齐聚辰星山。连好些时日闭门不出的素影也被他命人请了过去。

紧接着中原仙门开始重新整顿安排，各门派被依次分派了任务，像是终于重新找回了主心骨，中原仙门开始围绕着三重山全面布防，个别地方开始着重进攻。

前线形势一下便焦灼起来。

青丘众人霎时比以前更加忙碌，连烛离也时常不见了踪影。天曜也会开始收到各种各样的安排，有时候是破一个难破的大阵法，有时候是对付些许难办的仙门掌门。

每一次天曜都会带上雁回，对于现在的他来说这般阵法与仙人已很好对付，但雁回却缺少用妖术与人对战的经验，正好带她去前线练练手。

这次三重山后靠近中原内地的一个小村庄上空，突然出现了一个巨大法阵，青丘王爷在各自看守的地方被战事牵扯，抽不开身，于是任务便落到了天曜的头上。

天曜听闻阵法布置的地方之后，犹豫着不想带雁回前去。可适时雁回《妖赋》正练到第五重，将破未破，正缺实践参悟，雁回对天曜的犹豫感到奇怪："这次去的地方有什么不同吗？"

天曜默了一瞬："是你家乡。"

雁回愣了愣："哦。"她道，"有什么不能去的吗？"

“我怕你在战场之上，耽于往昔。”

那是她童年成长的地方，也是遇见凌霄的地方，在那个地方，她曾对白衣仙人信誓旦旦地说过，要向他学习仙法，从此斩妖除魔，心怀正义，维护苍生。

天曜没将这些说出来，但雁回明白他的心思，她只笑了笑，道：“那这次去，便也将这些往昔都尽数斩断吧。”隐去笑容，雁回正色问道，“什么时候出发？”

“今日下午。”

“我回去调整一番，随后来找你。”

“嗯。”

雁回转身离开，回了房间便盘腿要打坐，意图将自己的状态调整到最好，适时幻小烟蹦蹦跶跶地从窗户外翻了进来，喊道：“主人主人，外面有个人送了张纸来，你要不要看啊？”

青丘赏罚分明，雁回随天曜去了几次战场后，偶尔也会收到几封由青丘上层传达下来的奖励和册封公文。这些东西雁回自是不在意的，她闭目养神：“放着，我今日要外出，明日回来看。”

幻小烟眼睛一亮，一时也不去管什么纸不纸的了，直接蹦到雁回面前：“你又要去打仗啊，带上我呗，我也想去长长见识，最近睡不着的妖怪太多啦，大家都愁打仗呢，我给他们梦境里面都放点什么打胜仗的场景，他们一定都好高兴的，我也可以吃很饱啦。你看我这几大又长个子又长肉了。”幻小烟夸着自己，“我也是今非昔比了啊。”

“好。”雁回夸了一句，“记得看好家。”然后便不再搭理人了。

幻小烟得知自己被敷衍，咬了咬唇，心里却也没有完全服气，她眼珠子转了转，偷偷溜到了一边。

到了下午，天曜化龙，雁回坐在他背上，像之前那样赶去了有大阵法之地。

可这次一到村庄周围，天曜便皱了眉头，在空中盘旋了一圈，未曾下去。

雁回询问：“怎么了？”

天曜观察了阵法许久：“此阵甚是邪门。”

雁回愣了愣，能让天曜说邪门的阵，那想来便是该真的邪门了：“那我们……”

话音未落，雁回只觉下方还隔得老远的阵法倏忽传来一股巨大的吸引力，将她拉扯着往下拽。雁回意图抱住天曜，可当她伸出手的时候才发现，化身为龙的天曜不知道什么时候已经不见了，她猛地往下坠落。

雁回立时在空中稳住自己的身形，得以让自己稳妥地落到地上，刚一站稳，旁边传来天曜的声音：“雁回。”

雁回一抬头，天曜好似也才在地上站稳一样，他扫了四周一眼：“我们被拉入阵法之中了，且去寻找阵眼。”言罢，他便向前踏去，见雁回落在后面，天曜便脚步一顿，回头看她，“怎么了？”

他盯了雁回一会儿，然后伸出了手：“不跟来？”

雁回迟疑了片刻，还没伸出手，身后倏忽有一道杀气向她刺来，雁回未来得及躲避，天曜便将她腰一揽抱到一边，躲过地中穿刺而来的尖锐枯枝，他一挥衣袖便是一记烈焰烧了出去，将那枯枝灼烧为灰烬。

贴着的是天曜的温度，看着的是天曜的法术，雁回这才稍稍放了心。天曜垂头看她：“你方才怎么了？”

雁回摇了摇头：“没事，有一点错觉。”

她跟着天曜而去，待得过了一个路口，前面出现一根巨大的枯木，那是当初封印天曜魂魄的巨木。就是在这儿，雁回遇见了凌霄，也是在这儿她阴差阳错地将天曜的魂魄放了出去。

从某种角度来说，十年前的那天，她其实遇见了两个人，一个看得见，一个看不见。

命运实在奇妙。

天曜脚步也一顿，回头望了眼雁回：“想起从前了吗？”

雁回摇头：“只是有点感慨缘分的奇妙。为何偏偏你的护心鳞便入了我的心？”

天曜默了一瞬，随即正了面色：“雁回。”他道，“其实我一直未曾告诉你。真正在你心口发挥作用的、让你活下来的，并不是我护心鳞的力量，那只是一块护心鳞，它可以填补你心脏的空缺，让你不死，但绝对无法让你‘活’。让你活到现在的，是我的内丹。”

“我大概已经猜到了。”雁回默了一瞬，“天曜……”

她刚开了口，脚边土地一阵蠕动，里面立即有尖锐的木枝再次穿插出来，雁回飞身而起，躲过树枝，天空中却猛地传来一股巨大的压力将她往地上摁。

天曜挥手使一把火将地上木枝尽数烧掉，然而另外一方在他背后也是一片密密麻麻的树枝，如箭一样射来。天曜烧了一片又一片，很快眉头便皱了起来，便在此时四面八方登时出现了木刺，一同向天曜扎去，天曜的火烧为一个球，将四周木刺烧去，却仍有一两根穿进了他身体里。

一时间天曜的表情变得极为痛苦。

雁回心头一慌，立即扶住天曜："你……"她刚说了一个字，便见有穿进身体里的木枝顺着他体内骨头生长而来，隆起了他的皮肤，然后刺穿表皮，在他手掌心里生成了荆棘。

雁回看得头皮一麻。

只听天曜咬牙道："没有内丹，我烧不掉体内木枝。"

雁回愣神，天曜转头看她："雁回……若我问你，愿将内丹还给我吗，你要怎么答？"

雁回看了他一瞬，随即答道："我还给你。"

"好。"天曜道，"那便还给我。"

天曜手中木刺倏忽长长，直冲雁回心房而来，与此同时，雁回只听耳边"啪"的一声，紧接着脸皮一痛："主人你醒醒啊！别在梦里随便答应别人什么事啊！"

雁回猛地睁开眼睛，幻小烟坐在她身边，她躺在地上，旁边是巨大的枯木，但刚才的木刺不在，天曜，也不在了……

雁回立时反应了过来："方才那是幻觉？"

"当然是幻觉！这整个阵法里面都是幻觉，真实得几乎可以杀人的幻觉。"幻小烟一把拍掉雁回手里的匕首，"刚才你都直接拿刀往自己心口上捅了！"

匕首"哐啷"应声落地，雁回循声看去，这才发现自己手中竟然一直紧紧握着匕首。

雁回想来有几分后怕，在庆幸幻小烟跟着自己的同时，她转头往四周望了一眼："天曜呢？"

幻小烟摇了摇头："我一直藏在戒指里所以才能唤醒你，他落去哪儿我就完全不知道了。这个阵的法力太强了，依我看是施术者将心思分去了对付别人，所以我才这么容易将你唤醒的，那妖龙天曜……恐怕不太好过。"

雁回闻言，咬了咬牙："我们去找他。"

"你要去找谁？"

一道声音蓦地出现在了空中，雁回一怔，抬头望去，却见素影立在那十年前便被焚烧为枯木的巨木之上。她垂眸看着雁回，相比之前的高高在上的清冷，此时她的眸中不由自主地透出几分以颓败掩藏着仇恨的火焰，素影看起来不像是修道者，而更似一个妖。

“你要找妖龙？”素影冷冷一笑，“不用去了，他就在这儿。”素影手一挥，空中一声龙啸，青龙巨大的身体蓦地落下，砸在地上，它浑身抽搐，好似痛极。

雁回一惊：“天曜！”

素影道：“雁回，你以为妖龙是全心全意对你好吗？他护你到如今，让你入妖道，助你修妖术，只是为了唤醒你心中他内丹的力量，方便他日后取回，你可知道？”

“我知道。”

可知道这些又如何，她也知道天曜这二十年来有多痛，她知道天曜对无力的自己有多愤恨，她知道天曜有多想找回自己曾经的力量，可她更知道，在明明能够取出她内丹的时候，天曜说，他的身体已经找齐了。

他没做任何伤害她的事。

雁回不傻，几句提点她便能明白，以前的天曜想要什么，而现在的天曜，为了她，都放弃了什么。

素影眸光沉凝：“倒是情深，不过也罢了，左右今日，你们二人都出不了我这阵法的。没有内丹的妖龙，和有内丹之力却不会运用的你……”素影轻蔑一笑，“休想踏出这阵法一步。”

雁回闻言，眸光一沉，没有内丹的妖龙，和有内丹的她……那若是她将内丹还给天曜，至少天曜能从这阵法之中出去……

雁回如是想着便要迈步上前，忽然之间她手臂一紧，雁回往身后一看，幻小烟的面容不知为何有点模糊，直到幻小烟猛地掐了她一把，雁回才陡然惊醒。

幻小烟见雁回还有几分怔神，又抬手拍了拍她的脸：“主人你又看见什么了？这阵里面的东西都不可信啊！”

雁回这才转头，那被烧焦的巨木上，素影的影子，地上痛苦挣扎的天曜也不见了。

而她的手则放在自己心口上，五指微蜷，作势为爪，竟是要剖出自己心脏的模样。

雁回额上有冷汗微微渗出。只道这迷阵之中的幻觉简直防不胜防，一次比一次更真实可怕，而且完全能洞察到她的内心，引着她做出这样的决定。她有幻小烟在身尚且躲过了两劫，而天曜……

雁回咬了咬牙，对幻小烟道："你不会被这迷阵迷惑？"

"我是幻妖啊！"幻小烟道，"我们是幻术的祖宗！虽然……我是还没有那么高深的法力，不过看破一切幻术是我天生的本领。"

雁回略一沉吟，立即撕了幻小烟的袖子，用那块布将自己眼睛蒙了起来："你带我走。"她道，"找到天曜就交给你了。"

幻小烟一怔："主人……你交给我这么重的任务啊……"

"我相信你。"

雁回将手伸出去，幻小烟看了看，随即咬牙："好！我今天一定带你找到天曜！"

"天曜……"

"天曜。"

有声音在他耳边一直不停地盘旋，天曜睁开眼睛，但见雁回一脸忧心地望着他。

天曜望了她一瞬，雁回便将他扶了起来："受伤了？"

天曜垂头感受了一下身体中的力量，摇头："无妨。"

"我们好似坠入了这阵法之中，为今之计只好在阵内去寻找阵眼，得以破除了。"雁回转头看了看四周，然后定睛望向一个地方，"那方有诡异的气息你可能感觉到？"

天曜顺着雁回指的方向看了一眼，随即转头回来看她："不用把我引去那方，直说吧，你意欲何为？"

雁回一怔，有几分疑惑："你在说什么？"

天曜垂头笑了笑："因为是雁回的脸，所以我才这般好好说话。不过……"天曜眸色微微一寒，"你若再演下去，我怕是不会客气了。"

话音一落，扶着天曜的雁回面色一沉，眸中登时露出了凶光，她握住天曜手臂的手霎时化为枯藤，意图将天曜手臂缠住，那张脸也开始慢慢化为树皮，最后面目全非。

天曜眸光一寒，周身烈焰一起，登时枯木便化为灰烬。

天曜拍了拍衣裳，站起身来，眸光一转，立时便擒住了立在身侧巨木之上的素影。

“雁回呢？”

素影眼下黑影沉沉，唇角勾出一个冷笑：“这般在意她？妖龙天曜，你对她，倒是用情极深嘛。二十年前的事还未让你学乖？你不怕那雁回对你也有所图谋？”

“我只怕雁回对我图谋得不够多。”他说得那般轻描淡写，但对于经历过那般事情的人来说，这话语里的含义，却不可谓不厚重。

素影默了一瞬，随即点头：“好，那我让你见见她。”她一挥手，巨木枯枝之上立即吊上了雁回的身体。

只见此时雁回双目紧闭，七窍皆是鲜血横流，心口处破开了一个大洞，里面黑乎乎的什么也看不见。

天曜见状，瞳孔猛地缩紧：“你对她做了什么？”

素影淡淡道：“捉她的时候还捕获了另外一只小妖，你让她说与你听吧。”言罢，幻小烟被猛地自空中丢到了天曜脚下。

天曜一愣，幻小烟爬起身来，眼睛红肿地哭道：“我……我和主人来找你……那个坏女人把主人的心剖了，主人要活不成了……快救救主人呀。”

天曜心头一乱，但听素影淡淡道：“你的护心鳞与内丹我已取到，你便与她在这阵法当中，自生自灭吧。”

天曜牙关一咬，双目蓦地赤红，一记炙热火焰径直向素影杀去，而待到火焰抵达素影所在之处时，素影已经没了踪迹，烈焰只是将捆绑着雁回的绳索烧掉。

在雁回落地前一刻，天曜飞身上前将她揽入怀里。

她的身体已经快要冰冷得没有温度，即便落入天曜的怀里，她也未曾睁开眼睛。鼻端的呼吸弱得快让人感受不到了。

“雁回？”他唤了一声，雁回自是毫无反应，天曜咬了咬牙，握住雁回的手，身体中的法力不要命地往雁回身体中涌去。

“我会带你出去。”天曜道，“你不要怕。”

在天曜向雁回身体中灌入修为的同时，一直在他身后萎靡于地的幻小烟倏忽站了起来，她眸带寒芒，每踏出一步，寒气便自然而然地在她脚下凝聚。

她面容几经变幻，最终变成了素影的模样。

她行至天曜身后，抬手便将手中寒冰匕首向天曜颈项扎去！

电光石火之间，空中猛地一阵风声呼啸，一道火焰径直从空中打来，不偏不倚恰好砸在素影寒冰匕首之上，冰刃融化而出的水落在天曜颈项之上，天曜一怔，神志清明了些许，此时忽听空中传来一道急声：

“天曜快住手！”

有火焰自空中雨点般落下，素影身形便在这火焰当中消失了踪影，而天曜双肩被猛地一推，径直翻在地，愣怔间，竟见一个活生生的雁回扑在他身上，虽然紧皱着眉头，但没有七窍流血，心头也是好好的，雁回狠狠掐了一爪子他的脸：“醒醒！那不是我！”

天曜看着雁回，没吭声，雁回便又使劲儿扯了扯他的脸皮：“快醒啊！”

“醒了。”天曜说道，又换来雁回一声呵斥：“那你还不赶快把法力收回去！”

天曜这一垂头，才看见被他灌入法力的“雁回”竟然只是一截枯木。

枯木开始生芽，慢慢长成人形。

天曜立时收回法力，而此时那枯木已经长成人形，它僵硬地抬起了手，要攻击两人，雁回见状，拖着天曜便开始跑，一边跑还一边问身边飘着的幻小烟：“你感觉找到阵眼了吗？”

“不知道啊！”幻小烟道，“就觉着这儿气息重了，但什么阵眼都没看到啊。”

她语音一落，空中立时有冰针簌簌而下。天曜立即将雁回一揽，拂袖一挥，闪耀着红光的火焰结界在他们周围撑开。

素影在空中冷眼看着下方三人。相比于刚才，她的脸色更难看了几分：“区区幻妖，竟敢乱我谋划。”素影眸光一冷，忽然之间三人站立的地面开始震颤，没有被天曜抱住的幻小烟登时被甩到了天曜的结界边缘。

雁回要去追，可此时幻小烟已经被地上蹿出的一根藤条狠狠绑住，藤条如蛇一般将幻小烟勒紧，藤条之上开始长出倒刺，眼看着便要将幻小烟生生切碎。

天曜倏忽撤了结界，眸光一凝，低声对雁回道了句：“给我点血。”然后便一口咬在雁回手指上。

雁回指尖一痛，立即有血液润湿了天曜的唇畔，他手中结印，火龙自天际而来，扑向素影，素影立时以法术抵挡，而此时谁也没想到，天曜却身形一动，只身扑向那巨大的枯木。手掌结印，狠狠地拍在巨木之上。

在空中与火龙争斗的素影瞳孔一缩。

巨木之上蓦地出现一道裂痕，与此同时素影的脸上也出现了一道裂痕。

素影手上动作一顿，火龙立即缠绕了她全身。烈焰燃烧，那枯木之上也登时燃起了火焰。

雁回见状，立即上前切断绑住幻小烟的藤条，幻小烟周身已经被藤条尖刺割破，她疼得直哭。雁回抱着她的脑袋轻轻拍了拍，哄了两句，幻小烟才止住了哭，道："我说这幻阵怎么这么厉害，原来是这个素影不要命了，把自己的性命和这阵法连在了一起！难怪她无处不在的。"

以命布阵……

素影她是……不想活了。

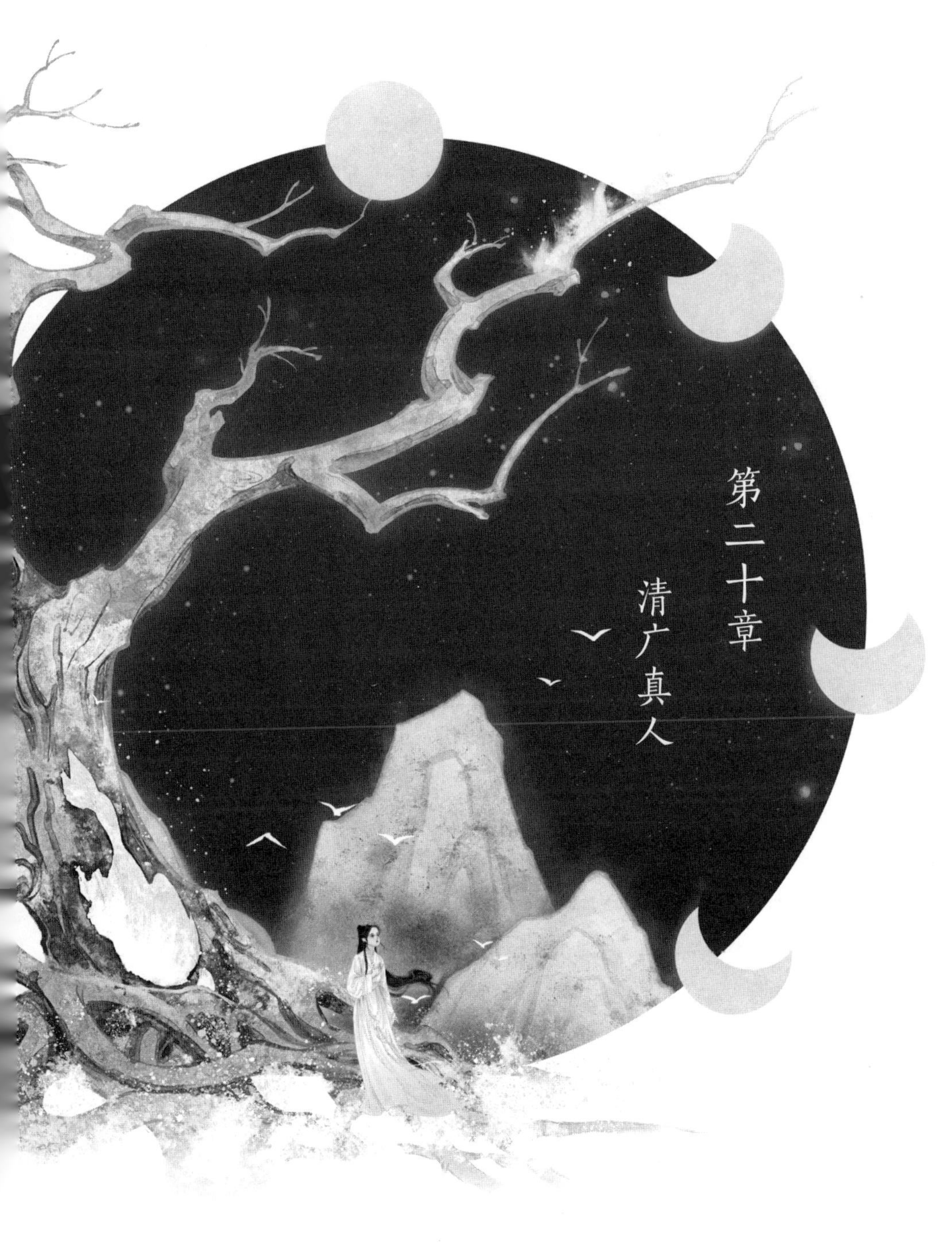
第二十章
清广真人

素影不想活了，雁回明白过来她的心思，却是一声笑：“她能这样想，我觉得挺好的。”

幻小烟抬头看了雁回一眼，默了一瞬，随即道：“可不想活的方式有那么多种，她为什么一定要以命布阵啊？如果一心寻死自行了断就好了，如果想来找你们打架，那完全没必要布阵，用这么复杂的方式呀。”

对，素影必定另有图谋。

雁回一伸手，对幻小烟道：“藏进戒指来。”

幻小烟道：“不要我帮忙了吗？”

“你已经帮了大忙了。”

幻小烟对幻阵尤其敏感，她既然说这里气息奇怪，那此处必定有问题，而在这里，除了那棵巨木，便只有素影在此，所以方才天曜一是用火龙攻素影，二是亲自上手烧了巨木，这二者必有其一与阵眼相关。

而现在既然得知素影是以命布阵，那阵眼必定是在素影身上，可天曜攻击巨木的时候，素影神色分明比攻击她自己更加紧张，那根巨木也绝对有猫腻。

待得幻小烟在戒指中藏好，雁回飞身上前落在巨木旁边，适时素影已灭了火龙，雁回道：“你应付她，这棵树，我来烧。”

没有更多言语，天曜飞身上天，与素影战为一团。

素影见雁回以血为媒开始灼烧巨木，登时双目一瞠，牙关紧咬，恨至极致，她不欲与天曜缠斗，可天曜却始终干扰着她，不让她下去阻止雁回。

素影大怒，周身气息膨胀，冰寒之气在整个阵法里面炸开，一时之间巨木之上的火焰都结上了冰。

雁回只觉周身一寒，宛如有冰针在刺她的皮肤，唯有心口处火热跳动的心脏在保持她的体温。

巨木树身之上方才已被灼烧出了一条裂缝，雁回伸手进去，她哈了口热气，白雾氤氲当中，掌中法力再次燃烧起来，径直从树中裂缝里将那巨木烧开了去，火焰似电一般将巨木劈成了两半！

而在这巨木之中竟有由一树枝藤蔓缠绕而成的男子静立其中。

见这藤蔓编织的五官模样，雁回一愣："陆慕生……"

素影竟是在这巨木当中，以藤蔓草木做了一个陆慕生的傀儡……她难道，还想复活陆慕生？

所以她以命布阵，想在这阵里杀了她与天曜，用她和天曜的精血来祭奠这傀儡，让这傀儡活过来？

这不已经完全是邪修的邪术了吗？！

雁回惊愕之余，还在傀儡心口之处看见有一颗珠子在藤蔓里面闪闪发光。

那是什么？

雁回一皱眉，伸手想去触碰，却见空中的素影好似疯了一样，周身法力澎湃而出，径直将天曜定在了空中，她怒叱着向雁回而来："休要碰我灵珠！"

她来势那般快，雁回避无可避，索性一把将那傀儡心中的灵珠抠了出来，握在掌心，盯着素影："来。"她道，"我碰了，你待如何？"

素影急急停在雁回身前，披头散发，仙气不存，一身颓败之势携带着末路之气。

"把灵珠给我。"素影向雁回伸手道，"它对你并无作用。"

灵珠？雁回想到先前素影将她与陆慕生一同带走的时候，在路上，素影曾问过陆慕生，是否记起过往。当时她便提到过"灵珠"二字，这便是能让陆慕生回忆起上一世记忆的东西吗？

那陆慕生死后，这珠子便承载着他寻回来的那一星半点记忆，素影是想再造一个傀儡之时，将这珠子放入他心中，这样傀儡就会拥有以前的那个将军的记忆……

如此说来，这珠子对素影而言，着实重要。因为除了这珠子里面的记忆，这世上便再没有她和那将军相爱过的任何痕迹了。

雁回一只手握着灵珠，一只手向素影伸了出去："阵眼呢？放我与天曜出去。"

素影阴沉着目光，并无动作："即便我今日放了你，来日，你也依旧保不住你的那颗心，总有人会将它挖出来。”

雁回斜着嘴笑了笑：“那就等来日再说。今日我并不想与你谈这个。”她手心一紧，只听“咔”的一声，灵珠表面裂出了一道细缝。

素影登时面色一变：“我放你们走。”

雁回正色补充：“先放我们走。”

素影垂眸：“好。”她的手收回衣袖当中，雁回静静等待她将阵眼交出，却在这时，空中一声破冰之声传来，紧接着便是天曜的大喝：“躲开！”

雁回与天曜素来默契，天曜让她躲，她想也没想便往斜刺里扑倒，素影目露凶光，手中已是长剑斩向雁回方才站立之地，而在那处，地上更有尖刺长出，若是雁回不躲，那些刺便能直接将雁回戳穿。

雁回心下一惊，但见素影还阴狠狠地盯着她，雁回握着手中灵珠往地上一拍：“这是你要的。”

素影眸光怔愣。

灵珠应声而碎，霎时间灵珠之内光芒流转而出，雁回脑子里好似飘过无数的画面。

每一幅画面她都那样陌生，但是画面中的女子雁回认得，那便是眼前的素影真人，而画面中的男子雁回也觉得熟悉，他像陆慕生，却又不是陆慕生。

男子穿着玄铁铠甲，一身是血，狼狈独行在荒原雪地当中，然后遇见了素影……

这是素影和将军的过去……

素影眸光被灵珠光芒照耀到了，她显然也看见了这个画面，素影彻底怔住，紧接着画面轮转，春去秋来，素影与过去那将军相处的一幕幕尽数出现。他们一同登高望远，一同泛舟江湖，一同闲敲棋子。

每一幕都真实得像是昨日发生过一样。

素影看得唇角颤抖：“他竟然已经全部记起来了。”她道，“他已经全部记起来了……他明明都记得！他骗我，过去的事，他明明都记起来了！不是做梦梦见一点，不是只有零零散散的一星半点，是全部……”

素影好似受到了巨大的打击：“他都记起来了，可他最后还是要追随那狐妖而去。他……”素影默了一瞬，唇角颤抖，她咬紧了唇，直到唇上一片鲜血淋漓。

陆慕生是想起了过去的事情，可尽管他想起来了，也依旧追着云曦公主而去，也依旧怨恨素影，也依旧不愿再接纳她。

这对素影来说，无疑是将她心里对陆慕生的最后一点幻想彻底撕碎。

陆慕生不是记不得，只是不爱她了。

他只是变成了另一个人，然后……

爱上别人了。

素影眼中积聚了泪水，然后泪水开始变得浑浊，最后甚至渗出了血色，她恨得咬牙切齿，目眦欲裂地将雁回盯着，一脸血泪横流，让她看起来宛如从地狱来的妖魔：

“你为何要让我看到这些？”她恨雁回，“你为何要打破他的记忆？”

在巨大杀气和仙力的压迫之下，雁回只觉自己周身开始变得麻木，她连动也挪动不了一分。

“你该死！”素影说着，五指登时化为锋利的冰刃利爪，她的头发霎时化为一片雪白，瞳孔的颜色也变得极浅，整个人好似变成一个冰雪妖魔。

她向雁回狠狠抓来，眼看着便要将雁回切成碎片。

而此时她背后发出“咔”的一声脆响。

素影手上动作顿住，她垂头一看，一柄长剑穿透胸膛。

她的身体也已经不再是寻常的身体了，她整个身体都变成了坚冰，在长剑破开胸膛之后，她身体更加迅速地结冰，脸上也开始长出了冰刺，她自己也不再能行动。

只有眼珠在眼眶中转了转，最后落在那些破碎的灵珠碎片之上。

生命的最后一刻，素影想，当初在荒原雪地之上，或许她便不该救那陆慕生吧，不救他，她依旧是高高在上的仙人，冷眼淡看天下，世间无凡事可乱仙途。

可……

现在回首一想，她此生最快乐的时候还是与那将军在一起，若是没有那段时光，就算仙途百载，也逃不过“无趣”二字。

她这一生，做了那么多事，她以为自己是爱陆慕生的，可原来，她只是为了回到当初那段快乐时光，可最终……

到底是天不如人愿。

天曜在她身后拔出长剑，素影的身体应声而碎，彻底变成地上的冰块。

天地颤动，四周景色轮转变化，最终冰雪退去，地上草木依旧，身侧旁边巨木犹在，而空气中已再无阵法气息，他们终于从素影的阵法里出来了。

而这世上再也没有广寒门的素影真人了。

雁回周身麻痹的感觉依旧存在，死里逃生，她有几分怔然。适时天曜在她面前伸出手来，雁回怔怔地看了一会儿，这才将天曜的手掌握住。

温暖的掌心让她感觉刚才那些事情是真实发生了。

素影真人死了。

消失在这世间了。

雁回转头看天曜："她死了。"

"对，她死了。"天曜的神色与平时并无两样。手中剑消散于空中，天曜只道，"走吧，阵法已破，该回青丘了。"

"你便没有……别的感想了？"

别的感想？天曜回首望了望巨木，或许有吧，毕竟他在因素影而起的仇恨和绝望当中生活了二十年，但对于现在的天曜来说……

"她已经不重要了。"天曜说着，转头看了眼雁回，一抬手轻轻触碰雁回的心口，似无意识地呢喃着，"每当想到她对我做了那些事，却阴差阳错地救下你，我对她还有几分感谢……"

雁回一怔，却在此时旁边倏忽传来一道清朗的笑声。

两人循声一望，随即雁回便呆住了。

只见宽衣广袖的长发道者自山坡下踏步而来，头上束冠，长发过膝，眉目清俊，唇带三分笑意，一身仙气飘逸。

来者竟是……雁回也只在辰星山见过几面的清广真人。

"如此说来，妖龙你也要感谢感谢我才是呀？"

清广真人说话好似永远带着笑意，他笑眯眯地望了天曜一眼，随即眼神一转，上下一打量雁回，目光最终停在了她的胸口之上。

天曜立时往雁回身前一挡，面容严肃，神态戒备。

清广真人并不在意天曜的敌意，他只是轻声笑着，好似发现了什么非常可笑的事情："真道是众里寻他千百度，未承想竟在我触手可及的地方待了十年。"

他这话说得让雁回有点愣神。

清广真人要寻的东西……

"念在你也曾是我辰星山弟子的分上，这内丹我便不亲自动手取了。"清广微笑着伸出手来，“来，给我吧。我等了二十年了。”

他要雁回心中的内丹！

原来，竟不是素影要她心里这颗内丹，而是清广真人想要！

二十年前素影荼害天曜，清广真人并不只是单纯来助素影除妖，而是也有所图谋……

雁回不由得捂着心口后退一步，天曜眼睛一眯，周身登时杀气四溢。

清广一笑，摇了摇头：“你们杀得了素影，是因为她心中执念太多，所求太多，我可与她不同。”清广眸光一冷，“我只求内丹。”

话音一落，他身形在原地霎时不见，雁回全然看不见清广真人的动作，只见得她身前的天曜掌心剑在此凝化而出，向左边一挡，清广真人身影未现，但一股巨大的力量却已经撞上了天曜的剑。

天曜牙关一咬，额上青筋微突，他周身烈焰大起，然而法力却后继无力，不过抵抗了一瞬，那力量方向一转，却从天曜头顶压来，只将他压得单膝跪地，无法起身。

紧接着在雁回反应过来之前，斜刺里一股法力猛地击打在她身上，雁回立时被打飞，撞在那巨木之上，将那巨木生生撞出一块凹陷。

尘埃“嘭”的一声炸开，然后和雁回的身体一起缓缓落于地面。

雁回一声呛咳，喉中立时涌出滚烫鲜血。

清广真人的身影这才显现，脚步轻踏至雁回身前，居高临下地俯视着她：“自己来，可不就不用吃这苦楚了吗？”

天曜闻言，欲奋力挣扎，周身火焰与头顶压下来的力量奋力相抗，然而依旧不过是一瞬的抵抗之后，便再次被那力量死死压住。

清广分神看了天曜一眼：“身为妖怪，取了内丹，饶是千年妖龙又如何？”他话音一落，天曜头顶的压力蓦地增大，只听一声闷响，不知是天曜身体里哪根骨头被压断了，他被狠狠摁在地上，清广真人一笑，“不过是我掌下长虫。”

雁回花费了巨大力气才能抬起此时已变得沉重不已的眼皮，看着那方狼狈的天曜，心头百味杂陈。

她应该将内丹还给天曜的，天曜找回了身体，明明已经恢复得与以前一样了。若是他有内丹，今日何至于如此狼狈，何至于在清广真人手下，被伤到如此地步，完全没有反抗之力……

清广真人不花心思再去看天曜，转过头来，瞥了雁回一眼：“小姑娘，你现在这神色，可是极不服气？”

雁回垂着眼眸未说话，清广笑了笑：“你也不用不服气，你这条命本来也就是偷来的，若不是我那不乖的凌霄徒儿不听话，二十年前，你便该是今日这般下场了。”

雁回心头被这句话点亮了。

什么意思？

二十年前，凌霄……

凌霄与二十年前天曜的事情也有关系吗？二十年来凌霄做了些什么让她不至于是今天这下场？

没等雁回有更多猜测。

清广指尖凝聚了法力，眼看着便要探入雁回心口之内，雁回一咬牙，掌中捏了一把地上的土，对着清广真人的眼睛一撒，清广真人虽以法力挡住扑面而来的沙尘，但手上动作却迟疑了一瞬。

雁回趁机往旁边一溜，蹿到天曜身边，她毫不犹豫，作势便要挖出心口内丹，欲将内丹还给天曜。

天曜见状双目一瞠，又惊又怒：“住手！”

清广真人也是一惊，他双眼一眯，身形转瞬之间便落到雁回身前，雁回周身运起法力，欲要反抗，感觉到雁回运起的气息，清广真人眉目一凝，他一抬手打断雁回运功，丝毫不给雁回反抗的机会，“咔”的一声，将雁回的胳膊径直扭断，雁回手臂无力地垂下，他抬手便将雁回脖子捏住，往空中一提，雁回双脚离了地，整个人无力得如破布一般垂搭而下。

“你修的《妖赋》？”清广的声音有几分微妙，“谁教你的？”

雁回不答，清广手指指尖收紧。

天曜见得清广真人这一系列动作，只恨得牙关紧咬，脸上龙鳞乍现，竟欲在此处化出原形。

清广真人另一只手不过一拂衣袖，空中无形之力便将天曜死死压在地上，饶是天曜在他身后化了龙形，也不过只有化形的风将清广的衣袖与长发吹动。

清广真人任由青龙在身边吼叫挣扎，一眼也未落在他身上。他只对雁回道：“我不喜欢和我动太多心思的人，你若老实，我尚可留你一个全尸。”他指尖用力，雁回脸色登时青紫。他唇角依旧带着微笑，却没有温度，“可你不乖。”

他指尖收紧，另一只手落在雁回心口上。

天曜龙啸之声彻天，突然之间龙尾挣脱清广的束缚，横空甩来，将清广狠狠地抽开了去。与此同时，清广真人腰间随身携带的香囊倏忽照出一道明媚而刺眼的光芒。

这方天曜刚将落下来的雁回用尾巴卷住，便见那方清广身侧光芒之中忽然显现出一个人影。带着风雪之气，在天曜那一击之下的力道上又给清广补上了一击，让清广退得更远了些。

逆光之中，雁回看见那人的背影有点失神。

凌霄……

他怎么会在这儿？

“呵……”清广真人立住身形，“我这徒儿本领大了，连锦囊也困不住你了。”

凌霄并未回答清广的话，只转头对护着雁回的天曜道：“带她走。”

天曜显然也是如此想的，他周身气息已起，清广真人却在那方笑弯了腰：“走？凌霄啊凌霄，我所有的弟子中当属你最为严肃。”清广话语一顿，“也属你最为天真。”他目光一厉，“你们谁还能走？”

言罢，四周狂风大起，在巨木周围卷成了一道风壁，天曜只得卷着雁回，将她紧紧护在自己身体之中，不能再挪动半分。

凌霄回头，眸光凉意重重：“师父。”

清广真人摇了摇头：“在你为了你徒弟与我动手之际，我便不敢再认你这徒弟了，削平了辰星山两座山峰，怪让人可惜的。”

削平了辰星山两座山峰？先前妖族得到的消息，说辰星山被妖族人袭击……原来竟是清广真人与凌霄打了起来吗？

凌霄沉默。他素来便是习惯沉默的，在雁回面前不多言，此时亦没什么话要说。他只手一挥，身下立时冰雪法阵大作。

清广见状笑了笑：“你的法术都是我教的，先前你便败给了我，在锦囊中待了这么多天，你还能赢？”

凌霄不为所动，一眼也没往后面看，起了法术便扑上前去与清广战在一起。

两人动作太快，身影皆化为流光，在风壁之中四处冲撞，令风壁之内一片法力冲击激荡。

天曜随时观察着风壁之中的气息流动，最终发现每一次凌霄被清广真人打开，他皆是撞在风壁的同一个地方，也就是那一个地方的风力比其他地方要弱许多。

凌霄……是在用自己的身体给他们开辟生的路。

雁回被天曜的尾巴紧紧卷住，可她仰头望着天还是能看见凌霄的身影，他在上面与清广拼死而斗。

一如小时候她第一次见到凌霄时那样，他将她从妖怪手里英勇地救下。

像是天神，恍似谪仙。

“你太缠人了。”清广真人语气当中有了几许不耐烦，“浪费我太多时间了。”

他话音一落，四周风壁登时转得更快，在地上也转出了许多细小的风刃，开始攻击天曜，天曜抽身去挡，斜刺里一股大风却将他尾巴狠狠一抽，雁回被抛上了空中。

清广一边与凌霄缠斗，一边斜眼一瞥，甩手便是一记风刃对雁回扔了过去，直取心房。

天曜要去救却已来不及。适时，凌霄身影一动，丝毫没有犹豫地将雁回抱在怀里，风刃撞上他的后背，雁回鼻端霎时便嗅到了鲜血的味道。

雁回双眸猛地撑大，喉咙间不由自主地发出了一声短促的抽气声。

抱着她的手立时收紧了些：“不要怕。”

比起安慰，这更像是命令，像是过去十年里，那无数次在她耳边响起的话：“认真练。”“不要偷懒。”“不许走捷径。”

雁回一时间竟莫名觉得鼻尖一酸。

风刃的力量极大。“嘭”的一声，凌霄抱着雁回从空中狠狠坠落，落在地上，将大地都撞出了一个凹坑，而凹坑之中，凌霄依旧垫在雁回身下。

他坐起身来，瞥了怀里的雁回一眼，便站了起来，挡在雁回身前，背脊挺直，尽管他后背之上已经鲜血淋漓。冰雪长剑在手中一凝，凌霄的眸光穿破尘埃，凛冽地望着空中的清广真人。

尽管斗不过，可他也没想过要放弃。

“为什么护着我？”雁回气息有几分弱，她轻声问着，“你一直都在护着我，对吗？”

不知是没听清她的话还是不想回答，凌霄只回头用侧脸看了她一眼。

雁回一时竟觉得自己有无数的问题想要问他，想要迫切地听到他的回答：“栖云真人是你杀的吗？谋划仙妖大战的是你吗？逐我出师门其实是为了护着我吗？打断我筋骨不让我修炼妖术也是为了护着我吗？”

她有那么多的问题想问凌霄，想从他嘴里得到那么多的答案……

凌霄一言不发。他转过头去，一身仙气澎湃而出。

“雁回。”他道，“为师从未后悔过收你为徒。”

雁回瞳孔缩紧。

只见得凌霄周身冰雪之气缠绕着他，将他化为一柄长剑，他直冲清广真人而去，决绝得没再回头。

空中一片大亮，与此同时天曜龙尾一卷，将雁回周身裹住，带着她一头冲撞上风壁之上那被凌霄撞击得最脆弱的地方。

“不……”

“等等！”雁回失声大喊，“等一下天曜！”

天曜自是没有等的，龙角撞破风壁，他带着雁回破壁而出，而在雁回离开风壁之中时，最后一眼，她只见到在灼目白光之中，凌霄的身形彻底消失在光芒之中。

他以命为祭，只为换她一线生机。

师父……

她最后一声师父，还没来得及喊出口……

尽管经历了这么多，雁回也想告诉凌霄，十年前，十年间，她也没有后悔过拜他为师。

天曜破出风壁，龙身卷着雁回狼狈落地，下一瞬间，雁回只听他们身后一阵巨响，回头一看，但见清广真人的风壁已经彻底消散，而清广真人在空中捂着胸膛，面色苍白好似受了重伤。

而凌霄……

却已经没了踪影。

清广真人一转头，但见雁回与天曜还在，登时目光一厉，冷笑：“凌霄以为与我拼死一搏，便能救得了你……”他话音刚落，斜刺里猛地传来一记妖力。

转头一看，竟是妖族大军举旗而来。远处已是一层厚重的妖气。

天曜眸光一凝，拼尽最后的力气，一个瞬形，霎时没入妖族大军之中，周身气息登时被四周浓厚的妖气遮掩。

清广已是重伤，当即眯了眼，没再颤抖，白光一转便离开了此地。

当日夜里，仙妖大战的消息便通晓天下——修道界于三重山后最坚固的结界被妖龙天曜所破，妖族大军挺进中原数十里。清广真人重伤，素影真人与凌霄真人于战乱之中不知所终。

中原修道界大惊。

妖族之人却欣喜若狂，无数妖族人自动请求给天曜与雁回奖赏。一时之间他二人的名字在妖族中被喊得极为响亮。

然而他二人却自中原归来的第二天便闭门不出。

雁回日日枯坐屋中，每时每刻凌霄化剑而去的场面都在她脑中浮现，他那一句从未后悔收她为徒更是像咒语一样在她心头盘旋不去。

她依旧不清楚在她离开辰星山后到底发生了什么，或说，二十年前……到底发生了什么。因为即便到了最后一刻凌霄也没有将事情透露半点。

可她知道，对于凌霄，她好像一直想错了……

没几日时间，烛离带来了消息，说妖族的人在中原带回来一个洗了髓的蛇妖，蛇妖说有重要的情报向诸位王爷禀告，并且还指名点姓提到了要见天曜与雁回二人。

一个洗了髓的蛇妖？

雁回听到这消息之后，洗漱了一番，从小屋子里走了出去。

见到蛇妖之后，雁回愣了愣："是你。"

是那喜欢栖云真人的蛇妖……上一次雁回见到这蛇妖的时候，她才刚被逐出辰星山门，她还是因为他才遇见了天曜。一转眼，时间好似也没过去多久，但这期间经历的事，当真谓言不明，道不尽……

蛇妖见了雁回，面上神色从容淡定，他只对雁回点了点头，又对她身后的天曜点了点头："我是来说辰星山之事的。"

座上储君皱了皱眉头："你一蛇妖，洗髓修仙，而今带着一身仙气来与本王说辰星山之事？你且先说说，本王为何要信你？"

蛇妖沉默地看着雁回。半晌后却是雁回身后的天曜开口道："此人算是旧识，且听他说说所谓何事。"

堂上沉默，蛇妖这才开口道："铜锣山与二位一别，我在中原洗了髓，入了仙道，随即潜入了辰星山，做了外门弟子。此后经辰星山仙人提拔，入了二十八峰，成了内门弟子。”

短短几句话，不难想象，这期间他的曲折与艰难，或许不比雁回这一路走来少。

“我查明了栖云真人的死因。”蛇妖此言一出，堂上众妖一时几分躁动，因为在场除了天曜与雁回，并没有谁确定栖云真人是死了的。蛇妖并不理会其他人，只望着雁回道：“栖云确实死于凌霄之手，然而罪魁祸首却并不是凌霄。”他眸中沉有寒光，“是清广。”

“数月前，素影奉给清广一颗九尾狐妖内丹。”

众妖哗然，储君眸色一沉，不用说大家也知道那颗九尾狐内丹是谁的——云曦公主。

素影还真是……一点也没浪费落入自己手中的妖怪……

“清广得到内丹之后，在辰星山召开仙门大会，众多仙门掌门尽数到场，而那场宴会的真正目的，却是为了给清广真人清除异己。那时清广便想要再次发动仙妖之战。”

“为什么？”雁回不能理解，“五十年的和平来之不易，他为何要亲手毁掉？”

蛇妖神色淡漠：“想一想你们辰星山的心法，还有你们师父是如何教门徒的，想要仙妖和平，会说妖即是恶吗？”

雁回心头一怵，多年来辰星山师父对徒弟的教导方式，还有仙门弟子们对待妖怪的态度一下出现在她的脑海里，顺着蛇妖的话往下细细思考，若是有人故意以此来教育修仙弟子。这……岂不也是时时准备战斗的一种信号吗？

这个想法越往细里想，便越发让雁回觉得胆寒。

其实……清广真人要的不是五十年和平，而是五十年休整备战……

“栖云身为三大仙门掌舵者之一，并不同意清广的做法，而那时，清广已经闭关，借九尾狐内丹修炼功法。事情由凌霄出面与栖云商议，最后栖云与凌霄争执，素影当即欲除栖云以绝后患，最后是凌霄与素影联手打伤栖云，凌霄对栖云施以咒术，让其忘记过去成为痴傻之人，这才让素影饶过栖云一命。”蛇妖顿了顿，“却不承想，最后却是我们让栖云想起过往，致使咒术发作……”

堂上众妖都听得晕乎乎的，但雁回却理得十分清楚，是清广为幕后主使，而在交代事情往下做的时候，素影要杀栖云，而凌霄选择放栖云走。

雁回呆了许久："这些事……你是怎么知道的？"

"前几天，收我入内门的辰星山师父死在战场上，咽气之前他将这些事告诉了我。当时他在山石之后醉酒小憩，无意间撞到凌霄、素影对栖云真人做的事。适时素影也欲杀他，也是凌霄保住了他的命。他此生本不欲将这些事道与外人，但始终觉得亏欠栖云，亏欠心中道义。"

蛇妖不管雁回神色如何，只继续说道："你们若不信我的话，大可对比一下在辰星山宴会之后发生的事，那之后中原大量捕杀狐妖，据说是江湖门派欲以狐妖之血，炼丹供达官贵人使用。"

这件事雁回是亲历过的，前因后果她也比谁都明白。

"捕捉狐妖之后，修道者将狐妖们的内丹剖取，尽数运往辰星山，而到辰星山之后，内丹的去向却无人可知。那是因为，内丹都进化成了清广的功法，助他精进，更上一层楼。

"然而仙妖之战却提前爆发，清广修炼正值紧要关头，闭关不能出，需要以大量妖怪内丹帮助。于是素影率人突袭三重山看守的妖族，剖取其内丹。"

是的……

每一件，每一桩，都能对上……

"然而前不久，却是不知为何，凌霄自外归来后，忽然突袭闭关之中的清广，致使清广功法未得大成便被迫出关。"

雁回知道凌霄为什么突然这样做。

因为那之前，她被素影掳走，凌霄将她从素影身边救走之后，他要她去海外仙岛避难……他想要她……保住心口内丹，他知道清广要取她的内丹，所以他让她逃，让她躲。但她……

不肯去。

所以凌霄去了，他去突袭自己的师父，去与清广拼死一战，为了保护在远方什么也不知道的、倔强又固执的她。

在凌霄要她去海外仙岛的时候，雁回还问过凌霄："真人你还会在乎自己的徒弟吗？"

他在乎吗？

他在乎的。

即便到了最后，他抛却一切不去解释，却只说一句，从未后悔过收她为徒。

即便她以前迷蒙不清地喜欢过他，爱慕过他，让他蒙羞，让他难堪，做了那么多让他伤心的事，说了好多伤人的话。

可他没有后悔过收她为徒。

雁回一时有几分站不住脚，身后的天曜默默撑了一把，这才将她扶住。

接下来蛇妖还说了什么，雁回已经一句也听不进去了，她耳边嗡鸣一片，只浑浑噩噩地被天曜扶回自己的房间，关上房门前都未曾看过天曜一眼。

她能感受到天曜的目光一直停留在她脸上，有担忧，有沉默的隐忍，但她却没办法命令自己的嘴对天曜说“没关系，我没事，别担心”。

她失神得控制不了自己的身体、动作甚至表情。

雁回直挺挺地走进房间，愣神到直接撞在了前方的书架之上，书架一晃，整个往她身上倒来，斜刺里一只手将整个书架撑住，让它回到原位，但架上的书还有摆放装饰的花瓶却全部落了下来。

“噼里啪啦”一阵破碎凌乱的响声。

雁回下意识地一垂头，却在杂乱的书上看到缓缓飘下的一封书信，信封上写着大大的“雁回启”三字，而在下方，用朱砂款落了两个细小的字——

“千朔”

凤千朔……

雁回混沌的脑子里忽地闯入了一个场景，当日她与凤千朔约定，她助凤千朔将弦歌带走，而在事成之后，要凤千朔将凌霄的图谋全部都告诉她。

凤千朔答应了。

然后……

这便是他寄来的信？这信里便是凌霄的……全部？

雁回唇角一抿，几乎是迫不及待地跪了下去，也不在乎自己的膝盖是否磕在下方破碎的瓷器之上，被刺穿了皮肉，流出鲜血。

天曜心头一凛，伸手便要将雁回抱起来，却见看着书信的雁回，浑身不可抑制地颤抖，她的脸色也一寸一寸变得煞白……

时至今日，雁回才发现，原来以前的自己竟然忽略了那么多问题。

其中最重要、最根本的一个便是：她有天曜的护心鳞与内丹，可这两样东西是怎么到她身体里来的呢？它们不会是被天曜打飞之后直接飞进她的心房的，这个世上，哪有那么巧的事……

“天曜，你知道吗……”雁回坐在床上，天曜将她裤子卷了起来，帮她夹出扎进膝盖里的一块又一块碎片，听得雁回读完信后失神的问话，这才抬起头来看她。

雁回虽然眼神落在他身上，目光却不知透过他看去了哪个地方，那么灰败又无神，她只是在无意识地呢喃，无意识地找人倾诉。

“你的内丹、护心鳞还有我这条命，都是师父捡回来的。”她道，“二十年前，是他把你的内丹与护心鳞放进了快被母亲抛弃的我的胸膛之中。他救了我一命，他一时动了恻隐之心，救了我一命……”

她想到哪儿说到哪儿，逻辑混乱，但并不妨碍天曜听懂她的话。

“二十年前你与素影、清广一战，清广维系阵法，素影分你身躯，你将内丹与护心鳞抛出，凌霄也在场，清广便命他去寻，他寻到了，在回程路上遇见因为天生心脏缺陷而即将被母亲抛弃的我，他以护心鳞补我心上缺憾，以内丹维系我生命……”

雁回想起很久之前，在她很小的时候，她那酒鬼父亲就经常念叨她“有福，运气好”。当时雁回并不懂，她只道自己摊上这么个酒鬼父亲，实在不幸。

可现在她明白了，她父亲说得对，她是有福的，她是运气好的。

因为她明明快要活不成了，却有仙人路过，施予恩泽，救起了偶遇的她。一如十年之后，凌霄再来她那村子除妖，救下了什么都不懂的她。

然后见她随着年龄增长，心中的天曜内丹已有妖气渗透，他便再动恻隐之心，收她为徒，教她仙法，遏制心中妖气，让她十年间，即便身在辰星山也依旧未被清广看出端倪，没有被挖出心脏，没有凄惨丧命。

免她颠沛流离，护她安好无虞。

凌霄说过的话，他都做到了。

他伤了栖云真人，是因为想要救她性命。

他谋划仙妖大战，是因为他要从中作梗。

他鞭打她九九八十一鞭，是因为修炼妖法会致使她心中的天曜内丹复苏，龙气四溢后，素影与清广见之则会取她性命。而他怕自己保不住她……

他知道雁回知晓这些事情之后会有多伤心，所以从头到尾，都闭口不言。他一直都是那个即便除妖，也心怀慈悲的仙人，从来都将温柔藏于心底。即便到死也独自背负所有。

雁回死死地握紧拳头，直到掌心被指甲挖破皮肉，流出鲜血。

天曜沉默地将她膝盖包裹上，抬头看见雁回的手心，又看了看雁回发怔失神、满是颓然的目光，他说不出安慰的话，抬手想要握住包裹雁回的手，给她哪怕一星半点的温暖，但却发现自己竟然……无法握住雁回的手。

他羞于去触碰她。因为他从未有过如此深沉的挫败感。

挫败来自与清广相斗时，他的无力，也来自现在他完全无法触及雁回的内心。

他甚至觉得此刻在雁回面前，与那个默默为雁回做了那么多事的师父相比，他实在无能又……

卑劣。

是的，卑劣。

一开始一心一意图谋雁回心口护心鳞与内丹的是他，将雁回当作破阵工具随意取血的是他，骗雁回她心头只有护心鳞的是他，诱使雁回学习妖术妖法的也是他。

这一路以来，他算计她，利用她，使她陷入危及生命的困局当中。

可雁回却总是义无反顾地救他、护他、守着他。

他对雁回什么事都没有做，此时甚至笨拙得连一句安慰话也无法说出口。

这样的自己，有什么资格去触碰雁回呢……

“天曜……”雁回捂住脸，疲惫而颓废，“你让我一个人待待吧。”

是，他得让她一个人待待，因为就算他在雁回身边，也依旧什么都做不了。

走出屋子，将房门轻掩，在门扉完全合上之前，天曜忍不住回头悄悄往屋内看了一眼，却见方才就算声音沙哑到极致也没有哭出来的雁回，此时在空无一人的房间里，捂着脸，双肩微微颤动。

“咔”的一声，房门合上，天曜垂着眼眸，一时间只觉心头对自己的无力的怨恨，远远超过二十年前被素影背叛的时候。

他握了握拳，身形转瞬行至青丘王宫，在青丘国主所居的巨木之前，天曜被看门的狐妖拦住去路。在狐妖开口之前，王宫的大门便“吱呀”一声打开，青丘国主的声音从里面传了出来：“让他进来。”毫无意外，像已经料到天曜会来找他一样。

步入青丘王宫之中，天曜看见坐于王座之上的国主，只见外面的阳光照射在他所在之地，一时之间竟让青丘国主的面容变得有点模糊，他在阳光之中，好似随时都会羽化仙去一般。

天曜开门见山道："五十年前，你与清广一战，可知他能力如何？"

青丘国主倒也不避讳，径直道："没有内丹，你无法与之相争。"

天曜拳心一紧："只除了这个。"他道，"有无其他方法，或者，你我共同……"

这次青丘国主只轻轻摆了手，打断天曜的话，他起了身，缓步行至天曜身前："你可知五十年前，为何是妖族退居三重山外西南偏僻之地？"

青丘国主此言一出，天曜蓦地沉默下来。

五十年前传言虽是青丘国主与清广真人相争，两败俱伤，不分高下，然而事实却是……

成王败寇。

"五十年前一战，清广亦是重伤，修道者们也无力继续，于是分山而居，暂守五十年和平。"青丘国主道，"我听闻此五十年间清广借助内丹修炼，辅以辰星山灵气，想来功法更是精进非常，而青丘偏居西南，灵气匮乏，五十年时间，于我而言虽不算长，但于功法修炼之上，却足以拉开许多距离。"

青丘国主顿了顿，转而望向天曜："清广所修功法，五十年前便已需要大量内丹来做支撑，而要成最后一重，方需得极强大的内丹才能练成。五十年前，你可知为何清广甚至愿意冒险来取我内丹而不曾打过你的主意？"

五十年前，天曜虽在仙妖大战当中未曾出现过，但清广若要找他，也并非找不到，清广却选择招惹青丘国主也未曾来寻孤身一人的他……

天曜垂眸片刻，想起那日与清广的短暂交手，眼底眸光微动："他五行为木。修的木系法术。"

而天曜天生五行为火，修炼千年，龙气之中浩渺之气灼热非常，正是清广天生的克星。

"这世上再无一人，如你这般适合与清广一战。"青丘国主道，"若是五十年前，没有那广寒门风雪法术牵绊，你与清广相斗，清广必输无疑。"

可五十年前，天曜并无心参与世间争斗，他修炼了千年，世间何等战乱烽火未曾见过，他当时只不过一心修行，等待有朝一日飞升上界，只道这世间事，与己无关。

"妖龙天曜。"青丘国主行至天曜身前，抬手轻轻指了指他的心，"可这一切，需要你的内丹。"

天曜垂眸："只有这个……不行。"

青丘国主便也沉默地收回了手。

"其他任何办法都可以。"

青丘国主默了一瞬，最后才道："若是自己没有内丹，那便找别人的来替代吧。青丘以南，有一魔窟，其中乃是魔蛇一族的老巢，五十年前他们未肯顺服于我青丘一族，五十年间我族数次征讨枯石森林，未臣服者皆诛之，至今只留其蛇王苟活于错综复杂的魔窟之中。他的内丹，应当与你相符。"

天曜闻言，没有犹豫地点头："我去取。"

"那蛇王奸恶狡诈，饶是我几个儿子也拿他没有办法，魔窟之中更是险恶非常，你没有内丹，不一定能斗得过他。"

天曜转身离开，只在大殿当中轻浅地留下了一句话："若连他都斗不过，我也不用回来了。"

青丘国主望了他背影一眼："先将脚治好再去吧。"言罢青丘国主便消失了踪影。

天曜在出门之前顿住了脚步，小腿上有撕裂的疼痛，这疼痛在从中原回青丘之后便一直存在着，是那日天曜被清广真人压在地上之时断掉的骨头。清广真人造成的伤始终有法力在上面缠绕。

这几日他陪着雁回而忘了处理自己的伤，别人也忘了注意他……

自冷泉回归住处，天曜绕行至雁回院门前，往里望了一眼。他本不打算进去，却见幻小烟和烛离两人趴在雁回窗口往里面望。

烛离问幻小烟："你的幻术顶用吗？"

幻小烟此时已是亭亭玉立一少女，与少年烛离趴在窗台上，倒有几分青梅竹马的感觉。幻小烟听闻烛离的质疑，不服气地哼了一声："我已经变得很厉害了好不好，光论幻术，我说不定能迷惑你们国主呢。我现在施的幻术，让主人回到最开心的时候，她一定会在梦里休息得好好的。"

"你让她梦见什么了？"

忽听天曜的声音出现在身后，趴在窗户上的两人都吓了一跳，幻小烟一看见天曜严肃的表情便有几分发怵，她下意识地往烛离身后躲了躲："就……那些很久以前，主人被那个凌霄真人背回辰星山时的场景啊……在树林里走着，旁边还有她大师兄陪着走……"

天曜默了一瞬。

“我们走了，不吵主子美梦了。”言罢，她拽了烛离便一溜烟跑了。

天曜静立了一瞬，终是迈开了脚步，推开房门，入了雁回的房间。他在雁回床榻边坐下，借着窗外月光看清雁回的脸，她好似真的梦见了很美好的事，唇角微微勾着，苍白了一天的脸上终于有点血色透出。

在梦里，她很安心。

天曜忍不住将手放在她心口之上，那处的护心鳞与内丹与他相互呼应，他胸腔里的心脏与雁回一时跳动到同样的频率上，闭上眼的一瞬间，天曜脑海里也出现了雁回梦里的场景。

雁回被凌霄背着，她乖乖地趴在凌霄的背上，脑袋搭在他肩膀上，任由他背着往前走，而在他们身侧，是少年的子辰，一路跟随，只要雁回侧过头，子辰便在旁边对她温和地轻轻一笑：“师妹，就快到辰星山了。”

雁回没有应声，子辰也不怪她。

他们从树林里一路向前，好似在走一段走不完的路，前面绿色的树，棕色的大地都慢慢淡去颜色，只在一片白光之中不停地前行。

天曜抽回手，睁开眼睛，脑中场景登时消失，夜依旧静谧，雁回躺在床上，她弯起来的眼角处微微湿润。

天曜蜷了手指，在她眼角处轻轻一抹，将泪水抹去。

他站起身来，出了房门，独自在院里站了一会儿，月光落下，将他身影勾勒得形单影只。

第二天雁回醒过来的时候，幻小烟正趴在她的床边：“主人，你睡得好吗？”

雁回这才回神，自己方才所见皆是梦幻泡影。她默了一瞬，坐起身来：“梦很好。”

幻小烟高兴道：“那我今晚继续给你布置幻境好不好？昨天你在梦里很开心。”

雁回想了一会儿却摇了头：“不要了。”

“为什么？”幻小烟很不能理解，“以前我想让你在梦里梦见你大师兄你也不干，明明那样可以让你轻松一点啊……”

因为梦里越是美好，醒来之后现实带来的落差便越是强烈。雁回起身下床：“我会缓过来，只是要一段时间。”

她刚穿好鞋，门口烛离已疾步踏了进来：“有个辰星山的女弟子来找你。”

烛离道，“以前来刺杀你被捉的那个。”

雁回一愣。

子月……

她怎么也没想到会在这时候见着她，一身狼藉满脸狼狈，再不像在辰星山的时候骄傲的师姐的模样，她眼眸沉凝，带着比以前厚重许多的浑浊。

见了雁回她没有笑也没有闹，只看了雁回许久，就像雁回在打量她一样。

“你怎么来了？”雁回问。

“我知道师父死了。”

雁回拳心一紧，心痛的瞬间，她也猜测到子月的来意，哑声道：“不管你信不信，师父不是我杀的，与天曜也无关，是……”

“清广。”子月垂眸，“我知道。”

雁回一愣，但见子月从衣袖里拿出一个短小的卷轴，递给雁回：“师父去后的消息传回辰星山，我们弟子帮师父收拾房间的时候发现了这个。”

雁回接过卷轴，轻轻打开。

“这是清广需求大量内丹的时间，从二十年前到现在。”子月道，“我初时并不知晓这是什么，将它交给重伤归来的清广，却险些当场丧命。是师妹们拼死相救，我得以逃出辰星山，路上有七绝堂的人告知我师父十多年来的谋划……”

雁回更是怔神：“七绝堂的人……为何会这般？”

“此段时间你不在中原，所以不知晓，关于辰星山仙尊以妖物内丹修炼法术的消息已私下在江湖传开，众修道者们皆是惶惶，即便初入门者也知，以妖物内丹修炼者乃是邪修一途。只是众人碍着仙尊所在，不敢在辰星山说罢了，我先前亦是无比相信仙尊，直到如今这事……”

七绝堂在凌霄死后以流言的形式慢慢将清广所做之事公之于众。用流言这样的方式，实在不可谓不狠……

流言能给传播者们夸大的空间，比起正大光明地公之于众，这样偷偷地泄露一星半点信息，再让人去猜的方式，对在流言中被议论的人来说，伤害才是最大的。清广真人一人之力再大，也掩不住悠悠众口。

邪修之名一旦坐实，只怕清广便是有通天本领，也成孤家寡人一个……

雁回倏忽明白，凌霄扶持凤千朔，插手江湖事宜，原来早就为了与清广真人撕破脸而做好了布局。

这么些年来，凌霄虽然除妖，但依然固守本心，他自始至终未曾认为妖即是恶。凌霄不仅想救她这个徒弟，也想救别的徒弟，他始终是个心怀苍生之人。

“这卷轴记录清广吸食内丹的时长，路上我已对照过许多次，每一次在那时间附近，皆有大量妖怪被诛杀，而且每次需要内丹的时间越来越近，从先前两年一次，到最近两月便需要一次。”子月眸色沉重，“照此推算下一次也快了。每次使用内丹，清广必会闭关，在他闭关之前，那段时间是最为虚弱之时。”

雁回抬头，眸光紧紧盯着子月：“下一次时间，你推算出来了？”

“粗略估算，下月廿七。”

还有二十来天……

雁回合上卷轴，转身便出了门，抬手将卷轴交给烛离：“让人再去仔细核算一下卷轴上的时间，务必推断准确，告诉储君这段时间攻势收紧，战场之上若有死伤，尽量带回，不要让仙人将妖族战士内丹剖去。”

不过转念一想，中原对清广用内丹行邪修之事越传越广的话，战场之上愿意剖取妖怪内丹的仙人也会越来越少吧。

现在清广被凌霄重伤，回去调息必定也需要大量内丹，只要能有效控制住内丹的数量，便能拖延清广的伤势，甚至影响他下一次功法精进。若彼时进攻，或许是除掉清广的最佳时机。

凌霄想护这苍生，他没做完，那她便来帮他做完。

烛离听得雁回的话，愣了好一会儿才反应过来，拿着卷轴走了。

雁回觉得没时间沉浸在自己的情绪当中了，凌霄救她也不是为了让她因为他的死而终日哀哀凄凄。他牺牲了这么多是为了换得她勇敢地活下去。

雁回转头望向子月。“师姐。”她道，“谢谢你能来。”

子月默了一瞬：“雁回，你知道以前我为什么不喜欢你吗？”

雁回沉默，等着她继续说下去。

“因为即便在那么狼狈地被赶出辰星山的那天，你也半点没让讨厌你的人感觉半分喜悦。那日辰星山山门前师父从你手中救下我，你走后我向师父告状，雁回没心没肺，待了十年，走的时候却头也不回。”说到那日的事，子月眼眶微红，但唇边却微微带着笑意，“师父素来少言，但那日却对我说，这就是雁回该有的模样。”

坚强的，倔强的，一直挺直背脊，就算独自一人也能好好把未来的路走完。

凌霄希望的，是让她做这样一个人。

心口猛地缩紧，雁回垂头笑了起来："我不会辜负师父的期望的。"

与子月谈罢，雁回出了门，猛地吸了一口外面的空气。幻小烟蹦跶到雁回身边，绕着雁回看了两圈："主人你看起来要精神一些了。"

雁回点头："我会更精神的，一天比一天好。"她一转身，这才倏忽觉得身边有点不对劲，愣了一会儿，然后才问幻小烟，"天曜呢？"

幻小烟正拿着馒头啃，听了这话，眨巴了两下眼睛："天曜昨天没和你说吗？"

"什么？"

"我今早听人说的，他去青丘南边的魔蛇窟里抓蛇王了，要去挖蛇王内丹呢。"幻小烟见雁回怔神，她不解，"昨天天曜不是去了你的房间吗？我看见他在你床边坐了好一会儿呢，都没叫醒你和你说这事吗？"幻小烟兀自嘀咕着，"听说那蛇王好厉害的，修了五百年呢，青丘的王爷们都拿他没办法的……"

话音未落，眼前的雁回已如一股风一般御剑而去。

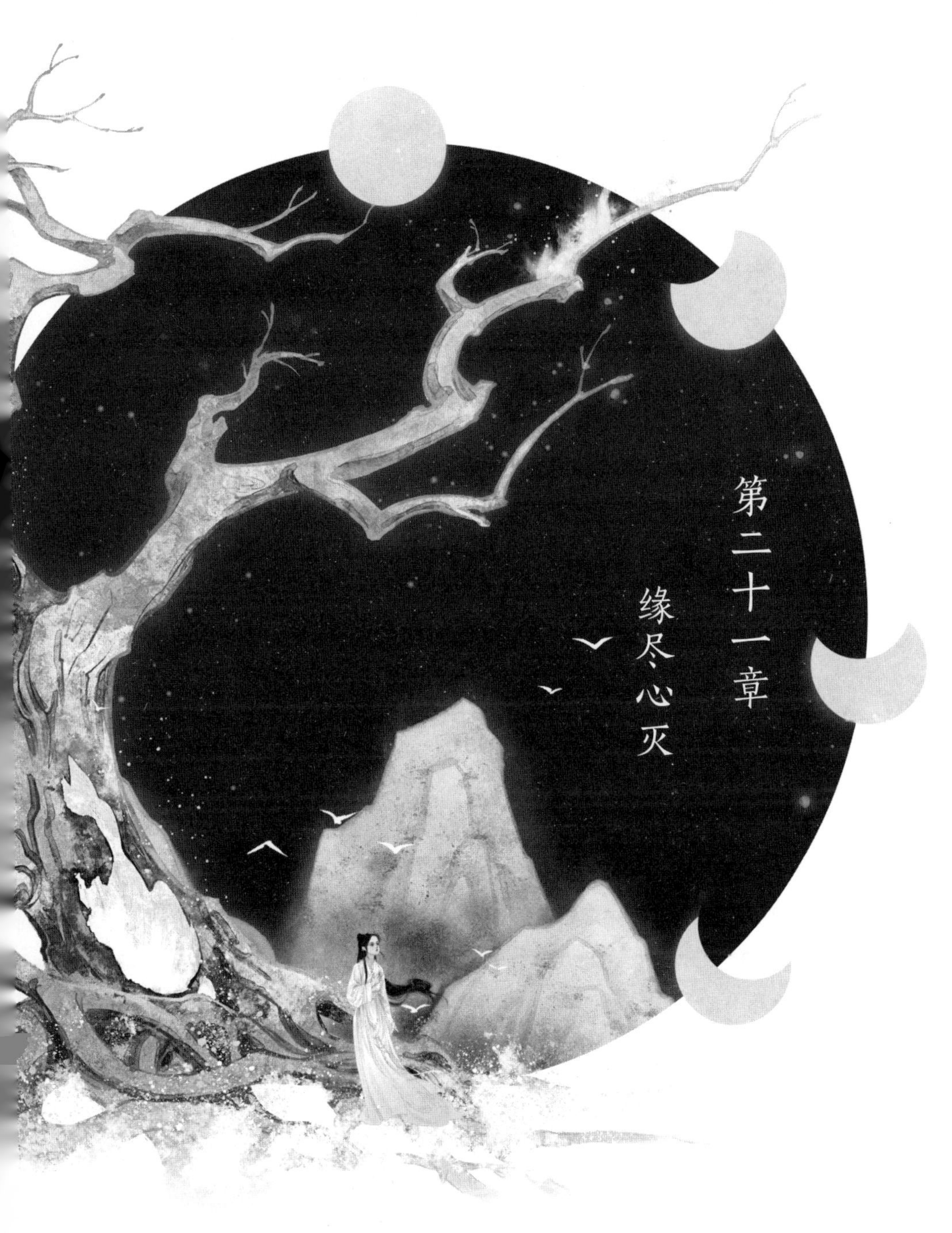
第二十一章
缘尽心灭

青丘以南，森林广袤，参天大树比比皆是，林间几乎完全被遮蔽了阳光。雁回在空中全然寻不到那传说中魔窟的踪迹，只好入了林间，贴着地面找。

雁回心急找得匆忙，正在无处可寻之际，忽然之间，但听远处传来一声巨响，大地随之一震，雁回心头一凛，立即往那方寻去，可尚未走出去多远，大地便颤得更加厉害了，像是远处的制造震动的东西往这边奔来一样，雁回几乎站不住脚。

面前一块大地忽然间被拱了起来，大树的根部翻倒，整棵树从地下被顶了出来，但见一个巨大的黑色妖怪从下面旋身转出，雁回定睛一看，竟是一只九头蛇妖！

只是他的九个头已有三个头不知踪影，每个蛇头都在痛苦地吐着芯子，浑身皆是鲜血。

脑袋一转，六个尚余的脑袋齐刷刷地盯住雁回，一声嘶鸣，那九头蛇径直冲雁回而来，张嘴便要吞掉雁回。

雁回初时惊愕一过，立时镇定下来，双脚站稳凝聚内息，所学《妖赋》心法在身体里轮转了一个周天，她一挥手一个火球径直向九头蛇砸去。

九头蛇不避不让，其中一个头硬生生地将雁回这个火球吞了下去，而另一个头已经转眼蹿到雁回面前，张大了嘴，血盆大口，獠牙森森，口中腥臭气息令人闻之欲呕。

雁回眸光一凝，正要拼死一搏之际，只见头顶火光一闪，一道身影如流星坠下般携带着雷霆万钧之势，从上至下，一剑贯穿蛇头，将它上下大张的嘴一剑穿下，生生封住。来人立于雁回面前，周身妖气震荡开来，登时将蛇妖推出十丈远。

雁回尚在愣神之际便见天曜眸中血光一闪，飞身便已追了出去，在十丈开外的地方与九头蛇战了起来。九头蛇浑身毒液缠绕，六个头不停挥舞，终有一个看准机会一口咬住天曜，将他往嘴里一带，连人带剑整个吞了进去。

雁回脑中一片空白，正要上前去救之际，却见得那方九头蛇的腹中倏地一道火光破出，九头蛇凄惨一叫，登时被炸成了漫天粉末，彻底消失。

尘埃之中，那方的一切看起来都极为模糊，只有一柄长剑在里面忽闪着光芒。

“天曜……”

雁回失神地上前一步，却听那尘埃之中有脚步一声一声沉稳踏出，破开尘土。天曜一身是血，踏了出来，他左手无力地垂搭下来，有血水顺着指尖滴答滴答落下，他右手手中火光长剑渐渐消隐，掌心之中还有一点光芒在微微闪烁。

是九头蛇的内丹。

雁回哪有心思去关心内丹的事，她疾步跑到天曜的面前，心急开口：“伤得如何？”

天曜没有说话，直到雁回在他身前站稳，他的身子才微微往前一倾，雁回下意识地伸手抱住了他，支撑着他站立。耳边听得天曜粗重的呼吸，鼻尖嗅得到他身上的血腥味与蛇毒的腥臭，雁回此刻感觉到……

心疼。

无比心疼。

天曜在只身来取内丹的原因，雁回很明白。若非不能拿回在自己体内的内丹，天曜何须如此。

他本应该是遨游天际，稍一动怒便天下皆惊的人物。

“雁回。”天曜在雁回耳边轻轻一笑，“你又来了。”他抬手摸了摸她脑袋，三分温柔三分感慨，还有更多隐藏着的情绪，他道，“不要为我拼命。我会保护你。”

肩上的头微微一沉，天曜晕了过去。

雁回默了一瞬，有些重地拍了一下他后背，喉头一哽：“先护好你自己再说吧。”

清水岸边，雁回先给天曜洗了脸，再将他外衣扒下在水里清洗，她正洗得哗哗作响，后面的天曜醒了过来。

他微微睁开眼，见得雁回在阳光之下，只专注于清洗手中的衣物，偶尔溅起的水珠落在她脸上，她抬手擦去，神态自然，没有颓废，没有失神，眼神中也无凌霄死去后萦绕不去的哀戚。

一时间他恍似有一种错觉，他们只是这茫茫世间里一对平凡夫妇。最好雁回每天最愁的事情就是今天不想洗碗，明天不想做饭，过着普普通通的稍微懒散一点的生活……

许是身后的目光太灼热，雁回回头望了一眼，然后愣了一瞬，问天曜："干什么？你为什么要用这么慈祥的眼神看我？怪瘆人的。"

天曜咳了一声："为何要帮我洗衣服？"

"你被那九头蛇吞进肚子里了，然后再炸出来，一身味道……不帮你洗洗，怎么扛回去啊。"

天曜点点头，便默了下来。

雁回提起衣服拧了拧，然后挂在一旁的树枝上，借着太阳大，把衣服晾干。她弄好了衣服便到天曜身边坐下。

雁回手臂轻轻贴着他的手臂，也没说话，就这样静静地坐着，听着溪水流声，看着天上偶有鸟儿飞过。

天曜终是没憋住，问道："你怎么来了？"

雁回开口便道："我在梦里梦见师父和大师兄了，那是他们带我回辰星山的时候，那是我人生最幸运的时候，师父背着我，大师兄怕我想家，于是在旁边生涩地讲并不好笑的笑话逗我。"雁回说着自己笑了出来。

天曜眼眸一垂，却还是配合着雁回的话笑了笑。

"我真希望那条路能一直走，永远没有尽头。"雁回顿了顿，手臂靠天曜更紧了点，"可是有人告诉我，天曜被人欺负了，然后我就醒了。"

天曜一愣，待得反应过来这句话的意思，他眸光一亮，转头看雁回，可雁回却脑袋一偏，靠在了他肩头上："后面半段是编来骗你开心的，并没有这回事。"

"……"

听雁回说话，他的心情真是跟受重伤时驾云一样……起起伏伏……

感受到天曜身体有些僵硬，雁回像恶作剧成功的小孩一样笑了出来："不过，一想到你还在等我从梦里面走出来，我一瞬间就再也不想去做那样的梦了。一想到，我所做的事会伤害到那个叫天曜的大龙，我就觉得自己真是太可气了。”雁回伸出手，将天曜的手抓住，十指相扣，道，“明明我说过要守护你的。”

“雁回……”

“你先听我说。”雁回道，“与师父相处的这十年历历在目，那些回忆任何一个片段都可以让我心里坍塌一大块地方。对我来说，凌霄是我心头的十年，他是我师父，是我敬仰的人，是我仰慕过的人，而这样的人为我丢了性命……这两天，我沉浸在痛苦与哀戚当中，走不出来。”她顿了顿，坐正了身子，望着天曜，“可是我知道，终有一天我会走出来。”

人本就是那么坚强的动物，伤口会愈合，痛苦也会过去。

“我能自己走出阴霾，但需要一点时间。天曜，你愿意在这段时间里，陪着我吗？”

天曜闻言半晌未答话，直到雁回开始怀疑天曜是不是在她刚刚讲话的时候走神了，天曜微微弯了唇角，竟是……笑了。

雁回看着他真心实意的笑容忽然有点无语：“我刚才……是讲了什么笑话吗？”

“很可爱。”

“什么？”

于是天曜便又说了一遍：“雁回，你一本正经地说这样的话的时候，很可爱。”会让他心动，会令他失神。

雁回闻言，也是一愣，她咳了一声，掩饰自己的脸红：“你说吧，刚才想说什么？”

“你握住我受伤的手了。”

雁回呆住，随即垂头一看，这才发现自己与天曜十指相扣的竟是他受伤的左手，她心下一疼，又觉大窘，连忙要放手：“痛你倒是说啊，憋着我能知道你痛吗……”

话没说完，手没抽开，天曜就着受伤的手将雁回往前一拉，让她倒在自己的怀里，然后伸手抱住。

雁回怔愣了许久，随即脸颊慢慢烧了起来。

她与天曜之间，虽然互相说过喜欢，但亲密的动作却鲜少做，他们好似习惯了做朋友的那种方式，平日里别说拥抱，连牵手也很少。

时局如此，他们在这之中本没心思去思考两人的关系，直到此刻天曜这一抱，雁回才恍觉，她和天曜，平日里过得实在太过纯情……

天曜将雁回抱在胸口不似以前月圆之夜时的窒息拥抱，也不似上次他误以为雁回身亡之后的惊喜交织，只是轻轻的，脉脉长情如涓涓细流，这是他们之前从未有过的温存。

“雁回，你的问题问错了。”

雁回一愣：“什么？”

“我愿意为你做任何事，只要让我陪着你。”

启程回了青丘，天曜带着九头蛇的内丹找到了青丘国主，雁回也跟随而去，她倒不是为了其他，只是想问青丘国主一个问题。

“天曜可以炼化九头蛇的内丹，那我和天曜可以交换一下吗？”

回来的一路上她都没与天曜提过关于内丹的任何话题，直到此刻天曜才听到她的想法，不由得有些失神地看着她。

“我把内丹还给他，以九头蛇内丹续命。”雁回道，“这岂不是两全其美之道？”

“不行。”天曜立即肃容拒绝，“有危险。”

雁回还待与他争上一句，上座的青丘国主便道：“九头蛇生性残暴，生前作恶多端，修炼功法也是邪气非常，浑身带毒，你用它的内丹续命，即便成功也会终身被其剧毒缠绕。更遑论九头蛇内丹，根本不足以维系一个人的生命。妖龙内丹乃天下至宝，何以这般容易便能找到替代之物？”

青丘国主话音刚落，天曜便强势道：“此事不可再想。”

雁回默了一瞬：“那你呢？”她道，“九头蛇内丹满是剧毒，那你呢？你要把这样的内丹放进自己身体里吗？”

“没有内丹我亦能活命。”天曜道，“只需撑过与清广一战，我便不需要它了。”

雁回唇一抿。不再给她多说的机会，天曜便转头对青丘国主道：“我此来是为询问国主，五十年前你与清广一战，可知他所练功法当中有何弱点？”

青丘国主眸光微一沉凝：“时间。”

天曜静待后文，却听得身边雁回道：“下月廿七，是他最弱的时候。”

听闻雁回的话，天曜有几分惊讶。雁回对于方才天曜的强势虽有些不满，但还是撇了撇嘴道：“子月从辰星山逃来青丘，她送来了师父所记载的这二十年来清广每次需要大量内丹提升修为的时间，每次在吸食内丹之前的那天，他的功法是最弱的时候，在那时一举攻之，或可斩杀清广。”

天曜眸中微光一凝："如此，我便不再耽搁，内丹放置于身体后，我尚且需要一段时间适应。"

他转身要走，青丘国主道："先前雁回所拿《妖赋》，你且好好研究一番吧。"

天曜回头，雁回亦是不解。

"清广所练功法，便是《妖赋》。"

此言一出，雁回天曜皆是大惊，雁回想起那日在巨木旁一战，清广确实在她面前语气微妙地提到过她修《妖赋》之事，原来……

清广真人居于辰星山，修的竟不是仙，而是妖吗？！

他竟然是以人身修妖道，与雁回……一样！

此事实在太过震惊，雁回愣然了好半晌才开口道："既然如此……那《妖赋》此书为何却在青丘之中？而我……此后也需要吸食内丹，方才可以修炼功法吗？"

"你所拿《妖赋》乃至第九重而止，在这范围内，《妖赋》皆与寻常功法并无二致，而若再往上行，便如清广一般……"

天曜眉头微皱："往上还有几重？"

"至顶十二重天。"

天曜闻言，眉头蹙得更紧了些。雁回尚且记得当初天曜看《妖赋》之时，便说这功法没有写完，可当时他推断往上延伸也不过只到十一重，原来竟还有十二重吗……

两人沉默不言，听青丘国主道："越是往后，此功法便越是难练，五十年前清广欲取我内丹，便是需要以至强内丹之力冲破最后一重功法，二十年前欲取天曜内丹亦是如此。而至今，他依旧未曾修得最后一重。"

清广只修到第十一重便如此厉害，若让他真的完全练成了此功，那岂不是这天下再无人可拦他了吗？

王宫内静默了许久，天曜终于开口打破了沉默："国主为何对《妖赋》之事如此清楚？"

青丘国主半晌无言，在雁回以为他并不会回答这个问题的时候，青丘国主忽然道："《妖赋》一书，乃我逝去爱妻所著。"

青丘国主的夫人……

便是那位传说中国主挚爱的凡人？最后年老色衰，在他面前舞罢最后一曲后，烟消云散的女子……

那不是个凡人吗？

看见雁回怔愣的眼神，青丘国主淡淡道："内子与我初相逢之时，她并非普通凡人，乃是与如今清广这般，修炼《妖赋》至第十一重，苦苦没有突破。她遇见我时，本欲取我内丹，而后却为了我，甘心舍弃一身修为，变回普通凡人，享百年寿命，最后化身尘土，还于天地。"

寥寥几句，将他们的故事道尽，其中滋味或许只有青丘国主自己能品尝，但不难想象，那曾经的国主夫人是怎样一个女子，她为青丘国主舍弃了那么多，也难怪青丘国主能将她记忆那么多年，至今依旧称呼她为"爱妻"。

"清广本为内子座下门徒，当年内子放弃修为时，清广尚未修成气候，然而他对《妖赋》极其醉心，不肯放弃，于是偷得最后三重秘籍，去了辰星山修行。他对妖族深恶痛觉，誓要屠尽天下妖物。五十年前他法术大成，我阻拦于他，遂使天下两分，仙妖暂守和平，而今清广再行战乱，按理来说，他身为内子之徒，我理当与你共同讨伐……"

青丘国主顿了顿，手臂微微一抬，手掌放在外面照进来的阳光之下，一时竟有几分透明。

"然而，天地轮回，大道之间自有定数，我虽被人奉为国主，然而却并未登仙，天命将至，上苍赐予我在这人世偷活的时间已尽，我周身法力渐消于天地万物之中。如今这副身体已成空壳，不日便将殒命三界之中。"

青丘国主……

命数将尽了……

雁回愣怔，随即转念一想，从这些日子青丘的行动来看，青丘国主确实都未参与，多半都是储君代为效力。在如今这情势之下，青丘国主若是归天，妖族士气必定大为受挫，此消息确实能掩则掩。

"妖龙天曜。"青丘国主声色微沉，"如今妖族能仰仗的，唯有你了。"

雁回拳心一紧，转头看身边的天曜，只见他眸光沉凝，表情也是凝肃。

自他二人入青丘以来，虽极少面见青丘国主，然而妖族上下对他二人礼待有加，所有条件竭力满足，这背后必定少不了青丘国主的吩咐，他大概早便知道这天下迟早有一天会是如今这局面吧……

所以上次逼问天曜是否将自己身体完整地拿回来，也是事出有因的。

“我与我儿已交代过所有事宜，你若能大败清广，救妖族于水火之中，这青丘国主之位，便该禅位于你。”

要天曜做下一届妖王？

他这话音一落，天曜便皱了眉头：“我不需要这国主之位。”他说着，眸光向雁回处微微看了一眼，“我与清广必有一战，不为妖族也不为国主之位，只为护一人之心。”

一时间，好似有一股暖流从雁回心底涌了出来，霎时暖遍了四肢百骸。

“这段时间我会适应内丹，也会好好研究《妖赋》，其间或许会有来找国主讨论的时候，多有打扰还望见谅。”天曜言罢，向青丘国主点了个头，转身便迈步出去。

雁回望了眼王座之上的青丘国主，但见青丘国主清冷的眸色之中隐约藏有几分忧虑，她心下沉凝，却未当场表明，也只向国主微微行了个礼，转身随着天曜出了门去。

至王宫之外，天曜一直在前面走着，雁回默不作声地跟在他身后，行了许久，直到快走到冷泉处，天曜才忽然开口，轻声说了一句：“雁回，不要再做与你心口内丹有关的任何打算。”

他终于回头看了雁回一眼：“那是你的命。”继续道，“也是我的。”

雁回便只有一直保持着沉默。

回到住所，雁回将《妖赋》找了出来拿给天曜，天曜却道：“我摘抄一份便好，这份你留着，继续练，至下月虽然时间紧迫了些，但能多练得一重，于保护自己而言，总归是要好些。”

雁回想来也是这个道理。

下午天曜将《妖赋》誊抄罢带走。晚上的时候天曜说回去融合内丹，不来与她一同吃饭了，于是雁回便叫了子月，打算与她好好聊聊近段时间辰星山发生的事。

可师姐妹两人这些年来都有积怨，刚说了两句，还在调节气氛，幻小烟便兴冲冲地从外面跑了进来，看见子月在场，感受到她身上的仙气，幻小烟脸上笑意一收，有些怯怯地往雁回旁边躲了躲。

“这是我师姐。”雁回下意识地道，“不用怕。”

对面子月闻言，抿了抿唇角，也没说话，只是低头吃了口饭。

幻小烟“哦”了一声，然后对雁回小声道：“主人，我刚参悟了那个素影上次给你们布的幻觉阵法的道理。”

听到“素影”这个名字，雁回愣了愣：“怎的？”

“上次素影真人给你们布的那个阵法啊，我参悟啦！我的功法突飞猛进！你要不要试试看？”

她这边话音还未落，外面烛离又急冲冲地跑了进来：“雁回，冷泉那方突然传来好大动静，约莫是天曜在那里，外人现在不敢接近，你……”

听到天曜的事，雁回筷子一放，连与别人打声招呼的时间都没有便冲了出去。

而幻小烟这边指尖刚刚用法术点亮，便见雁回跑了，她登时一怒，吼烛离道：“你什么情况？！我刚要显摆呢，你就冲进来坏事了！”

烛离也急，扭头喝道：“你那些破烂幻术能显摆出个什么花样？！”言语中的轻蔑把幻小烟气得脸一鼓，在他转头要走的时候，幻小烟一巴掌拍在他的后脑勺上，喊道：“从今往后你就是我的仆从！对我百依百顺言听计从！”

烛离双目一瞠，在原地站定，然后眸中光芒一隐，转过头来便对幻小烟道：“好的，主人。”

旁边吃饭的子月见状，筷子都有些握不住了，愣愣地看着两人。

幻小烟看着烛离的模样，得意一笑，然后摸了摸他的脑袋：“乖，来，我不想走路了，你背我。”

“好的，主人。”

爬上烛离的背，幻小烟才转过头对看得目瞪口呆的子月道：“我明天就让这傻小子清醒过来，你记得帮我保密哦。”

子月只得点头，幻小烟大喊一声“驾”，然后便“骑”着烛离出了门去。

直到两人走远，子月才将目光收回来，越是在这里待得久了，越是觉得辰星山的师父们常年在耳边念叨的“妖怪妖物，妖即是恶”真是错得离谱。

一个种族，哪能简单用善恶来区分，不过是对己有利或对己有害罢了。

妄论妖门大道，回头一看，他们还真是无知。

雁回赶到天曜所在冷泉之时，四周已是一片狼藉，树木断裂，冷泉浑浊，有的树树梢顶端已经燃烧起了火焰，若是不加控制，此处只怕会有一场大火蔓延。

雁回一时没看见天曜的身影，她虽然心急，却先引了冷泉之水，将各树梢之上的火尽数熄灭。

此时太阳已经落下，月亮还未从山头升起，四周一片黑暗，雁回以妖力覆盖双目，在林中寻找着天曜的身影。

找了半晌，她忽然看见林间火光一闪。雁回目光立时便凝在了那方，径直向那方找去。她跑得快，听到了那方仓皇而走的声音。

他从前方穿过荆棘，撞到树枝的声音那么明显。

雁回追了一会儿，喊了一路，嗓子都有点喊哑了，但前面那人就是不停，她听天曜的脚步声感觉他身体应该还是蛮健康的呀，跑得虽然不快，有些慌乱，但脚步还是沉稳的，应该没出多大问题，但为什么就一直往前面跑呢?

又追了一会儿，眼看着这一路就要奔着青丘王宫去了，雁回有点气不过，停了下来：“你跑什么？”她怒了，“给我站住！”

那跑动的声音果然停了下来。

雁回有几分心塞，这个跟着一起走了这么多路，经过这么多险的人，到现在居然在躲她，跟山里熊孩子惹了祸要逃父母打似的。

雁回心头三分无奈七分好笑，但还是佯怒道：“过来。”

那方默了一会儿，好似犹豫了许久，到底是踏过草木，缓缓往回走，行至雁回的面前。

适时月亮已经出山，林间像是有一层水雾荡漾，天曜别着头，有几分不自然地站到雁回面前。他头上不知什么时候长了两只小小的犄角，与他平日里化龙之后威风凛凛的大龙角不一样，这两只小犄角就跟两个小孩子的两根手指头一样，万分不搭地长在他头顶上，从他额头里“噗”地冒出来的似的。

雁回目光一下就落在了他的犄角上，然后死死咬住嘴，憋住了“噗”的一声笑。

“这是什么？”

天曜扭过头，叹了一声气：“角……”

“噗！”雁回到底还是笑了出来，天曜一脸无奈地看着她。雁回伸手，两根手指头伸出去，握住他的犄角，然后捏了捏，“手感……还有点软……”

天曜握住她的手，语气无奈得有气无力：“雁回……”

“我再捏一下旁边那个……”

“……”天曜沉默了半晌，“只许捏一下。”

话音未落，雁回便两只手都伸了上去，一只手捏一只，显然十分享受。

见她捏得开心，天曜倒也不制止了，只站在她面前任由她把玩奇怪极了的小犄角。待雁回玩够了自己收了手，他才又扭了扭头："别盯着看了……"

雁回打趣他："你还堂堂千年妖龙呢，就长了两个小肉角就躲我躲成这样了？"

天曜没打算解释，便在这时，他心口火光一闪，紧接着颈项的皮肤之下，火光顺着他的血管一阵灼烧，直烧到了他脸上，在他脸上轮转了一圈，最后成了龙鳞的形状停留在脸上。

全程天曜紧紧咬着牙关不发一言，可在皮下血脉里的火光隐去之后，天曜脸上被灼烧出来的龙鳞却没有消失，依旧停在脸颊上，让他的面容看起来有几分……恐怖。

雁回愣怔。

天曜眸光一垂，捂住脸，将头一侧："九头蛇内丹初融合，尚且有点不适应，过两天便好了。"他声音有几分沙哑。

与天曜在一起这么久，雁回哪里还会不懂他，当他在隐忍极痛之后想粉饰太平时，便是现在这样的声音与语调。

以前的雁回会戳穿他，说：你撒谎，明明你这样痛，为什么不扑到我的怀里来哭？

而现在，当天曜拼尽全力要保住她的性命，保护她的情绪的时候，雁回唯一能做的仁慈，就是成全他，不要戳破他的粉饰太平。

"这肉角也是因为没适应内丹，所以长出来的吗？"雁回笑着，若无其事道，"不过你头上的角这样长着也别有风味嘛！"

听得雁回这话，天曜又是一叹，再转过头来看雁回的时候，眉眼之中带着温柔的笑意："你要喜欢，以后就算它没了，我也变给你看。"

雁回毫不犹豫地点头应下了："好啊，以后不变我就天天在你头上种蘑菇。"

天曜一笑："好。"他继续道，"你负责种，我负责长，你想看什么都长给你看。"

雁回也是笑开了："我等着那天。"

天曜静静看了雁回一会儿，忽然间心口又是一阵火光闪烁，他忙转了身，向着冷泉的方向走："内丹还需适应。"他声音有几分干涩，但语调却依旧保持着平稳，“我需去冷泉之中静心调息……”

话音未落，雁回倏忽上前一步，从背后抱住了天曜。

天曜一怔，在血液里躁动冲撞的九头蛇内丹之力登时像被什么力量压制了一般，不再令他那么难受。

雁回身上有他内丹的气息，所以对他来说，她的接触就像是救命的灵丹妙药，有能将他从深渊里带出来的力量。

她一直都是拯救他的力量……

雁回就这样圈着他的腰腹，脸颊轻轻贴在他的后背之上，磨蹭了一下。

天曜愣神，心头即便有疼痛作祟，但他还是能感觉到心尖一软，又暖又痒："怎么了？"

“没……”雁回顿了顿，长舒一口气道，“就是忽然觉得，天曜，我好喜欢你啊。”

天曜垂眸，握住了她圈住自己的手臂。月色静谧，他不说话，雁回也不再说话，就这样静静地感受着夜里难得的平和。直到天曜心口的火光隐去，雁回也没舍得放手。

最后是天曜轻轻拍了拍她的手："早些回去睡吧，明天开始加紧修炼《妖赋》，便有你累的了。"

“好。”

雁回陪着天曜去了冷泉，见他踏入泉水，沉入其中，雁回在岸边站了一会儿，便默不作声地走了。

只是她并没有回自己住处，而是身形一转，径直去了青丘王宫。

天曜的情况即便他自己极力掩饰，但雁回心里还是清楚。

九头蛇的内丹给他造成了极大的负担与痛苦，要不然冷泉那处也不会在她去之前被毁坏成了那副模样，即便是之前素影还在的时候，秋月祭天曜痛苦成了那般样子，他也控制住了自己，没有肆意释放妖力，致使林间树木灼烧。

九头蛇内丹对天曜来说，并不是一个好的选择。

从未有人深夜未经允许上过青丘王宫，住在王宫外面的狐妖都跑了出来，从洞里探出头，好奇地望着雁回。

当雁回行至王宫门口，门口看守的两个守卫并未阻拦，一人甚至主动打开王宫的大门，躬身请她入内。

雁回站在门口，有些奇怪地看着守卫，守卫只恭恭敬敬地道：“国主吩咐过了，这两天若是雁回姑娘来找，可随时进入。”

雁回这才点了头，踏入巨木王宫之中。

青丘国主知道她会再来的。这个九尾狐王虽是天命将近，力量衰弱，可老谋深算，揣度人心依旧比任何人都强。或者说他对世事看得比任何人都清楚。

雁回入了青丘王宫，青丘国主并未等在王宫之中，反而是有好几只发光的萤火虫在雁回面前飘，雁回跟着它们走一步，它们便又往前飘一点。

就这样萤火虫一点一点地领着雁回走到了巨木王宫的另一头，一道小门轻轻打开，萤火虫飞去了外面，雁回跟着走去，发现地上的路根本不是路了，而是这巨木的根，她顺着树根一路向前，走到了一处往外伸出老长的岩壁之上。

雁回记得，这是她和天曜第一次被烛离带来见青丘国主的时候，他们在山下看见青丘国主站在悬崖之上瞭望远方之地。这里，也是国主夫人归天的地方吧……

今夜夜色浓郁，天空之中无星无云，唯有一轮皓月当立空中，让夜色极为澄澈。

雁回见青丘国主立于悬崖末端，山下夜风席卷而上，乱了他一身衣袍与长发。明明是杀伐决断一生的人，在此刻过于安静的夜里，似乎也能随时被一阵风带走一样。

远远眺望，此处可望见月色之中的三重山，整个青丘尽数收于眼底。

“国主。”雁回没有再上前，而是站在刚刚踏上悬崖的地方道，“我有事欲问。”

青丘国主这才微微侧了头，示意自己在听。

雁回肃容道：“五十年前与清广一战，你比谁都清楚清广的实力，我想知道，天曜适应了九头蛇的内丹，他有多大可能，胜得过清广？”

青丘国主闻言，只望着远方淡淡道：“没有。”

青丘国主否定得那般果断，这两个字好似重槌，击在了雁回心口之上。

“一点胜算……”雁回说得艰难，“都没有吗？”

青丘国主默了一瞬，而后才道：“此前在中原，你已见过清广之力，与他相比，你认为那九头蛇妖如何？”

雁回摇头，摇头的时候，心也沉到了底处，因为她那么清楚，那九头蛇妖与清广根本没有任何可比性。

即便没有回头，青丘国主也能感受到雁回微微颓然的气息："那便是了。"

雁回没再多言，其实来之前她已经想过会得到这样的答案，但是人都会有幻想，她也想能遂了天曜的心愿，再也不要动她心里这颗内丹的主意。

"天曜身为千年妖龙，本身虽然积淀沉厚，对法术运用也极有研究，可若无千年法力累积，于清广而言，他不堪一击。"青丘国主道，"融合其他妖怪内丹过程痛苦而收效甚微，若不是他执意不肯取回内丹，我也不会给他出此下策。天曜与清广五行相克，乃是天生敌手，这世间，若无天曜，将再无他人可制止清广的谋划，而若在与清广一战中，天曜身死，彼时你心头内丹也再护不住，清广若得此内丹，修得十二重功法，这天下……恐怕再无妖族栖息之地。"

青丘国主这一席话说得不急，言语中所表达的意思却压得雁回心闷。

"我知道了。"雁回说着，她明白青丘国主的意思了。

不等天曜试尽除了收回内丹以外的所有办法，他是不会死心的，或者说他们是不会死心的，只有等走到路的尽头，无路可走了——

她和天曜，总有一个人会做出决定。而这个做决定的权利，青丘国主给了雁回。

雁回并未当场回复，她只对青丘国主点了点头："我先回去了。"

"嗯。"青丘国主点头应了，他也不急在这一晚便让雁回将内丹还回去。

从青丘王宫离开，雁回回到自己的住所。在路上，即便离冷泉还有那么远的距离，但雁回也能看到那方偶尔传来的火光，还有龙低沉压抑的嘶喊声。

天曜很痛苦……

那颗九头蛇的内丹并不是什么新的出路。

拳心握紧，雁回咬了咬牙，沉默地回了自己房间。

翌日清晨，太阳照样升起，云和天空是不会为下界任何人事而变换烦恼，雁回坐在床边呆呆地看了窗外的天空许久，她感觉自己像是一头困兽，出不了现实的牢笼，左右皆为难。

她喜欢天曜，希望自己以后生活的每一天都能看见这个人，喜欢到光是想想牵着他的手走遍大江南北，哪怕四处浪迹，也能感觉到幸福安心。

她希望自己能一直陪着天曜，在眼睛能看见的时候就去看未来每一天的日出日落，在耳朵能听见的时候就去听每一天的潮汐起落。

天曜太孤单了，她也一样。

他们曾是被世界遗弃的人，然后遇见了彼此，可是他们……却是“你死我活”这样的关系。

雁回垂头静静坐了一会儿，待得再一抬头，竟然意外地发现天曜已经站在了她的窗外，他脸色有几分苍白，眼下略有两分青影，想来是昨夜挣扎得极为痛苦。

与雁回四目相接，天曜也有一分愣神，随即他一点头，然后转身便要往自己的房间那边走。

“天曜。”雁回连忙叫住他，他回过头来，雁回对他招了招手，然后随手从床边拿起了《妖赋》，“你来给我讲讲，这儿我看不太懂。”

天曜便这样入了雁回的房间。

他头上两只小犄角还在，雁回见了还是好生摸了一番。天曜已经不去管她的手会放在自己身上哪个地方了，因为不管是在哪儿，雁回的触碰都会让他感觉到从身体到心的愉悦。

像是被安抚着一样。

“哪儿？”天曜捧着《妖赋》声音有几分沙哑。

雁回转头瞥了《妖赋》一眼，随即又转头看天曜：“好奇怪，你一进来，我就什么都看懂了。”

得知自己被调戏了，天曜也不气，只微微一笑，转头好整以暇地打量雁回：“不抓紧修炼，在偷懒吗？”

是啊，她在偷懒，将时间偷来，多看他几眼。

“谁说我要偷懒了！”雁回道，“我昨天听人说，有一种修炼的方法可以让功法精进得很快，对你我而言都有极大好处，你要不要听？”

天曜看着她，嘴角挂着浅浅的笑意：“什么？”

雁回便凑近他的耳朵道：“和合双修。”她一笑，露出了小虎牙，“天曜公子啊，要与我试试否？”

方才还淡定自若的天曜耳根霎时便红了，他扭过头，清咳一声，好似咳一声还不够，他又咳了一声，然后雁回的床榻边便好似开始烫屁股了，他立即站了起来。

雁回望着他的脸惊呼：“哎呀，你的两只小犄角都羞成粉红色的了！”

天曜闻言更是大羞，扭头便要往外走，雁回这才连忙将他袖子拉住，天曜一用力险些把她拖到地上，雁回装痛，“哎哟”喊了一声，天曜回身将她扶住。

他目光刚扫了她一眼，还没开口说一句话，便听到雁回“哈哈哈”地笑了起来，笑声清朗，是她好久没有过地开怀。雁回似真的将肚子笑痛了，扶着腰半晌没坐直身子。

天曜斥她：“大喜伤心，以前修了这么多年的仙，却也未把性子修得收敛一下，这般喜欢捉弄人。”

雁回抹了把笑出来的眼泪：“你是真的相信你的小犄角会变成粉红色啊哈哈哈……”天曜无奈，雁回拽着他的手臂，待笑停了才仰头望天曜，“还是……你真的相信，我要和你和合双修啊？”

雁回坐在床上仰视着他，眼睛闪闪亮亮的，她下颌弧度光滑，能顺着她颈项的弧度一直往下看见起伏的胸。

天曜还记得，以前在铜锣山的时候，那个小乡村里，他在院子里沐浴，雁回推开窗，看见了他的身体，当时他对雁回并无任何想法，而当时雁回却流了鼻血。

天曜默默转了目光，可他还没转动脑袋，雁回便两只手倏地拍上了他的脸颊两边，不让他挪开目光，强迫他看着自己的眼睛，一字一句问道：“天曜，你想和我和合双修吗？”

天曜只觉心脏跳得从未有过地快，不仅耳根，连脖子也有几分泛红了，若此时再有谁说他头上的两只小犄角是粉红色的，他会深信不疑！

想的，他想拥有她，完完整整，彻彻底底地拥有她！

可这样的时候，时局如此，天曜只得压住心头的一切躁动，他闭了闭眼睛，再睁开时，已清明了许多：“雁回……”

可他哪里能想到雁回胆子竟然这么大，她非但没想听他的话，只直勾勾地盯着他，替他说了一句：“你想的吧。”然后她就一把搂住他的脖子，整个人站了起来，一口吻在了他的唇上。

他的唇舌炙热，雁回也是如此。

雁回紧紧抱住他的脖子，直到吻得呼吸都已紊乱，她才放开天曜。

没有更加放肆的举动，而一吻之后，唇齿相离，雁回抱着天曜的脖子没有吭声。逗是逗，玩是玩，雁回还没有不知分寸到那种地步，时局如此，她心里也清楚……

天曜发现雁回有几分异常，他蹙眉问道："怎么了？"

雁回在他颈窝里蹭了蹭，笑道："没怎么，就是觉得我和你啊，太纯情了。"雁回道，"我想要接触你，更多的，更深的。"言至此处，雁回话音顿了顿，"说来，天曜，你甚少与我提及你以前的事情，我忽然有点想看看你以前的样子呢。"

在遇见素影之前，没有背负那些屈辱和仇恨的时候，他是什么样子的呢？是怎样自由自在的呢？有多么威风凛凛呢？

"改日……"

"现在就给我讲讲吧。"

见雁回坚持，天曜便让她坐了下来，然后掌心捂住她的眼睛，道："好，就给你看一会儿。"

于是雁回便在天曜法力的疏导之下看见了从天上至高之处往下俯瞰的山川河流，那般巍峨雄壮，她看见了他遨游天地之间的模样，看见了他将壮阔山河当床榻睡卧的模样。

他本是这世间离登仙最近的妖怪，上可通天，下可彻地。

天曜的手从雁回眼睛上拿开。

雁回看着现在的天曜，又抬起手捏了捏他头上的犄角，笑了笑，道："你现在先回去休息，下午我们一起修炼吧，我练《妖赋》，你融合心口内丹。"

见雁回神色似无异常，天曜便也不好再问什么，只得点了点头，应了声："好。"

此日深夜，雁回再上青丘王宫，依旧在昨日上山的位置，她望着青丘国主的背影，镇定淡然道："我欲将内丹还与天曜，还望国主助我一臂之力。"

雁回清楚现在天曜将她看作什么，而她也清楚，失去重要的人，是件多么痛苦的事情。

但是……

千言万语，心头明了，有时候都抵不过现实的一句，但是……

雁回虽然做出了这个决定，但要将内丹还给天曜，在实际操作上还是有几分难度。

天曜的态度那般明确，他不会要这颗内丹，所以在这颗内丹进入天曜身体之前，这件事绝对不能让他知道。青丘国主给了雁回一个咒术，可以使天曜昏睡三个时辰，而雁回要做的，便是在天曜昏睡的这三个时辰当中，将自己的心头内丹掏出来，而后放进天曜的心口当中。

“我此处有灵珠一颗。”青丘国主说着，一颗散发着微光的小珠子从他那方缓缓飘到雁回面前，“此珠灵力充沛，可暂代天曜内丹之力，为你续命一月，以免换回内丹之后，天曜知你身死，心生大悲大愤而出差错。”

连天曜的心情都考虑到了……

雁回一笑，嘴角弧度有几分苦涩。

为了使妖族延续，身为一国之主，青丘国主自是不允许在清广死之前天曜出任何差错。但对雁回来说，这般周全的考虑，却显得有几分势利与薄凉。

可是理当如此。

雁回垂头，看那颗珠子慢慢隐入她的胸腔之中。

“待你取出内丹之后，这灵珠自会发挥它的作用。”

雁回摸了摸胸口：“便只有一月吗？”

青丘国主默了一瞬后才道：“这灵珠本该是天地灵气日积月累之下而成的，本在那陆慕生身上。”

雁回闻言一愣，灵珠……难道这便是素影欲帮陆慕生找回前世记忆的那灵珠：“可……那灵珠不是已经碎了吗？”在雁回与素影一战之际，被雁回打碎了。

“没错，所以这也并非那原物，这般灵珠纳天地灵气，也记天下之事，能助人寻前世记忆，茫茫苍生，或许只有那一颗而已。此前陆慕生入我青丘，我便循着他身上灵珠仿做了一颗。为此耗尽了此生仅余妖力。”

雁回闻言默了半晌道：“你做灵珠……是因为想将国主夫人寻回吗？”

青丘国主好似被雁回这句话逗笑了一样，他微微弯了弯唇角，遥遥望着空中月色：“我做梦也想将她寻回。”

夜色静谧，雁回没再多言，直到青丘国主再次开口打破沉默：“此一生未能再等到她，便是缘分已尽，天意难违，不可强求，只望黄泉路上能再见故人一面。”

雁回垂下头：“国主夫人一定也在等你。”

“可一想到她会等这么多年，便又希望，她能早点解脱才好。”青丘国主转头望着雁回道，“此灵珠能转送于你，也算是尽了我最后一份绵薄之力，雁回姑娘，妖族此战，欠你良多。”

“无所谓欠与不欠。”雁回垂眸，“这本也是我要完成的先师心愿。”

若说此事若真有谁对不起谁，那便是她对不起天曜吧，万分对不起。

要将他欺骗，要将他抛下，要让他在明白过来后的日子里独自承担伤心难过……一想到那样的场面，她便心疼得觉得自己……

太对不起他了。

再没多言，雁回习了青丘国主教的咒术便离开了青丘王宫。

接下来的一天，雁回在自己院子里望了一整天的天空，一整天的时间，她脑中念头有许许多多，她想，将内丹交给天曜的那一天，她就要开始倒数自己的生命了，最后一个月的时间，她好像没时间去回忆过去。

她忽然发现自己其实还有好多风景没有看尽，好多事情没做完，好多话语没有说尽。

出神地想到了下午，幻小烟骑着烛离的脖子便进了雁回的院子，她很高兴地招呼雁回："主人主人，你看你看，我现在是不是很威风，很厉害！"

幻小烟揪着烛离的头发，是真真切切地将这个青丘国小世子当马骑了。

雁回看了一眼，愣了，然后望着烛离问："你是做了什么丧尽天良的事才甘心被这小坏蛋这么欺负？"

烛离没有反应。

幻小烟从他脖子上跳了下来，仰头道："他现在听不见的，他中了我很厉害很厉害的幻术，别人说什么他都不知道，他就只会听我的。"

雁回怔然："你……"她恍然想起之前她急着去找天曜的时候，幻小烟好像是在她耳边说过这么一通话，她学到了很厉害的法术，她参悟了素影那个法阵里的奥秘。

雁回立即来了精神，她站了起来，围着烛离绕了两圈，见烛离当真没有任何反应，雁回道："你让他蹲下。"

幻小烟道："蹲下。"

烛离便蹲了下去。

雁回眼睛睁得更大了："你让他劈叉！"

"劈叉！"

于是烛离便一个矮身劈了叉！

雁回发出了"哦"的一声。幻小烟也跟着"哦"了一声，这小子的韧带，简直出人意料地好嘛！

院子外有仆从经过，幻小烟还是保住了烛离的面子，忙叫了两声："起来起来。”烛离便站了起来。幻小烟看了看天色，“哎呀，不能再玩他了，我记得他今天好像还有什么很重要的事情要忙。”

她说完便打了个响指，烛离眼中光芒倏地恢复，他见了雁回一愣，然后转头看见幻小烟，又是一愣：“怎……”“嗞……”烛离微微弯了弯腰，“我腿为何这般痛……发生了什么？”

“今天是本月最后一天啦，你之前不是说你今天有个什么事要忙吗？”幻小烟并没有回答烛离的问题，反而这样插了一句。然后烛离一愣，愕然道：“今天月末了？”

雁回点头。

于是烛离便提了衣摆一瘸一拐地急急跑了出去，一句话都没来得及说。

待他走远了，幻小烟才哈哈笑了两声，转头给雁回吐了吐舌头。

雁回只道：“这两天你没带他去做什么离谱的事吧？回头若是他从别人嘴里知道了，要剥你的皮可别怪我不护着你啊。”

“没事，他要剥我，我就再给他施个幻术好了嘛。”

幻小烟说得大大咧咧，雁回撇了撇嘴本来不打算再理她，但倏忽想到了什么，她眸光蓦地在幻小烟身上一凝。

“主人我先走啦，一直用幻术支配人还是蛮累的，今晚我要去吃别人的梦境好好补补。”

“站住。”

雁回喝住她，幻小烟一愣，转头看雁回，不懂她的表情为何忽然之间变得这么严肃。

雁回盯着幻小烟，沉着思量。虽说青丘国主考虑到了让雁回再活一个月，撑过天曜与清广一战的时候，但若是她将内丹还给天曜，天曜自身修炼的时候会毫无感觉吗？而她失去了内丹，必定也是身体大伤，天曜见她一面，难道不会察觉出端倪吗？

所以说，她将内丹还给天曜之后，单单是活着出现在他的面前还是不够的，她得好好出现在天曜面前，而且不能让天曜发现她的不对劲，更不能发现他自己的身体和之前有什么不同。

能做到这样的，或许只有让他产生幻觉了吧——让他认为自己是没有找回内丹的，让他以为他所看见的雁回依旧是健健康康的。只有这样，他才能全心全意毫无顾忌地去与清广一战。

“幻小烟。”雁回唤了她一声，幻小烟有点愣神，不由得有几分心惊地应了一声：“主人……怎么了？”雁回几乎没这样和她说过话，她心底起了几分不安，“你……有什么不开心的事情要告诉我吗？”

“我是要告诉你一件事，可无关开不开心。”雁回道，“你要答应我，听我说这件事的时候……”看着幻小烟有点忐忑，雁回严肃的声音便软了下来，她摸了摸幻小烟的头，“你答应我，不要哭。”

然后在这一刻，幻小烟就有点想哭了。

雁回将她带回了房间，听到雁回将事情说完，幻小烟便已经傻了，她愣愣地看着雁回。

雁回张了张嘴，还没等她说出一句安慰的话，幻小烟的眼泪便已经“啪嗒啪嗒”落了下来。

雁回一叹：“不是说好了不要哭了吗？”

幻小烟连忙捂住了嘴，可眼泪还是止不住地往下掉，嘴里含含糊糊地发出哭腔：“可……主人，这么大的事……你……你……”

“不算多大事。”雁回道，“你理性地想想，和整个妖族比起来，我这根本就不算什么大事，你要乖，要配合……”

她话未说完，幻小烟的手便放了下来，泪眼蒙眬地望着雁回：“可是你要死了。”她像个小孩一样哭了出来，“可是做了这事，你就死了。呜哇……这是很大一件事，我不管，我不管和整个妖族比起来怎样，我就知道你会死掉的，你会死掉的……”

幻小烟哭得那般伤心，雁回劝不住，她说的话都被淹没在幻小烟的哭声当中，她只好一把捂住幻小烟的嘴，然后把她紧紧抱在怀里，她生怕这时候天曜会从外面路过，发现端倪，她连声在幻小烟耳边道：“不要哭了……不要哭了……没事的没事的。”

在雁回一声声安慰之下，幻小烟的声音终于慢慢消停了下来。这时候雁回才将幻小烟从自己怀里放开：“你坚强一点，抛开所有感情，就这样看着我的眼睛告诉我，我这忙，你是帮还是不帮？”

幻小烟咬了咬牙，静默许久之后，终于红着眼睛点了头。

雁回做了她的主人，可她从没让她做过什么事，这是唯一的一件，可她的要求，却也是她生命里最后一件。

对于让幻小烟用幻术迷住天曜，雁回还是有几分不放心。于是她找了个机会，想先试试幻小烟的能力。

幻小烟得知真相之后，哭了一晚上，第二天起来后眼睛有点肿，但还是配合了雁回的测试，因为她也不确定自己能在天曜身上种上多深的幻术，特别是想到当天曜找回内丹后，他的力量变得更强，那她的幻术在天曜身上就要埋得更深才行。

既然决定要做这件事情了，那就只有做到最好，趁这个机会在天曜身上埋下幻术的种子，让幻术种子随着天曜自己运功，在他身体里先运转一周，植根深处，之后待得要动真格时，也能更加简单一些。

幻小烟与雁回定了时间，第二天雁回将天曜约到自己房间里来，说《妖赋》有些许理不明白的地方，要天曜指点一下。

虽然不久前雁回才用这个借口调戏过天曜，但天曜还是应邀前来，在雁回面前依旧拿了《妖赋》，一副要好好教她的样子。

雁回看着天曜的脸有点愣神。

天曜等了半天，没等到雁回吭声，便转头看她，笑道："又是来调戏我的？"

雁回默了默，也是一笑："你的犄角不见了。"

"这两日融合九头蛇内丹，也有几分效果。"

雁回点了点头，然后在书上指出了一处她先前确实不太明白的地方："这里，你帮我看看。"于是天曜便没再打趣，垂头研究书中的内容，他嘴唇轻轻动了动，轻吟着书上词句，神态专注，在雁回身边毫不设防。

雁回听着天曜近乎呢喃的轻声，霎时便明白了，为何二十年前，天曜会那般容易被素影和清广联手算计。因为在所爱的人面前，他真的是没有半分防备，身上最薄弱的地方都露给了她，最柔软的地方都面对着她。

要动手害他，那么容易。

"天曜。"雁回唤了他一声，天曜转头的一瞬间，雁回手上所戴的幻小烟的戒指倏忽闪了一下，幻小烟从雁回的戒指里化成一股烟，从天曜的胸膛之上穿心而过。

"今天晚上回来，你看不到雁回。"

幻小烟的这句话在空中轻飘飘地落下，而她的声音也随着这句话的消失而消失。

天曜的双眸失神了一瞬，紧接着又恢复如常，他转头看着雁回，好似根本不知道幻小烟刚才曾出现在他们之间一样：“怎么了？”他问雁回。

雁回将下巴一抬，在天曜脸颊边轻轻落下一个吻：“就突然好想亲亲你。”雁回望着他笑，“可以吗？”

天曜愣了一瞬，脸颊红了片刻之后，转头看雁回的目光微微一深：“下次得先告诉我一声。像这样……”他说着，唇慢慢凑近雁回的唇边，“我想亲你了。”

话是这样说，但他并没有给雁回回答的机会，便覆了上去。

唇舌纠缠，片刻之后便又分离开来。

雁回想到幻小烟此刻可能还在屋子的哪个角落里看着他们，便有点不自在地咳了两声，然后找个理由将天曜支走了。

左右，没让他发现自己中了幻术就得了。

天曜离开片刻后，雁回确定他的神识感觉不到这边的动静了，这才唤了一声：“幻小烟。”

幻小烟此刻便在床榻边出现了，就站在雁回的身侧，像个背后灵一样吓了雁回一跳。然而此刻这个“背后灵”却是眸带泪光，满脸哀戚。

雁回看着她，一声叹气：“又怎么了？”

“主人啊，天曜刚才亲你的时候，他感觉好幸福。”

雁回心口一紧，好似受了一拳重击，然后又涩又疼的感觉便混杂着心口那遏制不住的细微的甜蜜流了出来。

“主人，你也好幸福的。”

是啊，她也好幸福的。

雁回沉默了，幻小烟的眼泪又包得更满了些：“就没有别的办法了吗？青丘国主那么厉害，咱们让他再想想别的办法好不好，让主人可以活下来的办法……”

雁回摸了摸她的脑袋，没有说话。

到了晚上，天曜从冷泉边回来，幻小烟壮着胆子拦了天曜的路，可站在天曜面前还没说一句话，幻小烟眼睛就红了一圈。

天曜见状立即皱了眉头。

雁回此时就站在幻小烟的身后，她掐了一把幻小烟的腰，幻小烟咬了咬牙，才开口问道：“你看见我主人了吗？”

见幻小烟这般神色，又问出这样的话。天曜眉头一蹙：“雁回不在屋里？”

是啊，她不在屋里，她此刻就在幻小烟身后，但天曜显然没有看见她。只道：“问过其他人了吗？没人看见她去哪儿了？”

幻小烟的演技好像已经用到头了，她只垂着头摇了摇脑袋。

这样的神情让天曜更是眉头紧蹙。他一步踏过幻小烟，和雁回擦肩而过，他走得头也不回。雁回转身看了看他的背影，舒了一口气，望着天上月色夸幻小烟道：“干得好。”

而幻小烟却没有半点被夸奖的喜悦。

那天晚上天曜问过了烛离，四处找遍不见雁回，正是心急火燎的时候，府上人给天曜递上了雁回在屋子里留下的一张字条，字条上写着，她去找青丘国主请教《妖赋》去了，明日早上回来。

然后天曜便又马不停蹄地赶去了青丘王宫。

雁回已经事先和青丘国主打过招呼，青丘国主便给天曜随意指了个巨木的屋子，天曜便在那屋门口静静守着，不离开也不喧闹。

他以为雁回在里面练功呢。

雁回在王宫错综复杂的树木根系之上遥遥地望了天曜一眼，然后随着小狐狸们的引路，从另一个门入了那屋子。

待到天亮，雁回从正门推门出来了。

见了雁回，天曜神情也并无多大变化，只是迎上前去，轻声问了一句：“修炼进展可顺利？”半分不提昨夜找不到雁回时他的心急如焚。

雁回咧开嘴一笑，露出洁白的牙齿，感觉心情极好。见她笑得开心，天曜也好似被阳光照耀得明媚起来一样，他微微弯了唇角：“功法精进很快？”

“对呀。”雁回一把牵了天曜的手，领着他往王宫下面走，“这《妖赋》不愧是国主夫人写的，青丘国主也不愧是夫人的夫君啊，他几句指导让我茅塞顿开啊。”雁回语气有几分雀跃，好似当真开心至极，没有半分忧愁一样。

她演得那么好，好得几乎快要将自己都骗了过去。

好得就像，她可以永远陪在天曜的身边，像这样满足他等待一晚上后的期待。

好得就像，她明天不用亲自迷晕天曜，然后接着撒更大的谎去欺骗他一样……

深夜，过了子时，天曜在房间里睡着了。雁回坐在他床榻旁边，而旁边则是立了许久未曾下过青丘王宫的青丘国主。

“劳烦国主动手了。”雁回道。

青丘国主便接过她手中匕首，眸光微微一垂，道了声：“得罪。”匕首刃尖破入雁回胸膛，青丘国主眸光沉凝，几乎是眼睛也不眨一下，以匕首在雁回心口之中轻轻一挑。

雁回浑身一颤，脸上登时血色尽失，她疼得想握紧拳头，却发现自己手上竟是一点力气也没有。若不是此时有幻小烟在背后撑着，她恐怕是连坐也坐不稳了。

下一瞬间，一颗闪耀着炙热火光的珠子便被匕首挑了出来，而与之相反，雁回则像是瞬间被剥夺了色彩的布偶，脸色霎时灰白一片。

整个房间的温度霎时高了不少。

离开雁回胸膛的妖龙内丹，被天曜身体的龙气吸引，在青丘国主的手中左右冲撞，像是一个躁动的毛头小子迫不及待地要奔回属于它的地方。

青丘国主一松手，只见那内丹宛如离弦的箭，瞬间便撞到了天曜胸膛之上，然后没入他心口之中。

再无痕迹，房间温度不一会儿便恢复如常，而天曜的脸色几经轮转，像是原本属于他的内丹之力在与他身体之中的九头蛇内丹互相争斗，最后结果自是不用说，他的脸色恢复如常，是属于他自己的内丹胜了。

千年妖龙天曜，终于完整了。

他终于变成了以前的他。

而此时雁回满是鲜血的心口之处也是光芒一闪而过，是青丘国主给她的灵珠起了作用。

从现在开始，她的生命就要进入最后一个月的倒计时了。

她与天曜的这一场缘分，要开始慢慢倒数了……

在天曜清醒之前，幻小烟在天曜额头上轻轻一触，她道：“你清醒之后，什么事都和昨天没有区别。”

雁回目光一直没有离开天曜的脸，此时或许是她的错觉，她看见一直处于睡梦中没有清醒的天曜若有似无地皱了皱眉头。

雁回几乎用尽全力伸出手，揉了揉天曜的眉心：“如果可以骗他一辈子就好了。”

幻小烟在她身后苦着脸道："主人，我撑不了那么久的。他内丹的力量好大……我怕自己连一个月都撑不住。"

"你不是喜欢给人制造快乐的梦境，吃人快乐的情绪吗？"雁回道，"接下来一个月，我都会让你吃得饱饱的。"

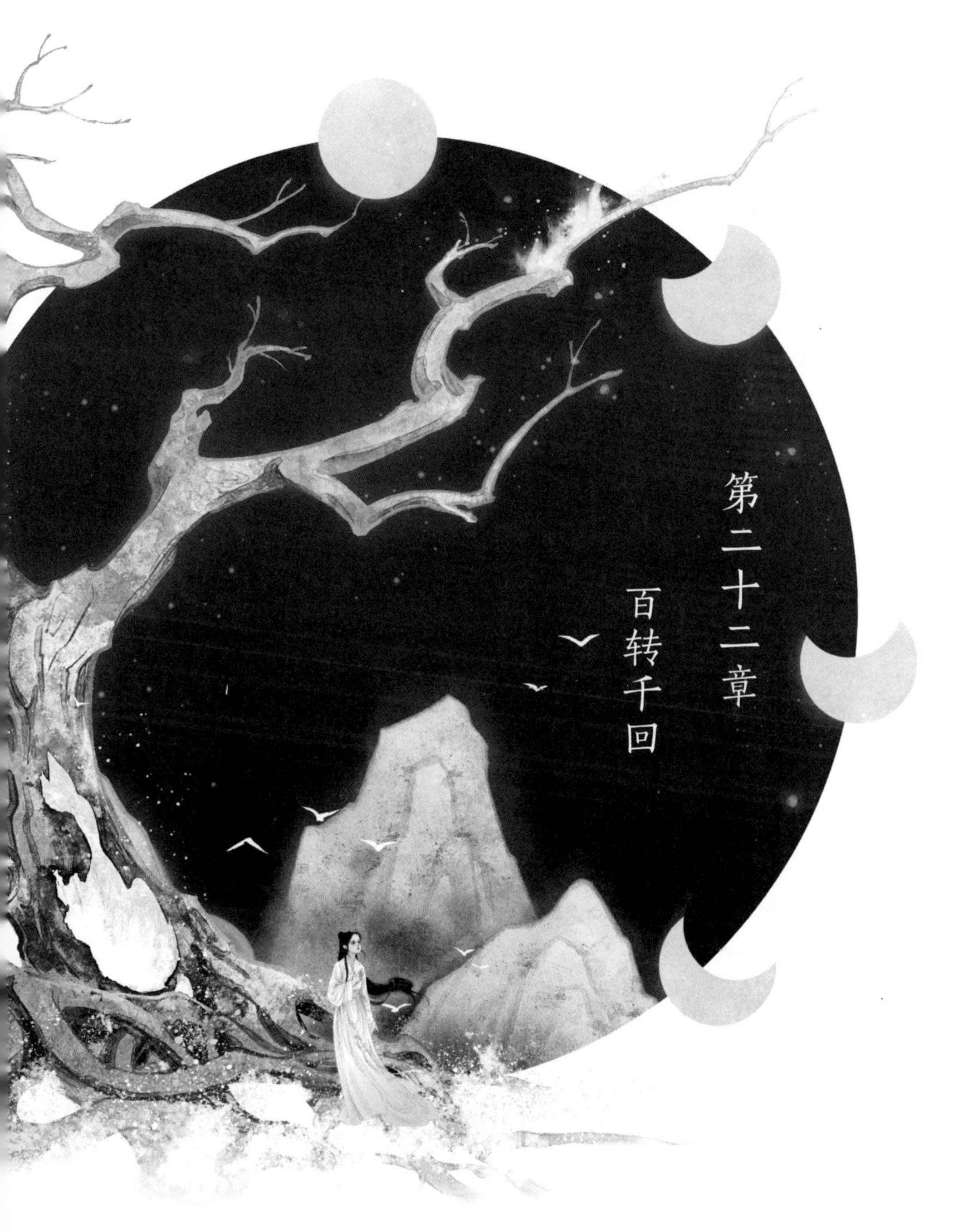
第二十二章
百转千回

翌日清晨，天曜醒后便觉自己身体有几分奇怪，可更奇怪的是，他竟然说不上到底哪里奇怪。

出了厢房，天曜见烛离正坐在他房间正厅之中，手里握着一个小瓷瓶。见天曜出来，烛离便站起身来将瓷瓶给他："这是国主让我送过来的药，说是吃了之后对你近来融合九头蛇内丹大有裨益，能助你此后一月功法大长。"

天曜愣了愣，不明白青丘国主为何突然送药过来，但他还是伸手接过瓷瓶："代我多谢国主。"

"嗯，我还有事就先走了。"

烛离出门之后脚步一转便去了雁回的房间，但见雁回脸色苍白地躺在床上，烛离眉头紧蹙："你要我给天曜的那东西到底是什么，为什么还要假借国主之名？"

雁回弯了弯唇角："给天曜的定心丸罢了……"

那些不过是一些补身益气的普通药丸，之所以给天曜，是因为身体里增长的神龙之气总会表现出来，不让他知道是内丹的作用，让他以为是吃了这药丸的作用便好了，定了他的心，不让他生一丝一毫的疑惑，这样才可以让他毫无顾忌地一直向前走。

见雁回开口说话时气弱成这般模样，烛离眉头又皱得更紧了些："你这身体到底是怎么了？不过一晚上未见，为何憔悴成了这样？"

"在天曜眼里，我不会是这模样便好了。"

"到底为何……"

"哎呀，你别问了！"幻小烟终于忍无可忍，她打断了烛离的话，推着将他赶出了雁回屋子，然后红着眼眶道，"主人昨天一晚上已经够辛苦了，和你说这么多伤神，你就吩咐下去，以后谁也不许在天曜面前提一句主人身体不好这样的话就行了。”

烛离憋屈：“为什么不可以提？你跟我说明白不就行了吗？”

幻小烟咬了咬牙：“好，我和你说，你知道之后，打死也不许告诉别人，特别是天曜。”

“为何不告诉我？”

幻小烟话音未落，便听外面传来天曜的声音，她脸色“唰”地一白，但见天曜从外面一步一步踏进来，她不知道天曜到底听到了多少，正惊慌地望着天曜手足无措之际，屋内传来雁回伸懒腰起床的声音：“天曜？”

天曜看了幻小烟一眼，转身去了雁回的屋。

幻小烟心头怦怦跳个不停，在屋外探头往里看去，但见雁回在床上对天曜伸出了手，让天曜将她拉了起来。

雁回白着脸，但嘴角微微勾着笑。天曜像完全没看到她苍白的脸色似的，问道：“日上三竿了，今日怎么睡这么久？”

“梦见你啦。”雁回道，“舍不得醒。”

天曜蹲下身，一边给雁回穿鞋一边道：“醒了也能看见我的。”

“那不一样。”

“怎么不一样？”

“我梦里的天曜，已经飞升为仙啦，成了通天彻地的大龙，威风凛凛，霸气非常，他遨游天地之间，过得自由自在，逍遥洒脱。”雁回顿了顿道，“不受任何俗世凡尘的羁绊。”

天曜帮雁回穿好鞋，听罢这番话后笑着抬头看她：“那你呢？”

“我？”

“你在哪儿？”

他不关心他变成什么样，他只在乎他变成那样之后，她在哪儿……

雁回心尖似被扎了一针，抽痛一瞬之后，她身子微微往前一探，伸手指了指天曜的心：“到那个时候啊，我就在你这里。”

天曜就势握住了雁回的手：“早就在了。”

雁回唇角一弯，手指顺势往上一挑，放在天曜下巴上，带着三分流气道：“小公子嘴巴很甜嘛。”

天曜现在已是极为配合了：“姑娘要尝尝吗？”

“让我尝个十分甜的。”雁回将脸凑了过去。

天曜便从下往上，像是仰望似的，将她的唇轻轻吻住：“好……”他说着，便侵占了雁回整个口腔。

于天曜来说十分甜，于雁回来说，却暗地里藏了九分涩。

灵珠入了雁回的身体，雁回比谁都更能深切体会到如今自己的身体状况有多么不好。她甚至感觉，青丘国主所说的“一个月”或许太乐观了一点。

翌日雁回照镜子的时候，竟然在自己身上发现了灰色的气息。

那是死亡的气息，一般出现在慢慢衰败的凡人身体上，会清晰地看见这样的气息。从小到大，包括之前在铜锣山的时候，天曜的奶奶那身上的气息也是如此，一天比一天重，直到她身死。雁回很小的时候就知道，有一天这样的气息也会出现在自己身上，但那时候总觉得这样的事情太过遥远，心里并无太多感慨。

然而当终于有一天，这股气息出现在自己身上，雁回不由自主地感到胆寒与惊恐。

而她的气息与普通凡人并不相同，她本是在出生之际便该殒命的人，是凌霄以护心鳞和天曜内丹救了她一命，她从此半人半鬼地活于世间，此前托内丹的福她身上没有半点颓败的迹象。

而此刻内丹离体，即便有青丘国主所赠灵珠相补，她身上的黑气一旦出现之后便疯了似的长开。

从第一天出现后，第二天颜色立即变深，第三天气息翻长。

她想，自己大概是撑不过一个月的。

所以在最后这一段时间，雁回几乎是有机会便去看看天曜，有时候会跟着天曜去冷泉，他在调息身体，雁回便坐在旁边静静地看他，就算什么也不做，她也觉得很开心。

有几次她坐在树下睡着了，醒来之后她已经没有力气站起来，她便打个响指，笑眯眯地盯着向她望来的天曜：“我腿睡麻了，小公子背我回去吧。”

对于这样的请求，天曜向来是不会拒绝的。或者说雁回所有合理的、不合理的请求，天曜都是不会拒绝的。

有时候背着背着，眼看着要回去了，雁回见月色正好，便抓了抓天曜的衣裳，说：“小公子，陪我去天边看看月亮呗。”

"好。"

"我不想飞，你带我上去啊。"

"好。"

这样几次之后，雁回都觉得自己被宠得过分了，她问天曜："你不觉得我这样都快像生活不能自理的人了吗？"

天曜闻言想了想："嗯，蛮像的。"

"……那你有什么感想？"

"这样不好吗？"天曜道，"你不想做的，我都可以帮你做。你尽情放肆骄傲，自有我满足你的愿望。"

适时，天曜化了原形，雁回则趴在他的龙头之上，双角之间，她望着天上繁星，四周一个人都没有，只有划过耳边的风声。

雁回笑了笑："我忽然觉得自己好像一个公主。"

"你是王后。"

那一瞬间，雁回真的觉得自己好像一个王后，随着她的王一同遨游天地，睥睨苍生。

可没有几天，雁回便在镜子里看不见自己的脸了，镜子中的自己完全被黑气缠绕覆盖。光是看着镜中的自己，她便觉得自己是来自地狱的幽灵，错踏了这人世繁华。

雁回知道自己应该没有多少时间了，撑不过一个月的……

不过好消息是，清广需要大量内丹的时间也提前了不少，前方战场上又传来仙门之前开始大量收取妖怪内丹的消息。

而这次，并没有那么多人愿意拼命帮清广收取内丹了。

七绝堂在中原扩散的消息起到了至关重要的作用，清广无法对所取内丹的去向做出一个解释，众多仙门因此与他离心，没人愿意听一个可能是邪修的人发布的命令，甚至为他送死。

清广一时间也处于相对孤立的状态。

趁着中原仙门与辰星山猜忌相离，妖族储君立时筹备了一次大举进攻，妖族迈过三重山，势如破竹一般挺进中原，直取辰星山。

此举背后其实乃青丘国主授意。

清广收不到足够量的内丹，便无法对自身消耗进行修补，若是无人肯听他差使，那最快的办法，便是他亲自出手，收取妖怪内丹。

派出军士集中进攻辰星山对清广而言等于是将一盘盛宴送到他面前，等他伸手来拿。

待将清广诱出辰星山，脱离他最为熟悉的地方，彼时天曜再出手与其一战，胜算便是极大。

定好了计划，天曜随大军出发，而雁回并不在随行之列。天曜本以为以雁回的性格会想方设法跟着他去，但是雁回这次却出奇地配合，她在门口给天曜送行："我《妖赋》都还没练上第七重呢，去了清广要一心想抓我，那不是给你们添乱吗？我就在这儿待着，等你凯旋。"

"我会回来的。"

雁回轻笑："我知道，你会回来的。"

天曜转身离去。

他一走，幻小烟便在一旁扶住了雁回。此时在旁人眼里雁回已是双眼深陷，形容枯槁的模样了。

幻小烟道："主人，天曜身上的幻术我不能离太远，但是你可以不用去的，你这样……"

"要去。"雁回垂眸，看着自己已经瘦如枯柴的手，声音有些飘忽，"我怕他赢了回来，连我最后一眼都来不及见到了。"

她想让天曜，在她的视线里停留到最后一刻。

幻小烟与雁回尾随大军，入了中原。

一路上几乎没有遇到多少仙门的抵抗，可见在中原大地，因为清广可能是邪修，众仙与辰星山之间的嫌隙，比雁回想象中的还要大。

远远望着越来越近的辰星山，雁回心里竟然没有生出多少想法，直到清广的身影出现在了那方，雁回才眸光一凝。幻小烟拉着雁回，身影没在众多妖族士兵当中。

清广一来，只觉四周大风忽起，草木异动，妖族士兵戒备以待，即便如此，也没人想到下方土地当中竟然猛地生长出了许多尖锐的藤蔓，蓦地向上刺穿出来，躲避不及的军士霎时被刺伤，有的甚至当场丧命。

幻小烟驮着雁回往空中一跳，避过一劫。

可地上的藤蔓并未放过她们，一根藤蔓如有意识一般，像一根鞭子似的往上一甩，径直拉住了幻小烟的脚踝。幻小烟一咬牙，正打算拿匕首斩断之际，远处军队前方荡来一道热浪。

火焰如同刀刃，在地表上横扫而过，径直将地上穿出来的藤蔓拦腰斩断，一阵烈焰炽烧之后，大地表面焦灼一片，寸草不生。

幻小烟这才敢带着雁回落了地，旁边的妖族士兵们也在地上站稳，有的开始处理自己的伤口，有的则开始搬抬同伴们的尸体。四周混乱一片，有的士兵则与雁回一样，仰头瞭望，在那军队前方，长身而立的天曜与清广真人相对而立，周身力量在空气当中无形交锋，让地上受了伤无力抵抗的士兵们苦不堪言。

至高权位之上的斗争，从来没有考虑过卑微者的感受。

若今日雁回有健康的身体能站在天曜身边，只怕她也不会有这般体会吧。上位者的救是普度苍生的救，上位者的杀也是颠覆苍生的杀。

翻手云，覆手雨，她爱着的是这样的人。

雁回笑了笑，幻小烟不解："主人……你怎么了？"

"没。"雁回摇了摇头，"只是突然觉得我很幸运，此一生，竟然能遇见天曜，与他有这般神奇的交集。"

幻小烟嘴角弧度有点苦："我不懂，主人明明现在一点都不好，哪儿来的幸运，是老天爷对你不公平。"

"你才从幻妖王宫出来没多久。"雁回道，"或许有一天你也有机会遇上这样的一个人。他让你感觉能遇见他，就是此生最幸运的事，他让你不再对生活的任何不公感到愤懑不满，因为只要和他有过一瞬交集，这一生即便立即走到尽头，也心怀庆幸。"

幻小烟摇头道："我不要遇到这样的人，那样我太可怜了，我不要……"

这方正说着，前方已是气息大动，天曜与清广结束了对峙，清广终是先动了手，两人交战，地上妖族大军开始迅速后撤。

诱惑清广出山的目的已经达到，接下来再留在这里便是给清广当靶子提供内丹了。

巨大的法力交战撕裂空中的云，斩裂大地，风云皆变色。五十年前清广真人与青丘国主一战或许不过如此。

天曜近来研究《妖赋》，虽无其九重之后的心法，但前面九重乃是《妖赋》立根之本，天曜能推算出清广的功法套路，不过过了两招，清广便也了然。

剑刃交锋，清广冷笑："青丘国那九尾狐竟是将《妖赋》都给你看了吗？"

天曜并不答话。

清广身影一转，只在天曜面前留下一个影子，人却出现在了天曜身后，他一剑向天曜脖子划来，可天曜连头也未转一下，周身气场立时大长，远远看去如同天上悬挂的又一个太阳，灼目的火光硬生生将清广推开。

清广在空中生生退了百丈远，这才以地上生出的藤蔓将自己的身体接住。

他唇角微显血迹，然而盯着天曜的目光却在发亮，眸中的疯狂此时不加掩饰地流窜出来。

"竟是拿回来了。"他呢喃了一声，倏忽大笑开来，身形一闪，不过眨眼之间便行过百丈距离再次出现在天曜面前，此次他手上剑招携带着巨大法力，招招毫不留情，剑剑皆往天曜心口刺去："你竟然拿回来了哈哈哈哈！"他大笑，"倒是得来全不费工夫。"

天曜眉头一蹙，再次将清广打开。

清广于空中站定，脚下阵法打起："你道是拿回了内丹，便能完全压制于我吗？妖龙，二十年前我能借素影之力打败你，今日亦是如此。"

清广的话天曜只听进了一半，他一愣神："你说什么？"

清广咧嘴笑道："我说，你心口的内丹，今日，归我了。"

天曜的脸色便在这一瞬间猛地白了下去。

"你说什么？"他几乎是不敢置信地又问了一遍，语调沉凝，语速缓慢，恍然间那日在雁回屋里听到幻小烟说的那句不能告诉天曜的话，倏地出现在脑海当中。心中的猜测，似是一把刀子，已经戳进他的心口，让他疼得撕心裂肺。

回悟过来，天曜竟是一转身，当场便要往青丘而去。

而清广此时哪会让他离开。阵法一起，将天曜圈揽其中。

被拦住去路，天曜怒火中烧，掌中法力凝聚，挟带着千年妖力，与清广真人的力量硬碰硬，生生撞碎了他的阵法。而即便如此清广也未曾让天曜走，空中又是一个巨大法阵罩下，只比先前那个更加难破。

眼看着终于能拿到妖龙内丹，清广如何会轻易放手。

内丹回到了天曜的身体里面，自然是时间越短越好取出来，此次若是放他离开，他日只怕更成大患！

清广如此一想，手中剑舞，立时不管不顾地杀向天曜，杀招连连，毫不吝惜自己一身法力。

天曜此时心急如焚，根本无心与清广争斗，几招一过便寻思撞破阵法，然而便是在争斗到阵法边缘之际，天曜看见阵法之下，焦灼的土地之上，竟然还有两人在那儿。

竟是……雁回与幻小烟。

雁回站在阵法外，方才离开之际，地上起了清广的大阵法，她抽身不及，被阵法禁锢住了一只手，深陷其中，抽取不出，她另一只手捂着心口，背脊弯曲，没有力气站直身体。

她垂着头，看不见她的表情，但天曜能想象出她的痛苦。

幻小烟一直在旁边扶着她，不知在雁回耳边说着什么，神色焦急。雁回只是摇头。

终于幻小烟一咬牙，不再听雁回的话，她一抬头，望向空中被清广缠斗不休的天曜，双目皆是泪水，满脸乞求，张大着嘴向他喊。

在清广声声重击之下，天曜听不清幻小烟的声音，却看清了她的口型。

她说："救救她！"

天曜心口一紧。他身形一动，可身边的清广再次缠斗上来。清广也分神往下方一望，见状一下明了，随即唇边一丝邪笑："想救人？"

四周阵法蓦地往下一沉，一道刀刃，切开四周土地，阵法之外径直变成一条深不见底的壕沟。

幻小烟一阵惊呼，连忙飞了起来，将雁回的身体抱住，避免她掉落壕沟之中。

天曜见状目眦欲裂，他身体妖气翻腾，眸中赤焰灼烧，额上青筋一凸，一声低喝，剑势快得让清广都来不及看。

清广只觉得胸腔之上一凉，鲜血便登时从他胸腔之上破出，火焰之力将他推开数十丈，火焰停在他胸腔之上燃烧。

天曜却看也未看他，回身一剑斩破清广结界阵法。

雁回的手终于得到解脱。幻小烟抱住雁回，正要往上飞，天曜伸手去拉她……

就在这电光石火之间，被天曜打开的清广眸光一凝，他根本不管胸腔上的伤口，只指尖一动，旁边的土地倏忽挪动，向中间合拢！

天曜眼睁睁地看着土地缝隙之间的两人来不及逃出，只听"轰"的一声，裂开的土地合在一起，埋住了幻小烟仓皇的脸，还有雁回已经颓废不堪的身体，她抬头看了他一眼，好像还对他说了句话，可太快了……

他什么都没来得及看清，什么都没来得及听见。

撞击的力量那般巨大，在裂缝之处生生隆起一座土丘，天曜亦被这股力量撞开。就这样看着雁回与幻小烟被埋在其中。

“不……”

这声音像是从心底传出来的一样，天曜耳边登时一片寂静，他一时竟忘了自己是会法术的人，忘了自己是能通天彻地的妖龙，他竟然俯身而下，落在土丘之上，以手去刨那被掩盖住的土地。

身上被泥土弄脏，脸颊满是狼狈。

而此时清广出现在天曜身后，他眸中尽是冷意，丝毫不见温度。他在天曜身后举起长剑，径直向他心房刺去。

突然，天曜所跪的地方凹陷，天曜身形一矮，清广剑势一偏，擦过天曜耳边，土地之中倏忽火光大起，一股热浪炸开，推开清广，将刚堆起的土丘炸出一个深坑。

而在那深坑之中，幻小烟怀里不知抱着什么，正在呜咽哭泣。

天曜愣愣地看着幻小烟，她所在的地方，雁回的气息没有残留一丝一毫。

听闻天曜脚步声踏来，幻小烟这才抬起头来，望着天曜，她强迫自己停住哭声，道：“主人用最后的力量护住我了。”她终是忍不住了，号啕大哭，“她就只剩下这个了。”

张开双臂，她怀里剩下的那片鳞甲正散发着微微光芒，那是他的——护心鳞。

天曜失神，伸手去触碰，鳞甲之上的温度是雁回的体温，但却烫得让他几乎要握不住。他倏忽想起那天，雁回对他说，她做了一个梦，梦见他终修成得道，得了仙位，他问：

“那你呢？”

“我？”

“你在哪儿？”

“我在你这里。”

我在这里。

原来如此……

原来……如此。

一瞬间天曜像是被拽下了深渊，深渊里满是恶鬼，连空气都在噬咬他的皮肤，钻入他的骨髓，吃干净他的五脏六腑，他像是正在被疼痛掏空。

与这相比，二十年前的拆解之痛算得了什么，二十年来的月圆之夜又算得了什么……

背后有凛凛杀气如箭射来，天曜生生挨下了这一箭，像是肉体的疼痛才能唤醒他的神志一样，将他从那个寂静得恐怖的深渊之中拉出来。

他向后望向清广，眸色血红，眉心之上妖气凝成的红点若有似无地显现。

即便只是盯住清广，可这眼神竟似一记重拳，落在清广心尖之上，让他不由得有几分胆寒。

这是这么多年来，无论与谁相对，清广都从未有过的感觉，战栗……甚至害怕。

天曜周身火焰不再明亮，变得浑浊不堪，像是从地狱里烧出来的一样，火焰变成了黑色，他的头发却从根部一路向下，尽数变成了白发。

鳞甲在脸上浮现，狰狞得好似地狱修罗，踏破三界界限，注视着他。

箭刃尚刺在后背之上，天曜却半点不知痛一般，一转身，箭刃生生被他折断，半截留在他后背之上，然后被越来越多且厚的鳞甲从肉里推挤而出。

他伸手一抓，清广欲躲，可此时天曜动作虽慢，但周身黑色火焰却抓住了清广，让他无论如何也挣脱不了。

天曜擒住了清广的颈项。

黑色火焰自他手中燃起，自颈项而下，将清广整个人包裹其中。

清广在火焰中挣扎："不甘心……我不甘心……"他的声音被淹没在火焰之中，从内至外，全部灼烧干净，连渣也未曾留下一点。

然而待得清广被灼烧干净之后，天曜手掌心的火却未曾停下来，黑色的火焰在他脚底燃烧而起，灼烧了他周身鳞甲，他也沉在火焰当中，好似要将自己烧毁。

幻小烟见状大惊，吓得都不敢哭了，连忙大声道："别这样别这样！主人说会回来找你的！"

天曜闻言，终是在火焰之中微微动了眼珠："她会找我？"

"你要是死了，你就记不得她了，连记忆都没有了！只要你记得她，主人说她就会找到你的！”

天曜垂下了头，静默地看着手中那片与他现在周身颜色变深的鳞甲不同的青色护心鳞，火焰渐消。

你在哪儿？

我在这里。

鳞甲慢慢收回，他不再那么狰狞，只是白发却变不回去了。

“我也会找她的。”

十五年后。

小村庄里有个怪女孩，从小是个神童，没人教就会读书写字，她爹在的时候她就非得给自己改名字，不但要改名字，连姓也要改，她爹不准，又打又骂，可每次都还打不疼这姑娘。现在这姑娘爹去了，她自小便是没了娘的。她就背上了包袱，自己出了村庄。

她说她叫雁回，她要去找一个人，那人是她相公，名叫天曜。

记忆停止在大地合拢将她与幻小烟掩埋的那一瞬。

她以灵珠剩余之力护住了幻小烟，然后她的世界便陷入了一片黑暗当中。

雁回不知自己在黑暗当中漂流了多久，她没有意识，对于那段时间也没有记忆，只待她睁开眼的那一瞬，世界重新鲜活起来，她才知道自己又活过来了。

在空气中发出第一个音节的时候，她看见了自己挥舞在空中的小手臂，那是属于婴儿的手臂，还看见了抱着她的接生婆，然后耳边是屋里的一片混乱，接生婆在大喊：“出血啦！出血啦！夫人出血了。”

外面有人冲了进来，多半是女人，还有一个男人惊慌大喊：“娘子！娘子！”

而雁回只觉四周一切竟那么迷幻。

忽然之间胸膛一热，雁回脑中出现了一个画面，在山崖之上青丘国主长身而立，清风拂袖，在青丘王宫背后的悬崖之上，青丘国主的一双眼睛似从千里之外望了过来，望穿她的眼瞳：“成功了吗……”

他的声音好似在雁回耳边响起：“这便算是，妖族送予你和天曜的谢礼吧。”

青丘国主的身影在悬崖上微微发光，与此同时，雁回胸膛温度大热。待到青丘国主化成一片金光随风而去的时候，雁回倏忽明白——

这是青丘国主用他最后的力量，保住了她之前的记忆。

抱住雁回的接生婆转头看她，惊讶大叫："这小孩子心口在冒金光！这是神童呀！"

旁边立即有人也看了过来，附和说着："是神童呀！神童呀！"

雁回便在这样一片混乱当中重新回到了人世，拥有了另一个身份和身体。

她出生后没多久，江湖上便传来妖族的那个九尾狐国主仙去的消息，只是这些消息离小村庄的人们太遥远，并没有人关心。

这一世的雁回在出生之时她的亲生母亲就去世了，亲爹变成了鳏夫。从此她的生日便成了她娘的忌日，每年这天，雁回总是要将手放在她爹的肩头上拍一拍，以示安慰，毕竟这一世他们也是带她降临到这世上的恩人。

过了几年，她还这样拍着她爹的肩膀叹气的时候，她爹就会揍她："小屁孩一天到晚学什么老人叹气，回去给我好好喂鸡。"

雁回撇嘴，如果是上一世，指不定她比他年纪还大上一两岁呢。

其实从一开始，雁回就一直想就此逃跑去找天曜的，但婴幼儿时期软胳膊软腿的，实在跑不出去，待得稍微大了点，能自己走路了，她爹又将她管得严实。

雁回发现自己身体可以凝神练气的时候便修了道法，她对《妖赋》记忆不深，所以练的还是辰星山的仙法，功法进展相比于普通人要快，但比起以前那个有天曜内丹的身体，这点进展便不算什么。

到了七八岁的时候，自己能跑能蹦跶了，雁回便开始收拾着要自己跑路。

有一天，她走了很远的路，却还是被她爹连追带跑赶上了，他爹抓住她，扬手便是一巴掌，打得雁回有点愣神，可她心头还没有起火气，便见那农家汉子红了眼眶对着她吼："你要去哪儿？你是你娘留给我的唯一念想！你一个人跑出来，出了事怎么办？你让我怎么办？"

雁回心头一动，她有之前的记忆，她一门心思要去找天曜，可她的"父亲"并不知道，他真的将她当自己女儿在养呢。

于是雁回便留了下来，打算等自己十四五岁了，她就往外地嫁，然后在路上逃婚了事。可没想到她还没来得及嫁，她的"父亲"便去世了。

雁回从此了无牵挂，她背了包裹，起身便上路往妖族那方赶去。

这些年她在村子里跟路过的江湖人打听过了。

十五年前，辰星山前一战之后天下大乱，清广真人被天曜诛杀，不久后青丘国主亦仙去，随后青丘国储君继位，修道者们选了几位德高望重的长老与青丘国主相谈，约定百年之内绝不大动干戈，也不再以三重山为界限，从此仙人妖怪各自修炼，互不干涉。

天曜成了妖族供奉的神龙，他不承袭妖族的王位，却受到比王更崇高的敬意，他遨游世间，踪迹难觅，天地之间只为寻心之所系那一人。

雁回望了望天，一时间心里感触良多，天曜是寻回了以前的力量，然而终究抵不过天道轮回对一个人痕迹的掩埋，他那般寻，依旧没寻得到她。青丘国主在她睁眼的瞬间便消失了踪迹，想来是未来得及将她的去向告诉天曜，所以只有靠她自己去寻了。

天曜那么耀眼，他站在这世界的顶端，总是要比淹没在人群当中的她更好寻觅一些。

然而如此想着的雁回却愣是没有寻找到接近天曜的机会……

雁回想踏入青丘去找烛离，但她身体当中已修了仙法，现今三重山虽然不再是仙妖的界限，可青丘乃灵气贫瘠之地，会主动去青丘的修道者实在少之又少，她一路所行艰难，处处皆有妖族人欲谋害她。如今她仙法并未修得太厉害，为了自保所幸还是回了中原。

她又去寻了七绝堂，知道凤千朔现在还在掌权，她本想借凤千朔之力将自己已经回来的消息告诉天曜，但当她在七绝堂对掌柜说出自己名唤雁回，想见凤千朔时，掌柜却一皱眉一摆手：“这都这个月的第几个了？烦不烦！”

雁回一愣：“什么？”

“雁姑娘与天曜公子的事传得整个江湖都知道，每年每月每天冒充雁姑娘的妖怪仙人不知道多少，这都十五年了，你们能不能换个新花样啊？”

前十五年并未出过山村的雁回，并不知道外面的姑娘竟然已经这么会玩了！

她登时像被噎住了一样，哽住了喉：“我……”

话没说完，掌柜的便将她赶了出来：“你们这些姑娘，自己踏踏实实地过自己的生活去吧，那高高在上的人不是你们这些平凡人能攀得上的。”

站在七绝堂的门口，雁回哭笑不得。

是啊，天曜已经变成一个高高在上让她无法触碰的人。

以前雁回与天曜相遇在他最落魄的时候，那穷乡僻壤的铜锣山，一路走来，共同成长，靠得太近，所以雁回从来未曾感觉到她与天曜之间会隔有多遥远的距离，直至现在……

明明生活在同一个世界上，却像是有了比天底下最厉害的结界更恐怖的隔阂，将他们区分开来。

卑微者想触碰上位者是多么困难的事，雁回终于深刻地体会到了。

“掌柜的若不信，我知道之前天曜的所有喜好，你只要让我见凤千朔，他……”

掌柜摆了摆手：“行了行了，研究一万遍《天曜传》和《雁回书》都是没有希望的。”

雁回登时显现一副被抢了钱的表情，什么《雁回传》和《天曜书》，都什么乱七八糟的东西……正愣着神，小贩吆喝了一声：“新书啊，新书到了。”

雁回转头一看，小摊上醒目的位置赫然摆着两本书《天曜传》《雁回书》，著者——幻小烟。

雁回：“……”

一时间，雁回忽然觉得，如果当年最后一刻，她没有救幻小烟，现在大概会省事很多吧……

叹了声气，雁回正愁得没办法之际，忽见七绝堂里，又是一个少女双目赤红地跟着仆从走了出来，七绝堂门口人来人往，来买消息的人实在多，雁回本没注意他们这一对，可少女的一句话却钻进了雁回的耳朵里：“消息说那阵法只有妖龙火焰可破，没别的办法了！”

“妖龙”二字让雁回耳朵一竖，她立即尾随上去。

少女身边的侍从沉默不言，少女咬牙道：“爹已经去求过国主多次了，可国主虽然知道妖龙在哪儿，可那妖龙根本就不理这世间事，他不会帮我们的忙！而七绝堂也说，只有妖龙可以破阵，真的没有别的办法了。商陆……救不了了。”

侍从只颔首道：“望少主……莫要太过悲伤。”

当年的九尾狐储君便是如今的国主，这少女被称为少主，爹还是可以和国主说上话的人，理当身份不低。

“商陆能救得了少主，即便是在阵法当中身死，属下相信，他必定也是心甘情……”

话未说完，雁回一头钻进了两人中间：“你们要找天曜帮忙啊？”

侍从眸光一凉，登时将手放在了身边剑鞘之上，只听“叮”的一声，剑已经微微离开了鞘，只是旁边的少女伸手拦住了他。少女的目光在雁回身上上上下下一阵打量，目带考究："是又如何？"

雁回咧嘴一笑，露出了让她笑容透出三分痞气的小虎牙："我帮你们啊。"

来者是赤狼族的少主——赤昭，前段时间路过广寒门，误闯广寒山中一处阵法，与她自小一同长大的侍从陆商为了救她出来，被困在了冰雪阵法之中。

赤昭自此便一直在寻破阵之法，却得知要以龙火灼之方能破阵。而这世间的妖龙就那么一条，要找他帮忙谈何容易，族长念在侍从救了自己女儿一命，便前去请求国主帮忙，然而国主自是不会强行要求天曜去救人，因为在他们眼里，这或许只是一件微不足道的小事，国主轻描淡写地一提，天曜轻描淡写地拒绝。国主便也只有拒绝赤狼族族长的请求，族长便不敢再去麻烦国主，而落到赤昭这里，便成了人命关天的大麻烦，愁得夜不能寐。

雁回知晓事情经过之后，心思一转，觉得既然能与国主搭上话，那便就好了。只要能将她在的事告诉国主，别的事国主不会上心，但是"找雁回"这回事国主一定是上心的。

因为天曜有多想找到她，雁回是知道的。

他一定比她还要急迫，因为她能看到他，哪怕是仰望，好歹知道他还存在着，还在某个地方生活着；而天曜，却看不到她，哪怕他穷极目光，也不知道她是否存在，是否能像他一样在这个世界上活着……

然而初听雁回的身份，赤昭依旧抱着将信将疑的态度，直到雁回买来了《雁回书》与《天曜传》，将里面的一些小细节，挑出来细细一说，细节真实得让赤昭有了几分相信，她将此话报与族长听了。

族长闻言也是将信将疑，毕竟雁回的故事在江湖上传了十来年，不知传出了多少版本，可他还是将这些言语报与了国主。

赤狼一族怎么也没想到，不日龙气便在他们领地之上盘旋而下，挟带着灼热之气落入赤狼族住地。

雁回感应到天曜龙气带来的压力之时，说不出心头是喜悦还是别的感情，心脏猛地开始狂跳，可她怎么都没想到，这个时候身后的赤昭却忽地对着她颈项一拍。

雁回只觉一时头晕眼花，身体之中气息逆行，待再回神之际，四周的一切竟然变得出奇地大。她一愣，转头看赤昭，却发现自己的视线竟是从她的脚下往上仰望的。

“你作甚！”雁回怒叱，开口却是“嗷”的一声叫唤。

雁回：“……”

她垂头一看，自己的手竟然变成了爪子，浑身毛乎乎的……她一侧头，在旁边落地的铜镜里看见了已经变成狼崽的自己。

大爷的……

竟然恩将仇报！

雁回这方还在怒极之中，外面已吵闹起来，赤昭掀开门帘踏了出去，雁回想要跟着跑出去，却被赤昭身后的侍从抱住，将她紧紧地困在怀里。

侍从并没有出去，甚至捂住了雁回的嘴，不让她发出一点儿声音。

外面传来赤狼族族长的声音：“大人，这……这便是我小女儿，是她在梦里梦见了那些事。”

是她在梦里梦见了那些事？

赤狼族的人竟是这般与天曜说的？他们想让天曜这样认为？为了让天曜去帮她救人，所以便这样说了？还是想为了用“雁回转世”这个身份去获得更大的利益？

雁回一时只觉怒不可遏，她在禁锢着自己的人的怀里奋力挣扎，然而却并无作用，这一世她修行的时间太短，力量太弱了，她挣脱不了。

“那些是你梦见的？”

多么简单的一句话，但说这话的声音却在雁回梦里出现了无数次。若是过去，天曜怎会允许有人在离他这么近的地方禁锢着她，他那么熟悉她的气息。

可现在他不知道，除了记忆，她身上没有一丝一毫和以前的雁回相关的地方。

她就只能这样与他生生错过……

“是我。”赤昭如此答道。

雁回不再挣扎，垂下了眼眸，尾巴和爪子无力地耷下。她想得很好，可到底是低估了人心的贪欲。

“撒谎。”

天曜的声音薄凉而寒冷，像是利刃撕破了外面的平和。

整个赤狼族，一瞬间陷入了死一般的寂静。

而雁回却像被这两个字点亮了眼眸。外面的天曜声色如冰：“告诉你这些事的人，在哪儿？”

赤昭没有答话，但外面传来的压力却一点比一点大。

雁回努力地在侍从怀里挣扎着，试图弄出一点动静，可他禁锢得太紧。雁回用爪子挠他的手指，用尾巴一直在他身前努力拍打。这些动作发出了细微的声音，但隔着赤狼族那厚厚的门帘，根本不知道外面的人能不能听到。

忽然间，外面有“嗒”的一声脚步轻响，雁回耳朵一动。

天曜！

她心里面的声音唤得那般巨大，似乎已经振聋发聩。

“嗒。”脚步声往门帘这方而来，心脏猛烈地跳动，雁回几乎感觉到了自己眼眶的温热，不用别的声音了，光是这心跳声，天曜也一定能听见的。

我回来找你了！

“嗒……”

一步步靠近，这声音对于雁回来说宛似天籁，可对赤狼族的人来说却好似下地狱前的序曲。

禁锢住雁回的赤狼族侍从也发现了不对，他后退一步想要逃跑，便在此时，一股热浪平地而起掀起大风，径直将赤狼族居住的厚重帐篷整个掀翻。

天曜的面容便这样猝不及防地出现在雁回面前，他一头青丝不再，白发染鬓，早便有江湖传言，与清广真人一战，天曜痛失所爱，刹那间白头，雁回却从未想象过，他的白头竟使他的面目添上了那般多的无言沧桑。

但容貌依旧倾城。

灼热的气浪卷走了帐篷，也轻而易举地将雁回身上的法术卷走，她身上光影一变，再次变回少女的模样。

她与之前不一样了，长得一点也不一样，可与天曜四目相对的那一瞬间，两人便都静默无言。

他们之间是有默契的，是心有灵犀的，即便隔了轮回的时间，身份的距离，可这份默契在看见对方的那一刻却从未变过。

“天曜……”

雁回开了口，不过喊出这两个字，天曜的眼眸之中便起了波动。

雁回想上前，可身后的侍从依旧捏着她的脖子，赤昭在天曜身后张了嘴似乎想说些什么，可根本没给她开口的机会，空气之中似有一股力量将他们凝固住了。

掐住雁回脖子的侍从手不听使唤地从雁回脖子上松开，他不敢置信，但在这力量面前，根本没有反抗的余地，四周赤狼族的族人包括族长都被这力量凝在了空中，飘浮起来，浑身法力再无法使出。

只有雁回还好好站在地上，一道力量自天曜身上涤荡而去，所有赤狼族的人与物瞬间便被狂风扫落叶一般卷去了不知什么地方。

天地间似瞬间安静了下来，她好像站在这世界的中心，看着天曜一步一步缓慢沉稳而无比坚定地向她靠近。

再没有什么可以阻拦他们相遇。

他伸出手，揽过雁回的头，时间像是瞬间倒退了十五年，他终于将雁回从那合拢的泥土当中拉了出来。

他一只手紧紧抱住雁回的腰身，一只手锁住她的脑袋，俯下头，将还太矮的雁回抱了起来，噙住了她的唇瓣。

光影似乎在他们身边流转，这不是十五年分别之后的重逢，这好像还是当年，在青丘国雁回所住的小房间里，她调戏了他，或者是他误以为雁回被素影捉去杀了，赶回青丘时，却看到了向他迎面而来的她的那天。甚至是在铜锣山里，他毫无意识地啃噬她这双唇的那个月圆之夜。

十五年本来那么难熬，可在看见她的一瞬间，天曜才发现，这些等待的时间不过是白驹过隙，根本不算什么。

他一直都活在十五年前，直到与她重逢，他的时光才开始重新流动。

“天曜。”她道，“我回来找你了。”她贴着他的唇瓣说，“我没有食言。”

是的，雁回于他，从来没有食言。

他将雁回抱得那么紧，似乎要将她勒进自己身体里面，但是在这种几乎爱到极致的心情里面，他却还在担心，自己是不是会伤了雁回的身体。他松开了手，又不敢松得太开，抱得紧却又不敢太紧。

雁回看得出来，他快要被他自己的思想斗争玩坏了。

雁回只得将他稍微推开一些，一抬头便看见强制压抑着无数情绪的天曜的目光，像是深渊，将她往里面拉拽。

“天曜。”雁回保持着理智道，“你说说话让我听听。”

天曜双唇紧抿。

雁回推了推他的嘴角：“你是不是这些年过得太高高在上，知会人都用眼神，而忘记怎么说话了？”

天曜不由分说地将雁回强行抱回自己怀里：“这种时候你只要安静就好了。”

安静地听着他的心跳，让他也能听见她的心跳就好了。

不知如此静默了多久，天空中有一股力量悄然而来，将天曜周身结出的气场慢慢破开。天曜这才抬头一看，发现竟是青丘国主找了过来。

天曜微微眯了眼睛，神态间十分不悦。

不过想来也是，天曜一来便对赤狼族动手，毫不吝惜力气，好似要灭了人家全族似的。身为国主，在仙妖两族相安无事并无战乱的时候，他自是要来保全妖族一脉的。

天曜也知道这个道理，可他眉目间的神色依旧不好看，他手中法力一凝，一颗火光珠子出现在了掌心，他挥手而下，珠子没入下方土地之中三寸有余：“赤狼一族助我寻回吾妻。”

听闻最后这个称谓，雁回有点愣神，抬头望天曜，却见他神态如常，似毫无半点不妥地对国主道：“虽有贪欲之过，却也有功。你看着办吧。”

言罢，他领着雁回便上了天际，根本不管下面的事情要怎么处理。

雁回是知道的，天曜留下的那颗珠子带有他的法力，赤狼一族若是能想办法将那珠子带走，要救被困在广寒门阵法里的族人也不是不可能。

他说虽有过也有功，那珠子便算是谢礼，而不直接帮助赤狼族人，便算是惩罚了吧。

“天曜。”

天曜将雁回藏在宽大衣袍之中，温暖着她的身体，也给她挡着驾云而飞的风，但闻雁回唤他，他便垂头看着她。

“我们去哪儿？”

“回家。”

“你给我准备了一个家吗？”

“嗯。”

雁回心头大暖，可默了片刻，她想了想，带着几分俏皮地问道：“我什么时候是你的妻了？”

天曜抱住她，轻轻贴着她的耳朵说：“在未来的任何时候。”

天曜把他们的家安在青丘，可他说院子里平时没人太过荒芜，还是让雁回先去她以前住的屋住着，她的房间始终空着。

然后天曜便开始安排下去，他要与雁回举行婚宴了。

雁回回归，天曜将与之大婚的消息不过一天，便在全天下传开了。第二天，雁回刚醒，才踏出房门，院外一道人影便迎面扑来，径直将雁回抱了个满怀。

“主人，主人！”幻小烟的声音成熟了许多，可脾性却半点未变。

雁回抬头一看，只见幻小烟已经是二十来岁的妇人模样了，现在这情景，倒像是十五年前的她和幻小烟反了过来。

“都多大的人了还是这般莽莽撞撞。”幻小烟身后传来一道男生声音，雁回听了觉得有几分耳熟，她转头一看，但见烛离蹙眉疾步而来，将幻小烟拉开了些，“你知道雁回现今的身体能不能承受住你这一抱！你肚里的孩子也能不能承受得住！”

幻小烟挨了骂却也不理他，只双目含着泪光将雁回盯着。

雁回也甚是稀奇：“你们俩冤家什么时候搞一起了？”

烛离有些不好意思地咳了一声，这才正眼看了雁回，还没答话，旁边的幻小烟便抢着答了一句：“搞着搞着就到一起了。”幻小烟抹了一把泪，然后便又拽住了雁回的胳膊，“主人，你不知道这些年我有多想你，我一想你就给你写书，都写了好多本了。”

“……”雁回嘴角微微一动，她就着抽搐的力道笑了一下，然后便开始撸袖子，“说到这个，你过来下，我和你单独地、好好地谈谈人生。”

幻小烟满眼含泪：“书写得不好看不动人吗？”

雁回微笑：“看在你是孕妇的分上我会留你一条命的。”

烛离在一旁听得哭笑不得，没有叙多少旧，外面便有仆人寻了过来，说是有人给雁回送礼来了。

雁回愣神，然而接下来的两三天她都不停收到来自不同地方，不认识的人送来的莫名其妙的礼物。

有人祝她与天曜幸福，还有人写感谢信，感谢她重新找到了天曜，让她们相信这个世界还有真爱。雁回看得是哭笑不得：“现在是不打仗了，大家都闲得慌了？”

幻小烟在旁边道：“你看，主人，这都是我的功劳。让你们成为三界闻名的传世情侣。过两天我再出一本书，专写你们重逢之后的甜蜜故事。”

雁回："……"

烛离在一旁劝了好久，才浇灭了雁回的杀心。

让雁回最感动的是，在举行婚宴半月之前，雁回收到一套红色礼服，上面一针一线的刺绣都精美得让人惊叹，礼服里面夹了一张小小的字条，上书八字——

苦尽甘来，白头偕老。

雁回认识字迹，是弦歌的。

弦歌不能再入青丘，在江湖上甚至也没有有关她一丝一毫的消息，但通过这八个字雁回知道，她过得很好，和她一样，在某个地方悄悄幸福着。

对故人来说，这大概就是最好的消息。

雁回穿着弦歌为她做的礼服，与天曜行了礼，步入了婚姻殿堂，成了他的妻。

她回头一想，自己以前设想的这一生倒也没错，她确实是在十五岁的时候远远地嫁了一个人呢，只是路上没有逃婚这个细节罢了。

入了洞房，天曜挑开雁回的红色盖头，看见妆容明艳的她。

他什么也没做，就这样静静地看着雁回，怎么也看不够。雁回也笑着望他，忽然间，她有个不合时宜的问题冒了出来："天曜，你说，如果青丘国主没有留下我的记忆，这一世我记不得你，或者像之前那赤昭，为了利益来接近你，你该怎么办呢？你这么喜欢我。"

天曜笑了笑，似乎根本不觉得这是什么问题："那也没关系，你要什么就给什么，要利益也给，要血肉也给，要筋骨也给。"他道，"你要是有喜欢的人，我愿将身上鳞甲拔下来，一块一块给你的爱人做成铠甲。"

他说着，但却好像让雁回疼了。雁回眉头微微一皱，天曜握住她的手："雁回，我从不害怕你要夺走什么，我害怕的是，当我做好了将一切都给你的准备时……你却对我一无所求。"

雁回默了许久，随即捧住天曜的脸道："你完全不用有这个担忧，我要的很多的！你放心！"

"好，你要什么都行。"

雁回倏忽歪了嘴斜斜一笑，腰一用力，便将天曜整个摁倒在床上："我要你。你给吗？"

天曜被雁回压在身下，不徐不疾道：“这十五年来，我夜夜思忆当年，所悔之事有三。”他轻声道，“一是未曾对你好好诉说情意。”他说着，轻轻吻了雁回耳郭一下，雁回浑身一抖。

“二是未曾细细看过你眼睛里隐藏的秘密。”

他唇瓣挪动，亲吻在雁回眼睛之上，轻柔而温热。

“三是……”

他覆手抱住雁回的腰，好似不费吹灰之力，雁回霎时便觉得天地颠倒，待再回过神来，天曜已覆在了她身上：“不曾答应你……”

“和合双修。”

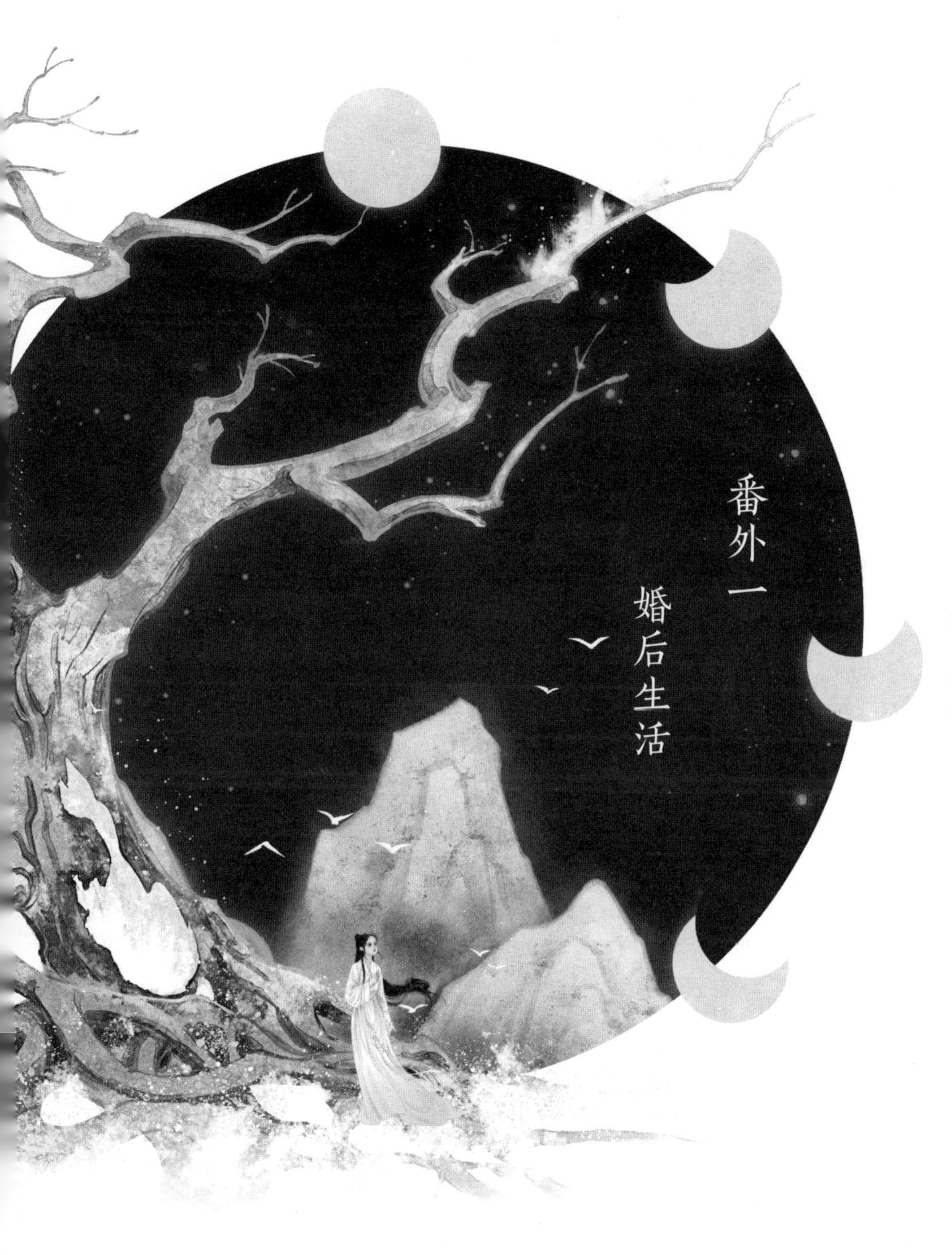
番外一
婚后生活

雁回与天曜成亲之后，便住在天曜在青丘的院子里，她看看天养养花，再和天曜厮混一下，每天是过得很悠闲。可悠闲过头了，雁回觉得该给自己找个事儿来做。

她刚起这个念头，第二天幻小烟便来找她了，说是有个文书她要拿到了，才有官方认证的待在青丘的资格。

原来这十五年来，三重山再无大禁，仙妖两族之前虽然依旧有嫌隙，但有不少仙人与妖怪相恋，有的妖怪会将自己的修仙伴侣带来青丘长住，而这人一多，青丘便兴了个规矩：但凡修仙者，嫁来青丘或自愿来青丘长住，要学习三个月的妖族历史，以消除对妖族的误解，了解妖族的习俗，避免日后生活的麻烦。

是个好规矩，在清广的影响下，整整五十年时间，修道者们都将妖族的人丑化得极其严重，要扳回这个态势，便只好这样慢慢地一点一滴地改变了。

雁回听了也没多想，便点头答应了。

幻小烟见她答应得这么干脆，有些迟疑道："教历史的先生很严厉，不管是谁，都一视同仁。主人你要是实在不想学，我回去让烛离去和国主说一下，你情况特殊，看能不能直接给你弄个文书下来。"

雁回摆了摆手："不就读个书，学点东西吗，哪用得着一开始就走后门。没事，我自己去学，不用你们帮忙。"

幻小烟闻言，看了看旁边正在看书的天曜，天曜察觉到幻小烟的眼神，头也没抬道："她想学便学。不想学了自然就回来了。"

雁回转头盯着天曜："还小瞧我了，你等着我读完三个月，凭自己本事拿了文书来打你脸。"

天曜一挑眉，放下了手中书，将雁回望着："没拿到呢？"

"没拿到随你处置。"

"好。"天曜一口应下，复而拿了书继续看。

"呃……"幻小烟看着雁回一副势在必得的模样，补充道，"三个月后有考试的，考试不过还得再读……"

"没问题。"雁回道，"考就考，说得像谁没考过一样，好歹我这辈子也是被人神童神童地叫过来呢，妖族的一些历史还能难到我了。"

幻小烟咂巴着嘴没再说话，只有天曜一边看着书一边淡淡提了一句："雁回，你对妖怪其实并不太了解。"

雁回不信，她接触的妖怪还不多吗？像这个千年龙妖，她都那么深入地接触过了。雁回一笑："上辈子在辰星山，我还从来没有考试不过的时候。你们等着吧。"

于是，雁回便报了名，第二天就去了青丘的书院，教书的是一个面无表情的女先生，以雁回现在的道行还看不出她的真身，但有一起学习的其他仙人告诉雁回，这先生是个毛笔精，是一个比雪妖还要清冷的毛笔精……

"这本书拿回去抄十遍。"

这是上课的第一天先生说的第一句话。雁回听得一个猝不及防，她还没来得及提出一句异议，旁边的同窗便习以为常地拿了书准备回了。

"等等。"她唤住旁边的同窗，"这就……回去了？"

"对啊。"同窗点头道，"一直都是这样的，每天来报个到，拿个上课的分数就行了。"

"先生不讲课的吗？"

"刚才不是讲了吗。"同窗拿着笔和书晃了晃，"回去抄十遍。"

雁回："……"

失策了！雁回从书院回去后的第一天就觉得自己是完完全全失策了！

妖族的妖怪们都是不会教课的，他们习惯于捕猎与厮杀，教学全依附于实践，哪有会老老实实教课本的妖怪，即便有这样的妖怪，那也是给烛离他们当老师去了，不可能用在对修道者们普及妖族历史这种事情上……

雁回拿着书院发的毛笔犯了难，这本书据说是先生的分身啊……不能用法力操作，必须真的用手抄书十遍才能算完啊！而且妖族更坑人的是，就这种死记硬背的教学方式，他们居然还有脸算平时成绩啊！

雁回这晚只好点了灯一边暗暗在心里咬牙，一边奋笔疾书。天曜在床榻之上斜倚着身子静静地看着她："要我帮忙吗？"

"不要。"

她说得坚定，完全没有商量的余地，于是天曜便不再多言了。

雁回继续抄自己的书，一晚上十遍，许久未写过这么多字，待得天蒙蒙亮的时候雁回才将书抄完了。她揉着酸胀的手腕和脖子走到床榻边，一垂头，才发现天曜竟然睁着眼睛一动不动地看着她。

雁回愣了愣："你没睡？"

天曜没说话，只将雁回轻轻拉住，让她躺了下来，然后将她结结实实抱在怀里："这样才能睡。"

天曜的怀抱是一如既往地温暖，雁回一陷进去，困意就止不住地涌了出来，她只迷迷糊糊嘀咕了一句："不用等我你也可以先睡的。"

天曜将怀抱收得更紧了一点："你说得太简单了。"

没有雁回的这十五年，纵使身体完好无损，也依旧补不了内心空茫的大洞，雁回还给了他内丹和护心鳞，但其实，真正能守护他心的鳞甲，还有给他力量的东西，雁回却拿走了。

只有拥有她，他才算是完整的。

即便现在已经困得不行，但雁回也在天曜的背上轻轻拍了两下："以后我会一直都在的。"

天曜无法再失去她，她也一样。

卯时雁回又得起了，虽然毛笔精不上课，但是她喜欢随即抽空来考勤，她喜欢在每个学生的名字旁边画圈圈，一个圈代表没有迟到，收集到了十个圈，才有资格参加三个月后的考试。

毛笔精也喜欢收人作业，抄的十遍书，她喜欢逐个去研究别人的字体，遇见书法好的，就看得津津有味，顺带给个甲等，遇见字不好的就象征性地扫两眼，甩个丁等，不及格。

毛笔精对大家的字迹都记得清清楚楚，所以大家也都没办法找人帮自己抄书，全部都顶着一双睡眼来上课。

雁回对自己的字相当忐忑，不过好在毛笔精也不算苛刻，给了她一个丙等，勉强算个普通合格了。雁回刚松了一口气，就听毛笔精又冷冷甩了一本书出来：“这本，今天拿甲等的回去抄五遍，其余的，十遍。”

雁回已经好久没觉得心口像破了一个洞一样荒凉了，此时此刻，她又体会到了这样的感觉。

“这日子什么时候是个头……”

过了十天，雁回一边抄着书一边叹气，幻小烟在旁边听了马上道：“我让烛离帮你忙。”

雁回眼睛一亮：“现在还来得及吗？”

幻小烟没答话，旁边的天曜便插了话进来：“青丘的文书你想不想要都没关系，我哪里都可以带你去。”

雁回闻言心头更是一动：“天曜……”

“不想学了吗？”天曜放下了书，“好，那今天先让我抱一个时辰吧。”他向雁回伸出了手，“来。”

雁回：“……”

“你不是说，没拿到文书随我处置吗？”

雁回一咬牙一狠心，拿着笔头继续干：“我写！”

天曜叹了口气，一副可惜极了的样子。

如此过了两个来月，雁回天天抄书倒也抄习惯了，十遍也不在话下，写的字也能拿到乙等了。眼看着三月之期即将到来，雁回如往常一般卯时去刷考勤，谁知毛笔精竟然甩了一本比平时都厚的书出来，依旧高冷道：“今天结业考试，这本书拿回去抄十五遍明天交给我，没抄完的当不及格。”

什……

今天就考试了吗？

没提前通知啊！考试还是抄书啊！没听说过啊！这是哪门子考试啊！这考的是体力吧！妖族的教学怎么那么随便啊！先生你就是在享受别人用你的毛笔写字的快感吧！

雁回无法控制地涌出这些言语，然而在产生反抗之前，她已经下意识地捡起了书，然后一溜烟回了家。

天曜正在屋子里打坐，见雁回风风火火回来，还没说一句话，雁回便已经冲进了书房，开始奋笔疾书了。

开什么玩笑，她都努力到现在了，怎么能败在这最后一役上！现在已经不单纯是和天曜打赌的问题了好吗！她已经赌上了自己的自尊心开始抄书了！

雁回专心致志地抄书，从中午一直坐到晚上，大半夜的时候依旧还有两遍没抄完，而她的头已经开始晕了，她也不知道自己抄到了哪个地方，甚至不知道自己的字写成了什么样子，眼睛一眨一眨地快要闭上，最终她将眼睛闭上，然后一睡不醒。

卯时猛地惊醒的时候，她浑身一个激灵，连数都没来得及数一下桌上的纸，全部收了抱去了书院。

一路上她忐忑不安，只道自己这三个月的努力算是毁了，但即便这样，她也要将作业交上去，然后……天曜想干吗就干吗吧。拿不到文书，这都是命啊……

可让雁回没想到的是，当她将抄好的东西交给毛笔精的时候，毛笔精数了数，然后仔细研究了一下，尤其着重看了一下最后几张纸，点了点头，给了个甲等。

雁回有点蒙圈，毛笔精清冷的眼睛里却对雁回露出了一点赞扬的眼神：“你很不错，一直在进步，最后这几张纸，写得很好，有了风骨。”

所以她真的只是在看字吧……

不对，现在好像不是在意这个的时候。雁回甩了甩脑袋：“我这儿有十五份？”

“嗯。”毛笔精粗略一点头，又恢复了原来的样子，“等着后天拿文书，下一个。”

雁回有点摸不着头脑，可她也没傻得继续细问，只得抱着书回了家，适时天曜正在院子里坐在摇椅上闭目小憩。雁回看了他一会儿，目光落在他的衣袖上，广袖之上有一点墨迹。

雁回心下霎时了然，将最后几张纸翻出来一看，那上面的字迹与她极为相似，却自带一分她所欠缺的冷硬。她看了一会儿，将纸放下，坐到天曜面前。

没坐一会儿，天曜便睁开了眼。他看见雁回的第一瞬间，便对雁回伸出了手。

雁回已经习惯了他这下意识的动作，屁股挪到了天曜腿上，任由天曜将她抱着，两人便一起在摇椅上悠闲地摇啊摇。

“天曜，你帮我抄了书啊？”

“嗯。”

“为什么？你不该等着我拿不到文书，然后任由你处置吗？”

天曜脑袋轻轻贴在雁回耳边，他说话声音带着初醒的沙哑，却极为撩人。“我余生所求，唯愿你高兴而已。”他将雁回环得更紧了一点，“你想要去的地方我都会带你去；你想要的东西，我都会帮你拿到；你想追求梦想，就尽情奔跑，我做你的跑道；你累了疲了，想偷懒歇歇，我做你可以放肆任性的港湾。”

明明只是说话而已，雁回却听得身体都微微有些软了。

“那你本来，想处置我什么事啊？”

听到这话，天曜顿了顿，然后将雁回的脑袋强迫着往后面转了转，他亲吻上她的嘴唇，温软湿热：“你想要小龙吗？”

雁回脸颊登时一热：“小龙人吗？”

天曜一笑：“对，也可以叫这个。”

“现在吗？”

“如果你现在想……”

雁回还在愣神，身体径直被腾空抱起，雁回一惊：“现在还是早上啊！”

“我昨夜没睡，而你没睡好，便当补眠吧。”

雁回哭笑不得：“这也能补！”

然而她的声音已经被关在了房间内，院里只剩下摇椅还在阳光里晃晃悠悠，美得像幅画。

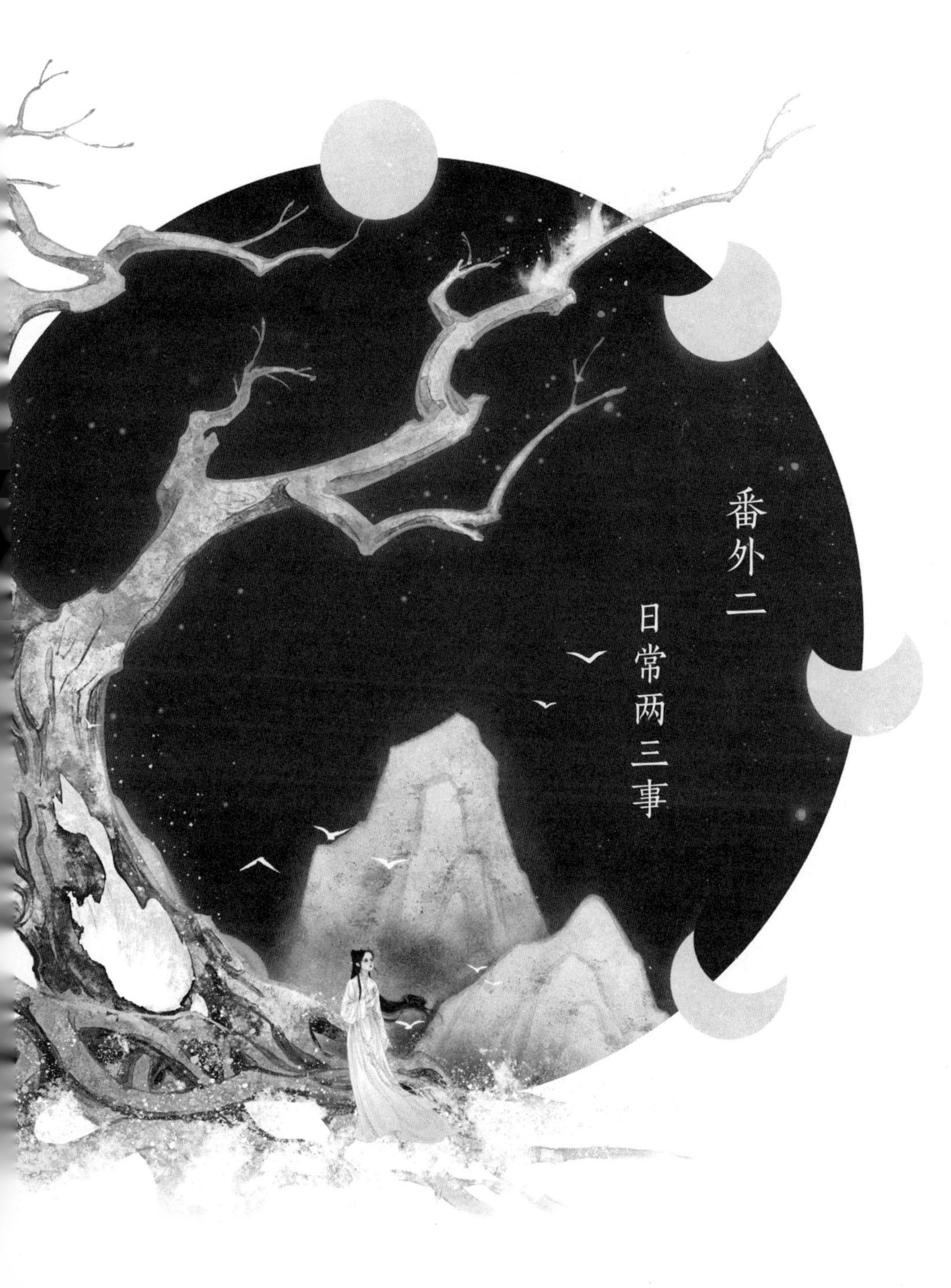
番外二
日常两三事

一

天亮的时候，天曜从院外走进来，头发有点散乱。雁回守在院子门口等他，见他回来，心生几分埋怨：“昨天晚上一言不发去哪儿了？”

天曜一个大步迈上前来，将雁回抱住，劲力不大，却将雁回抱得结结实实。

虽然天曜时不时地抱她已经成了常态，但雁回还是隐隐察觉出天曜今天的怀抱与往日有点不一样，她问：“你这是怎么了？”

天曜一只手环住她的腰，一只手轻轻拍了拍她的后脑勺：“未来几个月要注意身体，不要再费神修行。”

雁回听得这话更是愣神：“为什么？”她从他怀里探出头来看他，“未来几个月，这天下有什么大事要发生吗？”

天曜一本正经地望着她，肃容道：“有。”

许久未见天曜如此正经的神色，雁回登时手心一紧，不由得肃了神色：“怎么了？”

“小龙人要出世了。”

雁回严肃的表情并没在第一时间收回去，她依旧保持着要听到什么毁天灭地的大消息的神态看着天曜，看了天曜许久……然后表情才慢慢显露出了错愕，脑袋终是将这话反应了过来。

雁回愣怔，垂头看自己的腹部，然后不敢置信地用手将小腹捂住：“小龙人……在里面了？”

“嗯。”

雁回就这样站在原地，眨巴着眼睛愣然失神，她从没想过，这一天会来得这样突然，还是天曜……亲口告诉她的……

“你什么时候知道的？”

“半月前开始猜测。”

“你为什么不早点告诉我？”

“我一直在确认。”

“什么时候确认的？”

“昨晚。”

“所以你昨晚……”

天曜点了点头：“太高兴了。”他将雁回重新摁进自己怀里，抑制不住地嘴角微微翘了起来，“就忍不住出去飞了几圈。”

高兴得出去狂奔……

雁回拍了拍他的后背，也笑出声来：“出息！”

二

小龙人在雁回肚子里并不乖。

没有多久雁回便开始呕吐了，半点荤腥都不能沾，闻到味道都会吐得七荤八素的。没几天，雁回竟看起来消瘦了许多。

天曜看着心疼，但除了在雁回吐得头晕眼花的时候给她顺顺体内气息以外，也无能为力。这样过了些时间，天曜便开始有点后悔了：“没有小龙人，你也就不会吃苦了。”他道，“再没下一个了。”

雁回笑他：“我都还没说什么呢，你这个当爹的就开始嫌弃了。”

天曜抱着她，拍了拍她的背，没有说话，好似默认。

对他来说，雁回才是一切。不管是孩子或者其他任何东西，都不能伤害她。而现在这个宝宝一点都不乖，于是他便真的如雁回所说，开始嫌弃他了。

待得终于熬过了孕吐的时间，雁回却开始睡不安稳了。她总是做噩梦，梦里偶尔出现子辰和凌霄身死的那一幕，还会梦见自己流血不止的胸膛和被剜出来的心脏。

渐渐地，她开始睡不着觉，闭上眼睛潜意识里便是那些可怕的画面。她没敢与天曜说，她害怕自己梦见的这些过去的阴影惹天曜担心。

但身边人睡不好天曜怎么会不知道，可雁回不说，他便也不问。

在雁回辗转反侧极难安眠的一夜，天曜叫醒了她，说：“雁回，我们去看星星。”

他将雁回带去青丘一座山峰之上，那里视野开阔，夜里无风无月，只有漫天繁星在夜空之中安静地闪烁。

天曜静静地将她揽在怀中，也没有多说话，任由青丘的夜风在两人身边吹过。

雁回便在夜空与夜风之中，慢慢起了倦意。她开始和天上的星星一起眨眼，然后慢慢地合上。

在清醒与沉睡的边缘，她似乎感到身后温热的胸腔在微微振动，他与她轻声说着：“雁回，我会一直都在的。”

雁回便安心地陷入了沉睡。

打那以后，雁回便不再做噩梦了，只是养成了一个“不好”的习惯，她总得天曜在身后抱着她才能安然入睡。

偶尔早上起来，她还能看见天曜在揉搓自己的胳膊，似乎麻得不行。她见了本有些不好意思，但因肚里的小龙人有一半也是该天曜负责的，她便心安理得起来，故作大方地拍拍天曜的胳膊：“你受累，等他出来，咱俩一起收拾这小家伙。”

天曜哭笑不得，最后只得点了点雁回已经高高隆起的肚子：“乖一点。”

再没过多久，小龙人便真正出来了。

这一天意外地顺利。雁回甚至都没觉得有多痛。

只是当小龙人被裹着抱到雁回面前的时候，雁回看了他一眼，眨巴了两下眼睛，又看了旁边的天曜一眼，她的目光在小龙人与天曜之间来回转了好多次，最后开口了：

“除了这两只粉嘟嘟的小龙角，我真是没看出来，这皱巴巴的小老头，哪里像我生出来的？”雁回问天曜，“你小时候也这样吗？”

天曜正哑口无言之际，一旁的幻小烟立即用棉布堵住了小龙人的耳朵：“你们夫妇怎么这么说话？他听到会难过的！”

雁回撇了撇嘴，她抱住小龙人，拿了幻小烟手里的棉布，给小龙人轻轻擦了擦眼睛。

雁回再看便觉得没有第一眼那么皱了，她心安下来，抬头望天曜："他以后会越来越好的吧？"

天曜点头："会的。"

窗外阳光正好，天曜的声音也温暖似暖阳："像我们一样。"

越来越好。

图书在版编目（CIP）数据

护心 . 完结篇 / 九鹭非香著 . — 成都 : 四川文艺出版社 , 2022.10（2023.6 重印）
ISBN 978-7-5411-6453-8

Ⅰ . ①护… Ⅱ . ①九… Ⅲ . ①长篇小说—中国—当代 Ⅳ . ① I247.5

中国版本图书馆 CIP 数据核字 (2022) 第 176190 号

HU XIN WANJIE PIAN

护心 . 完结篇

九鹭非香　著

出品人　谭清洁
特约监制　王传先　沐　浔
责任编辑　王梓画
责任校对　段　敏

出版发行　四川文艺出版社（成都市锦江区三色路 238 号）
网　　址　www.scwys.com
电　　话　028-86361781（编辑部）

印　　刷　三河市冀华印务有限公司
成品尺寸　160mm × 230mm　　开　　本　16 开
印　　张　17.25　　字　　数　290 千
版　　次　2022 年 10 月第一版　　印　　次　2023 年 6 月第二次印刷
书　　号　ISBN 978-7-5411-6453-8
定　　价　49.80 元